PRESA INVISÍVEL

JOHN SANDFORD

PRESA INVISÍVEL

Tradução de
Domingos Demasi

EDITORA RECORD
RIO DE JANEIRO • SÃO PAULO
2011

CIP-Brasil. Catalogação na fonte
Sindicato Nacional dos Editores de Livros, RJ.

Sandford, John, 1944-
S213p Presa invisível / John Sandford; tradução de Domingos Demasi.
– Rio de Janeiro: Record, 2011.

Tradução de: Invisible prey
ISBN 978-85-01-08201-5

1. Romance americano. I. Demasi, Domingos, 1944-. II. Título.

10-5975 CDD: 813
CDU: 821.111(73)-3

TÍTULO ORIGINAL:
Invisible prey

Texto revisado segundo o novo Acordo Ortográfico da Língua Portuguesa.

Editoração eletrônica: Abreu's System

Direitos exclusivos de publicação em língua portuguesa somente para o Brasil adquiridos pela
EDITORA RECORD LTDA.
Rua Argentina 171 – Rio de Janeiro, RJ – 20921-380 – Tel.: 2585-2000
que se reserva a propriedade literária desta tradução.

Impresso no Brasil

ISBN 978-85-01-08201-5

1

Uma van desconhecida, com a pintura descascando, atravessou a Summit Avenue. Suas janelas eram escuras como a noite que se aproximava. Os assassinos lá dentro observavam três adolescentes, dois garotos e uma garota, correndo pela calçada como folhas sopradas pelo vento. Corriam para encontrar um abrigo, antes que a tempestade caísse.

Os assassinos os seguiram, viram-nos desaparecer, então viraram os rostos em direção a Oak Walk.

A mansão era um remanescente arquitetônico do século XIX, tijolos vermelhos com remates verdes, sombria e intimidante à luz mortiça. Ao longo da cerca de ferro batido, os canteiros bem cuidados de íris azuis, amarelas e as moitas de peônias rosa pareciam cinzentas.

Oak Walk ficava empoleirada em uma encosta. Os fundos da casa davam para as luzes de St. Paul, bem no vale do Mississippi, onde o leito do rio já ficara escuro. A frente dava para a Summit Avenue; Oak Walk era a segunda casa mais rica da rua mais abastada da cidade.

Seis velhos carvalhos cobriam o pátio lateral. À luz do sol, o dossel das árvores criava uma clareira copada, com relógios de sol e caminhos pavimentados com pedras, um lugar encantador, cheio de musgos e violetas; mas a luz da lua dava ao pátio um ar ameaçador, agora intensificado pela luz que tremulava por entre as nuvens que chegavam.

— Parece a casa da família Monstro* — comentou o homem mais alto.

— Parece um cemitério — concordou o menor.

O canal do tempo alertara para um possível tornado, e os assassinos podiam sentir um ciclone no calor opressivo, o cheiro de ozônio denso no ar.

O verão mal havia começado. A última vez que nevara na cidade foi em 2 de maio, e a neve sumiu um dia depois. O resto do mês fora ensolarado e quente e, perto do fim, até mesmo as onipresentes louras, brancas como papel, exibiam marcas de bronzeado.

Agora, a primeira das grandes ventanias do verão. Refrescante, se não derrubasse a sua casa.

Na quarta vez que passaram, a van virou para o acesso a carros, parou debaixo do pórtico e os assassinos esperaram ali por alguma luz externa. Nenhuma luz foi acesa. Isso era bom.

Big e Little saltaram da van e ficaram parados um instante, escutando, obscuros nas sombras, encarando as enormes portas da frente. Vestiam macacões, daqueles usados por mecânicos, redes no cabelo e meias de náilon cobrindo os rostos. Atrás deles, o motor da van fazia barulho enquanto esfriava. Uma placa de Wisconsin, roubada de um veículo parecido num estacionamento da 3M, estava presa à traseira da van.

— Vamos nessa — disse Big.

Little foi na frente, subindo os degraus da varanda. Após uma última olhada rápida, Big fez sinal com a cabeça e Little tocou a campainha.

Eles podiam ouvir as passadas no assoalho de madeira no interior da casa.

* Referente à família Monstro, da série de TV norte-americana *The Munsters*. (*N. do E.*)

— Prepare-se — disse Big.

Um momento depois, uma das portas se abriu. Um raio de luz rompeu através da varanda, cintilando no casaco cor de vinho de Little. Este pronunciou algumas palavras.

— Sra. Peebles? É aqui a festa?

— Ah, não... — disse Peebles, uma esbelta mulher negra, sessentona. Seu queixo continuou se mexendo, silenciosamente, procurando um grito, à medida que percebia os rostos distorcidos.

Little olhava adiante para um corredor vazio. O jardineiro e o cozinheiro estavam em casa, aconchegados na cama. A educada aparição à porta era uma checagem de última hora para certificar-se de que não havia convidados inesperados. Não vendo nenhum, Little girou nos calcanhares e disparou:

— Vamos.

Big passou pela porta, ligeiro, acendendo a luz interna. Carregava um cano de aço, com mais de 1 metro de comprimento, e um pedaço de fita adesiva enrolada no cabo. Peebles não gritou, pois não teve tempo. Seus olhos esbugalharam-se, sua boca escancarou-se, uma mão fez menção de erguer-se, então Big atingiu-a bem na cabeça, esmagando seu crânio.

A velha caiu como um saco de ossos. Big atingiu-a novamente, por garantia, e então uma terceira vez, por garantia da garantia: três fortes impactos de sacudir o chão — *vapt! vapt! vapt!*

ENTÃO UMA VOZ veio do alto da escada, cautelosa, trêmula.

— Sugar? Quem é, Sugar?

A cabeça de Big virou na direção da escada e Little podia ouvir sua respiração. Big descalçou os mocassins e subiu correndo a escada, só de meias nos pés, um homem em uma caçada. Little recuou para o corredor, apanhou a ponta de um tapete persa, de 2 metros, e o arrastou para perto do corpo da mulher negra.

E, do topo da escada, mais três impactos: um arfar, um grito interrompido e *vapt! vapt! vapt!*

Little sorriu. Assassinato — e a garantia.

Inclinou-se, pegou a manga do robe de Peebles e a arrastou para o tapete. Respirando com um pouco mais de dificuldade, Little começou a rolar o tapete em direção a um corredor interno que dava na cozinha, onde o corpo ficaria fora da visão de qualquer janela. Um fino traço de sangue como o traço de uma caneta ou um rastro de lesma seguiu o tapete pelo chão duro de madeira.

O rosto de Peebles ficara relaxado. Seus olhos continuavam abertos mas revirados, brancos contra o rosto negro. Uma pena o tapete, pensou Little. Chinês, azul-escuro empalidecido, talvez de 1890. Não era um grande tapete, mas um bom tapete. Claro que agora precisaria de uma boa limpeza, devido à poça de sangue sob a cabeça de Peebles.

LÁ FORA, NENHUM som de assassinato. Nenhum grito ou tiro audível na rua. Uma janela iluminou-se no segundo andar de Oak Walk. Então outra no terceiro, e mais outra, ainda, no primeiro andar, nos fundos, na copa. Big e Little checavam a casa, para ver se eles eram as únicas criaturas vivas em seu interior.

QUANDO CHEGARAM À conclusão de que a casa estava vazia, Big e Little encontraram-se ao pé da escada. A boca de Big por baixo do náilon era um O sangrento. Ele mordera o lábio inferior, ao matar a velha no andar de cima, um hábito que o acometia quando era tomado por um arrebatamento. Ele carregava um porta-joias em uma das mãos e a outra estava fechada.

— Você não vai acreditar — disse. — Isto estava pendurado no pescoço dela. — Abriu a mão coberta por luvas de borracha próprias para a cozinha, mostrando um diamante do tamanho de um ovo de codorna.

— É de verdade?

— É de verdade e é azul. Não vamos mais andar de Porsche. Vamos andar de Mercedes. — Big abriu a caixa. — Tem mais: brincos, um colar. Aqui deve haver meio milhão.

— Será que Fleckstein vai topar essa?

— Fleckstein é tão sujo que nem reconheceria a *Mona Lisa*. Vai topar essa — bufou Big. Empurrou as joias para Little, começou a virar-se e avistou Peebles deitada no tapete. — Vaca — sussurrou, a palavra raspando os dentes. — Vaca. — Num segundo, com três longas passadas, estava novamente perto dela, agredindo a mulher com o cano, fortes impactos sacudindo o chão. Little foi até ele, segurando-o após os três primeiros golpes, puxando-o dali, a voz severa. — Ela está morta, pelo amor de Deus, está morta, morta...

— Filha da puta — disse Big. — Monte de merda.

Às vezes Little achava que Big tinha um pino atravessado no pescoço.

Big parou e aprumou-se, olhando para Peebles, ele murmurou:

— Ela está morta. — Estremeceu e disse: — Morta.

Então virou-se para Little, com os olhos injetados, suspendendo o cano.

As mãos de Little ergueram-se.

— Não, não... sou eu. Sou eu. Pelo amor de Deus.

Big estremeceu novamente.

— É, é. Eu sei. É você.

Little deu um passo para trás, ainda hesitante, e disse:

— Vamos trabalhar. Você está bem? Vamos trabalhar.

Vinte minutos após terem entrado, a porta da frente foi novamente aberta. Big saiu, olhou para os dois lados, subiu na van, levou-a até a esquina da casa e virou para a lateral onde ficava a entrada de serviço. Por causa da inclinação da ladeira nos fundos da casa, a van não era mais visível da rua.

O que restava de luz havia se extinguido, e a noite agora era escura como um saco de carvão, os clarões da iluminação aproximando-se, o vento vinha com uma fria palma aberta, batendo no rosto de Big, quando ele saltou da van. Uma gota de chuva, grossa e redonda como uma bola de gude, bateu na ponta de seu sapato. Depois outra, depois mais, frias, fazendo pat-pat... pat... pat-pat-pat no asfalto, no concreto e no tijolo.

Apressou-se até a porta dos fundos; Little a abriu por dentro.

— Outra surpresa — disse Little, mostrando um quadro, virando-o sob a fraca luz. Big olhou-o de soslaio, depois encarou Little. — A gente combinou de não levar nada das paredes.

— Não estava na parede — alegou Little. — Estava guardado no depósito. Não está na lista do seguro.

— Incrível. Talvez seja melhor a gente desistir agora, enquanto estamos em vantagem.

— Não. — A voz de Little abundava de ganância. — Desta vez... desta vez, a gente pode faturar. Nunca teremos que fazer isso novamente.

— Eu não me importo — disse Big.

— Você não se importa de matar, mas que tal 30 anos numa gaiola? Acho que se importaria com *isso*.

Big pareceu meditar por um momento, então disse:

— Tá legal.

Little concordou.

— Pense nos Mercedes. Chocolate para você, prata para mim. Apartamentos em Nova York e Los Angeles. Algo bem na Park Avenue, em Nova York. Algo onde você possa inclinar-se na janela e avistar o Met.

— Poderíamos comprar... — Big pensou por mais alguns segundos. — Talvez... um Picasso?

— Um Picasso... — Little pensou a respeito e concordou com a cabeça. — Mas, antes... vou voltar lá em cima. E você...

— Eu destruo o local. Meu Deus, eu adoro este trabalho. — Big sorriu debaixo da máscara.

LÁ FORA, DO outro lado do quintal escuro, abaixo da encosta, além dos telhados dos prédios do United Hospital, da rua Dezessete e das casas abaixo, acerca de 1 quilômetro de distância, um rebocador levava uma fila de barcas em direção aos ancoradouros de Pig's Eye. Sem pressa. Reboques nunca se apressam. Na volta, as luzes de St. Paul cintilavam como diamantes, na primeira linha de encostas, na segunda linha abaixo da catedral, nas pontes de proa à popa, na High Bridge que se aproximava.

O piloto na casa do leme olhava acima da colina as luzes de Oak Walk, Dove Hill e a Hill House, e olhava por acaso quando as luzes diminuíram, todas de uma vez.

A cortina de chuva cobrira a encosta e descia para o rio.

Vinha chuva forte, pensou o piloto. *Forte.*

2

SLOAN LEVOU DUAS cocas diet para o reservado onde Lucas Davenport esperava, sentado de lado, os pés sobre o assento. O bar era moderno, mas decorado de forma a parecer antigo: assoalho de madeira rangente, reservados com divisórias altas, uma pequena pista de dança numa extremidade.

Sloan era o proprietário, e vestia-se como tal. Usava um terno leve e marrom, camisa bege com colarinho comprido e pontudo, gravata branca com losangos dourados bordados e um genuíno chapéu Panamá. Era um homem-tábua, estreito desde o rosto, ombros, até os quadris. Não era magro, mas estreito; talvez tivesse sido clarinetista em uma banda de jazz, pensou Lucas, ou modelo de capa de um *pulp* dos anos 1930.

— Maldita Coca diet, borbulha feito louca. Pensei que fosse algum problema na bomba, mas é da Coca mesmo. Não sei por quê — disse Sloan, ao colocar os copos na mesa.

Na outra extremidade do bar, o garçom lia o *Wall Street Journal* à luz de um abajur de leitura do tamanho de um amendoim, preso à caixa registradora. Norah Jones borbulhava ao fundo; o lugar tinha um cheiro agradável de cerveja recém-servida e amendoim.

— Há dois sujeitos no bar e os dois estão bebendo Coca. Você vai falir — disse Lucas.

Sloan sorriu satisfeito, inclinou-se sobre a mesa, a voz entoada bem baixo para o garçom não escutar.

— Mês passado, botei dez milhas no bolso. Nunca tive tanta grana na minha vida.

— Deve ser porque não gasta muito com luz — disse Lucas. — Está tão escuro aqui que nem enxergo minhas mãos.

— Policiais gostam do escuro. Podem transar com mulheres desconhecidas — disse Sloan, dando um gole na Coca.

— Conseguiu os policiais, hein? — Eles eram cruciais para os negócios de Sloan.

— Policiais e professores — disse Sloan com satisfação. — Um bar de tiras e professores. Os professores bebem como peixes. Os policiais traçam as professoras. Uma grande família feliz.

O garçom riu de algo no *Journal*, uma risada sórdida, e falou para ninguém em particular, "O ouro vai a mil, pode apostar. *Agora* veremos que vai dar".

Os dois olharam-no por um momento, então Sloan deu de ombros e disse:

— Ele é Ph.D. em economia. Eu disse: Ph.D.

— Nada mau para um garçom... Bem, o que a coroa acha deste lugar?

— Ela se amarrou, cara! — respondeu Sloan. Estava feliz por um velho amigo ver que ele estava se dando bem. — Ela fez um curso de contabilidade, cuida de toda a grana, faz essas coisas do QuickBook no computador. Já fala em tirar duas semanas de férias em Cancún ou Palm Springs no próximo inverno. Havaí.

— Isso é genial — disse Lucas. E estava *mesmo* contente com aquilo.

CONVERSARAM UM POUCO sobre esposas e filhos, o pagamento da aposentadoria de Sloan, o custo de uma nova placa para o bar, que antes fora batizado com o nome de uma árvore, mas que Sloan mudara para Shooters.

Mesmo a distância, ficava evidente que eram bons amigos: ouviam um ao outro com uma certa intensidade no olhar apertado e com o penetrante ceticismo de quem já foi policial. Eram próximos, mas, fisicamente, eram um modelo de contrastes.

Sloan era pequeno, bege e marrom. Uma coisa!

Lucas era bem diferente. Alto, cabelo escuro, com a fina linha de uma cicatriz cruzando a testa bronzeada, descendo até uma sobrancelha, ele podia ser um assassino do tipo galã. Tinha intensos olhos azuis, nariz de gavião, mãos grandes e ombros largos; um atleta, outrora jogador de hóquei na Universidade de Minnesota.

Sloan nada sabia sobre moda, e nunca ligou para isso; Lucas usava ternos italianos, gravatas francesas e sapatos ingleses. Lia revistas de moda masculina, era sério e, durante toda a primavera e o outono, gastava algum tempo escolhendo ternos. Quando ele e a mulher viajavam para Manhattan, ela ia ao Museu de Arte Moderna, e ele, à Versace.

Naquele dia, usava uma camisa azul ultramarino sob o paletó de verão de linho, uma calça leve de lã, mocassins, e um .45 compacto em um coldre de ombro Bianchi.

O sorriso de Lucas ia e vinha, iluminando seu rosto. Ele tinha pés de galinha nos cantos dos olhos e fios de cabelos grisalhos misturados aos negros. Pela manhã, quando se barbeava, ficava preocupado por estar envelhecendo. Tinha um longo caminho antes disso acontecer, mas imaginava que já podia ver a velhice chegando, logo ali na esquina.

Quando terminaram as Cocas diet, Sloan foi pegar mais duas e falou:

— E Burt Kline?

— Você o conhece, né? — perguntou Lucas.

— Estudamos juntos, 13 anos atrás — respondeu Sloan. — De vez em quando, ainda o vejo por aqui, quando está em campanha.

— Mocinho, bandido? — perguntou Lucas.

— Ele foi nosso representante de classe desde o primeiro ano — disse Sloan. — É um político. Sempre foi um político. Sempre foi gordo, untuoso, alegre, gastador, feliz por nos encontrar. Isso aí. A primeira vez que me encrenquei na escola foi quando o empurrei para cima de um monte de neve. Ele deu queixa de mim.

— Dedo-duro.

Sloan concordou com a cabeça.

— Então quer dizer que você era o valentão da escola? Não esperava isso de você — disse Lucas. Coçou do lado do nariz, uma luz em seu olho.

Sloan emitiu um som grosseiro.

— Eu pesava uns 50 quilos quando me formei. Não intimidava ninguém.

— Você intimidou Kline. Acabou de dizer isso.

— Foda-se. — Após um momento de silêncio, Sloan perguntou: — O que ele fez?

Lucas olhou em volta, então falou baixinho:

— Isso é só entre nós dois.

— Claro.

Lucas concordou. Sloan conseguia manter a boca fechada.

— Aparentemente, ele transou com uma garota de 16 anos. E talvez com uma de 15... a mesma que deve ter traçado um ano antes.

— Hum — Sloan fez uma careta —, entendo. Mas isso não é estupro. Quer dizer, estupro-estupro, ele não pulou de uma moita. Ele não é bem um bonitão.

— Não, mas a jovem concordou com a coisa — disse Lucas. — De qualquer modo, é atentado ao pudor, e ele pode pegar 40 anos.

Sloan pensou um pouco:

— Quarenta, não. Trinta e seis.

— É o bastante.

Outro momento de silêncio, então Sloan suspirou e perguntou:

— Por que você não o prende? Não me diga que é porque é um político.

— É mais complicado do que isso. — Quando Sloan pareceu cético, Lucas continuou: — Ora, Sloan, eu não ficaria de papo furado para cima de você. *É* realmente mais complicado.

— Estou ouvindo — disse Sloan.

— Tá legal. Toda a BCA* é um bando de democratas, dirigidos por um democrata indicado por um governador democrata, certo?

---

* *Bureau of Criminal Apprehension* – Agência de Detenção Criminal. (*N. do T.*)

— Como Deus está no céu.

— Se dissermos "A garota o acusou" e o prendermos, a carreira dele acaba. Quer tenha transado ou não. Haverá um enorme "pedófilo" estampado na sua testa. Se *não* transou, e for inocentado, cada republicano do estado vai nos acusar de trapaça política... um truque realmente sujo. A cinco meses da eleição. O que quero dizer é que ele é o presidente do senado.

— A garota tem alguma prova? — perguntou Sloan. — Alguma testemunha?

— Tem. Sêmen num vestido — respondeu Lucas. — Ela também disse ao investigador que Kline tinha verrugas ou sardas nos colhões, e que pareciam ponto e vírgulas. Um ponto e vírgula em cada testículo.

Uma expressão divertida passou pelo rosto de Sloan.

— Ela está mentindo.

— Por quê?

— Hoje em dia e com essa idade — perguntou —, quantas adolescentes sabem o que é um ponto e vírgula?

Lucas revirou os olhos:

— Tente concentrar-se, tá? Isso é sério.

— Não parece sério. Investigar as joias da família.

— Mas é sério — afirmou Lucas. — Ela disse ao primeiro investigador...

— Quem é?

— Virgil Flowers.

— O sacana do Flowers. — Sloan deu uma gargalhada. — Devia ter adivinhado.

— Certo. Pois bem, ela disse a Virgil que ele tem ponto e vírgulas no saco. E uma porção de outros detalhes, inclusive o tamanho do que ela chama de "a coisa dele". Também forneceu-nos um vestido com uma mancha de sêmen. Então Virgil conseguiu um mandado de busca...

Sloan deu uma risadinha, um som nada atraente para um homem da sua idade.

— ... um mandado de busca e um médico, e eles tiraram uma amostra para o DNA e examinaram os testículos de Kline — disse

Lucas. — Sem dúvida, pareciam até saídos do Word: um ponto e vírgula em cada ovo. Nós temos as fotos.

— Aposto como já estão na internet — brincou Sloan.

— Apostou errado. Não são fotos atraentes... e todos os envolvidos sabem que seus empregos estão por um fio — disse Lucas. — Ninguém se mete com Burt Kline, a não ser que possa matá-lo.

— É, mas a descrição, o sêmen... parece indiciamento na certa...

— Entretanto — retomou Lucas.

— Xiii. — Sloan tinha sido policial por vinte anos; estava familiarizado com entretantos.

— Burt diz que nunca fez sexo com a filha, mas dormiu com a mãe dela — contou Lucas. — Veja, o Estado paga por um apartamento em St. Paul. Kline aluga uma moradia da Mamãe, que tem um dúplex na Grand Avenue, conseguido a partir de um acerto de divórcio. Kline conta a Virgil que estava lá, trabalhando para o povo, quando Mamãe começa a dar em cima dele.

— Ele é realmente um cara atraente — comentou Sloan.

— Kline resiste, mas é apenas humano. E ela tem, segundo Virgil, certas habilidades. Aliás Virgil disse que ela circula tanto por ali que a rua até parece uma pista da NASCAR. Pois bem, em pouco tempo Burt está dormindo com Mamãe toda segunda, quarta e sexta.

— Quantos anos tem Mamãe? — quis saber Sloan.

— Trinta e quatro.

— Com uma filha de 16?

— É. Mamãe começou jovem — continuou Lucas. — Pois bem, Burt diz que Mamãe pensou em chantageá-lo porque era louca por grana. Diz que convenceu a filha a fazer a denúncia. Burt disse que a garota tem todas as informações gramaticais necessárias...

— E Mamãe diz...

— Que tiveram um caso rápido, mas que, na verdade, Burt queria a filha, e ela ficou horrorizada quando descobriu que ele tinha conseguido — disse Lucas. — Ela diz que de modo algum a filha teria feito o que seria necessário para ver o ponto e vírgula, ou conseguir o sêmen na gola do vestido. Diz que foi algo que sua filha foi forçada a fazer.

— Mamãe ficou horrorizada.

— Totalmente — afirmou Lucas. — Então Virgil perguntou-lhe se tinha ganhado algum peso ultimamente.

— Ela era gorda?

— Não, não particularmente. Eu diria... sólida. Joga *broomball* no inverno. Remo no verão. Ou, mais especificamente, tamanho entre 38 e 40. Ela respondeu, não, não tinha ganhado qualquer peso desde que tivera a filha, 16 anos atrás. Então Virgil salientou que o vestido com a mancha de sêmen era tamanho 40 e que a garota usava tamanho 32. A menina parece com aquela modelo que enche o nariz de cocaína.

— Oooh. — Sloan pensou nisso por um momento, então perguntou: — O que Mamãe disse?

— Que as duas trocam de vestidos o tempo todo. Se você quiser acreditar que uma adolescente tamanho 32, ligada em moda, ia se arrastar por aí num vestido tamanho 38.

— Isso é um... problema — concordou Sloan.

— Outro problema — continuou Lucas. — Virgil deu um aperto num vizinho que parecia andar fuçando por ali. O tal garoto disse que a menina é sexualmente ativa desde os 12 anos. Que Mamãe sabia disso. Talvez até a incentivasse.

— Hum.

— O que você acha? — perguntou Lucas.

— Está registrado nos autos que Mamãe não faz um oral? — perguntou Sloan.

— Está.

— O júri não vai acreditar nisso — disse Sloan. — Parece que a família gosta de sexo. Ela não vai se safar bancando a Virgem Maria. Se acharem que mentiu sobre isso, acharão que mentiu a respeito de tudo.

— É.

Sloan pensou um pouco, então perguntou:

— Qual é a finalidade da investigação?

— Poxa vida — exclamou Lucas. Esfregou os olhos com os nós dos dedos. — Esse é outro problema. Não sei. Talvez a questão toda seja tirar Burt Kline do cargo. A denúncia inicial foi anônima. Chegou ao serviço de proteção da criança de St. Paul. St. Paul passou-a para nós porque havia aspectos de fora do estado... o máximo do assim chamado ato evidente pode ter sido o fato de Kline levar a garota a Mille Lacs para um fim de semana nudista. De qualquer modo, a denúncia foi anônima. Talvez Kline tivesse contado algo a um democrata. Ou talvez... Virgil desconfia que a denúncia foi feita pela Mamãe. Como parte da chantagem.

— Flowers é esperto — admitiu Sloan.

— É.

— E Mamãe está cooperando agora?

— Anda meio indecisa — disse Lucas. — O que não aceita é que não dá para ela interromper a investigação. Acha que estamos trabalhando para ela. Ou pelo menos achava, até Virgil enquadrá-la.

— Hum. Bem, se a questão é tirar o cargo de Burt... Isto é, não é uma boa — replicou Sloan. Sacudiu o dedo para Lucas. — Não é uma boa para você. Não vai querer a fama de matador de político. Se a questão é deter um pedófilo...

— Se é que ele realmente é.

Silêncio.

— É melhor esclarecer tudo — disse Sloan. — Acho que você quer saber se realmente foi estupro. Você acredita que foi ele? Se acha, foda-se... Indicie o cara. Esqueça a política, deixe a ficha cair.

— É — disse Lucas. Dedilhou seu copo de coca. — Falar é fácil.

MAIS SILÊNCIO, ENQUANTO olhava através da janela para o recém-demarcado estacionamento. Um Chevy caindo aos pedaços, um carro patrulha repintado, com buracos enferrujados no para-choque traseiro, encostou. Os dois olhavam para o carro, quando Del Capslock saltou.

— Del — surpreendeu-se Lucas —, anda dando expediente aqui?

— Não — disse Sloan. — Esteve aqui umas duas vezes desde a noite de inauguração. Onde será que conseguiu aquele carro horrível?

— Ele está cuidando de uma missão sigilosa — disse Lucas.

Capslock arrastou os pés pelo estacionamento e, momentos depois, empurrou a porta e entrou. Lucas viu o garçom dar uma checada, uma rechecada e pousar o jornal.

Del era um sujeito magro, rosto descorado, com uma eterna barba espessa por fazer e olhos que pareciam brancos demais. Usava uma jaqueta jeans na altura dos cotovelos, camiseta preta e jeans sujos talhados que combinavam com botas. A camiseta dizia, em letras grandes, *Eu encontrei Jesus!* E, embaixo disso, em letras menores, *Ele estava atrás do sofá.*

Lucas chamou.

— Del. — Ele olhou pela escuridão, enxergou os dois no reservado e foi para lá.

— Jenkins disse que você devia estar aqui — falou, dirigindo-se a Lucas. — Eu estava nas redondezas... — Acenou para o garçom. — Outra coca. Por conta da casa. — Para Sloan, ele disse: — Por que não acende a porra da luz? — E para Lucas: — O pessoal anda querendo falar com você. Seu celular está desligado.

— Eu me sinto um idiota — disse Lucas, apalpando à procura do celular. Ligou-o e esperou que acendesse.

— É assim que eles acharam que se sentiria — disse Del. — Em todo o caso, o governador está indo para lá.

As sobrancelhas de Lucas ergueram-se.

— O que aconteceu? — Seu telefone acendeu e exibiu uma lista de ligações perdidas. Seis deles.

— Sabe Constance Bucher? — perguntou Del. — Que vivia na Summit?

— Claro... — disse Lucas. O pelo eriçando na nuca, ao perceber o tempo passado do verbo *viver.* — Sei *quem* é, mas nunca a encontrei.

— Alguém a espancou até a morte — disse Del. Franziu a testa, e tirou uma lêndea de sua jaqueta jeans, dando-lhe um peteleco para o chão. — Ela e a criada, as duas.

— Caramba! — Lucas escorregou para fora do reservado. — Quando?

— Dois ou três dias, é o que estão dizendo. A maior parte de St. Paul foi para lá, e o governador ligou, quer seu jovem rabo branco na cena do crime.

Lucas disse a Sloan:

— Que maravilha.

— Quem é ela? — perguntou Sloan. Ele não era um tipo de St. Paul.

— Constance Bucher... Bucher Natural Resources — disse Lucas. — Madeira, fábrica de papel, terras. Lembra-se do Rembrandt que foi para o Instituto de Arte?

— Eu me lembro de algo a respeito de um Rembrandt — disse Sloan, inseguro.

— Bucher Boulevard? — arriscou Del.

— *Esse* Bucher — disse Sloan. — Boa sorte. Nos dois casos — disse para Lucas.

— É. Se souber de alguma coisa sobre seu amigo, me liga. Estou aflito — observou Lucas. — E não conte nada a Del sobre isso.

— Refere-se a Burt Kline? — perguntou Del, as sobrancelhas agitando-se.

— O merda do Flowers — disse Lucas, e saiu porta afora.

3

Lucas dirigia o Porsche. Uma vez atrás do volante acessou a lista de ligações perdidas de seu telefone. Três foram dadas pelo celular particular de Rose Marie Roux, diretora do Departamento de Segurança Pública, e sua verdadeira chefe; uma fora dada pelo superintendente da BCA, o chefe de fachada; as outras duas vieram dos capachos do governador. Teclou um número e Rose Marie atendeu após o primeiro toque.

— Onde você está? — perguntou ela sem qualquer preâmbulo. Ele estava listado na agenda de seu celular.

— Em Minneapolis — disse Lucas. — Estou a caminho. Ela fica onde, quatro portas depois da catedral?

— Mais ou menos. Estou chegando neste momento. Tem um milhão de policiais de St. Paul espalhados por... Epa! Meu Deus!

— O que foi?

Ela riu.

— Quase atropelo um cara da TV... nada sério.

— Soube que o governador foi para lá — disse Lucas.

— Está lá. Ele disse, abre aspas, Quero Davenport sobre isso como bronze numa maçaneta, fecha aspas.

— Ele andou novamente caprichando nas metáforas — disse Lucas.

— É. Ele acha que isso lhe dá um toque popular.

— Escute, Lucas, ela era muito, *muito* rica. Uma montanha de dinheiro está prestes a ir para algum lugar, e há uma eleição à vista.

— Vejo você em dez minutos — garantiu Lucas. — Você recebeu alguma posição de St. Paul?

— Ainda não. Harrington está aqui em algum lugar, vou falar com ele — disse Rose Marie. — Vou desligar para estacionar... Ficará contente em nos ver... está tentando conseguir mais dinheiro do Estado para pagar horas extras. — Harrington era o chefe da St. Paul.

— Dez minutos — disse Lucas.

Ele estava na zona oeste de Minneapolis. Pegou a Rodovia 100 norte, entrou na interestadual 394, apontou o carro na direção do prédio da IDS a distância e pisou no acelerador, passando velozmente por minivans, utilitários esportivos, picapes, sedãs lerdos, e saiu na I-94.

Sentindo-se relaxado, começou a assobiar.

Havia superado um problema de depressão. A depressão, acreditava, era provavelmente genética, e a compartilhava com o pai e o avô; era uma questão de substâncias químicas cerebrais. E, embora a depressão sempre estivesse ao largo da costa, como uma camada espessa de nevoeiro, nada tinha a ver com o trabalho. Na verdade, *gostava* da caçada, gostava de ir atrás de babacas. Já havia matado alguns e nunca se sentira realmente mal por causa disso. Seguira em frente, numa boa, e também nunca pensara muito a respeito. Sem essa de estresse pós-traumático.

Quanto às senhoras ricas assassinadas, bem, que diabos, elas morreriam mais cedo ou mais tarde. Às vezes, dependendo de quem fosse a vítima, um assassinato o deixava zangado, ou triste, ou o fazia lamentar a morte. Mas, se tivesse de acontecer, teria prazer de caçar quem quer que o tivesse cometido.

Ele não tinha uma missão; tinha um *interesse*.

EMMYLOU HARRIS SURGIU na rádio via satélite, cantando "Leaving Louisiana in the Broad Daylight", e ele cantou junto, numa voz rachada de barítono, dirigindo-se para o maldito assassinato pelo trânsito da cidade, a 140 quilômetros por hora, imaginando por que os católicos não tinham algo como a medalha de São Cristóvão para protegê-los da Polícia Rodoviária. Iria perguntar isso para o padre de sua paróquia, se algum dia ainda voltasse a ver o sujeito.

Gretchen Wilson surgiu com o "Sunday Mornin' Comin' Down", de Kris Kristofferson, e ele também cantou junto.

O DIA ESTAVA deslumbrante, nuvens enfunadas com a brisa, o suficiente para desfraldar as bandeiras dos prédios ao longo da interestadual. Vinte e sete graus, talvez. Lucas pegou a I-94 para a Marion Street, virou umas esquinas até a John Ireland, subiu a colina, passou pela catedral imponente e seguiu pela Summit.

A Summit Avenue fora batizada apropriadamente. Começando no topo de uma encosta de segunda linha acima do Mississippi, olhava St. Paul de cima, não apenas do ponto de vista geográfico, mas também econômico. Os homens mais ricos da história da cidade haviam construído mansões ao longo da Summit, e alguns ainda viviam ali.

OAK WALK ERA uma mansão de três andares, de tijolos vermelhos, com um pórtico colunado branco na frente, instalada um pouco mais afastada da rua do que suas enormes vizinhas. Ele já havia passado, literalmente, milhares de vezes por ali, a caminho do centro da cidade, quase sem notá-la. Quando se aproximou, o trânsito começou a congestionar-se à sua frente, então avistou os furgões de TV, o tráfego dos pedestres nas calçadas e logo as barricadas de madeira — a Summit estava fechada e os guardas desviavam o trânsito da casa do crime, para que dessem a volta pela catedral.

Lucas mostrou sua identificação pela janela, seguiu vagarosamente até as barricadas, gritou "BCA" para o guarda que controlava o trânsito e este indicou que contornasse a barreira e descesse a rua.

O acesso para carros de Oak Walk estava apinhado de viaturas policiais. Lucas deixou o Porsche na rua, passou caminhando por um policial K-9 uniformizado, com seu pastor-alemão. O policial o saudou "Ei, cachorro-quente!". Lucas assentiu, disse "George", subiu os degraus da frente e passou pela porta aberta.

Do outro lado da porta havia um vestíbulo, onde os convidados que chegavam ou partiam podiam apanhar os casacos ou sentar-se num banco e esperar a limusine. O cômodo, por sua vez, abria-se para um imponente corredor que acompanhava a extensão da casa e, logo após a porta, duas estátuas de bronze com 2 metros, tocheiros, seguravam no alto conjuntos de seis lâmpadas.

Bem adiante, duas escadas separadas, uma de cada lado do saguão, subiam retorcidas para o segundo andar, e entre elas um candelabro de cristal pendia a talvez 7 metros acima do saguão.

O corredor, com seu papel de parede rosa-claro, teria normalmente quadros pendurados, a maioria retratos, mas incluiriam cenas agrícolas rurais, algumas do Oeste americano, outras aparentemente francesas; e, sobre o assoalho de carvalho em padrão zigue-zague, uma série de tapetes persas seguiriam em direção da porta mais distante, a dos fundos, em uma perspectiva decrescente, perfeitamente alinhada.

O saguão não estava mais coberto por quadros, mas Lucas sabia que estivera, pois as pinturas tinham sido colocadas no chão, algumas com a frente para baixo, outras com a frente para cima, desordenadamente. Os tapetes estavam tortos, como se alguém tivesse olhado por baixo deles. Procurando o quê, Lucas não conseguia adivinhar. As portas de vidro de um enorme armário chinês tinham sido quebradas; havia uma dezena de bules de colecionador ainda repousando nas prateleiras, e cacos de outros no chão, como se os vândalos estivessem à procura de algo escondido dentro deles. O que seria?

Várias peças da mobília estavam fora do lugar. Gavetas jaziam no chão, com velas, castiçais, bibelôs, roupa de cama e mesa, álbuns de fotos, e caixas de sapatos que, no passado, serviram para guardar fotografias. Estas estavam agora espalhadas ao redor como folhas; um bom número em preto e branco. Havia prataria, e três ou quatro troféus dourados de atletismo, mais ou menos uma dúzia de placas. Uma delas no chão, aos pés de Lucas, com a frente para cima, dizia "Por serviço meritório à cidade, esta chave, ofertada a 1º de Maio de 1899, abre todas as portas de St. Paul".

Policiais estavam por todo o saguão, como atendentes ocupados, olhando papéis, batendo papo. Dois subiam a escada para o segundo andar arrastando um baú de plástico amarelo brilhante com equipamentos.

O TENENTE JOHN T. Smith encontrava-se no que Lucas achava que devia ser a sala de música, visto que continha dois pianos e um órgão. Smith estava sentado de costas, em um banco de piano, em frente a um imponente Steinway com acabamento de mogno, falando ao celular. Olhava os pés e as pernas de uma mulher negra morta, deitada de bruços num tapete persa em um corredor que se distanciava da sala de música. Em toda a sua volta, a mobília fora revirada, e devia haver pelo menos mil folhas de partituras caídas em torno. "Beautiful Brown Eyes". "Camping Tonight". "Itsy Bitsy Teenie Weenie yellow Polka Dot Bikini". "Tammy".

Que espantoso amontoado de porcarias as pessoas ricas têm, pensou Lucas.

SMITH VIU LUCAS e ergueu a mão. Lucas assentiu e enfiou a cabeça no corredor, onde uma equipe da polícia científica de St. Paul e dois homens do Instituto de Medicina Legal trabalhavam no corpo.

Não havia muito o que se ver. Do ângulo de Lucas, a mulher era apenas uma trouxa de panos. Um dos investigadores do IML, um homem chamado Ted, olhou para cima e cumprimentou-o:

— Oi, Lucas.

— O que aconteceu?

— Alguém meteu a porrada nela com um cano. Talvez parte de uma chave de roda. Não foi martelo, nada com beirada. Esmagou o crânio, foi isso que a matou. Ela deve ter levado algumas pancadas depois de morta, pois temos lacerações, mas não muito sangramento. O mesmo com a Sra. Bucher, no andar de cima. Firme, rápido e cruel.

— Quando?

Ted olhou para cima e descansou sobre os calcanhares.

— Johnny diz que elas foram vistas, vivas, no final da tarde de sexta-feira, por um pesquisador da Sociedade Histórica que está trabalhando num livro sobre as casas da Summit Avenue. Saiu às 16h30. Nenhuma das duas foi à igreja no domingo. Às vezes, a Sra. Bucher não ia, mas a Sra. Peebles estava sempre lá. Então Johnny acha que foi depois das 16h30 de sexta e antes da manhã de domingo, e isso para mim está bom. Faremos o trabalho de laboratório...

— Essa aí é Peebles — constatou Lucas.

— É. É Peebles.

SMITH DESLIGOU o celular e Lucas aproximou-se, sorrindo:

— Você vai ficar famoso com este aqui — disse ele. — Talvez Tom Cruise encene o seu papel. De agora em diante, somente sanduíches de agrião e *crème brûlée* para você.

— Vou ficar enrolado, isso é certo — disse Smith. — Você vai se meter neste?

— Se tiver alguma coisa para mim — respondeu Lucas.

— Você é mais do que bem-vindo, cara.

— Obrigado. Ted falou que foi em algum momento entre sexta-feira à noite e domingo de manhã?

Smith levantou-se, esticou-se e bocejou.

— Provavelmente sexta à noite. Espalhei gente por toda a vizinhança, e não conseguimos encontrar ninguém que tivesse visto as duas no sábado, e elas costumavam passar a tarde de sábado no jardim. Decapitando rosas, disse alguém. As pessoas degolam rosas?

— Não sei — falou Lucas. — Eu pessoalmente não faço isso.

— De qualquer modo, receberam quatro telefonemas no sábado e mais três no domingo, todos registrados pela secretária eletrônica — disse Smith. — Creio que estavam mortas antes dos telefonemas.

— Caiu uma forte tempestade sexta à noite.

— Eu estava pensando nisso... Houve muitas interrupções de fornecimento de energia, uma puta escuridão. Alguém pode ter subido o morro e chegado aqui pelos fundos, e ninguém os veria chegar ou ir embora.

Lucas olhou novamente para as pernas de Peebles. Não podiam ser vistas do lado de fora da casa.

— Alarme?

— Sim, mas era velho e estava desligado. Alguns anos atrás, o alarme contra incêndio disparou várias vezes, um problema com o sistema. Os caminhões vinham, e nada. Finalmente desligaram e iam consertá-lo, mas não tiveram tempo.

— Hum. Quem as encontrou?

— Empregados. Bucher tinha um casal que trabalhava para elas, cuidavam da casa, do quintal, faziam a manutenção — disse Smith. — Trabalhavam das 7h30 às 15 horas de segunda a sexta, mas nesta manhã estavam fora, em Hastings, comprando plantas, e só chegaram aqui às 13 horas. Logo que as encontraram ligaram para a emergência. Já checamos, a história procede. Eles piraram. No bom sentido.

— Algo roubado?

— Sim, claro. Levaram joias, não sei quantas, mas há um porta-joias desaparecido do quarto da velha senhora e outro vazio. Falei com a sobrinha de Bucher, em L.A., e ela disse que a Sra. Bucher mantinha as joias mais valiosas num cofre de segurança da Wells Fargo. Qualquer coisa mais valiosa que tivesse aqui, guardava num cofre atrás de um painel na sala de jantar... — Apontou para um aposento à sua direita, após um gaveteiro que continha roupas de crianças, pijamas com desenhos de caubóis e índios, e o que parecia um chapéu de pele de guaxinim; tudo jogado no chão. — A sala de jantar fica ali. Quem esteve aqui não encontrou o painel. O cofre não foi tocado. De qualquer modo, as joias devem ser menos valiosas, como brincos e esses trecos. E levaram produtos eletrônicos. Certamente um DVD, um tocador de CD, um rádio, talvez, e pode haver um computador sumido... Recebemos a maior parte dessas informações das amigas da

Sra. Bucher, mas não havia muitas que conhecessem de fato a casa tão bem.

— Então foi local.

— Parece ter sido local — disse Smith. — Mas não sei. Ainda não tive nenhum pressentimento sobre isso.

— Procura alguém?

Smith virou a cabeça, atrás de bisbilhoteiros, então disse:

— Em dois lugares diferentes. Ficará entre a gente?

— Claro.

— Peebles tinha um sobrinho — disse Smith. — Cursa o segundo ano da Cretin. Sua mãe é enfermeira, e atualmente trabalha das 15 às 23 horas nos hospitais municipais. Quando está nesse turno, o filho vem para cá, depois da escola. Peebles faz seu jantar e fica de olho até a mãe apanhá-lo. Às vezes, ele passa a noite. Seu nome é Ronnie Lash. Faz serviços eventuais para as velhas senhoras, apara a grama, limpa o jardim, vai ao supermercado. Apanha roupa na lavanderia.

— Mau garoto?

Smith balançou a cabeça.

— Não há nada contra ele. Bom na escola. Todos gostam dele. Não estava aqui sexta à noite, estava dançando com a garotada da escola. Mas a vizinhança dele... Tem uns caras barra-pesada na rua dele. Se estivesse saindo com esse pessoal, poderia ter dado uma dica. Mas é uma situação delicada.

— É. — Um jovem negro com bom histórico escolar, benquisto, levado a um duplo assassinato brutal. Tudo o que tinham a fazer era interrogá-lo e serem acusados de racismo. — De qualquer modo, é preciso falar com ele — disse Lucas. — Colocá-lo na fila, torná-lo um de muitos. Sabe como é.

Smith concordou com a cabeça, mas, mesmo assim, pareceu preocupado. A coisa toda já era o suficiente para virar um circo, sem precisar de uma guerra de tortas dos direitos civis.

— Você disse duas suspeitas — lembrou Lucas.

— Tem um centro de reabilitação do outro lado da rua, um quarteirão abaixo. Drogas, álcool. Um entra e sai de gente. Dá para ficar em uma das janelas e observar essa casa a noite toda, imaginando o quanto seria fácil.

— Hum. A não ser que você tenha algo mais, isso me parece tão bom quanto o sobrinho — disse Lucas.

— É, estamos tentando conseguir uma lista da penitenciária.

— Houve... As mulheres reagiram? Algo que possa conter algum vestígio de DNA?

Smith olhou por sobre o ombro em direção a Peebles.

— Acho que não. O que parece é que os sacanas entraram, mataram as duas, pegaram o que queriam e se mandaram. As mulheres não fugiram, não se esconderam, não reagiram, pelo que pudemos perceber até agora. Entraram e mataram. Peebles deve ter sido morta na porta da frente e arrastada no tapete até aqui. Achamos que o tapete devia estar bem diante da porta de entrada.

Pensaram a respeito por um minuto, então o celular de Smith tocou, e Lucas perguntou rapidamente:

— Posso olhar por aí?

— Claro. Vá em frente. — Smith abriu o telefone e acrescentou: — Dez minutos atrás, sua chefe estava no quintal falando com o chefe... Alô?

LUCAS SUBIU A escada para o andar do banheiro, onde outra turma trabalhava em volta do corpo de Bucher. O dormitório era na verdade uma suíte com quatro cômodos: sala de estar, quarto de vestir, banheiro e aposento principal. Este último tinha uma grande cama king-size coberta com uma colcha de patchwork, duas espreguiçadeiras e uma lareira. Todos os quatro cômodos estavam revirados: gavetas puxadas para fora de arcas, um porta-joias de cabeça para baixo sobre o carpete.

Meia dúzia de quadros pendia torta da parede e dois estavam caídos no chão. Outra colcha, essa aparentemente uma tapeçaria de parede, tinha sido arrancada e deixada no chão. Procurando um cofre? O banheiro abria para a direita e ficava atrás da cama. O armário de remédios estava aberto, e vidros de loção, tubos de antissépticos e de pastas de dente espremidos emporcalhavam a tampa do balcão embaixo. Não havia vidros de remédios vendidos com receita.

Drogados. Eles tinham apanhado todos, depois jogaram fora os que não poderiam usar; ou experimentariam para ver o que aconteceria.

Um investigador de St. Paul estava agachado ao lado de uma carteira caída sobre um ladrilho perto da lareira.

— Alguma coisa? — perguntou Lucas.

— Olhe isto — disse o investigador. — Nem um dólar na carteira. Mas não levaram os cartões de crédito, nem os cartões do banco ou a carteira de identidade.

— Eles não conseguiriam as senhas, com Bucher e Peebles já mortas — disse Lucas.

O policial coçou a cabeça.

— Acho que não, mas não se vê isso todos os dias. Os cartões não foram roubados.

LUCAS DEU UMA olhada no segundo andar, cumprimentando os policiais com um aceno e sendo cumprimentado. Um dos policiais apontou-lhe o corredor para o apartamento de Peebles, um dormitório, uma salinha com um televisor velho, um banheiro com chuveiro e uma banheira de ferro fundido. Ali também o armário de remédios estava aberto, com parte do conteúdo derrubado; outra colcha fora arrancada da parede.

Os outros quartos exibiam quadros derrubados no chão, cobertores remexidos.

Uma porta para o terceiro andar estava aberta e Lucas subiu os degraus. Era mais quente ali em cima; ou o ar-condicionado estava desligado ou o ar não chegava até ali. Antigos aposentos de criados, depósitos. Um aposento estava repleto de malas, dezenas de objetos datados dos primórdios do século XX, pensou Lucas. Baús de transatlânticos. Uma pátina de poeira cobria o chão, e pessoas a haviam atravessado: Lucas descobriu pegadas múltiplas indo e vindo, algumas de tênis, outras de sapatos comuns.

Bisbilhotou em outros aposentos e descobriu mais pegadas, como também pilhas de móveis velhos, araras com roupas, rolos de carpete, prateleiras repletas de louças, algumas velhas máquinas de escrever, uma TV antiga com a tela quase oval, caixas de papelão cheias de quebra-cabeça e brinquedos de criança. Um quarto repleto de pinturas emolduradas. Um quadro de avisos de cortiça com dezenas de buttons e medalhões promocionais do Carnaval de Inverno de St. Paul. Os babacas deveriam tê-los levados, pensou ele; alguns daqueles buttons valiam várias centenas de dólares.

Ele estava sozinho em meio a partículas de pó, silêncio e calor, pensando nas pegadas, então virou-se, desceu a escada e saiu à procura de sua chefe.

No primeiro andar, contornou a cena do crime no saguão e passou por outra sala vazia, parou e voltou. Aquela era a sala de TV, com um televisor de alta definição, de 60 polegadas, em uma das paredes.

Embaixo ficava uma prateleira com aparelhos eletrônicos, exibindo apenas uma porção de extremidades de cabos dourados. Estava para ir embora, quando avistou um quadrado brilhante de plástico azul atrás da porta semiaberta de um armário. Foi até lá, abriu mais um pouco a porta, encontrou uma estante encaixada no armário, as prateleiras superiores cheias de DVD de filmes, as inferiores armazenando uma dúzia de videogames. Ele reconheceu a versão mais recente de Halo, um game de Xbox. Não havia um Xbox perto da TV, portanto devia ter sido levado junto com os outros aparelhos eletrônicos.

Será que as velhinhas jogavam Halo? Ou pertencia ao garoto Lash?

Smith estava passando e Lucas o chamou.

— Ei, Johnny... você esteve no terceiro andar?

— Não. Me disseram que não tinha muita coisa lá — respondeu Smith.

— Quem subiu? — perguntou Lucas.

— Clark Wain. Conhece ele? Um cara grandão, com a careca rosada?

— Sim, obrigado — disse Lucas. — Quando vai falar com o sobrinho de Peebles?

— Em breve. Quer ir também?

— Talvez. Notei que todos os eletrônicos foram levados, mas há uma porção de jogos e de DVDs que ficaram — disse Lucas. — É um pouco estranho, se forem apenas babacas das redondezas.

Smith esfregou os lábios e então disse:

— É, eu sei. Eu vi isso. Talvez estivessem com pressa.

— Eles tiveram tempo suficiente para arrasar o lugar — frisou Lucas. — Devem ter ficado aqui por uma meia hora.

— E...

— Talvez alguém tenha pedido para não levarem — disse Lucas.

— Você acha...? — Estavam falando do garoto Lash.

— Não sei não — disse Lucas. — Roubaram o console do jogo, mas não os jogos? Não sei... Talvez seja melhor checar para ver se Lash tem outro console em casa.

LUCAS ENCONTROU ROSE Marie na pequena cozinha conversando com a representante estadual do distrito, uma mulher de cabelos laranja, com um buço escuro, que derramava lágrimas de verdade, e as enxugava com lenços de papel. Lucas aproximou-se de Rose Marie:

— Você conhece Kathy. Ela e a Sra. Bucher eram muito chegadas.

— Eu... eu... eu... eu... — disse Kathy.

— Ela identificou os corpos — disse Rose Marie. — Mora duas casas acima.

— Eu... eu...

Lucas teria sentido mais pena, se ela não fosse uma cruel raposa política casada com um cruel advogado querelante. De qualquer modo, não pôde evitar sentir um *pouquinho* de pena.

— Você devia se sentar — sugeriu ele. — Parece arrasada.

—Venha — disse Rose Marie, segurando o braço da outra. —Vou conseguir um lugar para você. — E para Lucas: —Volto num minuto.

A COZINHA FORA revirada como o resto da casa, todas as gavetas dos armários puxadas, as prateleiras do freezer caídas no chão, um pote de farinha de trigo derrubado com outros recipientes de cerâmica. Havia farinha por toda a parte, misturada com porcarias da geladeira. Picles ressecados estavam espalhados por todos os lados, como diminutas salsichas cor de oliva, e podia-se sentir o cheiro de ketchup e raiz-forte apodrecendo ao sol, como os restos de um piquenique de três dias antes, ou de uma barraca de comida ao final de uma feira de amostras.

Para escapulir da bagunça, Lucas atravessou a cozinha e saiu na varanda dos fundos, um semicírculo de cálida pedra amarela com 10 metros de extensão. Embaixo, o gramado estendia-se até a beira de um morro e, abaixo dele, fora da vista da I-35, vinha o United Hospital, depois a antiga bagunça da West Seventh e, ainda mais abaixo, o Mississippi. Policiais ocupavam o gramado, conversando em aglomerados ou grupos de dois ou três, um pouco de fumaça de cigarro e de charuto flutuando por ali, um cheiro agradavelmente acre. Um dos policiais era Clark Wain, o sujeito que havia examinado o terceiro andar. Lucas aproximou-se e disse, "Clark", e Wain disse, "Sim, Lucas, o que está pegando?"

—Você foi no terceiro andar?

— Eu e mais outros caras — disse Wain. — Para termos certeza de que não havia ninguém mais na casa.

— Havia pegadas lá em cima? No pó?

— Havia. Nós as fotografamos, mas, fora isso, não havia mais nada para se ver... Havia muitas pegadas — disse Wain. — Parece que ficaram muito tempo lá em cima.

— Nada fora do lugar?

Os olhos de Wain vaguearam, como se tentasse recordar, depois retornaram para Lucas:

— Nada que me chamasse a atenção na ocasião. Não arrasaram o lugar, como fizeram em alguns dos outros aposentos. Talvez tenham dado uma olhada por lá e descido... se é que as pegadas são dos assassinos. Poderiam ser de qualquer um.

— Certo...

Rose Marie saiu na varanda, procurando-o, e Lucas acenou para ela. Disse a Wain:

— Preciso falar com a chefe.

Voltaram para a sala de jantar.

— O que você tem além de Kline? — perguntou Rose Marie.

— O assassinato de Henry, em Rochester. Aparecem pistas de vez em quando, temos o corpo de uma garota, em Jackson, e não sabemos o que aconteceu lá. Os federais estão exigindo mais cooperação contra imigrantes ilegais, querem que a gente coloque alguém nas indústrias de enlatados de Austin... mas Kline é o principal. E este aqui.

— Foi Burt mesmo? — perguntou Rose Marie. Ela e Kline eram velhos adversários políticos.

— Foi. Não sei se conseguiremos provar — disse Lucas.

Contou-lhe sobre o DNA, o vestido tamanho 40 e o histórico sexual da garota. Ela já sabia dos ponto e vírgulas e que Kline admitira ter um caso com Mamãe.

— A notícia mais recente é que Kline quer fazer algum tipo de acordo consensual — disse Lucas. — Todos concordam que ninguém fez nada de errado e que ninguém voltará a fazê-lo. Ele, em troca, paga às duas mais um ano de aluguel do quarto e uma taxa pela vaga na garagem, algo em torno de 20 mil pratas no total.

— Isso é papo furado. Não se pode assinar um acordo consensual para se livrar de uma acusação de atentado ao pudor — disse Rose Marie. — Especialmente quando se é um senador.

— Então mandarei Virgil aqui e você diz o que quer que ele faça.

Ela fez um ruído grosseiro e balançou a cabeça:

— O merda do Flowers...

— Ora vamos, Rose Marie.

Ela suspirou.

— Tá legal. Mande-o subir. Diga-lhe para trazer o prontuário, fazer uma apresentação. Três ou quatro pessoas estarão aqui, ele não será apresentado, nem deverá procurá-las depois. Diga-lhe para vestir calça e paletó e se livrar daquelas malditas botas de caubói por um dia. Diga-lhe que não precisamos de pose. Diga a ele que, se vier com pose, doarei o traseiro dele para o Conselho da Cidade de Fulda como policial municipal.

— Eu direi... — Olhou em volta. Vários painéis da parede da sala de jantar tinham sido abertos. Um deles mostrava a porta de um cofre; outro, fileiras de garrafas de bebida; um terceiro, travessas de louça de barro com legumes esculpidos como decoração.

— Escute. Isto é um circo — disse ela, abanando a mão para o aposento revirado. — O governador quer nossa presença aqui porque a mulher era uma grande financiadora política e social. Mas você precisa concentrar-se em Kline. — Desembrulhou um chiclete Nicorette, começou a mascar rapidamente, rolando-o com a língua. — Não me importa quem dê um jeito nisso, mas algo tem que ser feito.

— Por que não seguimos simplesmente o caminho do Grande Júri? Sabe como é, "Nós apresentamos o caso ao Grande Júri que, em sua sabedoria, pode optar por indiciar ou não indiciar".

— Porque estamos lidando com a legislatura, e os republicanos ainda a controlam, e *sabem* que isso é papo furado. Papo furado radioativo. Precisamos estar preparados antes que essa garota apareça no Canal Três.

LUCAS ACOMPANHOU-A ATÉ o carro; após ela sair de sua vaga em um acesso para carros nas proximidades, ele retornou à casa. No caminho, pensando mais em Kline do que no assassinato de Bucher, avistou um repórter ruivo do *Star Tribune* do outro lado da fita de isolamento da polícia. O repórter ergueu a mão e Lucas aproximou-se.

— Como ela morreu? — perguntou Ruffe Ignace. Ele sorria, como se fosse apenas um bate-papo com um amigo.

— Foram duas — disse Lucas baixinho.— Uma criada chamada Sugar-Rayette Peebles e Constance Bucher. Peebles foi morta no térreo, perto da porta da frente. Seu corpo foi envolvido num tapete persa que estava no corredor. A velha senhora foi morta em seu quarto. Foram espancadas até a morte, talvez com um cano. Crânios esmagados. A casa foi saqueada, os quartos, revirados. Talvez tenha acontecido sexta à noite.

— Alguma pista? — Ignace não fazia anotações, parado no gramado do vizinho, com as mãos nos bolsos do paletó. Não queria chamar a atenção dos outros repórteres. Lucas descobrira que Ignace tinha uma memória excepcional, pois, por mais longa que uma conversa fosse, ele era capaz de, posteriormente, ir a algum lugar e reproduzi-la por escrito.

— Ainda não — disse Lucas. — Estamos conversando com as pessoas que conheciam as mulheres...

— E aquele lugar mais adiante na rua? — indagou Ignace. — O centro de reabilitação? Cheio de drogados?

— St. Paul está cuidando disso.

— Não parece coisa de drogado? — perguntou Ignace.

— Mais ou menos, mas não exatamente — explicou Lucas.

— Por que não exatamente?

— Não sei... mas *não* exatamente — repetiu Lucas. —Volto a falar com você, quando sacar o que é.

— Está dirigindo as investigações?

— Não. St. Paul. Estou como consultor — disse Lucas.

— Beleza. Te devo essa — agradeceu Ignace.

— Já me devia uma.

— Papo furado. Estávamos quites — disse Ignace. — Agora te devo uma.

UMA MULHER O chamou: "Lucas! Ei, Lucas!" Ele virou-se e viu Shelley Miller na multidão ao longo da calçada. Morava mais adiante, na mesma rua, numa casa tão grande quanto Oak Walk.

— Preciso falar com essa senhora — desculpou-se Lucas.

— Me liga — pediu Ignace. Afastou-se, enfiando a mão no bolso procurando o celular.

Miller aproximou-se. Era uma mulher magra; magra por pura força de vontade.

— Ela está...? — Miller era um misto de fascinação e horror.

— Sim. Ela e a criada — disse Lucas. — Você a conhecia bem?

— A gente conversava quando ela vinha aqui fora — disse Miller. — Nós costumávamos nos visitar de vez em quando. Como a mataram?

— Com um cano, creio — respondeu Lucas. — O médico-legista vai dizer melhor.

Miller tremeu:

— E ainda estão pelas redondezas.

A testa de Lucas enrugou-se:

— Não sei não. Isto é, se são das redondezas. Você conhece a casa de Bucher o suficiente para ver se alguma coisa foi levada? Isto é, o cofre não foi tocado e sabemos que um porta-joias foi esvaziado e outro pode ter sido levado, e também alguns eletrônicos, mas fora isso...

Ela assentiu com a cabeça.

— Conheço muito bem. Dan e eu estamos reformando outra casa nesta rua. Tínhamos pensado em comprar alguns quadros antigos de St. Paul e talvez alguma mobília e objetos importantes dela. A gente achava que, depois que ela morresse, seria melhor manter suas coisas juntas, em vez de deixar que se dispersassem... Acho que, agora, ficarão separadas. A gente nunca fez nada a respeito.

— Você topa dar uma olhada lá dentro? — perguntou Lucas. — Para ver se falta alguma coisa?

— Claro. Agora?

— Agora não — pediu Lucas. — Os peritos criminais ainda estão trabalhando por toda a casa, e ainda terão de remover os corpos. Mas vou falar com o chefe dos investigadores para permitir que, ainda hoje, mais tarde, você entre na casa. O nome é John Smith.

— Pode deixar — disse ela.

* * *

Lucas voltou para dentro, falou com Smith sobre Shelley Miller, então perambulou pela casa, atento a tudo, à procura de algo, sem saber o que era, observando os peritos criminais trabalharem, fazendo uma pergunta de vez em quando. Ficou espantado com a extensão da casa: uma biblioteca do tamanho de uma biblioteca escolar do ensino médio. Um salão de baile do tamanho de uma quadra de basquete, com quatro candelabros de cristal.

John Smith fazia a mesma coisa. Os dois toparam-se algumas vezes.

— Alguma coisa?

— Não muito — reconheceu Lucas.

— Viu a prataria atrás do painel na sala de jantar? — perguntou Smith.

— É. Prata de lei.

— Parece que está toda lá.

Lucas coçou a cabeça:

— Será que pensaram que seria difícil conseguir um receptador?

— Era só jogar no carro, dirigir até Miami e *sayonara*.

— Mas tem nomes e monogramas... — aventou Lucas.

— Dá para raspar. Derreter — disse Lucas. — Não precisaria ser gênio para fazer isso.

— Talvez fosse muito pesado.

— Sei não...

Lucas continuou perambulando, pensando a respeito. Cinquenta quilos de prata maciça? Certamente não devia ser tanto. Voltou à sala de jantar, olhou no interior do armário embutido. Três ou quatro baixelas de prata, algumas tigelas e travessas. Virou ao contrário uma das travessas, achando que podia ser de uma liga de estanho folheada ou coisa assim; viu a marca da prata de lei. Avaliou seu peso, avaliou o peso de uma baixela... talvez uns 20 quilos no total? Ainda assim, valia uma fortuna.

Um guarda uniformizado passou, a cabeça toda inclinada para trás, olhando o teto.

— O que foi? — quis saber Lucas.

— Olhe para o teto. Veja o arremate do teto. — Lucas olhou. O teto era moldado em gesso, e o arremate era um friso de cavalos correndo. — Só esse arremate vale mais do que a minha casa.

— Então, se sumir, devemos procurar na sua garagem — disse Lucas.

O policial concordou com a cabeça.

— É isso aí.

UMA DUPLA DE médicos-legistas deslizou uma maca com rodinhas através da sala de jantar e saiu por uma porta lateral; um saco plástico preto para cadáveres repousava sobre ela. Peebles.

LUCAS RETORNOU À prataria. Onde ele estava? Ah, sim... devia valer uma fortuna. Então um pensamento rápido: valeria mesmo?

Digamos, todo aquele peso devia dar 640 onças... Mas o peso da prata era avaliado em onças *troy*, as quais, se ele se recordava corretamente, eram cerca de dez por cento mais pesadas do que onças normais. Prata de lei não era pura, apenas cerca de 90 por cento, portanto, haveria mais perdas. Digamos aproximadamente 550 onças *troy* de prata pura a... Ele não sabia quanto. Dez mil? Quinze? Não era uma fortuna. Após passar por um receptador, ser reprocessada e refinada e levada ao usuário final, os sujeitos que tinham carregado a prata para fora da casa teriam sorte se faturassem uma milha.

Ao mesmo tempo, estariam espalhando por aí uma porção de prata com as iniciais da morta. Talvez, pensou, não a tivessem levado porque não valia o esforço ou o risco. Talvez fossem mais espertos do que o drogado médio.

Outra maca passou pelo corredor, outro saco de cadáver: Bucher. Então um policial enfiou a cabeça pela porta da sala de jantar.

— O garoto Lash chegou. Estão levando ele para a sala de visitas da frente.

* * *

LUCAS FOI NAQUELA direção, pensando na prata, nos videogames, no modo como a casa fora revirada, nos cartões de crédito não roubados... Superficialmente, parecia coisa de ladrão local, mas, diante de tudo aquilo, pensou, parecia outra coisa. Smith tinha o mesmo mau pressentimento a respeito daquilo: havia uma outra coisa, e eles não sabiam o que era.

RONNIE LASH ERA alto, magro, nervoso e apavorado, um brilho de suor em sua testa cor de café, rastros de lágrimas nas faces. Estava bem-vestido, usava uma camisa polo vermelha de mangas curtas, calça comprida marrom e tênis; as mãos estavam sobre o colo, e ele as torcia e retorcia. Sua mãe, uma mulher esbelta em um uniforme de enfermeira, apertando uma bolsa preta do tamanho de um saco de supermercado, estava de pé a seu lado, falando com John Smith.

— Eles sempre mandam procurar um advogado — disse a Sra. Lash. — Ronnie não fez nada a ninguém, adorava Sugar, mas eles sempre mandam procurar um advogado.

— Nós, ah, Sra. Lash, a senhora tem de fazer o que acha certo — explicou Smith. — Nós podemos conseguir que um advogado fique ao lado de Ronnie, podemos ter alguém aqui da Defensoria Pública dentro de uma hora, e isso não lhe custará um centavo. — Isso era a última coisa que Smith queria. Ele queria o garoto sozinho, onde ele pudesse mentir, enganá-lo.

A Sra. Lash dizia:

— ... não tenho muito dinheiro para advogados, mas posso cuidar disso.

Ronnie balançava a cabeça, olhando acima para sua mãe:

— Quero acabar logo com isso, mãe. Quero conversar com esses caras, não quero um advogado.

Ela colocou a mão em seu ombro.

— Eles sempre aconselharam ter um advogado, Ronnie.

— Quando é preciso, mãe — recusou o garoto Lash. — Eu não preciso. Jesus cuidará de mim. Apenas direi a verdade.

Ela abanou um dedo para ele.

— Então fale com eles, mas se começarem a dizer coisas para você, grite por mim e a gente chama um advogado. — Voltou-se para John Smith: — Ainda não entendo por que não posso entrar. Ele é menor de idade.

— É porque precisamos falar com Ronnie... e não com vocês dois. Precisamos falar com você, também, mas separadamente.

— Mas eu não... — protestou ela.

— Não achamos que tenha feito algo, Sra. Lash, mas precisamos falar com todo mundo — disse Smith. Sua voz perdera a rispidez, agora que sabia que poderia pressionar Ronnie sem um advogado para atrapalhar seu número.

LUCAS APOIOU-SE NA parede do corredor, ouvindo o diálogo, mãe e filho indo de um lado para o outro. Os Lash finalmente decidiram que Ronnie poderia ir em frente e ser interrogado, mas se os policiais começassem a dizer coisas...

— Eu te chamo, mãe.

A essa altura, Lucas estava 83 por cento certo de que Lash não matara ninguém e não ajudara a matar ninguém.

INSTALARAM A SRA. Lash num divã da sala de música e John Smith, um detetive gordo chamado Sy Schuber e Lucas levaram Ronnie para a sala de visitas e trancaram a porta. Colocaram Ronnie num sofá e espalharam-se pela sala arrastando cadeiras. Então Smith, após resumir o que tinha acontecido, disse:

— Agora, temos que perguntar, onde esteve nesse fim de semana? Começando às 16h30 de sexta-feira?

— Eu e outros caras pegamos um ônibus pra Minneapolis, logo depois das aulas de sexta — disse Lash. — A gente foi no BenBo's, em Hennepin. Era uma noite para menores de idade.

BenBo's era uma casa de hip-hop. Ronnie e quatro garotos, amigos da escola, passaram as cinco horas seguintes dançando e se enturmando com um grupo de garotas que conheceram lá, portanto, outras nove pessoas estiveram com Ronnie a maior parte da noite. Ele ouviu seus nomes e Schuber anotou-os. Às 22 horas, a mãe de um deles apanhou os garotos com seu utilitário e levou-os de volta a St. Paul.

— Que tipo de carro? — perguntou Lucas.

— Um Cadillac SUV... não sei como se chama exatamente — disse Lash. — Tem uns 2 anos.

De volta a St. Paul, Ronnie foi o terceiro a ser deixado, portanto achava que devia ser um pouco antes das 23 horas quando chegou em casa. Sua mãe ainda estava acordada. Ela havia comprado um frango assado no supermercado Cub, então comeram sanduíches de frango na cozinha, conversaram e foram dormir.

Nos fins de semana, Lash trabalhava num banco de alimentos dirigido pela sua igreja, que não era católica, embora ele estudasse numa escola católica. Ele começou às 9 horas e ficou lá até as 15.

— Não somos pagos, sabe, mas isso vai para o histórico escolar — continuou. — Também faz bem à alma.

Schuber perguntou:

— Se você é um cara tão religioso, por que passou a noite toda em um clube de hip-hop?

— Jesus não tinha problemas com a diversão — disse Ronnie. — Ele transformou água em vinho, e não o contrário.

— Tá, tá. — Schuber esfregava os olhos com as pontas dos dedos. — Ronnie, você citou um cara chamado Weldon Godfrey, que mora no quarteirão. Você conhece Weldon?

— Sei quem ele é — assentiu Ronnie. Falou tão despreocupadamente que Lucas percebeu que o garoto sabia qual seria a pergunta seguinte.

— Você é amigo dele? — perguntou Smith.

— Não. A gente não se fala desde que entrei na escola católica — disse Lucas. — Eu o conhecia bem quando cursava a escola pública, mas ele estava dois anos na minha frente, por isso a gente também não saía junto nessa época.

— Ele anda metido em encrencas.

— Ele é um babaca — disse Ronnie, e Lucas riu apesar de si mesmo. O garoto falava como um jogador de golfe de meia-idade.

Smith insistiu:

— Mas você não saía com Weldon ou com qualquer um de seus amigos?

— Não. Minha mãe me mataria se eu saísse — disse Ronnie. Torceu e retorceu seus dedos ossudos, inclinando-se para a frente. — Desde que ouvi a notícia de que tia Sugar tinha sido assassinada, eu sabia que vocês iam querer falar comigo sobre isso. Seria fácil dizer: "Este é um garoto negro, que é membro de gangue, foi ele quem armou tudo." Pois bem, não fui eu.

— Ronnie, nós não...

— Não minta para mim, senhor — disse Ronnie. — Isso é muito sério.

Smith assentiu.

— Está bem.

— Você dizia... — lembrou Lucas.

— Eu dizia que amava realmente tia Sugar e que gostava muito da Sra. Bucher. — Uma lágrima começou a descer por uma das faces e ele a deixou correr. — Tia Sugar me criou, junto com minha mãe. Quando minha mãe ia pra escola, tia Sugar cuidava de mim em tempo integral. Quando tia Sugar conseguiu emprego com a Sra. B, e eu comecei a frequentar a escola católica, passei a vir para cá, e a Sra. B me pagava para fazer serviços ocasionais. Ela me dava mais dinheiro do que era necessário e dizia que, se vivesse o bastante, ajudaria a pagar minha faculdade. De modo algum eu ia querer fazer mal a essas pessoas. Eu não encostaria o dedo nelas por ninguém, não importa o quanto tivessem roubado.

Lucas acreditou. Se o garoto estivesse mentindo, e fosse capaz de gerar conscientemente aquelas lágrimas, então era realmente um pequeno psicopata nato. O que, claro, era possível.

Lucas sentiu John Smith dar sinais de que ia encerrar, Schuber deu de ombros, e Lucas intrometeu-se:

— E o que foi que eles roubaram, rapaz?

— Não sei. Ninguém deixou eu dar uma olhada — disse Lash.

Lucas para Smith:

— Posso levá-lo para uma volta pela casa?

Smith fez que sim:

— Vá em frente. Depois me procure.

— Já acabou? — perguntou Ronnie.

— Por enquanto — disse Smith, exibindo um primeiro sorriso. — Não faça reservas para nenhuma viagem para a América do Sul.

O rosto de Ronnie estava excessivamente sério.

— Não, senhor.

LÁ FORA, NO corredor, a Sra. Lash estava de pé, as costas para a parede, encarando a porta. Assim que Lucas saiu, perguntou:

— O que houve?

Lucas deu de ombros.

— Ronnie ofereceu-se para me mostrar a casa.

Ela perguntou a Ronnie:

— Eles disseram alguma coisa para você?

— Não. Eles não acham que fui eu — disse Lash. Para Lucas: — Não é mesmo?

Lucas concordou:

— Nunca achamos que fosse. Mas tínhamos de checar. Tudo bem se me mostrar a casa?

Ela o encarou por um momento, com um ceticismo sempre presente que, por ser um policial branco, Lucas percebia quando lidava com negros. Seus olhos voltaram-se para o filho e disse:

— Preciso falar com a polícia sobre Sugar. Sobre as providências para o funeral. Você pode ajudar este homem, mas, se ele começar a acusar você de qualquer coisa, não diga nada antes de chamarmos um advogado.

— O QUE eu quero saber é o que essas pessoas levaram — disse Lucas para Lash. — Sabemos que levaram aparelhos eletrônicos... um game, talvez um DVD. O que mais?

Começaram pela sala de TV.

— Levaram um DVD e um Xbox e um tocador de CD. A Sra. B gostava de sentar-se aqui e ouvir seus discos, aprendeu a controlar o aparelho com o controle remoto, também ele ficava aqui, ao lado, para ela não ter que se abaixar para colocar um CD. O DVD ficava na prateleira abaixo da TV, e ela não podia se levantar e esticar-se até lá, e era tia Sugar quem tinha que fazer isso — disse Lash. Olhou na estante. — Hum. Não levaram os games. — Ele parecia olhar internamente, para outro Ronnie Lash, conhecedor do mundo das ruas, e murmurou para si mesmo: — Games é o mesmo que grana.

— Os games são seus?

— São. Mas por que não levaram?

Lucas coçou o nariz.

— O que mais?

— Havia um pote com dinheiro na copa. — Lash mostrou o caminho para a pequena cozinha onde Lucas topou com Rose Marie e a política chorosa.

— Isto é uma copa? — perguntou Lucas, olhando em volta. — O que diabos é aquilo?

— A cozinha verdadeira fica no porão. Quando havia um grande jantar, a comida era preparada lá e depois vinha por este pequeno elevador... chamado de *dumbwaiter*. — Lash abriu uma portinha que revelou um poço descendente. — Os criados apanhavam a comida aqui e a levavam para a mesa. Mas, para o dia a dia, a Sra. B mandou remodelar a copa e a transformou numa cozinha.

— Certo.

Um pote de cerâmica laranja, modelado para parecer uma abóbora, com a palavra "cookies" na lateral, estava em cima do armário da cozinha, encostado à parede. Lash ia apanhá-lo, mas Lucas segurou seu braço.

— Não toque nisso — disse ele. Pegou uma tolha de papel da prateleira, colocou a mão atrás do pote e o empurrou na direção da beirada do armário. Quando estava perto o bastante para olhar em seu interior, tirou a tampa, segurando-a pelas bordas. — Impressões digitais.

Lash olhou dentro.

— Nada. Limpinho. Sempre havia umas 200 pratas aí. Às vezes mais, às vezes menos.

— Dinheiro de caixinha.

— É. Para algum serviço ou para quando viessem os entregadores — disse Lash. — Na maioria, notas de 20, e algumas menores e uns trocados. Hum... O que terá acontecido com o barril dos trocados?

— O que é isso? — perguntou Lucas.

— Lá em cima. Eu lhe mostro.

Lucas chamou um especialista em cena de crime, que colocou uma fita de alerta em volta do armário da cozinha. Então os dois saíram pela casa, Lash mencionando uma meia dúzia de itens: um laptop tinha sumido, e era usado na maior parte do tempo pelo casal que cuidava da casa, mas também pelo garoto, para seus trabalhos escolares. Um Dell, disse Lash, e apontou para a gaveta de um arquivo contendo a papelada da garantia.

Lucas copiou as informações relevantes e o número de série. Faltavam ainda uma impressora, binóculos, uma antiga luneta Nikon que Bucher usara outrora para observar pássaros, duas velhas câmeras fotográficas de filme e um tocador de CD portátil.

— Selos — disse Lash. — Havia um rolo enorme de selos na gaveta da escrivaninha...

A gaveta fora esvaziada.

— A impressora era muito grande?

— Era Laserjet HP, mais ou menos deste tamanho — disse Lash, gesticulando com as mãos, indicando cerca de 60 centímetros quadrados.

— Pesada?

— Não sei. Nunca levantei. Mas acho que era bem pesada — disse Lash. — Parecia pesada. Era mais do tipo de escritório do que uma impressora doméstica.

— Hum.

— O que quer dizer "hum"? — perguntou Lash.

Lucas acrescentou:

—Você acha que colocaram tudo isso num saco e saíram correndo rua abaixo?

Lash olhou-o durante um minuto e então disse:

— Eles tinham um carro. — Olhou na direção dos fundos da casa, os dedos tamborilando o lábio inferior. — Mas o detetive Smith disse que eles devem ter vindo pelos fundos, subindo a ladeira.

— E daí?

Lash deu de ombros.

— Ele estava enganado.

NO CORREDOR DO andar de cima, um vaso de latão — ou algo parecido com um vaso, mas com cerca de 1,20 metro de altura — estava tombado de lado. Lucas o notara no meio da desordem, durante a primeira volta que dera pela casa, mas, na ocasião, parecera mais uma consequência do vandalismo aleatório. Lash levantou-o pela borda.

— Peguei — disse ele. E, para Lucas: — Todas as noites, a Sra. B colocava aqui os trocados que tinha. Tudo quanto era moeda. Ela dizia que, um dia, chamaria o Exército de Salvação, no Natal, e mandaria que viessem aqui e apanhassem um vaso cheio de moedas.

— Quanto tinha aí?

Lash balançou a cabeça.

— Sei lá. Era pesado demais para se mexer. Não dava nem para inclinar.

— Digamos que seriam centenas de dólares.

— Não sei. Eram moedas de 5, 10 e 25 centavos, mas uma porção delas — disse Lash. — Pensando bem, podia ter milhares.

No restante do andar, Lash não detectou nada do que Lucas já não tivesse suspeitado: as joias, os medicamentos. Talvez algo que estivesse escondido nas cômodas, mas Lash nunca olhara dentro delas, disse, portanto não saberia o que poderia ter sumido.

No terceiro andar, demoraram um pouco: Lash tinha passado algum tempo ali, organizando e ajeitando coisas sob as ordens de Bucher.

— Sugar dizia que a Sra. B se preparava para morrer — disse Lash.

Tinham olhado em meia dúzia de aposentos, quando Lash disse de repente:

— Espere um minuto. — Voltou ao cômodo que tinham acabado de deixar, o qual havia mobília empilhada e um grande número de caixas de papelão; um abajur quebrado emergia de uma delas. Lash disse: — Cadê as cadeiras?

— As cadeiras?

— Sim. Havia duas cadeiras velhas aqui. Uma de cabeça para baixo em cima da outra, como num restaurante na hora de fechar. Pelo menos... — coçou o queixo. — Talvez estivessem no outro quarto.

Saíram para o outro quarto. Várias cadeiras, mas não, disse Lucas, as duas em que estava pensando. Voltaram ao primeiro.

— Estavam bem aqui.

— Quando você as viu pela última vez?

Lash pousou o dedo na orelha, girou-o por um momento, pensando, então disse:

— Bem, já faz algum tempo. Eu estava limpando este quarto... puxa vida, férias de Natal. Seis meses.

— Duas cadeiras velhas — disse Lucas.

— Sim.

— Talvez a Sra. Bucher tenha se livrado delas.

Lash deu de ombros.

— Talvez. Mas ela nunca disse nada. Nem acho que pensasse nelas.

— Eram muito velhas, tipo antiguidades francesas ou coisa assim? — perguntou Lucas.

— Não, não — disse Lash. — Eram mais da idade de minha mãe. Ou talvez da sua.

— Como é que você sabe?

— Porque eram tipo... retilíneas. Tipo, o encosto era uma grande reta e o assento também. Eram tipo, sabe como é, como a gente vê em séries antigas de TV... tipo assim, *Jornada nas estrelas*. Ou talvez como cadeiras da lojas Goodwill.

— Hum. Não dava então para você não notar — disse Lucas.

— Sim. Elas não estão aqui.

Ao percorrerem os últimos aposentos, Lash disse, finalmente:

— Sabe, eu não tenho certeza, mas parece que alguém andou fuçando por aqui. As coisas não estão exatamente como eram. Parece que foram mudadas de lugar.

— Tipo o quê?

Lash apontou para o outro lado do quarto, na direção de uma danificada cadeira de balanço de madeira com o assento macio rasgado. Atrás dela, uma pilha com quatro pinturas emolduradas estava apoiada na parede.

— Tipo, alguém mexeu naquela cadeira de balanço. Quando a senhora queria mudar algo de lugar, costumava pedir para eu mudar.

— Havia alguma coisa ali?

Lash pensou por um momento, e então deu uma olhada em outro aposento. Quando voltou, olhou para a velha cadeira de balanço e disse:

— Talvez houvesse mais quadros do que aqueles. Atrás da cadeira.

— Quantos? — perguntou Lucas.

— Não sei, mas a pilha era maior. Talvez seis ou cinco. Ou talvez sete. Mas a pilha era maior. Uma das molduras era dourada, mas estava toda coberta de pó. Não a vejo aqui. Vejamos, uma dizia Reckless nas costas...

— Reckless?

— É, alguém tinha pintado "Reckless" nela — retrucou Lash. — Apenas essa única palavra. Nas costas da pintura, e não do lado da pintura. Com tinta cinza-escuro. Letras grandes.

— Retrato, paisagem...?

— Não sei. Não olhei a frente, só me lembro dessa palavra nas costas. Alguns quadros sumiram. Pelo menos dois.

— Havia alguns quadros no fim do corredor, naquele terceiro cômodo, o tal com tábuas de passar roupa — disse Lucas.

— Não, não, eu sei disso. Esses aqui de cima tinham molduras que eram, tipo, entalhadas com flores e uvas e esse trecos. E a dourada. Aquelas outras são simples.

— Cadeiras que não eram tão velhas, e talvez alguns quadros — disse Lucas.

— É. — Ficaram em silêncio por um momento, então Lash acrescentou: — Vou lhe dizer uma coisa, Sr. Davenport, Weldon Godfrey não roubou nenhuma cadeira nem nenhum quadro. Ou talvez ele tenha levado as cadeiras, pois a casa dele nunca teve muita mobília. Mas Weldon não lhe daria nem um dólar por qualquer quadro que eu possa imaginar. A não ser que fosse de uma loura com peitões.

Caminharam de volta pela casa e, no caminho, o celular de Lash começou a tocar uma versão para rock de "The Battle Hymn of the Republic". Ele tirou o telefone do bolso, olhou para o visor, pressionou um botão e o guardou de volta.

— Você tem celular — disse Lucas.

— Todo mundo tem celular. Mamãe e eu não temos mais telefone fixo.

De volta ao primeiro andar, toparam novamente com Smith. Sua sobrancelha esquerda ergueu-se interrogadoramente.

— Talvez tenhamos alguma coisa — disse Lucas. — Ronnie acha que algumas coisas podem ter sido levadas. Não sabe exatamente quais, mas, aparentemente, algumas peças foram mudadas de lugar no terceiro andar. Duas cadeiras podem ter sumido, e talvez um ou dois quadros.

— Conte para ele sobre o carro — pediu Lash.

— Ah, sim — disse Lucas. — Eles usaram um carro para levar os objetos roubados. Provavelmente uma van ou um caminhão.

Lucas explicou e Smith continuou:

— A Hill House tem um sistema de segurança com câmeras apontadas para a rua. Talvez a gente encontre alguma coisa nas fitas.

— Se levaram as tais cadeiras, o veículo teria de ser grande — ponderou Lash. — Não um carro. Um furgão.

— Talvez apareçam na TV, no *Antiques Roadshow* — disse Smith.

— Talvez. Mas não temos certeza do que sumiu — comentou Lucas. — Ronnie nem mesmo tem certeza se a própria Bucher já não havia se livrado das tais cadeiras antes.

A Sra. Lash estava sentada no vestíbulo, à espera do filho. Quando Lucas o levou de volta, ela perguntou a Ronnie:

— Você está bem?

— Estou ótimo. Mas espere aqui um instante, quero dar uma olhada numa coisa. Notei isso quando a polícia nos trouxe... — Voltou pelo saguão até a sala de música, os pés estalando sobre os pedaços e os bocados de vidro quebrado.

— Ele ajudou muito — disse Lucas à Sra. Lash. — Somos gratos.

— Tenho certeza disso. — Em seguida dirigindo-se a Lucas: — Já vi o senhor no Hennepin General. Eu trabalhei lá.

— Minha mulher é cirurgiã, está na equipe do Hennepin — disse Lucas. — De vez em quando passo por lá.

— Como ela se chama? — perguntou Lash.

— Weather Karkinnen.

Lash animou-se.

— Ah, eu conheço a Dra. Karkinnen. Ela é muito boa.

— É, eu sei. — Ele tocou na cicatriz em sua garganta feita por Weather com um canivete. Ronnie voltou, gesticulou com o polegar na direção da sala de música.

— Tem um armário lá, com porta de vidro. Habitualmente ficava cheio de vasos antigos, pratos e tigelas. Um deles tinha moedas chinesas dentro. Não tenho certeza, pois alguns estão quebrados, mas não creio que haja tantas peças como costumava haver. Parece meio... vazio.

— Conseguiria identificar algum deles? Se a gente topasse com um?

Lash balançou a cabeça duvidosamente.

— Não conheço nada sobre isso. Nunca olhei de perto, a não ser uma vez, quando a Sra. Bucher me mostrou as moedas. Parece meio vazio. Costumava ficar atulhado de vasos e tigelas. As moedas agora estão todas pelo chão, pois eles não as levaram.

— Certo... Alguma declaração final?

Ronnie disse:

— "O amor ao dinheiro é a raiz de todos os males." Timóteo, 6:10.

O idiotinha estava curtindo com a cara dele.

Lucas disse:

— "Dinheiro é melhor do que pobreza, no mínimo por motivos financeiros." Woody Allen.

A mãe abriu um sorriso, mas Ronnie disse:

— Fico com Timóteo.

4

Depois que os Lash se foram, Smith e outro policial surgiram no corredor, velozes e apressados.

— Um golpe de sorte — disse Smith, aproximando-se de Lucas. —Vamos.

Lucas começou a andar.

— O que aconteceu?

— Um sujeito apareceu no Rhodes's com umas joias num estojo. As joias eram vagabundas, mas o estojo era maravilhoso. Nosso pessoal virou-o de cabeça para baixo e estava escrito "Bucher" no fundo.

Rhodes's era uma casa de penhores. Lucas perguntou:

— Eles conhecem quem o levou lá?

— Isso é que é o estranho — disse Smith. — Eles *conhecem*.

— Aonde vamos? — perguntou Lucas.

— Rua Hay, 612. Fica distante da Payne, nove quarteirões ao norte da Sétima. A SWAT está se instalando no estacionamento atrás do Minnesota Music Café.

— Encontro vocês lá.

Payne Avenue era uma das marcas que se arrastavam através da zona leste de St. Paul, outrora o baluarte tipo Archie Bunker* da clas-

* Archie Bunker era um personagem do seriado de televisão norte-americano *All in the Family*. Trabalhava como operário e tinha tendências ao racismo. (*N. do E.*)

se operária branca da cidade. A área vinha passando por mudanças, havia décadas, antigos empregados confiáveis se mandando, e uma nova mistura de imigrantes do Sudeste Asiático e negros chegando. Lucas passou pela catedral, pegou a I-94 em mais ou menos um minuto, subiu o morro para Mounds Boulevard, esquerda e esquerda novamente.

O café era um velho local onde ele fazia ponto, na esquina da East Seventh e Payne, com uma área de estacionamento pavimentada de cascalho nos fundos, e, dentro, a melhor música da cidade. Havia uma dezena de carros no estacionamento, policiais usando trajes especiais. Uma meia dúzia de civis observavam da rua. Smith chegou dez segundos depois de Lucas e eles caminharam até Andy Landis, o comandante do pelotão da SWAT.

— O que vocês têm? — perguntou Smith.

— Estamos na casa atrás dele e em ambos os lados — disse Landis. — Chama-se Nathan Brown. Não há acusação contra ele no âmbito local, mas o pessoal da casa dos fundos diz que se mudou de Chicago há quatro ou cinco anos. Há cerca de cinquenta Nathan e Nate Brown com ficha policial em Chicago, portanto não sabemos quem ele é.

— Trouxe o mandado? — perguntou Smith.

— Está a caminho. Em dois minutos — garantiu Landis.

— Adoro esta merda — disse Smith para Lucas.

— Já esteve num pelotão da SWAT?

— Dez anos, até a coroa começar a me chatear para eu dar o fora — disse Smith. — Encheu meu saco.

— Não tinha outro nome? Chamavam vocês de "hálito de menta"?*

— CIRT — esclareceu Smith. — Critical Incident Response Team.

— SWAT é melhor — disse Lucas.

* * *

* Referência à famosa bala de menta CERTS. (*N. do E.*)

O MANDADO CHEGOU e o pelotão da SWAT movimentou-se em três grupos. Lucas e Smith seguiram de perto.

— O casal que encontrou os corpos... eles notaram algo desaparecido da casa? — perguntou Lucas.

Smith balançou a cabeça.

— Não que tenham mencionado. Mas eles não eram empregados domésticos... A mulher cozinhava e o marido fazia manutenção da casa, jardinagem e aparava a grama. E, com a merda toda revirada pela casa como foi... A sobrinha está vindo da Califórnia. Ela, provavelmente, saberá de alguma coisa.

O PELOTÃO DA SWAT avançou em três grupos: um bloqueando a porta dos fundos e os outros dois diante da casa, um de cada lado. Avançaram pelos gramados vizinhos, blindados, com escudos e máscaras de proteção, carregando armas compridas. Movimentaram-se na diagonal através do gramado da casa alvo, silenciosamente enxameando a varanda, espreitando pela janela e então arrombando a porta da frente com um chute.

Nathan Brown, com efeito, dormia em um quarto do andar térreo. Sua namorada, que estava na cozinha servindo para os filhos sanduíches de queijo quente, tinha um telefone na mão e começou a gritar "Socorro, socorro", quando os policiais entraram. As crianças começaram a berrar e, em pouco tempo, os policiais estavam no quarto, em cima de Brown.

Brown gritava, "Ei... ei... ei...", como um disco arranhado.

Lucas entrou no momento em que o deitavam de costas e o algemavam; seu quarto cheirava a papel de parede velho, suor e birita. Brown estava sem camisa, atordoado, usava uma cueca samba-canção. Deixara uma mancha de suor no lençol da cama de casal.

Após agitar-se por ali, a namorada pirada sentou-se num canto, soluçando, seus dois filhos chorando ao seu lado. Os policiais encontraram no chão, perto da calça de Brown, um saco plástico com um grande sortimento de brincos. Ao lhe perguntarem onde os havia conseguido, Brown entrou num estado de semiconsciência e disse:

— Eu devia saber que a porra da fada dos dentes não existe.

— Onde conseguiu isto?

Ele balançou a cabeça, não em recusa, mas por saber a reação que iria causar:

— Num banco de ônibus.

Foi algo realmente tão idiota que todo mundo parou.

— Num banco de ônibus? — perguntou Smith.

— Num banco de ônibus. Na... na Dale. Dale com a Grand — disse Brown. Seus olhos tendiam a se revirar. — Sexta à noite. Meia-noite. Peguei um ônibus pra não andar até o centro. A caixa estava bem ali, do jeito que a fada dos dentes tinha deixado.

— Cheia de joias — disse um dos policiais.

— Cheia não. Com apenas algumas coisas dentro. — Esticou o pescoço em direção à porta. Podia ouvir as crianças, ainda berrando, e a mãe agora tentando acalmá-las. Policiais começavam a surgir no vão da porta para ouvir o que Brown dizia. — Vocês derrubaram a porta? — perguntou Brown. — Por que as crianças estão chorando? Elas estão bem?

— Estão bem... — A atitude do pessoal da SWAT começava a mudar.

— A casa está destruída? — Havia um tom de súplica na voz de Brown.

Smith afastou-se, colocou um rádio em frente ao rosto. Lucas perguntou:

— Alguém viu você apanhar o porta-joias?

Brown afirmou:

— Não que eu tenha visto. Apenas vi a caixa, pensei que alguém tivesse esquecido, abri, e não vi nenhum nome.

— Havia um nome nos fundos.

— Eu não olhei nos fundos — disse Brown, impotente.

Lucas não demorou para decidir-se. Smith estava duvidoso, mas, após falar com Brown, e depois com sua namorada, Lucas teve certeza de que ele dizia a verdade sobre o porta-joias.

Smith mostrou o mandado de busca para a mulher, que era a proprietária da casa, e os policiais começaram a revistá-la.

Lucas voltou sozinho para o carro, desceu a Payne até o café, pegou um notebook no banco traseiro, ocupou uma mesa na calçada diante do bar, pediu uma cerveja e começou a viajar pelos assassinatos.

As mortes de Bucher e Peebles pareciam relacionadas com uma invasão de domicílio praticada por uma gangue. Dois ou três babacas invadiam uma casa, amarravam os moradores com fita adesiva — na maioria, geralmente idosos, observados antecipadamente —, e então faziam uma limpeza sem pressa. Mais fácil, mais seguro e geralmente mais lucrativo do que atacar uma loja de bebidas ou de conveniência, que tinham tornado as coisas mais difíceis com a instalação de câmeras, cofres e até mesmo anteparos à prova de balas.

Com Bucher e Peebles, porém, os assaltantes não levaram cartões de crédito nem cartões de caixa eletrônico. Na maioria das invasões de casas, esses eram os primeiros alvos, pois rendiam grana. Aparentemente, Bucher e Peebles morreram rapidamente, antes que pudessem resistir. A maioria dos invasores de domicílio, ainda que planejassem matar suas vítimas, as manteriam vivas tempo suficiente para obter as senhas dos cartões.

Caixas eletrônicos tinham câmeras, mas era muito fácil colocar um trapo em cima do rosto. Talvez eles não pretendessem matar. Digamos que deram de cara com Peebles, alguém empolgou-se demais e a golpeou com um cano. Então tiveram de matar Bucher, só para pôr as coisas em ordem.

Mas não havia sinal da resistência de Peebles...

O centro de reabilitação tornava-se mais interessante. Lucas bolou um enredo e o desenvolveu mentalmente: suponha que houvesse de fato dois caras barra-pesada no centro de reabilitação, observando das janelas do segundo andar, vendo os empregados irem e virem, as duas senhoras idosas no jardim durante o dia, um ou dois quartos com luzes acesas durante a noite, uma luz se apagar, depois a outra.

Eles estariam num lugar perfeito para vigiar, sentados a noite toda em um quarto, fazendo anotações, contando cabeças, imaginando o que haveria lá dentro.

Conseguiriam um carro, iriam lá durante uma tempestade. Caras barra-pesada de verdade, sabendo com antecedência o que fariam, sabendo que iriam matar, talvez bebessem um pouco, mas usariam luvas, para não deixar vestígios de DNA...

Mas por que levariam uma porção de porcarias? Aparelhos de som e games? Os trecos que eles levaram, pelos cálculos de Lucas, não valeriam mais do que alguma centenas de dólares nas ruas, sem contar o dinheiro, selos, o vaso cheio de moedas e qualquer joia que pudessem ter conseguido. Se tivessem mantido vivas as velhas senhoras, teriam tempo suficiente para obter as senhas dos cartões, provavelmente teriam conseguido sacar mil dólares por dia, de sexta a domingo, em grana viva, e *só aí* então teriam matado as duas e fugido com o carro cheio.

Talvez, porém, houvesse algo mais na casa. O que aconteceu com as tais cadeiras? E os quadros? Seriam invenções da imaginação de Lash? Quanto, afinal de contas, poderia valer uma dupla de cadeiras retilíneas?

APANHOU O CELULAR e ligou para casa. A empregada atendeu.

— Pode pegar a agenda de endereços na mesa de Weather e trazê-la até o telefone? — A criada pousou o fone e retornou um minuto depois. — Deve ter o celular de Shelley Miller.

Lucas anotou o número na palma da mão, encerrou a ligação e telefonou para Miller, a mulher com quem havia conversado em Oak Walk. Os policiais a levavam para o interior da casa, quando Lucas e Smith partiram para a batida policial.

Ela atendeu ao telefone:

— Aqui é Shelley...

— Shelley, é Lucas. Alguma coisa?

— Não tenho certeza, Lucas. Há muita coisa jogada no chão. Meu Deus, senti vontade de chorar. Sabe, meu tio-avô está num dos retratos com o pai do marido de Connie... — Fungou. — Mas... Connie sempre gostou de usar brincos bonitos e acho que devia guardá-los ao lado de sua cama. Tinha diamantes, esmeraldas, rubis, safiras, pérolas... hum, talvez algumas coisas mais. E não eram pequenos. Para brincos de uma pedra, eu diria dois ou três quilates para cada pedra. Também havia os pingentes, com pedras menores; e sempre os usava. Eu a vi, certa vez, trabalhando no gramado, toda suja de terra, usando uns brincos lindos. Também tinha um diamante solitário azul, presente de casamento do marido, que sempre usava numa corrente de platina no pescoço, que devia ter uns oito ou dez quilates, e o anel de noivado, também azul, um fragmento da pedra que usava no pescoço, creio, com talvez mais uns cinco quilates. Duvido muito que os trancasse todas as noites.

Lucas levou um tempo para digerir a informação e, em seguida, perguntou:

— Quanto?

— Ah, não sei. Não sei mesmo. Dependeria muito da qualidade... mas os Bucher não comprariam pedras baratas. Eu não me surpreenderia se... ah. Não sei. Meio milhão?

— Puta merda.

— Achei que deveria saber.

A DONA DO café, Karen Palm, aproximou-se e deu-lhe um tapinha no ombro. Era uma mulher bonita, com um grande sorriso e cabelos negros na altura dos ombros, uma velha amiga; do mesmo modo como muitos policiais de St. Paul faziam ponto no café, policiais de Minneapolis faziam o mesmo no bar de Sloan, do outro lado do rio.

— Você estava com o pessoal da SWAT? — perguntou.

— Estou. Você soube do caso Bucher?

— Terrível. Pegaram o cara? — perguntou.

— Acho que não — disse Lucas. — Ele apenas estava no lugar errado na hora errada...

— Que saco...

Papearam por um minuto, colocando a conversa em dia, então Carol ligou, fazendo Palm voltar ao trabalho. Carol disse:

— Estou pondo você em contato com McMahon.

McMahon era um investigador da BCA. Ele atendeu e disse:

— Dei uma olhada no pessoal do centro de reabilitação. Chequei todos junto às fichas dos federais e das nossas, e a coisa ficou, ah, difícil.

— Por que difícil?

— Aqueles caras são a nata do bom comportamento. Aquele é o centro de reabilitação mais famoso da Cidades Gêmeas.* Se todos naquele lugar ficam altos, ninguém tem queixa disso nas redondezas. Pois bem, o que temos lá é um bando de presos reincidentes por dirigir embriagados e pequenos traficantes de maconha da universidade. Nada de peso.

— Não pode haver *ninguém* que...

— Não, não pode — disse McMahon. — Não há um só crime violento ou sexual contra qualquer um deles. E, entre os bêbados, não há sequer um acusado de atropelamento e fuga.

— Isso não ajuda muito — disse Lucas.

McMahon disse:

— O sujeito que dirige o lugar chama-se Dan Westchester. Fica lá todas as noites até as 18 horas. Você pode falar com ele pessoalmente. Eu vou aprofundar mais um pouco a pesquisa, mas não me parece que vai adiantar muito.

LUCAS DEIXOU UMA nota de 5 dólares na mesa, esticou-se, pensou a respeito, depois dirigiu de volta à casa de Brown. Este estava na traseira de uma viatura, a namorada e sua filha sentadas em um balanço na varanda da frente, a mulher com a aparência carrancuda por causa da porta arrombada.

---

* Minneapolis e St. Paul. (*N. do T.*)

Smith estava parado na porta da cozinha e Lucas chamou-o para um canto.

— Tenho uma amiga que conhecia Bucher. Ela diz que Bucher costumava usar alguns diamantes enormes... — explicou Lucas. Falou sobre Miller e o que ela pensava das joias.

Smith disse·

— Meio milhão? Se valem meio milhão, não admira que não tenham levado os cartões. Meio milhão é coisa para profissional.

— A não ser que tenha sido uma dupla de drogados sortudos — disse Lucas. — Pode haver uma gata dançando na Hennepin Avenue com uma pedra de dez quilates no pescoço, achando que é vidro.

— E...

— Esses caras levaram o console do game, mas não os games. Levaram diamantes, cadeiras retilíneas e um quadro, mas também levaram um rolo de selos, um aparelho de DVD, uma impressora e um laptop. Essas coisas não fazem sentido, John.

— Brown também não faz — contou Smith. — Ele é alcoólatra, uma esponja, um péssimo caso, e há um armário, lá nos fundos, cheio da melhor birita do mundo, e está intocada. — Smith olhou para a viatura onde Brown estava sentado. — Puxa vida. Por que não pode ser simples?

LUCAS DEIXOU A área da batida, seguiu de volta para a casa de Bucher e o centro de reabilitação. A multidão do lado de fora havia diminuído — hora do jantar, pensou — e os que restavam aglomeravam-se em volta dos quatro furgões de TV, nos quais repórteres faziam aberturas de matérias para os noticiários da noite.

Lá dentro, os peritos criminais haviam expandido as buscas, mas nada tinham de novo a relatar. Lucas caminhou pela casa uma última vez, depois atravessou a rua para ir ao centro de reabilitação.

O CENTRO DE reabilitação parecia com qualquer outra mansão desbotada do lado errado da Summit, um prédio de três andares de tijolos marrons, com uma cocheira nos fundos, uma larga varanda frontal com colunas brancas, agora com a pintura descascando, e um balanço vazio.

Dan Westchester, de certo modo, se parecia com a casa: estava do lado errado dos 50 anos, do lado gordo dos 100 quilos e do lado baixo do 1,70m. Usava um pequeno rabo de cavalo grisalho, um brinco de ouro na orelha esquerda e vestia uma calça de algodão, camisa polo e sandálias. Embaixo do nome na placa sobre sua escrivaninha havia uma fita vermelho-amarelo-verde do Vietnã.

— Eu já falei com St. Paul. Conversei com um dos seus caras da BCA — disse tristemente. — O que você quer de nós?

— Apenas tento entender o que é o quê — começou Lucas. — Temos duas velhas senhoras assassinadas do outro lado da rua de um centro de reabilitação repleto de criminosos condenados. Se não conversássemos com vocês, nossas cabeças iriam rolar.

— Eu sei, mas é que trabalhamos tão arduamente...

— Acredito nisso — disse Lucas. — Mas... — Deu de ombros.

Westchester assentiu.

— Os caras aqui... desde que abrimos este centro, recebemos precisamente seis reclamações, e todas relacionadas a reincidentes no álcool — informou ele. — Ninguém sofreu violência. O Departamento de Correções tomou inicialmente uma decisão de não abrigarmos transgressores violentos.

— Veja, não estou aqui para perseguir o centro, quero apenas uma opinião: se alguém do seu pessoal tivesse feito isso, quem poderia ser? — perguntou Lucas.

— Ninguém — disparou Westchester.

— Papo furado — disparou Lucas de volta. — Se isto aqui fosse um convento, haveria duas ou três freiras com mais probabilidades do que as outras de cometer um duplo assassinato. Estou pedindo uma opinião, não fazendo uma acusação.

— Ninguém — repetiu Westchester.— Os caras que estão nesta casa não espancariam duas velhas até a morte. A maioria não passa de caras infelizes...

— É. — Caras infelizes que bebem e dirigem carros pelas calçadas e andam na contramão.

— Não tento confundir você. Não sou otário em relação a delinquentes condenados. Mas, juro por Deus, a maioria das pessoas daqui é doente. Não tem a intenção de fazer o mal, é apenas *doente*. Punida por uma droga má — disse Westchester.

— Quer dizer que não tem nenhum sujeito...

— Não posso lhe dar um nome. Mas posso lhe dizer isto: você ou St. Paul podem mandar aqui quem quiserem, e repassarei meu pessoal, ficha por ficha, e direi tudo o que sei. Então *vocês* formam uma opinião. Não quero o maldito de um assassino por aqui. Mas não acho que tenha um. Tenho certeza que não.

Lucas pensou naquilo por um momento:

— Está bem. É razoável. — Levantou-se e virou na direção da porta da sala. — Nem unzinho?

— Não.

— Onde *você* estava sexta-feira à noite?

Westchester recostou-se e sorriu.

— Sou da liga de totó. Estava jogando totó. Tenho duas dúzias de jogadores para confirmar isso.

LUCAS PARTIU, MEIO chateado, sentindo-se frustrado. Queria um nome, qualquer nome, um lugar para começar. A meio caminho da calçada, o celular tocou e, quando ele checou o número, viu que era do gabinete do governador.

— Olá, governador — disse Lucas.

— Vocês os pegaram?

— Ainda não.

— Então que se fodam, eles são espertos demais para vocês — disse o governador. — Pois bem, quero que você fale com Neil amanhã de manhã. Ele tem algumas sugestões sobre o modo como você deve conduzir a investigação do caso Kline, certo?

— Talvez não — disse Lucas. — Detesto a acusação de "justiça subornada"

— Não vamos subornar ninguém, Lucas — disse o governador, com uma voz melosa. — Você me conhece muito bem. Estamos lidando com uma situação difícil.

— Não é difícil para mim a essa altura — disse Lucas. — As coisas podem ficar difíceis, se eu falar com Neil.

— Fale com Neil. Fale com ele. Que mal pode fazer? — perguntou o governador.

— Recorrer ao pessoal da Casa Branca para um assunto de segurança mínima... Escute, senhor, há um meio direto de se lidar com isso.

— Não, não há — disse o governador. — Já repassamos todas as opções. Precisamos de mais. Se você fosse capaz de imaginar alguma opção razoável, não teríamos de recorrer a Neil. Portanto, fale com ele.

No jantar, Lucas contou a história de Bucher a sua mulher, Weather; a sua enteada de 15 anos, Letty; e a seu filho, Sam, que já tinha mais de meio metro de altura e que desenvolvera um enorme interesse por colheres.

Weather era uma loura baixa com nariz atrevido, ombros retos e astutos olhos finlandeses; era microcirurgiã e cirurgiã plástica e passava o dia consertando cabeças e rostos, corrigindo cicatrizes, substituindo pele e removendo lesões. Quando ele acabou a história, Weather disse:

— Então foi um roubo.

— Um roubo estranho — disse Lucas, com uma balançada de cabeça. — Se estavam atrás das joias, por que destruíram o resto da casa? Se estavam atrás dos quadros, por que deixaram quadros antigos geniais por toda a casa? Por que levariam mobília retilínea? O garoto disse que pareciam ter saído do cenário de *Jornada nas estrelas*. E também é estranho, roubaram uma impressora? Roubaram um Xbox, mas não o game mais popular do mercado?

— Isso é mesmo estranho — disse Letty. Ela era uma garota magricela, cabelos negros e estava se tornando uma garota de beleza estonteante.

— Todas essas outras coisas foram para despistar, para você pensar que foram drogados que fizeram aquilo, mas, na realidade, trata-se de uma quadrilha de ladrões de joias e de antiguidades importantes — disse Weather. — Eles levaram alguns objetos especiais e espalharam o resto para dissimular. É tão evidente quanto o seu nariz.

— Weather... — disse Lucas, impaciente.

— Lucas — disparou Weather. — Olha em volta, saia desse seu mundinho. — Nós temos três antiguidades. A mais cara custa 16 mil.

— Dezesseis mil? — Lucas ficou pasmo. — Qual é?

— A cristaleira — disse Weather. — A maioria dos antiquários de verdade diria que é um lixo. Quando redecorei a casa, quanto acha que gastei em mobília? Dê só um chute.

Os olhos de Lucas passearam pela sala de jantar, em direção à sala de estar; lembrou do novo conjunto do quarto, dos sofás da sala íntima, dos da sala de visita, dos da sala de estar e dos da sala de TV. O deste último já precisava forrar de novo, pois Lucas vivia colocando os pés sobre os braços.

— Não sei. Quarenta, 50 mil?

Parecia alto, mas era melhor alto do que baixo.

Weather encarou-o, então olhou para Letty, depois voltou o olhar para Lucas.

— Lucas, estou falando sério, pelo amor de...

Voltou a olhar novamente para Letty, que completou:

— Deus.

Lucas disse:

— Estamos perdendo o foco aqui... — Era uma luta penosa que ele nunca vencia. Ele criava uma cortina de fumaça para ocultar sua gafe na avaliação da mobília, se é que se tratava disso.

Weather lembrou:

— Lucas, gastei 210 mil dólares e não comprei coisas tão boas como eu queria. — Seu queixo não caiu, mas ele sentiu como se tivesse despencado.

Ela continuou:

— Lucas, o valor de um sofá de qualidade razoável e com revestimento sob encomenda não é menos de 5 mil dólares. Esta mesa — bateu com os nós dos dedos na mesa de jantar — custou 9 mil dólares, com oito cadeiras. E ela não é nada. Nada. Gente rica cuspiria nesta mesa.

— Não se eu estiver por perto.

Weather apontou um garfo para ele.

— Pois bem. Você diz que Bucher tinha tanto dinheiro quanto sua antiga colega Miller.

— É. Da mesma turma — disse Lucas. — Talvez com alguns ancestrais em comum.

— Essas pessoas eram bilionárias quando 1 bilhão de dólares era dinheiro de verdade — disse Weather. — Tudo em suas casas seria de alta qualidade... E a casa de uma mulher de 80 anos estaria lotada de antiguidades... Lucas, não entendo muito de antiguidades, mas sei que se consegue colocar numa van o equivalente a 1 milhão de dólares. Pinturas, quem sabe o quanto elas valem? Pensei em comprar uns dois quadros de estilo impressionista americano para a sala de estar. Mas sabe quanto custam atualmente quadros de estilo impressionista americano? Dá para colocar 20 milhões de dólares na mala do seu Porsche. Não falo nem dos nomes mais importantes. Pintores dos quais nunca se ouviu falar, é preciso desembolsar meio milhão de dólares para ter só uma obra.

Agora estava impressionado. Empurrou a cadeira para longe da mesa:

— Eu não... Preciso pegar um livro.

Weather continuou:

— Esse garoto, Lash, diz que ela tinha algumas louças antigas, e você diz que havia louça quebrada caída no chão. Eles despistaram para esconder o que realmente levaram. Louças *art déco* podem custar 50 mil dólares. Cadeiras retilíneas com assento de couro? Há cadeiras retilíneas de Mies van der Rohe que chegam a custar 5 mil dólares cada. Eu sei porque Gloria Chatham comprou duas e ela não para de falar nisso. Lucas, eles podem ter levado milhões dessa casa. Isso sem contar com os diamantes.

Lucas olhou abaixo para seu assado, depois novamente para Weather:

— Você pagou 9 mil dólares por esta mesa? A gente poderia ter ido na IKEA.

— Foda-se a IKEA — disse Weather.

Letty deu uma risadinha.

— Eu gostaria de ver isso.

Sam atingiu um copo com uma colher; Weather olhou para ele, sorriu e disse:

— Bom garoto.

QUANDO TERMINARAM o jantar, Lucas caminhou até a livraria de Highland Park e comprou um exemplar de *Antiques Price Guide*, de Judith Miller, o maior e mais luxuoso guia de antiguidades. De volta a casa, sentou-se na tranquilidade da sala de estar e folheou o livro. Weather não tinha exagerado. Abajures cotados em 100 mil dólares; vasos valendo 25 mil dólares; louça indiana a 30 mil dólares; um caminhão Dinky — *um caminhão Dinky igual ao que era novo quando Lucas brincara, quando criança, feito em 1964!* — valia 10 mil dólares. Mesas avaliadas em 20 mil, 50 mil e 70 mil dólares; o quadro de um riacho no inverno, de um sujeito chamado Edward Willis Redfield, de quem Lucas nunca ouvira falar, estava avaliado em 650 mil dólares.

— Quem compraria essa porcaria? — perguntou em voz alta.

Gastou mais 15 minutos com o livro, fez algumas anotações, depois apanhou sua pasta, encontrou a agenda de telefones e ligou para casa de Smith.

— Você os pegou? — perguntou Smith.

— Não. Já fui interrogado sobre isso — disse Lucas. — Pelo governador.

— Que merda.

— Escute, andei fazendo uma pesquisa...

Lucas falou a Smith sobre o livro de antiguidades e sobre o que ele achava que devia ser feito na cena do crime:

— Interroguem os parentes. Tentem determinar cada móvel e cada quadro. Consigam alguém que é bom em quebra-cabeça e mandem ir até aquele armário de louças, ou seja lá como o chamam, e cole as peças que foram quebradas. Levem um antiquário até lá para avaliar o local. Meu pessoal checou o seguro, mas há um papo furado sobre mandado e privacidade, então achei que seria mais fácil checar o cofre de segurança no banco; ou talvez haja uma cópia do seguro em um daqueles arquivos. Precisamos de alguma papelada.

Smith estava duvidoso.

— Lucas, os pedaços dessas louças são menores do que o seu pau. Como diabos vamos conseguir colar tudo de volta?

— As louças não precisam ficar perfeitas. Precisamos ver o que são, e conseguir alguém que saiba o que faz, para avaliá-las. Tive uma ideia...

— Qual?

— Se as pessoas que assaltaram a casa são grandes ladrões de antiguidades, aposto como não destruíram coisa boa — disse Lucas. — Aposto como há 20 mil pratas de louças nos armários, há mil pratas de louças no chão e as seis peças sumidas valem umas 100 mil, pelo menos. É isso que eu acho.

Após um momento de silêncio, Smith suspirou e disse:

— Vou congelar a cena do crime, não permitirei que ninguém comece a limpar coisa alguma. Tirar fotos de tudo, milímetro a milímetro. Conseguirei um mandado para abrir o cofre no banco e pegar as apólices de seguro. Acharei alguém capaz de cuidar da louça. Não conheço pintores, mas posso visitar algumas galerias. O que foi mesmo que o garoto Lash disse? Um quadro em que está escrito "*reckless*".

— Já coloquei isso no Google e não consegui nada — disse Lucas. — Tem um cara aqui na cidade chamado Kidd, é um artista plástico bem conhecido. Já me ajudou algumas vezes, vou ligar para ver se tem alguma ideia.

Após o telefonema para Smith, ele meditou um pouco. A mídia, de modo geral, era um pé no saco, mas também podia ser um elemento útil. Se fosse acentuado o aspecto do assalto ocorrido por ocasião dos assassinatos, poderia haver dois efeitos positivos: se os assassinos fossem gente das vizinhanças, e já tivessem tentado passar a muamba adiante, então talvez pudessem surgir algumas pistas úteis. Se fossem profissionais que atacaram a casa de Bucher atrás de uma grana preta, isso poderia congelar a revenda de qualquer coisa que tivesse sido roubada. Seria bom, pois tudo ainda estaria nas mãos deles, quando os policiais chegassem.

Lucas não tinha dúvida de que os policiais chegariam, mais cedo ou mais tarde. Consultou novamente a agenda e discou um número.

Ruffe Ignace, o repórter do *Star Tribune*, disse, sem preâmbulo:

— Espero que seja uma coisa boa, pois tenho chances de transar esta noite, se não tiver de voltar ao jornal. Achei uma loura magricela com uma profunda necessidade de sexo não convencional.

— Você me deve uma — disse Lucas. — Além do mais, estou lhe fazendo outro favor, e vai passar a me dever duas.

— É um favor que vai me impedir de transar? — perguntou Ignace.

— Quem vai decidir isso é você — disse Lucas. — O que vou lhe contar vem de uma fonte anônima ligada à investigação.

— Está falando de Brown? Saquei.

— Brown, não — disse Lucas. — Mas, no meu entender, um repórter inteligente poderia especular que os assassinatos e a destruição na casa de Bucher foram para despistar um dos maiores roubos de artes e de antiguidades da história, só que um roubo invisível.

Do celular ouviam-se pratos de restaurante retinindo ao fundo. Então, apressadamente:

— Puta merda. Acha mesmo?

— Isso pode ser especulado — disse Lucas.

— Como posso descobrir o que eles encontraram lá dentro?

— Ligue para Shelley Miller. Vou lhe dar o número. Não diga que fui eu que lhe dei.

— Putaquepariu — bufou Ignace. — A louca acaba de se mandar do bar. Estava usando um vestido transparente que dava para ver as pernas. O que é aquilo? Uma tanga? Em Minneapolis? Sabe o quanto isso é raro? E ela queria o meu corpo... Sabe o quanto *isso* é raro?

— O número é... Tem caneta?

— Davenport, cara, você está me matando — resmungou Ignace.

— Ruffe, escute: conte-lhe a história. A coisa toda, os assassinatos, tudo. Diga-lhe que o Garganta Profunda ligou. Leve-a para a redação, dirija o mais rápido que puder, grite no celular para o seu editor, enquanto dirige. Finja, se não houver ninguém trabalhando. Então, quando chegar lá, coloque-a sentada, escreva a matéria e pergunte o que acha. Faça as mudanças que ela sugerir; brinque, dizendo-lhe que deveriam compartilhar o crédito da reportagem.

— É, isso é papo furado. Ignace não compartilha crédito de reportagem.

— Escute, Ruffe, ela vai ficar caída por você — garantiu Lucas. — Vai traçá-la no banco da frente do seu carro.

— Eu dirijo um Prelude, cara. Com um câmbio duro. Traço no banco traseiro.

— Tanto faz — disse Lucas. — Isso não vai estragar a sua noite. Juro por Deus. Você vale ouro... mas veja se publica amanhã de manhã, tá? Preciso disso.

— Você precisa disso e eu preciso daquilo... — O telefone desligou com um clique.

Mas Lucas sorriu.

Conhecia seus repórteres. De modo algum Ignace deixaria de escrever a matéria.

E TARDE DAQUELA noite, na cama, Weather estava com o mais novo livro de Anne Perry, quando Lucas disse:

— Estou preocupado com o caso Kline. O governador quer que eu converse amanhã com Mitford.

— Pensei que gostasse dele. De Mitford.

— Eu gosto... mas isso não quer dizer que ele não é uma víbora — disse Lucas. — É preciso ficar de olho aberto quando está por perto.

— Você não chegou a falar com a garota, falou? — perguntou Weather. — Isso tudo é coisa da merda do Flowers.

— Não. Não falei. Deveria. Mas estávamos tentando manter tudo em nível policial, apolítico. Agora Kline está tentando fazer um acordo em separado, mas Rose Marie diz que isso não vai funcionar. Ninguém vai engolir essa. Espero poder falar com Kline e então vamos trazer o promotor de Ramsey County. Esse covarde fará tudo que puder para transformar isso num circo de três picadeiros.

— Não se envolva demais, Lucas — disse Weather. — Parece coisa que vai precisar de bode expiatório.

— Isso me preocupa.

— E, de certo modo, também o atrai.

Ele ficou sentado por um momento olhando para o livro em seu colo. Estava estudando mais sobre antiguidades. Então sorriu-lhe e admitiu:

— Talvez.

5

Lucas leu o jornal de manhã, durante o café, e ficou contente em ver a reportagem de Ignace sobre um possível furto; e torceu de verdade para que Ignace tivesse transado, algo que ele, assim como a maioria dos repórteres de jornais, de ambos os sexos, precisava desesperadamente.

De algum modo, a reportagem despertaria alguém.

Sam ainda trabalhava em sua técnica com a colher, lambuzando mingau de aveia em um raio de 1,5 metro de sua cadeira alta; a empregada xingava como um marinheiro, algo a ver com a torneira da frente da casa que não fechava. Weather havia muito tinha ido para o trabalho, onde passava quase a manhã inteira cortando pessoas. Letty estava na escola, em um curso de verão.

Lucas notou uma matéria sobre uma briga de zoneamento nos subúrbios de Dakota County, ao sul das Cidades Gêmeas. Um dos grandes shoppings, o Burnsville Mall, tentava expandir-se, mas alguns de seus comerciantes vizinhos achavam que era uma má ideia.

Lucas pensou: "Hum" e fechou os olhos. *Dakota County...*

Lucas mandou a empregada ligar para um bombeiro hidráulico, beijou Sam na cabeça, desviou-se de uma colherada de mingau e foi procurar o número de Kidd. Kidd era o artista plástico que talvez pudesse ajudá-lo com o tal quadro "*reckless*". Encontrou sua agenda, ligou e escutou uma musiquinha. Kidd tinha mudado de número ou deixado a cidade.

Consultou o relógio: o apartamento de Kidd ficava perto do rio. Poderia passar por lá, após falar com Neil Mitford. Mitford era o capanga do governador; todas as manhãs, ele tentava arrancar pelo menos um fígado, antes de sair para tomar um café com leite duplo.

Lucas terminou o café, subiu a escada para se vestir e, quando saiu, fazia outro dia bonito: nuvens fofas de tempo bom em um céu azul-claro, vento apenas o suficiente para ondular a bandeira do lado de fora da escola primária. Dirigiu ao longo da Summit Avenue em direção ao Capitólio, o cotovelo para o lado de fora, contando as mulheres que falavam ao celular e faziam retornos proibidos.

MITFORD TINHA UMA modesta sala no final do corredor do governador, que dizia ser o depósito de material de limpeza quando o prédio foi inaugurado. Com espaço apenas para uma escrivaninha, uma TV, um computador, mil livros e uma pilha de papéis do tamanho de uma casa de cachorro de desenho animado, devia ter sido mesmo.

O próprio Mitford era baixote e troncudo, os cabelos negros rareando no topo. Ultimamente, tentava se vestir melhor, mas, na opinião de Lucas, fracassara. Naquela manhã, usava calça cáqui com vincos passados a ferro, camisa listrada de manga curta, sapatos oxford pretos com a biqueira empoeirada, relógio cromado, grande o suficiente para ser um telefone celular, e dois celulares propriamente ditos, presos ao seu cinturão como cigarras num tronco de árvore.

No conjunto, cinco ou seis mancadas separadas e simultâneas de estilo, na visão de Lucas, dependendo de quantas vezes os celulares entrassem na conta.

— Lucas. — Mitford não se incomodou em sorrir. — Como vamos resolver essa coisa?

— Isso me parece um problema — disse Lucas, instalando-se numa cadeira vagabunda do outro lado da escrivaninha de Mitford. — Está todo mundo pisando em ovos.

— Sabe, Burt nos apoiou naquele decreto de auxílio escolar — disse Mitford, aventurando-se.

— Fodam-se os decretos de auxílio escolar — disse Lucas. — O auxílio escolar vai parecer uma piada de mau gosto, se vazar a notícia de que ele andou comendo uma garota do nono ano.

Mitford encolheu-se.

— Primeiro ano do ensino médio.

— É, agora — disse Lucas. — Mas não quando começaram, se é que ela diz a verdade...

— Bem...

— Há uma possibilidade que ninguém ainda sugeriu, mas é bem sutil — disse Lucas.

— Chuta — disse Mitford.

— A garota disse que, certa vez, Kline levou-a ao Burnsville Mall e lhe comprou umas roupas... duas blusas, saias, calcinhas brancas de algodão e uns sutiãs push-up. Disse que ele gostava de desfile-à-noite-com-calcinha-e-sutiã. Pois bem, ele ficou tão excitado com isso que deu uns amassos no estacionamento. Disse ainda que, abre aspas, deu-lhe uma aliviada, fecha aspas.

— Tá legal. Bem... e o sutiã push-up?

— Ela disse que ele lhe comprava presentes em troca de sexo.

Mitford desviou do assunto:

— Ele disse realmente: "Oh, meu Deus, lamba meu saco, lamba meu saco"?

— De acordo com Virgil Flowers, Kline admite que pode ter dito isso, mas que teria dito para a mãe, e não para a filha — disse Lucas.

— Ai, meu Deus — disse Mitford. — Isso é terrível.

— Kline disse que sua coroa nunca...

— Ei, ei... para com isso. — Mitford esfregou o rosto e estremeceu. — Conheço a coroa dele. Pois bem, ele levou a garota ao Burnsville Mall, deu-lhe uns amassos e ela deu-lhe uma aliviada... É esse o problema todo?

— Você é quem vai dizer — disse Lucas. — Podemos argumentar que ele comprava as roupas em troca de sexo, por causa do testemunho da garota. Depois, houve as apalpadelas no carro, que você pode chamar de estímulo manual básico. Portanto, um elemento do crime aconteceu no shopping.

— E daí?

— O shopping fica em Burnsville — disse Lucas —, o que, por acaso, fica em Dakota County. Dakota County, em sua sabedoria, elegeu um republicano como promotor distrital.

Mitford animou-se instantaneamente.

— Puta merda! Eu sabia que havia uma razão para ele ter contratado você.

— Isso não quer dizer que... — começou Lucas.

Mitford estava de pé, dando voltas na escrivaninha, sacudindo o dedo para Lucas.

— Sim, isso serve. De um jeito ou de outro, isso serve. Se conseguirmos um republicano para indiciar aquele filho da puta...

— Na verdade, *ele* não era...

— ... aí, a gente se safa dessa. Nossas mãos estão limpas. Não haverá democratas envolvidos no processo, nenhum maldito promotor democrata filho da puta chato e intransigente à procura de publicidade de Ramsey County para nos arrastar para o fundo. Trata-se de um problema republicano. É isso aí.

—Virgil está vindo hoje aqui para instruir algumas pessoas sobre os detalhes — disse Lucas.

— É. Eu vou. Andei ouvindo algumas coisas estranhas sobre Flowers — falou Mitford. — Alguém disse que, certa vez, ele assobiou para um sujeito na sala de interrogatório até o sujeito não aguentar mais e confessar.

— Bem, foi, mas é preciso entender as circunstâncias, o sujeito pertencia a culto...

Mitford estava se lixando para Flowers e assobios.

— Puta que pariu! Lucas! Um promotor republicano! Você é o melhor!

* * *

Lucas sentia-se bem, quando pegou a colina e desceu para o trevo rodoviário de St. Paul. Ziguezagueou para sudeste até chegar a um atarracado prédio de tijolos vermelhos que outrora fora um galpão, depois uma cooperativa habitacional e, recentemente, tornara-se um moderno conjunto de apartamentos.

Uma das boas coisas sobre os casos Bucher e Kline era o fato de os locais dos crimes serem perto de sua casa — talvez 10 minutos por ruas residenciais, e ainda mais perto de seu escritório. Conhecia todos os policiais importantes de ambos os casos, e mais ainda o pessoal sem uniforme. Nos dois últimos anos, participara de casos por toda a metade sul de Minnesota, no Iron Range, ao norte, e no Red River Valley, que ficava ainda mais distante, ao norte e oeste. Minnesota é um estado grande, e dirigir por ele pode esgotar um cara.

Não nesses dois casos, que, praticamente, eram no seu quintal.

Assobiava, ao entrar caminhando no prédio. Uma senhora passava pela porta interna com uma sacola de compras repleta de roupas velhas. Lucas a segurou para a senhora, que piscou em agradecimento, e ele entrou, passando direto pelas campainhas dos apartamentos.

Kidd atendeu a porta, com o ar cansado e ligeiramente entorpecido. Tinha sobre o ombro um bebê rosado enrugado, do tamanho de um pão de forma da Healthy Choice, enrolado em uma toalha. Dava palmadinhas nas costas do bebê.

— Ei... — Pareceu ligeiramente surpreso. Todas as vezes que Lucas o havia procurado ele parecera ligeiramente surpreso.

— Não sabia que você tinha filhos — disse Lucas.

— É o primeiro — disse Kidd. — Estou tentando fazê-lo arrotar. Quer segurá-lo?

— Não, obrigado — disse Lucas apressadamente. — Tenho um de 2 anos, e já passei dessa fase.

— Hã... entre — disse Kidd, recuando da porta. Por cima do ombro, chamou: — Lauren? Ponha uma calça. Temos companhia. É a polícia.

Kidd foi à frente do caminho para a sala de estar. Era alguns centímetros mais baixo que Lucas, porém mais largo nos ombros, e começava a ficar grisalho. Na universidade, Kidd tinha bolsa de estudos e praticava luta romana enquanto Lucas jogara hóquei. Ainda parecia capaz de arrancar seus braços.

Também tinha, pensou Lucas, o melhor apartamento de St. Paul, um lugar enorme e espaçoso formado por dois apartamentos, comprados quando apartamentos ainda eram baratos. Agora o lugar valia 1 milhão, se estivesse à venda. A varanda dava para o Mississippi, as janelas estavam abertas e o leve odor de carpa misturava-se com o cheiro mais próximo de leite azedo, o cheiro que envolve bebês; e talvez um toque de tinta a óleo, ou aguarrás.

— Ah, meu Deus — exclamou Kidd. — Lauren, vamos precisar de uma troca aqui. Ele está bem molhado. Ah... merda.

— Um minutinho... — Lauren era uma mulher magra, cabelos negros e quadris estreitos, com a boca aberta e os cabelos molhados do banho até os ombros. Estava descalça, usava uma blusa azul e jeans pantalona desbotados. Veio dos fundos, abotoando os jeans. — Você bem que podia fazer isso, não é aleijado — disse a Kidd.

Kidd respondeu:

— Tá, tá. Esse é o detetive Davenport... ele provavelmente tem algum problema artístico? — Esta última frase foi praticamente uma pergunta, e ambos olharam para Lucas, ao mesmo tempo que Lauren apanhava o bebê.

Lucas assentiu:

— Você soube dos assassinatos na Summit?

— Soube. Malucos escrotos — disse Kidd.

— Estamos imaginando se não deve ter sido o acobertamento de um crime... — Lucas falou dos assassinatos, do roubo de louças da cristaleira, e de sua teoria de que especialistas em arte verdadeiros não teriam quebrado as coisas boas, e sobre conseguir restauradores e especialistas em antiguidades. — Mas há um garoto, sobrinho de uma das mortas, que disse ter a impressão de que dois quadros antigos sumiram do sótão. Tudo que sabe é que são velhos e um deles tinha a palavra "*reckless*" escrita na parte de trás. Aliás, disse que era pintada na parte de trás. Isso significa alguma coisa para você? Conhece algum quadro chamado *Reckless*? Ou banco de dados que poderiam listá-lo? Ou qualquer outra coisa?

Os olhos de Kidd se estreitaram, então perguntou:

— *R* maiúsculo no "reckless"?

— Não sei — disse Lucas. — Teria que ser?

— Existiu um pintor americano, primeira metade do século XX, chamado Reckless. Talvez tenha alguma coisa sobre ele.

Lucas o seguiu por um estúdio até uma biblioteca, um espaço estreito e mais escuro, quatro paredes atulhadas de livros de arte, Lauren e o bebê seguindo atrás. Kidd tirou um enorme livro, folheou-o...

— Ordem alfabética — murmurou para si mesmo, virou mais algumas páginas e, finalmente: — Aqui está. Stanley Reckless. Uma espécie de impressionismo rústico. Nada mau, mas não chega a ser o melhor.

Mostrou a Lucas uma ilustração colorida, uma cena de margem de rio. Perto deles, o bebê produziu um cheiro ruim e pareceu satisfeito.

— Quanto vale uma tela dessas? — perguntou Lucas.

Kidd sacudiu a cabeça.

— Para saber isso, teremos que ver na internet... Eu assino um serviço de levantamento de preços de leilões.

— Eu quero ouvir isso — disse Lauren. — Leve o laptop para o quarto do bebê, enquanto eu troco a fralda. — Dirigindo-se ao bebê: — Você fez caca? Você fez caca, homenzinho? Você fez...

Kidd tinha um laptop preto Lenovo na sala. Eles seguiram Lauren ao quarto do bebê, um pequeno cubo luminoso com sua própria vista do rio. Kidd pintara crianças dançando em volta de todas as paredes cor de limão.

— Bem legal — aprovou Lucas, olhando ao redor.

— Hã. — Kidd trouxe o laptop e Lauren começou a limpar o bumbum do bebê com um caro e sofisticado produto, que Lucas reconheceu de sua própria mesa de trocar fraldas. Então Kidd começou a digitar e, um momento depois, informou: — Diz aqui que suas telas são raras. O recorde em leilões é 415 mil dólares, e isso há dois anos, mas, desde então, os preços subiram. Ele teve uma obra relativamente pequena. A média de preço é por volta de 32 mil dólares... mas isso é para aquarelas.

— Quatrocentos e quinze mil dólares — repetiu Lucas.

— É.

— Parece muito para uma tela, mas, por outro lado, minha mulher diz que estou por fora — disse Lucas.

— Qualé, Kidd fatura isso — disse Lauren. — E nem mesmo está morto.

— Não por uma única tela — disse Kidd.

— Ainda não...

— Nossa, e eu ia perguntar quanto cobraria para pintar o quarto do meu filho — disse Lucas, acenando para as paredes do aposento. — Está fora do meu alcance, não?

— Talvez — Kidd sorriu. — Pelo que tenho lido, o seu alcance é muito grande.

LUCAS ANOTOU *STANLEY Reckless* e *415 mil dólares* no seu caderninho, ao seguirem para a porta.

— Sabe — disse Lauren, olhando-o de banda. — Acho que já nos encontramos, muito tempo atrás, no hipódromo. Você me deu a dica de um cavalo. Isso deve ter sido... o quê? Sete ou oito anos atrás?

Lucas examinou o rosto da moça por um minuto, então disse:

— Você usava botas de caubói?

— Sim! Fui fazer a aposta e, quando voltei, você tinha sumido. — Lauren tocou o braço dele. — Nunca pude lhe agradecer.

— Bem...

— Chega disso — disse Kidd, e todos riram.

— Sabe, esses assassinatos... pode ter sido coisa de profissionais de arte, mas não são ladrões profissionais — disse Lauren. — Um profissional teria entrado lá, apanhado o que quisesse e talvez destruído o local para acobertar. Mas não teria matado ninguém. Se vocês tivessem mandado para lá um detetive novato, para anotar tudo, e ele voltasse com um caderninho que dizia, "Talvez louça roubada", ninguém ligaria.

Lucas deu de ombros.

— Ora, vamos. Fale a verdade. Alguém ligaria? Alguém ligaria de verdade se tivessem roubado as louças de alguma velha caduca e ninguém tivesse se machucado? Principalmente se nem mesmo ele soubesse quais eram as louças?

— Provavelmente não — disse Lucas.

— Portanto, pode ser que eles sejam profissionais de arte, mas não são ladrões profissionais — disse Lauren. — Se alguém mata uma velha, todo mundo fica nervoso. Mas eu acho que podem ter sido dois amadores idiotas com a cabeça cheia de crack. Ou, talvez, conhecidos ou parentes, que *tinham* de matá-las.

A testa de Lucas se enrugou.

— O que você faz, Lauren? Já foi policial?

— Não, não — disse ela. — Tento ser escritora.

— Romances?

— Não. Não tenho imaginação fictícia. É essa a palavra? *Fictícia?*

— Não sei — disse Lucas.

Sacudiu o bebê algumas vezes; era mais forte do que parecia, pensou Lucas.

— Não — disse Lauren. — Se conseguir publicar algo, talvez seja mais na linha do crime verdadeiro.

QUANDO LUCAS PARTIU, Lauren e Kidd foram até a porta com o bebê, e ela pegou sua mãozinha e disse:

— Dá tchau pro moço, dá tchau...

Lucas pensou, hum. Um riacho de testosterona correra para sua corrente sanguínea. Lauren era do gênero mulher magra, do tipo que era capaz de fazer você respirar com um pouco mais de intensidade; e conseguira. Algo no inclinar dos olhos, como também o seu nome, lembraram-no de Lauren Hutton, a mulher mais bonita do mundo. E, finalmente, o fez pensar nos assassinos. Sua argumentação era formada pelo senso comum, mas, por outro lado, como a maioria dos escritores, ela provavelmente não sabia merda nenhuma sobre assaltantes.

HAVIA MEIA DÚZIA de policiais na casa de Bucher, a maioria fazendo trabalho burocrático — checando agendas telefônicas e gravações em secretárias eletrônicas, examinando cheques e cartões de crédito, na tentativa de formar um quadro das vidas financeira e social da dona.

Lucas encontrou Smith na sala de música. Conversava com uma mulher, vestida de preto da cabeça aos pés, e um homem grandalhão metido num terno de tecido azul riscado com uma gravata-borboleta pequena demais, debaixo do queixo redondo.

Smith os apresentou, Leslie e Jane Little Widdler, especialistas em antiguidades que dirigiam uma loja em Edina. Todos se cumprimentaram; Leslie tinha 67 anos e era corpulento, com mãos gordas e aparelho transparente nos dentes. Jane era baixa, tinha cabelo curto, batido, tinha frias mãos ossudas e uma expressão estranhamente impassível.

— Já formaram alguma ideia? — perguntou Lucas.

— Apenas começamos — disse Jane Widdler. — Há coisas muito boas aqui. Malditos vândalos... Certamente não imaginam o dano que causaram.

— Sem falar das mortes — acrescentou Lucas.

— Ah, sim — concordou Jane, e balançou a mão. De certa forma, ela refletiu o ar de culpa de Lucas: velhas senhoras vinham e iam, mas uma cômoda de ouropel Luís XVI era para sempre.

Lucas perguntou a Smith:

— Trouxe os papéis do seguro?

— Trouxe — Smith enfiou a mão em sua pasta e passou para Lucas uma pilha de papéis. — Sua cópia.

Lucas contou-lhe a tirada de Kidd sobre Stanley Reckless.

— Somando as joias e esse quadro, dá uma grana alta, John. E nem mesmo sabemos o que mais está sumido. Estou achando, cara, que isso é muita areia para o caminhão de Nate Brown.

Smith admitiu:

— É, não foi Brown. Não creio que seja brilhante o bastante para resistir do modo como tem feito. E não acho que seja malvado o bastante para matar velhinhas. É o velho tipo do cara enturmado.

— E o quadro de Reckless? — perguntou Leslie Widdler, franzindo a testa. — Não está na lista do seguro.

— E deveria?

— Claro. Uma tela genuína de Stanley Reckless seria extremamente valiosa. Onde estava pendurada? Tiraram a moldura ou...?

— Não estava pendurada — disse Lucas. — Devia estar guardada.

— Guardada? Tem certeza?

— Foi o que nos disseram — disse Lucas. — Por quê?

Widdler rangeu os dentes em volta do aparelho dental.

— O negócio é o seguinte, alguns desses quadros aqui, isto é... Francamente, há uma porção de porcarias. Tenho certeza de que a Sra. Bucher os pendurava por razões sentimentais.

— O que é perfeitamente legítimo e compreensível — acrescentou Jane Widdler, ao mesmo tempo que conseguia dar a entender que não era.

— ... mas um Reckless verdadeiro não deveria estar guardado. Meu Deus... — Widdler revirou os olhos, os lábios trêmulos, depois os baixou para Lucas. — Um ótimo quadro de Reckless, hoje em dia, poderia valer meio milhão de dólares.

Smith para Lucas:

— Está tomando forma, não? Um trabalho de profissional.

— Creio que sim — disse Lucas. — Profissional, mas talvez um pouco maluco. Sem luta, sem resistência, sem ruídos, sem sinais de pânico. Vapt! E estão mortas. Aí, os assassinos têm todo o tempo para revistar a casa.

— Uma puta frieza.

— Uma puta grana — concluiu Lucas. — Nós conhecemos pessoas que mataram alguém por 30 pratas e sem qualquer outro motivo. Mas isso...

Smith concordou com a cabeça.

— Esse tal de Ignace da *Star Tribune* nos ferrou direitinho. Estamos recebendo telefonemas de toda a parte.

— *New York Times?*

— Ainda não, mas estou esperando — disse Smith.

— É melhor encontrarmos o assassino, John — disse Lucas.

— Eu sei. — Smith não estava contente, ainda não tinha nada com que trabalhar, e o caso estava ficando velho. — A propósito, Carol Ann Barker está lá em cima, checando as coisas de Bucher.

— Barker? — Lucas não se lembrava do nome.

— A sobrinha de L.A. — disse Smith. — Ela é a executora do testamento. Ela é, hã, atriz.

— É mesmo?

— Atriz de tipos específicos, acho. Tem um nariz esquisito. — Olhou para os Widdler. — Não quis dizer realmente isso...

— Tudo bem — disse Jane Widdler, com um sorriso amarelo. — O nariz dela é *mesmo* muito pequeno.

LUCAS QUERIA FALAR com Barker. Ao subir a escada, folheou a papelada de seguros, que incluía, além do contrato padrão de adesão, um inventário de dez páginas dos objetos da residência. Dez páginas não eram suficientes. Notou que nada da mobília ou dos quadros tivera uma avaliação de menos de 10 mil dólares, o que significava que muita coisa ficara de fora.

Contou os quadros: dez, 12, 16. Havia pelo menos trinta ou quarenta na casa. Claro, se Widdler estivesse certo, muitos teriam apenas valor sentimental. Lucas seria capaz de apostar que nenhum dos quadros com apenas valor sentimental tinha sumido...

* * *

Lucas encontrou Barker sentada no chão do quarto de Bucher, separando álbuns de fotos de família. Era um pouco pesada demais, o cabelo um pouco grande demais, e usava óculos que estavam três modas à frente de qualquer coisa vista nas Cidades Gêmeas.

Os óculos estavam empoleirados em um dos menores narizes que Lucas já vira numa pessoa adulta; suas beiradas cuidadosamente esculpidas sugeriam uma extensa cirurgia plástica. Weather ficaria interessada. Ela era completamente encantada por rinoplastias, sua conveniência e os problemas que surgiam. Barker fora muito maltratada pelo seu cirurgião, pensou Lucas.

A sobrinha ergueu os olhos quando Lucas adiantou-se. Os óculos escorregaram meio centímetro e ela examinou por cima da armação preta de plástico.

— São muitas fotos, mas isto nos dará um ponto de partida.

— Para quê? — perguntou Lucas.

Empurrou os óculos de volta sobre seu pequenino nariz.

— Ah, desculpe... Você não é da polícia?

— Sou da polícia estadual, e não de St. Paul — disse Lucas. — Isso nos dará um ponto de partida para quê?

Ela abanou a mão para três pilhas de álbuns de fotografias com encadernação em couro.

— Tia Connie costumava dar grandes festas em datas comemorativas. Havia caçadas a ovos de Páscoa, dentro e fora da casa, e tiravam muitas fotografias — disse Barker. — Talvez consigamos ver a maioria da mobília em uma ou outra foto.

— Ótima ideia — disse Lucas, agachando-se a seu lado e apanhando uma das fotos. Connie Bucher, muito mais jovem, com uma meia dúzia de pessoas e um armário de bebidas ao fundo. — E as joias? — perguntou Lucas. — Uma de suas amigas disse que até mesmo as joias de sua mesa de cabeceira valiam muito.

— Ela tem razão. Infelizmente, a maioria era antiga e, portanto, não há nenhuma microfotografia. Tudo que temos são as descrições nas cláusulas do seguro, que são essencialmente inexpressivas. Se os ladrões forem sofisticados, as pedras soltas já devem estar em Amsterdã.

— Mas será que conseguimos saber os quilates e coisas assim? — perguntou Lucas.

— Tenho certeza.

— Você já ouviu falar de um pintor chamado Stanley Reckless?

Ela negou com a cabeça.

— Não.

— Hum. Supostamente, havia uma tela nos quartos de depósito que tinha a palavra "*reckless*" escrita nas costas — disse Lucas. — Há um pintor chamado Stanley Reckless, e suas pinturas valem uma nota.

Barker sacudiu a cabeça.

— É possível. Mas não sei disso. Posso perguntar a outros sobrinhos.

— Por favor.

Aproximou-se um policial com um punhado de fotografias.

— Está faltando um objeto — afirmou. — Sua foto foi tirada na sala de música, mas não o encontro em lugar nenhum.

Lucas e Barker levantaram-se, ela pegou a foto e ele olhou por sobre seu ombro. A foto mostrava uma mesinha marrom, com o tampo meio quadrado. O tampo era dividido ao meio, ou por uma linha incrustada ou pela sua verdadeira divisão. Debaixo do tampo, podiam distinguir uma gavetinha com um puxador de latão.

Após olhá-la por um momento, Barker disse:

— Sabe, lembro-me disso. Foi anos e anos atrás, quando eu era criança. Dobrando-se o tampo, havia um tabuleiro de xadrez. Acho que era um tabuleiro de xadrez. As crianças achavam que era um esconderijo secreto, mas nunca havia nada escondido. As peças de xadrez ficavam na gaveta.

— Está na lista do seguro? — perguntou Lucas. — Você faz ideia de quanto vale? — Folheou sua papelada.

O policial balançou a cabeça.

— Chequei a lista de John. Não tem nada parecido. Com toda a certeza, não há menção a um tabuleiro de xadrez.

— Há uns especialistas em antiguidades lá embaixo — disse Lucas. — Talvez saibam.

* * *

BARKER E ELE levaram as fotos ao térreo para os Widdler. Barker tossiu, quando foram apresentados, pressionou os nós dos dedos nos dentes por um momento e disse:

— Oh, nossa. Acho que engoli um inseto.

— Proteína — constatou Jane Widdler. E acrescentou, ainda falando para Barker. — Que colar adorável... Tiffany?

— Espero que sim — disse Barker, sorrindo.

Lucas disse aos marchands:

— Temos uma mesa desaparecida. Achamos que pode ser um tabuleiro de xadrez dobrável. — Passou a foto da mesa para Leslie Widdler e perguntou: — Tem ideia de quanto vale?

Os dois marchands a olharam por um momento, depois um para o outro, então novamente para a fotografia. Leslie Widdler disse para sua mulher:

— Hã... 51.500 dólares?

Ela apontou o dedo para ele.

— Exatamente.

— Vocês conseguem determinar com tal exatidão? — perguntou Lucas.

Leslie Widdler devolveu a foto a Lucas.

— A Sra. Bucher doou a mesa... é uma mesa de gamão, da época do antigo comércio com a China, e não de xadrez, do final do século XVIII... para a Associação da Orquestra de Minnesota, para um leilão de levantamento de fundos, deixe-me ver, uns dois dezembros atrás. Foi arrematada pela Sra. Leon Cobler, das Velas Cobler, que a doou ao Instituto de Minneapolis. — Parou, para tomar fôlego, e terminou: — Onde está atualmente.

— Puxa — disse Lucas.

O GOVERNADOR LIGOU e Lucas afastou-se para um corredor para atender a ligação.

— Bom trabalho. O seu homem, Flowers, esteve aqui e nos fez uma interessante apresentação — disse o governador. Seu nome era

Elmer Henderson. Estava no segundo ano de seu mandato, era popular, e tentava conquistar uma maioria democrata em ambas as casas nas próximas eleições. — Apresentamos a proposta de Dakota County e Flowers concordou que pode ser exequível. Nós... você... poderia levar a prova para Dakota County e fazer com que convocassem um Grande Júri. Tudo direitinho

— Se funcionar.

— Tem que funcionar — replicou o governador. — Essa garota... hum... As fotos comprobatórias sugerem que ainda não, hã, está totalmente desenvolvida. Quero dizer, como mulher.

— Governador... senhor...

— Ora, vamos, relaxa, Lucas. Não vou convocá-la — disse Henderson. — Mas isso de "Ah, meu Deus, lamba meu saco"... isso tende a atrair a atenção de qualquer um.

— Eu falarei com Dakota County — disse Lucas.

— Faça isso. A propósito, por que todo mundo chama seu homem de "o merda do Flowers"?

6

MAIS CEDO, NAQUELA manhã, Leslie Widdler estivera sentado em seu pátio de lajotas e orlado com cravos-de-defunto. Comia uma torrada com um substituto de manteiga com baixa caloria e Egg Beaters, enquanto olhava para além do córrego, desfrutando o sol, abrindo o *Star Tribune*. Sua mulher, Jane, estava dentro da casa, cantarolando junto com Mozart na Rádio Pública de Minnesota.

Uma borboleta passou batendo as asas, um tanto espalhafatosa, e Leslie seguiu-a por um segundo com os olhos. Isso era típico, pensou, do tipo de vida selvagem que se tinha ao longo do riacho... Não, espere, era o *córrego*; tinha que se lembrar disso... E prontamente aprovou.

Uma borboleta não era barulhenta, como, por exemplo, um corvo ou um gaio azul; muito delicada, bela e saborosa. Um avião voou acima, mas bem para leste, e ele já se acostumara com o som. Um pouco de ruído não era significativo, se você vivia no córrego. Praticamente *no* córrego — pois estava bem ali, no seu quintal, quando sacudiu o jornal para abri-lo, e, à noite, podia ouvi-lo borbulhando, quando o ar-condicionado não estava ligado.

Jane fazia seu próprio café da manhã, devorado com música, que ressoava através da cozinhas pelas suas caixas acústicas Bang & Olufsen; era como viver dentro de uma orquestra e, ajustando as caixas de acordo com as instruções da Bang & Olufsen, ela podia variar sua posição, digamos, das violas, de volta pelos instrumentos de sopro e todo o caminho em torno dos violinos. Era adorável. Ela nunca se referia às caixas acústicas como caixas acústicas; sempre se referia a elas como as Bang & Olufsen.

Jane Widdler, *née* Little. Na Carleton College, onde ela e Leslie haviam se conhecido e se tornado um casal, Leslie era conhecido pelos seus colegas como Big Widdler, o que colegas achavam hilariante por algum motivo obscuro que Leslie nunca descobrira.

E, quando ele namorava e depois, já perto de formar-se, casou-se com uma mulher chamada Little, obviamente se tornaram Big e Little Widdler. Por algum motivo, os mesmos ex-colegas acharam isso ainda mais hilariante, e era possível ouvi-los rindo no fundo da capela.

Jane Little Widdler desaprovava apelidos; mas raramente se preocupava com isso, tendo em vista que ninguém os usava, a não ser conhecidos de antigamente, da época de Carleton, cuja maioria sumira de vista, mergulhada no lodaçal das relações corporativas, vendas de bugigangas e circos administrativos.

Jane preparava sua vitamina para o café da manhã. Uma xícara de suco de abacaxi, uma xícara de morangos, meia de banana, um pouco disso, um pouco daquilo, e um tanto de iogurte e gelo, batidos por um chatíssimo minuto, o ruído do liquidificador abafando Mozart. Quando a batida parou, ouviu a voz de Leslie através da porta de tela de correr:

— Ah, meu Deus!

Pelo tom, sabia que era sério. Não conseguia franzir a testa, por causa das injeções de Botox, mas fez um olhar preocupado e foi até a porta.

— O que foi? É o córrego?

Os Widdler lideravam um abaixo-assinado para mudar o nome do riacho Minnehaha para córrego Minnehaha, uma combinação que achavam mais eufônica. Ultimamente, tinham aparecido alguns praticantes de caiaque no córrego — inclusive, claro, um que era advogado de esquerda e que se envolvera numa disputa de gritos com Leslie. Remos para o povo. Ora, que se foda. O córrego não pertencia ao povo.

Mas não foi o córrego, ou o riacho, que provocara aquele tom na voz de Big Widdler. Leslie estava de pé. Vestia um pulôver branco de fibra de lã egípcio, com mangas frouxas, abotoado nos punhos com botões pretos de madrepérola, calça de madras e sandálias Salvatore Ferragamo, e parecia muito bem sob o sol da manhã, pensou.

— Dê uma olhada nisto — disse ele.

Passou-lhe o *Star Tribune.*

O título maior dizia: *Assassinos teriam ocultado roubo invisível?* Abaixo, em letras menores, *Milhões em antiguidades podem ter desaparecido.*

— Ah, meu Deus — disse Jane. Seu ar de preocupação parecia intensificar-se à medida que lia. — Quem será esse Ruffe Ignace?

— É apenas um repórter. Mas o problema não é esse — disse Big Widdler, agitando as mãos como uma borboleta. — Se fizerem um inventário, pode haver itens... — O celular extrafino Bang & Olufsen começou a tocar em seu lugar, ao lado da cristaleira embutida, e ele foi em sua direção. — ... na lista capaz de serem identificados, e não sabemos quais são. Se há fotos...

Apanhou o telefone e disse, "Alô", e, um segundo depois:

— Hã, detetive? Sim, claro...

Jane estremeceu, colocou uma das mãos sobre o peito e a outra no tampo do balcão. Podia ser isso: tudo pelo que trabalharam sumindo num piscar de olhos.

— Alô, sim, é... hum-hum, hum-hum... — Então Leslie sorriu, mas manteve a voz lânguida, profissional. — Teremos o maior prazer em ajudar, desde que isso não prejudique nossa posição nos lances, se por acaso houver um leilão do espólio. Mas não vejo como isso prejudicaria, se tudo o que vocês querem é uma opinião... Hum, esta tarde seria ótimo. Levarei minha esposa. Nossa assistente poderá cuidar da loja. Às 13 horas então. Nós nos veremos depois do almoço.

Pousou o telefone e deu uma risadinha.

— Fomos convidados para assessorar a polícia de St. Paul na investigação do caso Bucher.

Jane deu um olhar sorridente.

— Leslie, isso é bom *demais*. E sabe o que mais? Isso vai deixar Carmody & Loan pê da vida.

Carmody & Loan, nas Cidades Gêmeas, era a única concorrente possível em termos de qualidade. Se C&L tivesse sido convidada para fazer as avaliações, Jane ficaria *realmente* revoltada. Mal podia *esperar* para saber o que Melody Loan teria a dizer sobre *aquilo*. Ficaria uma fera:

— Talvez a gente consiga um meio de fazer esse tal de Ruffe Ignace dar a notícia do convite que recebemos — disse Jane.

As sobrancelhas de Leslie ergueram-se.

— Quer dizer, esfregar na cara deles? Hum. Às vezes, você é mesmo uma sacana. Gosto disso.

Caminhou até a mulher, enfiou a mão na calça comprida que ela usava, a qual, na verdade, era a parte de baixo de um amaciado karatêgi Shotokan, até seus pelos púbicos.

Jane relaxou um pouco sua postura, apoiou a bunda no balcão, mordeu o lábio, fez um ar, o melhor que conseguia, levando-se em conta o Botox, de semiêxtase.

— Enfia, grandalhão — sussurrou, a vitamina quase esquecida.

MAS, COMO LESLIE estava inclinado a dizer, o Senhor provê, mas o Senhor podia muito bem estar disposto a tirar no momento seguinte. Passaram a manhã na loja, ligando para clientes e outros marchands, cuidando de contas, discutindo com o agente da State Farm sobre uma apólice de seguro de cobertura total. Ao meio-dia, pararam numa lanchonete e comeram sanduíches de rosbife gratinado com pão tipo sourdough, depois seguiram para St. Paul.

Dirigiam para leste na I-494, no Audi A4 de Jane, ao qual ela já se referia agora como "aquela lata de lixo", quando surgiu outra chamada indesejada. Jane apalpou o celular e olhou para o visor. A identificação dizia Marilyn Coombs.

— É a Marilyn Coombs.

— Esta maldita história — disse Leslie.

Jane pressionou o botão para atender:

— Alô?

* * *

MARILYN COOMBS ERA uma velha senhora que, na opinião de Jane, já deveria ter morrido havia muito tempo. Sua voz era fraca e fina:

— Jane, já soube de Connie Bucher?

— Acabei de ler no jornal esta manhã — respondeu Jane. — Ficamos chocados.

— Foi a mesma coisa que aconteceu com Claire Donaldson — choramingou Coombs. — Você não acha que deveríamos falar com a polícia?

— Ah, meu Deus, eu detestaria ter que me envolver com a polícia — disse Jane. — Provavelmente, acabaríamos tendo de contratar advogados, e não iríamos querer... você sabe.

— Bem, a gente não diria nada sobre *aquilo* — disse Coombs. — Mas eu tenho o recorte de jornal de quando Claire foi morta, e, Jane, foi *parecido*.

— Pensei que Claire tivesse levado um tiro — disse Jane. — Foi o que soube.

— Bem, exceto isso, foi a mesma coisa — corrigiu Coombs. Jane revirou os olhos.

— Sabe, eu não conhecia Claire tão bem assim — replicou Jane.

— Pensei que vocês eram amigos...

— Não, não, nós sabíamos quem era, por intermédio daquele grupo de estudo de colchas de patchwork, mas não a *conhecíamos*. De qualquer modo, gostaria de ver esse recorte. Talvez consiga orientá-la melhor, se eu puder ver o recorte.

— Ele está bem aqui — disse Coombs.

— Ótimo. Por que a gente não se encontra esta noite? — sugeriu Jane. — Talvez um pouco mais tarde, pois estamos saindo agora para um compromisso. Quero dar uma olhada.

— Se você acha necessário — concordou Coombs.

— Bem, não vamos querer cometer um engano.

— Tudo bem — disse Coombs. — Depois do jantar.

— Talvez mais tarde do que isso, receio. Estamos a caminho de Eau Claire. Que hora você vai dormir?

— Só depois do noticiário da TV.

— Certo. Estaremos de volta antes disso. Provavelmente... quando escurecer.

Isso LHES FORNECEU um assunto para conversar.

— Está tudo desmoronando, Leslie? Está tudo desmoronando? — perguntou Jane. Ela participava de um clube de dramaturgia e era ex-vice-presidente do teatro Edina Little.

— Claro que não — disse Leslie. — Precisamos apenas fazer uma limpeza.

Jane suspirou. Então disse:

— Você acha que Hermès é demais? — Ela usava um lenço de pescoço Hermès com desenhos de patos, estes tinham pequenos colarinhos vermelhos e grasnavam uns para os outros.

— Não, não. Acho que fica muito bem em você.

— Espero que as coisas não estejam desmoronando — repetiu Jane.

— A maioria dos policiais são mais tapados do que uma tigela de espaguete — falou Leslie. — Não se preocupe, querida.

Mesmo assim, com o delicado cotovelo apoiado na almofada de couro abaixo da janela do Audi, os dedos junto ao queixo, Jane não podia evitar de pensar que, se tudo chegasse *mesmo* ao fim, talvez houvesse alguma maneira de jogar toda a culpa para Leslie.

Talvez até mesmo... Olhou-o, especulativamente, para sua têmpora e pensou, *Não. É prematuro.*

Então se encontraram com os policiais. E falaram sobre antiguidades desaparecidas, inclusive um quadro de Stanley Reckless.

AO DEIXAREM OAK Walk, Jane lembrou:

— Aquele tal de Davenport *não* é tão tapado quanto uma tigela de espaguete.

— Não, não é — resmungou Leslie. Segurou a porta do carro, acomodou-a, inclinou-se para a frente e disse: — Precisamos conversar sobre o Reckless.

— Temos que nos livrar dele. Queimá-lo — disse Jane.

— Não vou abrir mão de um quadro de meio milhão de dólares — protestou Leslie. — Mas temos de fazer alguma coisa.

Conversaram a respeito, a caminho de casa. A solução, argumentou Jane, era destruí-lo. O crime de assassinato não prescrevia e, em alguma ocasião, no futuro, se a necessidade de dinheiro fosse muito grande, eles poderiam ser tentados a vendê-lo — e seriam apanhados.

— Um novo Reckless, recém-descoberto... isso chamaria atenção.

— Uma venda particular — disse Leslie.

— Não sei não — titubeou Jane.

— Meio milhão de dólares — disse Leslie e, quando o disse, Jane soube que ela queria o dinheiro.

Foram para casa e, depois do jantar, Leslie subiu em um banco e tirou o Reckless do esconderijo reforçadamente secreto nas vigas do sótão.

— Um quadro esplêndido? — disse. Virou-o, olhou o nome na diagonal da parte de trás da tela. Embora tivesse engordado, Leslie ainda era forte. Agarrando firmemente a moldura, ele a torceu, sacudiu as laterais, depois as partes de cima e de baixo, e a moldura começou a se soltar. Quando estava suficientemente solta, levantou a tela, ainda no caixilho, para fora da moldura, e colocou-a sob a luz forte sobre a mesa de jantar.

— Tem uma assinatura forte — falou Leslie. Reckless havia assinado cuidadosamente a pintura na parte de baixo, à direita, com uma bela tinta vermelha sobre um fundo de gramado verde. — Não precisa da que está nas costas.

— Vai tirá-la?

— Se a tirarmos, não poderá ser identificada como o quadro da casa de Bucher.

— Sempre haveria algum... resíduo — garantiu Jane.

— Não, se você não quiser vê-lo — disse Leslie. Olhou um momento para a pintura e continuou: — Eis o que vamos fazer. Por enquanto, a escondemos na fazenda. Vamos fazer um embrulho bem bonito. Queimar a moldura. Quando chegar a ocasião, apagarei o Reckless das costas... Isso levará pelo menos umas duas semanas. Conseguiremos uma tinta de um período antigo... Poderemos obtê-la com Dick Calendar... E pintaremos por cima da área onde estava o "Reckless". Depois, levamos o quadro para Omaha, ou Kansas City, ou mesmo Vegas, alugamos um cofre forte e o deixamos lá por cinco anos. Em cinco anos, estará seguro como ouro.

Má ideia, pensou Jane. Mas ela *ansiava* pelo dinheiro.

TRÊS HORAS DEPOIS, os Widdler estavam novamente na estrada.

— Há nisso — garantiu Leslie, às 22h20, com as mãos no volante com detalhes em madeira do seu Lexus — um componente fundamental de insanidade. Nada de macacões, nada de luvas, nada de redes de cabelo. Estamos despejando DNA em cada passo que damos.

— Mas há oitenta por cento de probabilidades de não fazermos nada — relutou Jane. — Não fazer nada seria o melhor. Nós desprezamos o recorte de jornal, e a deixamos com medo, ameaçando com a polícia e a ideia de um julgamento. Aí, depois que cuidarmos da pior parte, poderemos voltar a ela. Poderemos fazer isso em nosso tempo livre. Ou talvez ela morra antes. Já é muito velha.

Estavam na Lexington Avenue, em St. Paul, seguindo em direção a Como Park, meia hora após o pôr do sol. A tarde de verão demorava-se, estendendo-se até quase as 22 horas. Embora fosse uma das grandes vias norte-sul, a Lexington era tranquila à noite, com poucas pessoas nas calçadas e pouco tráfego. A casa de Marilyn Coombs ficava afastada do parque, em Iowa, uma rua mais estreita e escura. Eles iam estacionar a um quarteirão de distância e caminhar; a área era propícia para caminhadas.

— Lembre-se do DNA — disse Leslie. — Por via das dúvidas. Nada de movimentos bruscos. Eles conseguem encontrar um fio de cabelo. Temos que *deslizar* por lá. Não vamos andar pela casa. Tente não tocar em nada. Não apanhe nada.

— Estou nessa há tanto tempo quanto você — protestou Jane, um ar frio em sua voz. — Concentre-se no que estamos fazendo. Observe as janelas. Deixa que eu falo.

— O DNA...

— Esqueça o DNA. Pense em outra coisa.

Sua voz estava um pouco tensa. Leslie olhou-a, sob os pequenos bocados de luz que vinham da rua e pensou no pescoço tão delicado que ela tinha...

ESTAVAM CHEGANDO À casa. Já haviam estado ali meia dúzia de vezes, com o grupo de estudo de patchwork.

— E qual é o sinal? — perguntou Leslie.

— O mesmo. Toque seu nariz. Se eu concordar, toco no meu — disse Jane.

— Terei que ficar atrás dela. De qualquer maneira, terei de ficar atrás dela.

— Se o remate estiver solto... — O remate era uma bola de carvalho, com 8 centímetros, na coluna inferior do corrimão da escada de Coombs. A escada descia para o corredor, à direita da porta do vestíbulo. — Se estiver apenas encaixado ali, como fica a maioria...

— Não podemos contar com isso — falou Leslie. — De qualquer modo, não tenho certeza se um médico-legista competente vai engolir essa.

— Uma velha, morta ao pé da escada, uma fratura na testa que combina com o remate, cabelo no remate... O que há para discutir? — perguntou Jane.

— Verei quando entrar — disse. — Pode ser que a gente se safe. Com toda certeza, eles não acreditariam que ela caiu em cima da porra de uma faca de cozinha.

— Olhe o palavreado, querido. Lembre-se do que estamos buscando. — Buscando elegância. Esta era a palavra que lhes servia de lema naquele ano, escrita no topo de cada página do seu calendário Kliban Cat: *elegância*! Melhores negócios por meio da *Elegância*!, acrescentou Jane. — Há duas coisas de que não gosto nessa ideia da faca. Primeira, não é instantânea. Ela ainda poderia gritar...

— Não se estiver com a garganta cortada — disse Leslie. Gostava da ideia da faca; isso o deixava excitado.

— Segunda — continuou Jane —, poderia espirrar sangue por toda a casa. Se pisarmos ou um pouco dele respingar em nossas roupas... será uma bagunça. Com o remate, é *buum*. Ela cai. Se fizermos direito, não teremos nem mesmo que tirá-la do lugar.

— Numa boa.

— Numa boa. Permanecemos calmos, tranquilos e serenos enquanto estivermos lá — disse Jane. Ela podia até ver a cena. — A gente conversa. Se não der certo, a gente fica na nossa e a atrai até a porta.

— Caminho atrás dela, coloco a luva.

— Sim. Se o remate se soltar, você atinge abaixo, na nuca, ou direto na testa. Talvez... estou pensando de que modo as pessoas caem. Talvez tenhamos de quebrar um dedo ou alguma coisa. Alguns dedos. Como se ela os tivesse quebrado no corrimão, durante a queda.

Leslie concordou com a cabeça e pisou no freio, quando um ciclista passou na rua.

— Eu posso levantá-la e nós dois arranhamos o corrimão com as unhas dela, quem sabe até colocamos um pouco de fibra do tapete na outra mão. Ela é pequena, talvez eu consiga levantá-la até bem perto, tudo de que precisamos é colocar um pouco de verniz embaixo de suas unhas.

— É uma boa ideia — disse Jane. — Se o remate se soltar.

— AINDA ASSIM, a faca tem uma certa atração — disse Leslie, após um momento de silêncio. — Duas velhas, os crânios esmagados, com três dias de diferença. *Alguém* vai achar que é coincidência demais. A faca é um MO* diferente e parece burrice. Outro lance de um drogado pé-rapado. E, se *nada* for levado...

— Talvez seja melhor levar alguma coisa, se fizermos isso com a faca — disse Jane. — Isto é, então não haverá dúvida de que foi assassinato. Por que matá-la? Para assaltá-la. Não queremos um mistério. Queremos uma história clara. Matá-la, levar sua bolsa. Dar o fora. Com o remate, se acharem que foi um assassinato, será um mistério e tanto.

* Modus operandi. (*N. do T.*)

— E vão sacar que foi inteligente. Saberão que não foi um drogado pé-rapado.

Jane avaliou as duas.

— Eu voto no remate — disse Jane. — Se ele funcionar, daremos o fora numa boa. Ninguém nem desconfiará. Com a faca, vão procurar alguma coisa, irão atrás de ligações.

Então, pela 15ª vez desde que saíram de casa, Leslie repetiu:

— Se o remate se soltar...

— É provável que não se solte mesmo — disse Jane. — Vamos matar a velhota de medo.

MARILYN COOMBS MORAVA numa bela casa de pós-2ª G.M., com uma enorme janela panorâmica e uma garagem nos fundos com duas vagas, que outrora era isolada, mas atualmente é ligada por um alpendre construído provavelmente nos anos 1960. A estrutura era de um plástico mais recente, com calhas também de plástico moldadas no beiral. O pátio da frente era estreito, decorativo e íngreme. Cinco degraus de concreto levavam à plataforma, e outros cinco à porta externa do vestíbulo. O quintal, destinado a bebês da geração pós-guerra, era mais largo e cercado.

Subiram os degraus do pátio, alcançaram a porta da varanda e a atravessaram; nessas casas, a campainha ficava no interior da varanda. Na subida, Leslie enfiou uma luva de algodão de jardinagem na mão direita e pressionou o botão da campainha com o dedo enluvado, então meteu a mão no bolso do paletó.

COOMBS ESTAVA COM 80 anos, pensou Jane, ou mesmo 85. Seu cabelo tinha um traço branco perolado, quase líquido, delicado como cashmere, quando ela caminhou sob as luzes da sala de estar. Era magra e teve de puxar a porta com as duas mãos, e lá estava sorrindo para eles.

— Como vão, Jane, Leslie? Há quanto tempo não nos vemos.

— Marilyn...

— Tenho cookies na cozinha. De aveia. Fiz esta tarde. — Coombs olhou de soslaio para a calçada, ao passar por Leslie. — Não viram nenhum china lá fora, viram?

— Não. — Leslie olhou para Jane e encolheu os ombros, e ambos olharam para a calçada vazia.

— Os chinas estão se mudando para cá. Eles ganham dinheiro com heroína — disse Coombs, empurrando a porta para fechá-la. — Estou pensando em instalar um alarme. Todos os vizinhos têm um agora.

Virou-se na direção da cozinha. Ao passarem pelo pé da escada, Leslie esticou a mão enluvada, deslizou-a em volta do remate e o ergueu. Este soltou-se. Era do tamanho de uma bola de softball, porém muito mais pesada. Jane, que tinha virado a cabeça, assentiu, e Leslie desceu-o de volta para seu lugar.

UMA TRAVESSA DE cookies de aveia esperava na mesa da copa. Sentaram-se, Coombs passou a travessa, Jane e Leslie apanharam um cada. Quando Leslie engoliu o seu, disse:

— Ótimo.

— Então, Marilyn — disse Jane. — O recorte de jornal.

— Sim, sim, está bem aqui.

Coombs usava um roupão. Remexeu no bolso, tirou um maço de Kleenex, um vidro de Aleve e, finalmente, o recorte. Entregou-o a Jane, a mão tremendo um pouco. Leslie apanhou outro cookie.

> *Uma famosa colecionadora de arte de Chippewa Falls e herdeira da fortuna da cervejaria Thune foi encontrada morta, com um tiro, em sua casa, na manhã de quarta-feira, por parentes...*

— Eles nunca pegaram ninguém. Nunca tiveram qualquer pista — disse Coombs. Marcou com os dedos os detalhes. — Ela veio de uma família rica, assim como Connie. Estava envolvida com patchwork, assim como Connie. Colecionava antiguidades, assim como Connie. Morava com uma criada, assim como Connie, mas a criada de Claire não estava naquela noite, para a grande sorte desta.

— Ela foi baleada — disse Jane. — Connie foi morta com um cano, um taco de beisebol ou coisa parecida.

— Eu sei, eu sei, mas talvez eles quisessem silenciá-las — disse Coombs. — Ou talvez eles quisessem fazer diferente, para ninguém desconfiar.

— Nós nos preocupamos muito em nos envolvermos com a polícia — explicou Jane. — Se falarem com você, depois com a gente, por causa da ligação envolvendo patchwork, e eles disserem, "Vejam só, estas pessoas conhecem todas as mulheres assassinadas..." Aí, começarão a suspeitar. Mesmo sendo inocentes. E então talvez queiram dar uma olhada mais de perto nas colchas de Armstrong. De jeito nenhum queremos isso.

Os olhos de Coombs afastaram-se tremulantes.

— Eu me sentiria tão culpada se mais alguém se machucasse. Ou se essas pessoas saíssem livres dessa por minha causa.

— Eu também — afirmou Jane. — Mas...

E Coombs disse:

— Mas...

Conversaram mais um pouco, tentando enrolar a velha. O tanto que ela tinha de afável tinha de teimosa. Finalmente, Jane olhou para Leslie e tocou no nariz. Leslie assentiu, esfregou a lateral de seu nariz e disse a Coombs:

— Confesso uma coisa, você me convenceu. Mas nós temos que ser muito, muito cuidadosos. Há uns policiais muito inteligentes trabalhando nesse caso.

Parou e comeu outro cookie de aveia, murmurando em meio às migalhas.

— Precisamos deixar os patchworks fora disso. Talvez enviar um bilhete anônimo mencionando a ligação com antiguidades, e deixar os patchworks fora disso.

Coombs ficou radiante. Gostava da ideia. Jane sorriu, balançou a cabeça e disse:

— Leslie sempre gostou muito de você. Creio que deveríamos nos manter afastados da polícia, mas se vocês dois são a favor...

* * *

Coombs arrastou os pés até a porta, indo à frente, quando os dois saíam. Atrás, Leslie enfiou as luvas de algodão e, à porta, Jane passou à frente de Coombs. Leslie tirou o remate da coluna do corrimão e chamou:

— Ei, Marilyn?

Quando ela se virou, ele a atingiu na testa com a bola de remate. Bateu com força. Ela saltou para trás, passou por Jane e caiu aos pés da escada. Ambos olharam-na por um momento. Seus pés fizeram um movimento convulsivo, quase como um abano de cauda de cachorro, então parou.

— Está morta? — perguntou Jane.

— Só pode. Bati nela como se fosse com uma puta bola de boliche na porra de uma mosca.

— Elegância! — protestou Jane.

— Foda-se... — Leslie respirava ruidosamente. Agachou-se, olhando a velha senhora, observando-a, checando se ainda respirava. Após dois longos minutos, ergueu a vista e disse: — Já era.

— Ótimo. Não fez qualquer ruído — disse Jane. Notou que a careca de Leslie estava aumentando.

— É. — Leslie podia ver cabelo, um pouco de pele e possivelmente uma mancha de sangue na madeira da bola de remate. Levantou-se, virou-se só um pouco, encaixou-a de volta no suporte da coluna do corrimão e empurrou-a com firmeza para baixo. O cabelo e a pele estavam para o lado interno da bola, onde Coombs teria batido a cabeça, se tivesse caído. — Dedos? — perguntou ele. — Quebrar os dedos?

— Não creio que precisemos tocar nela — afirmou Jane. — Ela caiu perfeitamente... O que poderíamos fazer... — Tirou um dos chinelos de Coombs e jogou-o ao pé da escada. — Como se ela tivesse dado uma topada.

— Por mim, tudo bem — disse Leslie.

— Bem...

— Me dê um minuto para dar uma olhada — pediu Jane. — Só um minuto.

— Minha nossa, Jane...

— Ela era uma velha — disse Jane. — Devia ter alguma coisa boa.

LÁ FORA, NO carro, dirigiram por 50 metros, viraram na Lexington, percorreram 800 metros, então Leslie entrou numa rua lateral, continuou até um lugar escuro, desligou o motor.

— O que foi? — perguntou Jane, como se desconfiasse de algo. Ali não havia papo elegante.

Leslie soltou o cinto de segurança, escorregou à frente para afrouxar as calças, abriu o zíper da braguilha.

— Me dá uma mãozinha aqui. Me dá uma mãozinha aqui.

— Minha nossa, Leslie.

— Vamos, porra, estou aflito — resmungou.

— Não faço nada se continuar com esse tipo de palavreado.

— Vamos, faça logo — disse ele.

Jane soltou seu cinto de segurança, aproximou-se, e perguntou:

— O que fez com o pacote de Kleenex? Deveria estar aqui no porta-luvas...

— Foda-se o Kleenex — gemeu Leslie.

7

Os dois dias seguintes foram brutais. O caso Kline estava pegando fogo e Lucas não teve tempo para o caso Bucher. Falou com Smith nos dois dias, para atualizar-se, mas não houve muita novidade. Os jornais começavam a se irritar com aquilo e Smith ficou na defensiva.

Chegaram relatórios das companhias de seguros e do Departamento de Correções; o centro de reabilitação parecia uma péssima aposta. Os policiais de St. Paul fizeram várias entrevistas com os parentes, que chegavam para o funeral e para discutir a divisão dos bens de Bucher. Havia rumores de ações judiciais entre parentes.

Apesar do início turbulento, nenhum dos parentes acusou qualquer um outro de estar perto de St. Paul na época do crime. Estavam mais ou menos divididos igualmente entre Santa Bárbara e Palm Beach, com um excêntrico em seu apartamento em Paris.

Todos tinham dinheiro, disse Smith. Se, por um lado, a herança de tia Connie seria uma bela cereja no sundae, o sorvete eles já tinham.

Lucas teve três longas entrevistas nos dois dias, e o dobro de reuniões.

A primeira entrevista foi péssima.

Kathy Barth era peituda e bunduda, e para quem chega aos 40, talvez até um pouco demais. A filha, Jesse, herdara os genes da mãe, mas, aos 16 anos, tudo era firme e, quando caminhava, tremia como uma tigela de gelatina.

Se por um lado falava como adolescente, andava como adolescente e saía por aí plugada em um iPod, por outro Jesse tinha o rosto de uma frequentadora de bares de 35 anos: áspero demais, gasto demais, com a boca emburrada virada para baixo e olhos que pareciam temer que algo a pudesse atingir.

Na primeira entrevista, ela e Kathy Barth sentaram-se atrás de seu advogado, que repassava uma porção de asneiras: "... conferindo para ver se podemos decidir exatamente o *que* aconteceu e *quando*, e se realmente faz algum sentido continuar esta investigação..."

Virgil Flowers, um homem magro, louro e bronzeado, usando calça jeans, blusa de algodão azul com pequenas flores amarelas bordadas e botas de caubói pretas e gastas, disse:

— Nós já a temos em fita, Jimbo.

— É "James" para *você*, policial — disse o advogado, fingindo sentir-se ofendido.

Flowers olhou para Lucas:

— O velho Jimster aqui presente tenta ferrar Kline. — Olhou de volta para o advogado. — O que você descobriu? Ele tem algum tipo de bem valioso que desconhecemos? — Seus olhos retornaram a Lucas: — Sugiro que a gente consiga um pesquisador para verificar todo registro de impostos que pudermos encontrar, que se repassem todas as propriedades que Kline já teve e se faça o arresto. Dar uma verdadeira batida por propriedades, colocar Kline contra a parede...

— Por que você quer furtar a legítima compensação dessa jovem? — reclamou o advogado. — Não servirá de nada para ela, se Kline for para a cadeia, é simples. Talvez Jesse precise de anos de tratamento... Anos!... Se for verdade que o Sr. Kline teve contato sexual com ela. De que tipo, é claro, ainda tentamos determinar.

— Filho da puta — disse Flowers.

O advogado, chocado — *chocado* — virou-se para Jesse e disse:

—Tape os ouvidos.

Jesse simplesmente olhou para Flowers, enrolou um cacho de seu cabelo no dedo e esticou uma comprida língua rosada. Flowers riu.

— ELA É gostosa — concluiu Flowers, quando deixaram a casa.

Tinham de caminhar cautelosamente, pois um cachorro branco amarelado com orelhas arriadas, dentes grandes e um péssimo comportamento estava acorrentado a uma estaca.

— Ela só tem 16 anos — disse Lucas, de olho no cachorro.

— Nós, judeus, fazemos o bat mitzvah de nossas mulheres aos 14 anos, e, depois disso, elas são de quem pegar — informou Flowers. — Dezesseis não é grande coisa no contexto cultural apropriado.

— Você é uma merda de um presbiteriano, Virgil, e vive em Minnesota.

— Ah, sim. Me pegou nessa, chefe — sorriu Flowers. — O que vamos fazer agora?

A SEGUNDA ENTREVISTA foi pior, se você não gosta de ver velhos chorando.

Burt Kline sentou-se em sua pesada cadeira de couro, de costas para as paredes com todas as fotos de políticos, todas as placas, as chaves, as cartas de presidentes e colocou o rosto sobre as mãos, balançou para a frente e para trás e chorou. Não havia nada de falso naquilo. O filho, um sujeito gordo de 23 anos e herdeiro aparente, não parava de bater o punho enorme na palma da outra mão. Fora jogador de futebol na St. Johns e usava camiseta, boné e uma enorme fivela com o emblema da St. Johns no cinto.

Burt Kline, balbuciou:

— Ela é apenas uma menina, como puderam pensar que...

Flowers bocejou e olhou pela janela.

— Senador Kline... — disse Lucas.

— E-E-Eu não fiz nada disso — soluçou Kline. — Juro por Deus. Nunca toquei na menina. É tudo mentira...

— É a porra de uma mentira, ele não fez nada, aquelas putas estão tentando nos chantagear — berrou Burt Jr.

— Tem toda essa questão do sêmen e do DNA — disse Flowers.

O choro intensificou-se e Kline rodou a cadeira em direção à escrivaninha, deixando a cabeça cair no tampo da mesa, com um ruído parecido ao de uma abóbora batendo contra uma porta à prova de tempestades.

— Só pode ter sido algum engano — choramingou.

— *Vocês* estão tentando armar para cima de nós — disse Burt Jr. — Vocês e todo aquele bando de ambientalistas filhos da puta. Esse suposto perito deve ser algum maluco esquerdista...

— É o seguinte, senador Kline — disse Lucas, ignorando o rapaz. — Sabe que não temos escolha. Temos de entregar o caso para um Grande Júri, aqui em Ramsey County, e você sabe o que *aquele* sacana fará com isso.

— Ah, *meu Deus...*

— Isso não é justo — disse Burt Jr., socando o punho na palma da outra mão. Seu rosto estava tão vermelho que Lucas se preocupou com sua pressão sanguínea.

Lucas continuou falando com o velho:

— Jesse Barth disse que, certa vez, você a levou ao Bunsville Mall e comprou-lhe umas calcinhas e um sutiã push-up...

— Ah, *meu Deus...*

— Se você fez isso em troca de sexo, ou se acharmos que podemos afirmar que fez, então esse aspecto do crime teria ocorrido em Dakota County. Jim Cole é promotor distrital de lá e é o responsável pelo Grande Júri.

O soluço diminuiu, e Kline, com o rosto úmido, ergueu a vista, um traço de conjetura de volta a seus olhos.

— Ele é filho de Dave Cole.

— Não saberia dizer — esclareceu Lucas. — Mas, se levou realmente Jesse a Burnsville...

— Nunca fiz sexo com ela — disse Kline. — Mas posso tê-la levado uma vez a Burnsville. A garota precisava de roupas para quando voltasse às aulas.

— Usam sutiã push-up na escola? — perguntou Lucas.

— Sim, porra. E fio dental — disse Flowers. — Nem precisou de Viagra com aquele tipo de adolescente promíscua correndo para lá e para cá, hein, Burt?

— Seu filho da puta, eu devia jogá-lo pela porra da janela — rosnou Burt Jr. para Flowers.

—Você disse algo parecido, da última vez — provocou Flowers. Ele não se mexeu, mas seus olhos ficaram frios e cinzentos como pedras. — Por que não faz isso? Vamos lá, gordão, vamos ver qual é a sua.

O rapaz cerrou os punhos, abriu e fechou a boca algumas vezes, então Kline disse-lhe:

— Cala a boca e senta. — E para Lucas: — O que eu preciso fazer?

— Concordar que a levou a Burnsville. O agente Flowers colocará isso em seu relatório e faremos uma recomendação ao promotor distrital.

— O filho de Dave Cole...

— Creio que sim — disse Lucas. — Neil Mitford gostaria de lhe falar. Só por telefone.

— Aposto que gostaria — disse Kline.

NA RUA, DISSE Flowers:

— Não estou gostando disso, Lucas.

Lucas suspirou.

— Nem eu, Virgil. Mas não importa o que fizermos, haverá muita merda no caminho, e não fará sentido o *nosso* pessoal se machucar, se pudermos restringir os danos apenas a Kline.

— E aos republicanos.

— Bem, Kline é um republicano — disse Lucas.

— É foda — comentou Flowers.

Lucas disse:

— Olha, eu sou leal. Pessoas me ajudaram, me deram um emprego para caçar criminosos. Gosto disso. Mas, de vez em quando, pegamos um deles. Se você puder me dizer quem deveríamos colocar na cadeia... Burt Kline ou Kathy Barth... eu pensaria duas vezes. Mas, sinceramente, são pessoas desprezíveis e ninguém mais precisa sair machucado por causa disso.

— É, é. — Flowers estava irritado.

Lucas continuou divagando:

— Tem um sujeito com quem eu falo, do *Star Tribune*. Ruffe Ignace. É um cara capaz de guardar segredo, preservar uma fonte. Nunca lhe falei sobre uma coisa como essa... tenho essas lealdades... Mas, de vez em quando, saímos para comer um sanduíche e sempre discutimos sobre o assunto: quem tem o direito de saber o quê? E quando? E quanto às pessoas que podem ser magoadas? Vai fazer Jesse ser arrastada pela porra do tribunal?

— É, é — repetiu Flowers.

— Portanto, preciso falar com esse tal de Cole, em Dakota County — concluiu Lucas.

— Parece mais um da longa linhagem de babacas — disse Flowers.

— Provavelmente.

Caminharam mais um pouco e, então, Flowers sorriu, deu um tapinha no ombro de Lucas e disse:

— Obrigado, chefia. Eu precisava desse papo.

A TERCEIRA ENTREVISTA foi melhor, mas não muito, e Lucas saiu dela sentindo sua alma um pouco mais suja.

Jim Cole era um chato; o tipo de cara que sai do chuveiro para dar uma mijada:

— Isso tudo parece um pouco frágil, agente Davenport, nos fundamentos, mas designarei para tal meu melhor auxiliar.

Atrás dele, na parede, no meio de fotos de políticos, placas e dois troféus dourados de tênis, havia um retrato pintado que dizia: "David Cole — Um homem de todas as eras."

Lucas achou que o Cole mais velho parecia um pica-pau, mas isso não vinha ao caso. O filho dele, Jim, aceitou a causa.

— Suponho que tem havido muita preocupação com isso — falou Cole. — Parece um caso delicado.

— Sim, é.

— Por que não pede a Neil Mitford para me ligar... Gostaria de discutir isso. De um modo puramente extraoficial, é claro.

— Claro — disse Lucas.

TUDO ISSO OCUPOU dois dias. No terceiro, Lucas deu um rápido telefonema para Smith sobre o caso Bucher. Continuava na mesma.

— Serei devorado vivo, se não surgir alguma coisa — disse Smith. — Por que você não faz uma daquelas merdas de agente especial?

— Vou pensar nisso.

E pensou, e não conseguiu pensar em mais nada.

ELE ESTAVA COM os pés sobre a gaveta de cima da escrivaninha, e lia *Strike! Pescando a truta perfeita*, um guia para amantes da pescaria, quando a secretária entrou na sala e fechou a porta atrás de si.

— Tem uma hippie chique aqui para falar com você — disse ela. A secretária era uma jovem chamada Carol, com cabelos ruivos e olhos azuis. Sofria de excesso de peso, mas recentemente fizera uma dieta na qual não podia comer nada de gordura, o que a deixou irritável. Apesar de sua juventude, ela era famosa na BCA por sua crueldade maquiavélica. — É sobre o caso Bucher e sobre a avó dela, que caiu da escada e morreu.

Lucas ficou confuso, sua mente ainda pensava em um modo de pescar rio acima sem perder a força do motor; algo que, em sua opinião, todos os homens deveriam saber.

— Uma hippie? A avó morreu?

Carol deu de ombros:

— O que posso lhe dizer? Mas o que eu sei é que você tem atração por louras gostosas, principalmente as de seios pequenos firmes...

— Fica quieta — repreendeu Lucas. Bisbilhotou através do vidro da porta que dava para a mesa da secretária na sala de espera. Não viu ninguém. — Ela é doida?

— Provavelmente. Mas o que disse fez bastante sentido e foi por isso que achei que você deveria falar com ela.

— Por que não fala com Smith? — perguntou Lucas.

— Sei lá. Não perguntei para ela.

— Ah, pelo amor de Deus...

— Vou mandá-la entrar — disse Carol.

Gabriella Coombs tinha o rosto oval, olhos azul-celeste e um cabelo louro que caía sobre seus seios pequenos mas firmes. Lucas não sabia dizer com certeza — ela usava um vestido reto, folgado, de guingão ou de calico, ele nunca conseguia se lembrar qual deles era estampado com pequeninas flores silvestres amarelas, do tipo hibiscos — mas, do modo como seu corpo agitava-se dentro do vestido, desconfiava que ela, como seu subordinado Jenkins certa vez observara sobre outra hippie loura e esbelta, "era capaz de quebrar nozes entre as nádegas".

Tinha no pescoço um colar de sementes sul-americanas de cor acobreada e *piercings* de argolas de prata nos lóbulos e nas beiradas das orelhas e, provavelmente, em outras partes do corpo, fora da visão, mas não imprevisíveis.

Tendo em vista o vestido e a postura, seu rosto seria normalmente imaculado como um gole de água, pensou Lucas; o bumbum macio, redondo e resguardado das provações diárias. Naquele dia ela carregava duas linhas horizontais de preocupação na testa, e outra vertical entre seus olhos sem malícia. Sentou-se, empoleirou-se na beira da cadeira de visitas de Lucas e perguntou:

— Capitão Davenport?

— Hã, não — disse Lucas. — Estou mais para um agente especial; mas pode me chamar de Lucas.

Olhou-o por um momento, então disse:

— Posso chamá-lo de senhor? É muito mais velho que eu.

— Como quiser — resmungou Lucas, tentando não trincar os dentes.

Ela prosseguiu:

— Quero que a gente se sinta confortável e creio que as noções apropriadas sobre a posição social contribuem para o conforto — disse ela.

— O que posso fazer por você? Você é...?

— Gabriella Coombs. Ruffe Ignace do *Star Tribune* disse que deveria falar com o senhor; foi ele quem me disse que é capitão. Disse também que estava nos níveis mais altos de estratégia do caso Bucher e que fornecia orientação intelectual à polícia municipal.

— Eu tento — disse Lucas modestamente, apanhou uma caneta e rabiscou, *Falar com Ruffe,* num bloco de anotações. — Bem...

— MINHA MÃE, Lucy Coombs, 2h57... — Parou, olhou em volta da sala, como para localizar câmeras de vídeo. Então: — Você quer gravar isso?

— Talvez mais tarde — disse Lucas. — Apenas me fale agora o essencial.

— Minha mãe não teve notícias de vovó anteontem à noite. Ela teve um pequeno derrame, meses atrás, e as duas se falam todas as noites — disse Coombs. — Então, por via das dúvidas, passou na casa de vovó, na manhã seguinte, para ver o que tinha acontecido e a encontrou ao pé da escada. Mortinha. A polícia acredita que ela caiu da escada e bateu a cabeça em uma daquelas bolas grandes da coluna do corrimão. Sabe o que é, não sabe?

— Sei.

— Pois bem, eu não acredito. Ela foi assassinada.

LUCAS TINHA UMA teoria sobre a inteligência: havia a inteligência criteriosa, e havia a inteligência simplória. A maioria das pessoas tendia em direção a uma ou a outra, embora todo mundo carregasse pelo menos um pouco de ambas. Einstein era uma inteligência criteriosa em física; com mulheres, era simplória.

A polícia topa o tempo todo com inteligências simplórias — crentes verdadeiros que veem uma prisão por tráfico de cocaína e enxergam fascismo, ou, quando alguém é morto num tiroteio num beco, reflexivamente referem aos policiais como assassinos. Não era uma questão de que fossem burras — em relações públicas, frequentemente eram sensatas. Elas eram simplesmente mentes simplórias.

Gabriella Coombs...

— EU CREIO que o médico-legista poderá nos dizer se foi uma coisa ou outra, Srta. Coombs — disse Lucas.

— Não, provavelmente não — disse Coombs, cordialmente, contradizendo-o. — Todo mundo, inclusive o médico-legista, é influenciado por fatores ambientais e sociais. A versão do legista é a da ciência, e imaginar o que aconteceu é em grande parte uma elaboração social, e é por isso que todo seriado de televisão sobre peritos criminais é um monte de lorota.

— E daí? — Estava paciente e deixava transparecer.

— E daí que a polícia diz ao médico-legista que parece uma queda — continuou. — Ele não encontra nada que não diga que não foi uma queda, e determina que foi uma queda. Isso encerra o caso. Ninguém tem curiosidade a respeito.

Lucas rabiscou uma linha de pesca com um anzol, o lápis desenhando pequenos traços para a linha em volta do *Falar com Ruffe*.

— Sabe, uma pessoa como você — disse ele — ...estudou psicologia?

Gabriella confirmou com a cabeça.

— Cursei três trimestres.

Ele não se surpreendeu.

— Sabe o que Freud disse sobre charutos?

— Que, às vezes, são apenas charutos? Francamente, Sr. Davenport, sua questão é tão simples que chega a ser idiota.

Ele pensou, *Hum, ela tem coragem.*

— O senhor vai ouvir o que tenho a dizer, ou vai bancar o psicanalista amador?

— Fale.

— Minha avó foi morta com um golpe que fraturou seu crânio. Alguns dias atrás, Constance Bucher e Sugar-Rayette Peebles morreram da mesma maneira. Vovó e Connie eram amigas. Participavam do mesmo grupo de estudo de patchwork; ou, pelo menos, tinham participado. Uma matéria no *Star Tribune* disse que o assassinato da Sra. Bucher deve ter sido o acobertamento de um assalto. Quando vovó morresse, eu deveria herdar uma valiosa caixa de música que a avó dela... minha tataravó trouxe do Velho Continente. Da Suíça.

— E isso sumiu? — perguntou Lucas, aprumando-se, agora prestando atenção.

— Não conseguimos encontrá-la — disse Coombs. — Ela costumava ficar numa estante embutida com portas de vidro. A polícia não nos deixou procurar em outros lugares, e vovó pode até tê-la mudado de lugar, mas a caixa ficava na tal estante desde que a casa foi comprada. Tudo o mais parecia estar em seu devido lugar, mas só a caixa de música sumiu.

— Você tem uma descrição? — perguntou Lucas. — Estava no seguro?

— Um momento, ainda não terminei — disse Coombs, erguendo o dedo indicador. Lucas notou que todos os dedos dela, inclusive os polegares, tinham anéis, e alguns tinham dois ou três. — Havia outra mulher, também rica e velha, em Chippewa Falls. Fica em Wisconsin.

— Eu sei — disse Lucas. — Estive lá.

Os olhos dela se estreitaram.

— Para tomar cerveja, aposto.

— Não. Para um assunto de trabalho — mentiu Lucas. Fizera um passeio pelas cervejarias.

Ela pareceu desconfiada, mas continuou:

— Às vezes, vovó e Connie Bucher iam à casa dessa outra senhora por causa do grupo de patchwork. Não faziam parte do mesmo grupo, mas os dois grupos interagiam. Pois bem, essa outra mulher... seu nome era Donaldson... foi baleada na cabeça em sua cozinha. Ela colecionava antiguidades. Vovó dizia que os assassinos nunca foram apanhados. Isso foi há quatro anos.

Lucas encarou-a por um momento, então perguntou:

— A casa da sua avó está aberta? A polícia de St. Paul passou por lá?

— Não. Ainda não tivemos permissão para entrar. Só nos levaram até lá para ver ser havia algo incomum, ou diferente, além da mancha de sangue no tapete. Mas, veja, o acordo sempre foi que, quando vovó morresse, seu filho e sua filha dividiriam tudo igualmente, mas como eu era a única neta, ganharia a caixa de música. Era tipo, uma coisa de mulher. Procurei por ela, quando a polícia nos levou, mas tinha sumido.

Lucas tamborilou com o lápis.

— Como você chegou aqui?

Ela piscou algumas vezes:

— Eu posso lhe parecer histérica, Sr. Davenport, mas *tenho* um carro.

— Está bem. — Lucas pegou o telefone e pediu a Carol: — Consiga-me o nome do cara que está investigando a morte de uma mulher chamada Coombs, que se soletra...

Olhou para Coombs, esta assentiu e disse:

— C-O-O-M-B-S.

— ...em St. Paul. Ligue para o celular. — Colocou o fone no gancho, pegou na gaveta da escrivaninha seu novo coldre italiano de couro, colocou-o, tirou o paletó que estava apoiado no arquivo e o vestiu. —Você pode me encontrar na casa da sua avó ou ir de carona comigo. Se for comigo, poderá me dar mais detalhes.

— Irei com o senhor. Isso também poupará gasolina.

Ao saírem do escritório, Carol gritou:

— Ei, espere. Estou com Jerry Wilson no celular.

Lucas voltou e atendeu.

— Gostaria de dar uma olhada na casa de Coombs, se é que já acabaram. Estou com a neta, e ela acha que talvez tenha acontecido algo mais... Hum-hum. Apenas um minuto. — Olhou para Coombs. —Você tem a chave?

Ela assentiu.

De volta ao telefone:

— Ela tem a chave. Sim, sim, ligo para você.

Desligou e disse:

—Vamos nessa.

Coombs tinha estacionado na rua. Tirou um saco e uma garrafa de chá Summer Sunrise Herbal de seu Chevy Cavalier, corroído pela maresia, e levou-os para o Porsche. O Porsche, disse, enquanto colocava o cinto, era um "carrinho legal", e perguntou se ele já tinha dirigido um Corolla, "que é tipo este aqui. Minha amiga tem um".

— Que ótimo — disse Lucas, ao alcançarem o trânsito.

Gabriella assentiu.

— É legal quando as pessoas dirigem carros pequenos. Isso é ter consciência ecológica. — Lucas acelerou o bastante para quebrar o pescoço dela, mas ela nem pareceu notar. Em vez disso, olhou em volta, dedilhando sua garrafa de chá. — Onde ficam os porta-copos?

— Não botaram neste aqui — respondeu Lucas, sem mover o queixo.

Na metade do caminho para a casa da avó, ela disse:

— Eu dirigi um com transmissão manual no Nepal.

— Nepal?

— É. Um Kia. Já dirigiu um Kia?

Por ser detetive, Lucas começou a desconfiar que Gabriella Coombs, tão inocente como deveriam ser seus olhos azuis, estava de sacanagem com ele.

As ruas eram silenciosas, os gramados verdes e aparados e as casas velhas mas bem cuidadas. Lucas já devia ter estado em mil casas como a de Marilyn Coombs, como policial uniformizado, para resolver problemas domésticos, ou procurar um bisbilhoteiro, ou fazer um relatório de arrombamento, ou descobrir quem roubou o aparador de grama. Deixaram o carro na rua, perto do gramado da frente, e subiram para o vestíbulo.

— Não é um lugar ruim — observou Lucas. — Eu conseguiria viver por aqui.

— Ela teve muita sorte — disse Coombs. O comentário pareceu estranho a Lucas, mas Coombs já atravessava a porta da frente, e ele deixou para lá.

COMEÇARAM COM UM passeio rápido, algo que Lucas fazia na maioria das vezes, para se certificar de que não havia mais ninguém por ali. A casa de Marilyn Coombs era bem-arrumada, sem paranoia, cheirava a batata, couve-flor, beringelas cozidas, spray com odor de pinho e madeira velha e isolamento. Havia assoalhos de madeira que rangiam com imitações de tapetes orientais e piso de vinil na cozinha; paredes marrons; paninhos de crochê; três, agora, ressecados cookies de aveia num prato sobre a mesa da cozinha.

Um velho órgão elétrico estava coberto com fotografias em molduras douradas de pessoas posando para a câmera, usando roupas dos anos 1940, 50, 60, 70, 80 e 90. As mais antigas eram pequenas e em preto e branco. Então, mais ou menos uma década depois, a cor chegou, e agora esmaecia. O órgão tinha a aparência de que não era tocado desde 1956, e ficava abaixo de uma gravura emoldurada de São Cristóvão atravessando o rio carregando o Menino Jesus.

Havia uma mancha de sangue, mais ou menos do tamanho de um pires, no chão perto do pé da escada.

— Eles levaram a bola — disse Coombs, apontando para a coluna inferior do corrimão. Ela estava com um buraco, onde se encaixava um pino de suporte. — Dizem que encontraram cabelo e sangue nela.

— Hum.

Ele olhou acima, para a escada, e pôde visualizar. Já vira, uma ou duas vezes, uma mulher mais velha morta ou machucada numa queda de escada. Esta era de madeira, com passadeira. O tecido se tornara gasto nas beiradas dos pisos dos degraus, e Coombs provavelmente desceu apressada para atender o telefone, o pé agarrou num local desgastado...

— Pode ter sido uma queda — disse Lucas.

— Exceto pela caixa de música desaparecida — retrucou Coombs. — E a relação dela com as outras mulheres misteriosamente assassinadas.

— Vamos procurar a caixa.

PROCURARAM E NÃO encontraram. A caixa, segundo Coombs, era um inconfundível retângulo laqueado de preto, mais ou menos do tamanho de uma resma de papel, e com a altura equivalente a três resmas. Sobre a caixa, um enfeite embutido em madrepérola exibia uma camponesa, um camponês e algumas ovelhas.

— Como se o garoto estivesse escolhendo entre uma delas — disse Coombs, ainda com a voz inocente.

Quando se abria a caixa, continuou, emergiam quatro figuras pintadas, um garoto, uma garota e duas ovelhas, que se moviam ao redor de um círculo, um após o outro, enquanto a música tocava.

— O garoto segue a garota ou a ovelha? — perguntou Lucas.

— A garota — disse Coombs, mostrando o mais tênue dos sorrisos.

— Então acho que estamos bem.

Embora não tivessem encontrado o objeto, eles acharam o que Coombs disse, e Lucas admitiu que poderia ser uma possibilidade, o quase imperceptível retângulo na poeira sobre a superfície da estante onde a caixa deveria estar.

— Bem ali — apontou Coombs. — Precisamos de luz... — Arrastou um abajur de chão, tirou a copa, religou-o e mostrou o lugar. — Vê?

A luz varreu a prateleira, que tinha talvez o pó de uma semana acumulado. Podia haver um retângulo ali.

— Talvez — disse Lucas.

— Com certeza — afirmou ela.

— Talvez.

— Só há duas possibilidades — disse Coombs. — Vovó foi morta por causa da caixa de música, ou os policiais a roubaram. Escolha uma.

A CASA NÃO tinha mais nada que parecesse a Lucas antiguidades ou louças caras, embora houvesse uma infinidade de bibelôs Hummel quebrados e remendados; e havia patchwork. Coombs havia decorado todos os aposentos, exceto a sala de estar, com uma variedade de patchwork — patchworks de berços e patchworks malucos, para cama de solteiro, cuidadosamente presos a armações de pinho pendurados nas paredes de estuque.

— Não há nenhum patchworks desaparecido? — perguntou Lucas.

— Não que eu saiba. Minha mãe talvez saiba. Ela começou a fazer patchwork também. Vovó era fanática.

— Não parece haver muito mais espaço para eles — constatou Lucas.

— É... Gostaria que tivesse sobrado uma colcha de Armstrong. Eu gostaria de passar uns tempos na Índia.

— Armstrong?

— Vovó... Isso foi há dez anos... Vovó comprou uma porção de colchas de patchworks numa venda de espólio, e elas ficaram famosas — disse Coombs. — O maior achado de sua vida. Vendeu-as bem o suficiente para comprar esta casa. Isto é, não sei exatamente por quanto, mas, com o que recebeu da casa velha e dos patchworks, ela comprou esta aqui.

Estavam no topo da escada, prestes a descer, e Coombs parou:

— Olhe aqui.

Parou no corredor diante de uma estante embutida com portas escuras de carvalho e ornamentos e puxou uma delas. As prateleiras estavam abarrotadas com estojos de plástico transparente, do tamanho de caixas de sapatos, e eles estavam recheados com retalhos de tecidos, material para acolchoamento, carretéis de linha, agulhas, alfinetes, tesouras, fitas adesivas e peças que Lucas não reconhecia, mas que achava que deviam ser espécies de moldes com padrões de desenhos.

As linhas estavam separadas por cores, exceto pelas coisas que se encontravam em outros dois recipientes. Eram recipientes, já que apenas um era o tradicional cesto de costura de vime trançado e o outro era uma caixa azul semitransparente com compartimentos e gavetas. Todas as divisões de plástico eram rotuladas com marcador preto, numa caprichada caligrafia escolar: "Linhas, vermelho." "Linhas, azul."

— Quanta coisa — disse Lucas. Enfiou o dedo no cesto de costura de vime, puxou-o uns 2 centímetros. Mais carretéis, e estes pareceram antigos. Carretéis de colecionador? O que desencadeou uma ideia. — Você acha que as colchas Armstrong poderiam ser consideradas como antiguidades?

— Não, acho que não — disse Coombs. — Elas foram feitas quando, nos anos 1930? Não acho que sejam velhas o bastante para se tornarem antiguidades, mas realmente não sei. Não sei muito sobre esse assunto, exceto que vovó ganhou muito dinheiro com as colchas de patchworks, por causa das maldições.

— Maldições?

— Sim. As colchas de patchworks tinham maldições costuradas. Tornaram-se... o quê? — Precisou pensar por um segundo: — Suponho que se tornaram ícones feministas.

FOI ISTO O QUE ELA DISSE:

Vovó Coombs morava outrora numa casinha na Snelling Avenue. Seu marido havia morrido nos anos 1970 e ela vivia da metade de uma pensão dos Correios, a renda de um modesto plano de aposentadoria, e do Seguro Social. Frequentava venda de espólios, mercados de pulgas e bazares por todo o Alto Meio-Oeste, comprando barato e revendendo para antiquários das Cidades Gêmeas.

— Provavelmente, não faturava 10 mil dólares por ano, após as despesas, mas gostava disso e isso a ajudava — disse Coombs.

Então descobriu os patchworks de Armstrong em uma venda de espólio, no norte de Wisconsin. Os patchworks tinham cores brilhantes e eram bem-feitos. Dois eram patchworks "malucos", dois de estrelas, um de uma casa de madeira, e o outro era sem igual, agora chamada de "Gansos do Canadá".

Nada disso tornara os patchworks famosos. Eram famosos, disse Coombs, porque a mulher que os fez, Sharon Armstrong, casara-se com um alcoólatra, um maníaco sexual, chamado Frank Armstrong, que a surrava, violentava e abusava dos dois filhos, um menino e uma menina. Tudo na pequena e esquecida cidade de Carton, Wisconsin.

Frank Armstrong acabou levando um tiro do filho, Bill, que logo depois se suicidou. Frank não morreu por causa do tiro, mas Bill sim. Os tiros trouxeram à tona as histórias dos abusos, que eram horríveis, e, após o julgamento, Frank foi trancafiado num hospital psiquiátrico estadual e lá morreu, vinte anos depois.

Sharon Armstrong e sua filha mudaram-se para o Lago Superior, onde primeiro a mãe e depois a filha empregaram-se como cozinheiras nas embarcações que faziam o transporte de minérios entre os Grandes Lagos. Sharon morreu logo depois da Segunda Guerra Mundial. A filha, Annabelle, viveu solteira e sem filhos, até 1955. Quando morreu, seus pertences foram vendidos para pagar dívidas dos cartões de crédito.

— Havia seis colchas de patchworks. Eu estava na Alemanha quando vovó as descobriu, e só as vi algumas vezes, pois vivia me mudando, mas eram lindas. O negócio é o seguinte: quando vovó as comprou, adquiriu também um álbum de recortes que continha matérias sobre Frank Armstrong e Sharon Armstrong e o que aconteceu com eles.

"Quando vovó chegou em casa, guardou as colchas por uns tempos. Ia fazer armações para esticá-las e depois vendê-las numa feira de arte. Costumava fazer isso com patchworks velhos e cerâmica Red Wing.

"Ao apanhar uma das colchas, para esticá-la, notou que os pontos das costuras eram esquisitos. Olhando bem de perto, viu que os pontos eram letras e, quando as juntava, formavam maldições."

— Maldições — repetiu Lucas.

— Pragas rogadas contra Frank. Eram violentas: diziam coisas tipo, "Maldito o homem que dorme debaixo desta colcha, que os demônios arranquem suas entranhas e as queimem diante de seus olhos; que eles despejem chumbo fervente em seus ouvidos por toda a eternidade"... E continuavam e continuavam e continuavam tipo... por um bom pedaço. Mas, também, era uma espécie de *poética*, de um modo horrendo.

— Hummm — murmurou Lucas. — Sua avó vendeu-as por quanto?

— Não sei exatamente. Mamãe deve saber. Mas foi o bastante para juntar com o dinheiro da venda de sua antiga casa e comprar esta.

— Todo esse lance de patchwork tem a ver com Connie Bucher.

— Sim. Há milhares de grupos de amantes de patchwork por todo o país. São como círculos e muitas das mulheres pertencem a dois círculos. Ou até três. Portanto, há todas essas ligações. Você trabalha com patchwork e produz laticínios em Wisconsin e precisa ir a Los Angeles para alguma coisa, aí liga para um amigo, o amigo liga para um amigo e, quando menos espera, alguém liga para você de Los Angeles, disposto a ajudá-lo. As conexões são mesmo espantosas.

— Não seria uma maioria democrata, seria? — perguntou Lucas.

— Bem... Suponho que sim. Por quê?

— Nada não. Mas então sua avó tinha ligações com Bucher. E houve outra mulher assassinada. Você sabe o nome dela?

— Melhor do que isso. Tenho a reportagem de jornal.

LUCAS NÃO QUERIA se sentar em qualquer lugar do aposento onde a idosa Coombs tinha morrido, no caso de se tornar necessário examinar o local. Levou Gabriella Coombs e a notícia de jornal para a cozinha, acendeu a luz.

– Ah, Deus. — Coombs deu um passo para trás e agarrou-o pelo braço.

— O que foi? — Então ele viu as baratas fugindo, procurando abrigo. Cerca de meia dúzia haviam se empoleirado em um tabuleiro para cookies sobre o fogão. Ele ainda podia ver os tênues círculos gordurosos de aproximadamente uma dúzia de cookies, onde a gordura atraíra os insetos.

— Preciso mandar minha mãe limpar este lugar — disse Gabriella. — Depois que os insetos se instalam, é impossível se livrar deles. Devíamos chamar um dedetizador. Quanto ainda vai demorar para os peritos criminais terminarem?

— Depende da casa e do que procuram — respondeu Lucas. — Acho que fizeram tudo por aqui, mas provavelmente esperarão até o parecer oficial sobre a morte.

— Você acha que eu poderia lavar os pratos? — perguntou.

— Pode ligar e perguntar. Fale das baratas.

SENTARAM-SE À MESA da cozinha e Lucas apanhou a matéria do jornal. Estava impressa em papel comum de impressora, copiada de um site da internet. A notícia era a metade de cima de uma primeira página do *Chippewa Falls Post*, o texto acompanhando a extensa manchete, *Herdeira de Chippewa assassinada.*

> *Uma famosa colecionadora de arte de Chippewa Falls e herdeira da fortuna da Cervejaria Thune foi encontrada por parentes morta a tiro, em sua casa, na quarta-feira de manhã, segundo informou na tarde do mesmo dia um porta-voz da polícia de Chippewa Falls.*
>
> *O corpo de Claire Donaldson, 72, foi descoberto na cozinha de sua mansão de West Hill pela sua irmã, Margaret Donaldson Booth, e o marido da Sra. Booth, Landford Booth, de Eau Claire.*
>
> *A secretária da Sra. Donaldson, Amity Anderson, que vive em um apartamento na residência da Sra. Donaldson, estava em Chicago a serviço, informou a polícia. Como não conseguiu falar com a Sra. Donaldson por telefone, na terça-feira à noite e na quarta-feira pela manhã, Anderson ligou para o casal Booth, que foi à casa de Donaldson e encontrou o corpo.*
>
> *A polícia diz que tem várias pistas sobre o caso.*

— Claire Donaldson era brilhante e bondosa, e o que aconteceu com ela é uma tragédia para toda Chippewa Falls — disse o Rev. Carl Hoffer, pastor da Igreja Luterana Príncipe da Paz em Chippewa Falls, e amigo de longa data da Sra. Donaldson...

Lucas leu toda a notícia, uma matéria grande mas sem detalhes sobre o crime; não importava, conseguiria os detalhes com os policiais de Chippewa. Mas, pensou, se você mudar o nome e a arma do crime, a matéria de jornal sobre a morte de Claire Donaldson poderia muito bem ser a história do assassinato de Constance Bucher.

— QUANDO VOLTARMOS ao escritório, quero uma declaração completa — falou. — Vou mandar alguém colher o seu depoimento. Precisaremos de uma descrição detalhada da tal caixa de música. Isso pode ficar complicado.

— Meu Deus. Eu não tinha certeza se você ia acreditar em mim — disse Coombs. — Sobre vovó ter sido assassinada.

— Provavelmente não foi... Mas há uma chance de que tenha sido. A ideia de que alguém a atingiu com aquela bola... Iria requerer premeditação, um certo conhecimento da casa...

— E uma séria psicose — disse Coombs.

— E isso. Mas é possível.

— Nos seriados de TV, os policiais nunca acreditam na pessoa nervosa adepta da contracultura, na primeira vez em que ela lhes conta uma coisa — comentou Coombs. — Normalmente, duas ou três pessoas precisam ser mortas primeiro.

— Isso é na TV.

— Mas você tem de admitir que os policiais têm preconceito contra nós — disse ela.

— Ora — disse Lucas. — Eu conheço um cara que anda por aí, num calor de 38 graus, metido num casaco preto com capuz porque vive tremendo de frio, pois fuma crack o dia todo, se sustenta com furtos e, à noite, pinta com tinta spray arcanjos que brilham no escuro, em vagões de trens, para que possa enviar ao mundo as boas novas de Cristo. Ele é uma pessoa nervosa adepta da contracultura. Você é hippie.

Ela fechou a cara, o lábio trêmulo:

— É uma crueldade dizer isso. Por que acha isso?

— Puxa vida — desculpou-se Lucas. — Olha, eu sinto muito...

Ela sorriu, satisfeita consigo mesma, o lábio trêmulo.

— Relaxa. Estou brincando.

AO SE ENCAMINHAREM para sair da casa, contornaram a mancha de sangue, e Coombs perguntou:

— Sabe o que "da silva" quer dizer?

— Não. Não sei.

— Ah. — Decepcionada. — Eu achava que você tinha ouvido muito essa expressão, e procurado saber. Sabe como é "mortinho da silva", e você é um policial...

Ele a tirou da casa, levou-a para o Porsche, ligou-o, andou uns 2 metros, parou, franziu a testa para Coombs e desligou-o novamente.

— Duas coisas: se o nome da sua avó era Coombs, e sua mãe é filha dela, por que seu nome...?

— Sou bastarda.

— Hã?

— Minha mãe era hippie. Sou hippie de uma segunda geração. Pois bem, ela dormiu muito por aí e, quando o "embrulho da alegria" finalmente apareceu, nenhum dos prováveis pais fez o mesmo. — Balançou as mãos no ar. — Portanto, sou bastarda. Qual é a segunda coisa?

— Hum. — Balançou a cabeça e tirou o celular do bolso. — Vou ligar para uma pessoa e fazer uma pergunta desagradável sobre sua avó. Se quiser, pode sair e passear no pátio por um minuto.

Ela balançou a cabeça.

— Tudo bem. Estou interessada em ouvir a pergunta.

Lucas teclou, identificou-se, e perguntou que médico-legista fizera a necropsia no corpo de Coombs. Quando atenderam, perguntou:

— O que tirou do estômago. Hum-hum? Hum-hum? Muito? Certo... certo.

Desligou e Coombs voltou a perguntar:

— E aí?

— O estômago estava vazio. Se ela caiu e estava sozinha, quem será que comeu nove cookies de aveia? — perguntou Lucas.

De volta à sede da BCA, fez um resumo para Shrake, colocou-o em uma sala com Coombs e disse a ambos que precisava de todos os detalhes. Cinco minutos depois, estava na linha com um investigador do gabinete do xerife de Chippewa County chamado Carl Frazier, que trabalhara no caso Donaldson.

— Eu li a história no jornal e ia ligar para alguém, mas antes precisava falar com o xerife a respeito do assunto. Ele está fora da cidade esta tarde — informou Frazier. — O caso Donaldson é um assunto muito delicado por aqui. Mas, já que você telefonou para *mim*...

— Parecem iguais — constatou Lucas. — Donaldson e Bucher.

— Sim, parecem — disse Frazier. — O que há de mais parecido é que não há uma única pista. Nada. Reviramos a cidade e Eau Claire, espancamos cada babaca que conhecíamos, e nada apareceu. Tenho a impressão de que os policiais de St. Paul estão batendo a cabeça na mesma parede.

— Descobriram se alguma coisa foi roubada?

— Negativo. Esse é outro mistério — contou Frazier. — Pelo que me consta, nada foi tocado. Acho que a teoria que prevaleceu, entre os grandes pensadores daqui, é que foi alguém que ela conhecia, eles discutiram e...

— E o cara puxou uma arma e atirou? Por que ele estaria armado?

— Esse é um ponto fraco — admitiu Frazier. — Teria funcionado melhor se ela tivesse sido morta como Bucher... Sabe como é, se alguém tivesse apanhado uma frigideira e lhe dado uma pancada... Isso teria parecido um pouco mais espontâneo.

— A coisa pareceu planejada?

— Como o Dia D. Ela foi baleada três vezes na nuca. Por quê? Algumas centenas de dólares? Ninguém que herdaria o dinheiro precisava disso. Não havia brigas na família, rixas com vizinhos nem coisa alguma. A segunda teoria dos grandes pensadores é que foi coisa de psicopata. Entrou pela porta dos fundos, talvez atrás de comida ou birita, e a matou.

— Cara...

— Eu sei — concordou Frazier. — Mas o que não conseguimos imaginar é *para quê*? Se não se consegue imaginar *para quê*?, fica difícil pra diabo imaginar *quem*.

— Ela tinha parentes, uma irmã e um cunhado, os Booth — disse Lucas. — Eles continuam por aí?

— Ah, sim. O xerife fala regularmente com eles.

— Beleza. Então vou lhe dizer o que farei, irei conversar com eles — disse Lucas. — Posso passar aí e dar uma olhada nos seus arquivos?

— Claro — disse Frazier. — Se não se importar, quero ir com você quando fizer a entrevista. Ou, melhor ainda: por que não nos encontramos na casa de Donaldson? Os Booth ainda são proprietários dela, e está vazia. Poderá dar uma olhada.

— Quero ir logo. Quando você pode ir?

— Amanhã? Ligarei para os Booth, e cuidarei para que estejam presentes — falou Frazier.

WEATHER E LUCAS passaram parte daquela noite transando e, quando se encerrou a primeira rodada, Lucas rolou de costas, o peito lustroso de suor, e Weather disse:

— Não foi tão terrível assim.

— É. Eu fiquei fantasiando com Jesse Barth — brincou. Ela deulhe um tapa da barriga, não com muita força, mas ele deu um salto e reclamou: — Ui! Você quase explode uma das minhas bolas.

— Você tem uma sobrando. Tudo de que precisamos é de apenas uma. — Ela tentava um segundo filho, preocupada por estar velha demais, aos 41 anos.

— É, tudo bem, mas eu gostaria de manter as duas — disse Lucas, massageando a barriga. — Acho que você deixou uma marca.

Ela deu um gemido malcriado.

— Bebê chorão. Você soube o que Sam disse hoje...?

MAIS TARDE, ELA perguntou:

— O que houve, afinal, com Jesse Barth?

— O caso vai para o Grande Júri. Virgil está cuidando de quase tudo.

— Hum. Virgil — disse Weather, com certa *entonação* na voz.

— O que tem ele?

— Se eu fosse fantasiar durante o sexo, e isso não quer dizer que eu faça isso, Virgil seria um candidato — reconheceu ela.

— Virgil? Flowers?

— Ele tem um certo quê — elogiou Weather. — E aquela bundinha bem pequena.

Lucas estava chocado.

— Ele nunca... Isto é, nunca *deu em cima* ou coisa parecida...

— De mim? — perguntou. — Não, claro que não. Mas... hum.

— O que foi?

— Por que será? Por que será que nunca deu em cima de mim? Nem mesmo flertou comigo.

— Vai ver que é porque eu ando armado — sugeriu Lucas.

— Vai ver que é porque sou velha demais — disse Weather.

— Você não é velha demais, vai por mim. Eu tenho a estranha sensação de que Virgil treparia com uma cobra, se arranjasse alguém para segurar a cabeça da bicha.

— Isso me lembra mais ou menos você, quando tinha a idade dele — disse ela.

— Você não me conhecia quando eu tinha a idade de Virgil.

— A gente sempre saca um cara que treparia com uma cobra, independente da idade que tenha — disse Weather.

— Isso é injusto.

— Hum.

Um minuto depois, Lucas disse:

—Virgil acha que ir para Dakota County foi um pouco... demais.

—Você quer dizer, politicamente corrupto — disse Weather.

—Talvez — admitiu Lucas.

— E é — disse Weather.

— Mencionei para Virgil que, de vez em quando, falo com Ruffe, do *Star Tribune*.

Ela se aprumou apoiada sobre um braço.

—Você sugeriu que ele ligasse para Ruffe?

— De jeito nenhum. Seria impróprio — disse Lucas.

— Então quais são as chances de Virgil ligar?

— Conhecendo a merda do Flowers, uns 96 por cento.

Ela se deitou novamente de costas.

— Então você o manipulou para fazer com que desse o telefonema e, assim, o sujeito em Dakota County não pudesse enterrar o caso.

—Você é capaz de manipular alguém para levá-lo a fazer algo, se ele sabe que está sendo manipulando e quer ser manipulado? — perguntou Lucas, rolando para o lado dela.

— Esse é um pensamento muito feminino, Lucas. Estou orgulhosa de você — disse Weather.

— Ei — pediu Lucas, segurando sua mão e guiando-a. — Jane, deixe *isto* feminino.

8

OUTRO BELO DIA, céu azul, quase sem vento, orvalho cintilando no gramado, o sistema de irrigação do vizinho em movimento. Sam adorava o sistema de irrigação e podia imitar quase perfeitamente seu som chi-chi-chi-chiiii.

Lucas apanhou o jornal na varanda, retirou-o do saco plástico e o desdobrou. Nada no *Star Tribune* sobre Kline. Nada de autoria de Ruffe. Teria ele falhado?

LUCAS JAMAIS GOSTOU de levantar cedo — embora não tivesse problema em ficar acordado até o amanhecer, ou mais ainda — no entanto estava fora de casa às 6h30, saindo do acesso à garagem logo atrás de Weather. Ela fazia uma série de revisões de cicatrizes em um caso de queimaduras. O paciente pernoitou no hospital para normalizar os níveis de sódio, e estava sendo encaminhado para a sala de cirurgia quando ela deixou a garagem. O paciente estaria na mesa às 7h30 pronto para a primeira das três cirurgias que ela faria até o meio-dia.

Lucas, por seu lado, ia pescar. Levou a caminhonete pelo norte de Cretin para a I-94 e virou na direção do sol nascente; e observou-o elevar-se um pouco mais de uma hora, enquanto ia em sentido contrário ao do tráfego da hora do rush, atravessou a St. Croix, passou por vacas e búfalos e pequenas cidades que acordavam. Deixou a interestadual na Saída Wisconsin 52, continuando em direção a Chippewa, contornando a cidade e subindo o rio Chippewa em direção a Jim Falls.

Um policial aposentado da Homicídios tinha uma casa de verão logo abaixo da represa. Viajava pelo Wyoming com sua mulher, mas revelou a Lucas onde escondera as chaves do barco. Lucas estava no rio pouco depois das 8 horas, no Lund de 18 pés do policial, manobrando o motor com o pé, arremessando pelo contorno da costa uma isca Billy Bait em uma vara de pescar Thorne Brothers customizada.

LUCAS SEMPRE FORA interessado em jornais — talvez tivesse sido repórter, se não tivesse se tornado policial — e atingira o ponto em que podia sentir quando havia algo errado com uma matéria. Se a matéria parecia de algum modo reticente; deliberadamente oblíqua; se o repórter saía pela tangente; então Lucas podia dizer, "Ah, tem alguma coisa acontecendo". O repórter sabia de algo que não podia contar, pelo menos não ainda.

Lucas e vários outros policiais desenvolveram a mesma percepção em relação a crimes. Uma solução era óbvia, mas não era correta. A história era suspeita. Claro, os policiais às vezes tinham essa sensação, mas ela acabava por se mostrar errada. O óbvio *era* a verdade. Mas normalmente, quando parecia que alguma coisa estava errada, realmente estava.

Houvera um carro na cena do crime — se não tivesse havido, então alguém teria descido a rua correndo com uma impressora de quase 30 quilos nas costas. Portanto, houvera um carro. Mas, se existira um carro, por que uma porção de outras coisas menores não foram levadas? Como a TV no quarto de dormir, uma tela plana de 32 polegadas. Podia ser transportada debaixo do braço.

Ou videogames.

Por outro lado, os assassinos eram profissionais atrás de grana e joias fáceis de pôr no prego, por que não encontraram o cofre e, pelo menos, tentaram abri-lo? Ele não estava tão bem escondido assim... Por que gastaram tanto tempo no interior da casa? Por que roubaram a porra da impressora?

A impressora o perturbou. Pôs de lado a vara de pescar, tirou o celular, ficou impressionado por ter sinal e ligou para o escritório, para Carol.

— Escute, qual o nome daquela estagiária? Sandy? Ótimo. Mande-a continuar os telefonemas: quero saber se alguém, na área do metrô, encontrou uma impressora Hewlett-Packard. Mande-a ligar também para as empresas de recolhimento de lixo. Estamos atrás de uma impressora Hewlett-Packard que foi jogada numa caçamba de lixo. Você pode conseguir com John Smith o número exato do modelo. E, se alguém viu uma, pergunte se há mais alguma coisa que pode ter vindo da casa de Bucher, como um aparelho de DVD. Sim, sim, diga a todo mundo que se trata do caso Bucher. Sim, eu sei. Mande-a começar, mas primeiro bata um papo para lhe explicar o que fazemos.

MAL ACABARA DE desligar, quando teve outra ideia. Pegou de volta o telefone e ligou novamente para Carol.

— Alguém ensinou Sandy a usar o computador? Beleza. Depois que ela terminar a lista dos telefonemas, mande-a pesquisar todos os assassinatos não solucionados nos últimos cinco anos, no Alto Meio-Oeste. Minnesota, Iowa, Wisconsin. É melhor incluir Dakota. Mas não Illinois, há muita estatística de Chicago. Mande-a separar por características semelhantes ao caso Bucher. Mas não lhe diga onde estou... Não lhe fale sobre Donaldson. Quero ver se ela a inclui. Não, não estou tentando sacaneá-la, só quero saber se faz um bom trabalho de seleção. Sim. Tchau.

SENTINDO-SE COMO SE tivesse conquistado alguma coisa, flutuou a maior parte de meio quilômetro rio abaixo, então, com um certo desgosto, ligou o motor e voltou para a margem oposta, onde ficava a casa do policial e o embarcadouro.

O rio estava frio, verde, amistoso. Poderia passar o dia todo ali, pensou, apenas flutuando. Não vira uma só truta; normalmente não via

— o que significava que não cheiraria a muco de peixe e não teria de parar em um McDonald's para se lavar.

Apesar da interrupção dos telefonemas, ele *vira* uma marta, vários patos, uma ninhada de gansos canadenses e uma garrafa de Fanta laranja, quase vazia, flutuando no rio. Pescou-a, esvaziou-a e levou-a para a caminhonete. Devolveu as chaves ao seu esconderijo, guardou a vara, escreveu um bilhete de agradecimento para o policial e deixou-a na caixa de correio.

Não foi uma maneira ruim de começar o dia, pensou, estrondeando colina acima em direção à estrada principal. Pegou a direita e foi para Chippewa.

A MANSÃO DONALDSON ficava na colina do lado oeste da cidade. Havia outras grandes casas espalhadas por ali, mas a Donaldson era a maior. Frazier já estava lá, falando ao celular, encostado num carro sem identificação, que qualquer um, a menos que fosse cego, reconheceria como o carro de um policial. Lucas estacionou, saiu da caminhonete, trancou-a e aproximou-se.

Frazier era um homem baixo na casa dos 50 anos, corpulento, com cabelo negro entremeado de grisalho, cortado à escovinha. Vestia calça cáqui, camisa polo vermelha e paletó esporte azul. O nariz era vermelho e uma rede de veias vermelhas entrelaçava suas maçãs do rosto. Parecia que estava carregando uma bolsa de bola de boliche. Afastou o telefone da boca e perguntou:

— Davenport?

Lucas fez que sim e Frazier disse ao telefone:

— Pode demorar um pouco, mas não sei quanto. — Desligou, sorriu para Lucas quando apertaram as mãos e disse: — Minha velha. Minha primeira prioridade é pegar a roupa lavada e a comida do gato. A segunda é solucionar o assassinato de Donaldson.

— É bom ter prioridades — disse Lucas. Ergueu os olhos para a mansão. — Uma puta casa. Parecida com a de Bucher. Quando o casal Booth...

— Talvez daqui a uns sete minutos — disse Frazier, consultando seu relógio. — Eles sempre me deixam esperando uns sete ou oito minutos, só para demonstrar superioridade, creio eu. Somos servidores públicos e eles são... sei lá. VIPs ou algo do gênero.

— É isso aí — disse Lucas.

— É. — Entregou a Lucas uma pasta de papel pardo, da grossura de um catálogo de telefones. — Aí está cada pedaço de papel que temos sobre o caso Donaldson. Levei duas horas para xerocar. A maior parte é bobagem, mas achei que você deveria ter tudo.

— Deixe-me guardar na caminhonete — disse Lucas.

Levou a papelada para a caminhonete, depois alcançou Frazier a meio caminho da calçada de subida para a casa.

— Não tem muita coisa para ver, mas é melhor que você veja — disse Frazier.

FRAZIER TINHA AS chaves. No interior, a casa cheirava a vazio, o odor de papel de parede ressecado e cera de assoalho. A mobília era esparsa e, para os olhos de Lucas, indistinta, exceto por ser velha. Os poucos quadros nas paredes eram, em sua maioria, retratos a óleo escurecidos com a idade. Enquanto andavam por ali, suas passadas ecoavam nos corredores; o único outro som era o zumbido do ventilador de um ar-condicionado.

— O que acontece aqui é que a casa não vale tanto assim — informou Frazier. — Precisa de muita reforma antes que alguém consiga hipotecá-la. Nova fiação, novo encanamento, novo sistema de aquecimento, novo telhado, novas janelas, nova impermeabilização e pintura. Basicamente, custaria 1 milhão de dólares para deixar a casa nos trinques.

— Mas a mulher que morava aqui era rica?

— Muito rica. E também era muito velha — contou Frazier. — Seus amigos diziam que não queria ser perturbada por uma série de reformas, tendo em vista que só lhe restavam poucos anos de vida. E foi isso. Não fez nada, pois a casa era perfeita para o modo como a usava. No inverno, ela ia para Palm Beach, e por aí vai.

Após Donaldson ser assassinada, disse Frazier, os Booth tentaram vendê-la, mas não conseguiram. Então alguém veio com a ideia de que os Booth poderiam doá-la ao município como um museu de uma rica família de madeireiros. Essa sugestão seguiu adiante com dificuldade, então alguém propôs que poderia ser um centro de arte.

— Basicamente, o que ocorre é que os Booth não conseguiram vendê-la e ficam incentivando todo esse papo furado. Eles doariam a casa ao município, alguns quadros e umas mesas velhas, tudo avaliado absurdamente, tipo 2 milhões de dólares, cujo valor seria deduzido de seu imposto de renda — informou Frazier. — Isso vai lhes economizar, o quê, uns 800 mil dólares? Se não conseguirem essa jogada, se a casa continuar apodrecendo aqui... Bem, o que eles ganharão serão dois lotes de terreno a 50 mil dólares cada, e provavelmente lhes custará a metade disso para demolir a casa e cuidar do entulho. Enquanto isso, continuam pagando os impostos de propriedade.

— A vida é dura quando se morre — sentenciou Lucas.

— Não foi dura para os Booth — resmungou Frazier. — Eles sempre foram ricos... Quer ver onde foi o assassinato?

Donaldson fora morta na cozinha. Nada havia para se ver, além de assoalhos de faia ligeiramente empoeirados e apetrechos domésticos que recuavam a 1985. A geladeira e o fogão eram de um amarelo-tabaco de que Lucas se lembrava de sua primeira casa.

— Muito frio — disse Frazier. — Eu ainda acho que foi um assassino viajante, estava de passagem, viu a luz acesa, queria dinheiro e um sanduíche, entrou e a matou com a porcaria de um .22. Ficou parado ali, comendo o sanduíche e olhando para o corpo, sem ligar para porra nenhuma. No filme, em minha cabeça, ele não só não liga para porra nenhuma, como nem mesmo vai ligar para porra nenhuma, se for apanhado.

— Alguma prova no sanduíche? — perguntou Lucas, brincando.

Frazier não estava brincando.

— Sim. Havia uma migalha no meio das costas de Donaldson. Solta. Não grudou na blusa nem em nada. Foi como se tivesse caído nela após ela bater no chão. Pão tipo sourdough marca Sea-Bird. Havia um desses no balcão.

— Huh. — Lucas coçou a testa. — Deixe-me contar sobre os cookies de aveia...

Os Booth chegaram dez minutos depois, num Mercedes-Benz S550 preto. Landford Booth parecia um cão terrier, tão baixo quanto Frazier, mas magro, com pequeninos olhos aguçados, bigode branco eriçado, e nariz comprido com poros enormes. Vestia uma jaqueta azul-marinho trespassada, com botões prateados e uma calça cinza. Margaret Booth tinha cabelos prateados, o rosto esticado por cirurgia plástica e olhos azul-claro. Usava um vestido de um escarlate vivo com sapatos combinando, e piscava muito, como se usasse lentes de contato. Landford era um homem bem cuidado, de 75 anos, pensou Lucas. Sua mulher tinha cerca da mesma idade, ou talvez fosse até um pouco mais velha.

Lucas e Frazier tinham acabado de voltar da cozinha e encontraram os Booth parados diante da porta da frente aberta, a mão de Margaret no braço de Landford, e este pigarreou e disse:

— E então? Descobriram alguma coisa nova?

Os Booth não sabiam quase nada — mas não ignoravam tudo.

Lucas perguntou sobre as antiguidades desaparecidas.

Margaret disse:

— Claire era colecionadora... e vendedora. As peças entravam e saíam o tempo todo. Num dia, havia um aparador no saguão e, na semana seguinte, haveria uma estante para partituras. Numa semana, estava numa fase do período da Regência, na semana seguinte, um Revival do Gótico. Ela afirmava que sempre tinha lucro em suas vendas, mas, pessoalmente, duvido que tivesse. Desconfio que o que ela queria mesmo era a companhia... Pessoas comprando e vendendo. Pessoas com quem discutir e conversar a respeito de antiguidades. Ela se considerava uma especialista.

— Vocês deram falta de alguma coisa?

— Não pelo que nos consta... mas não sabemos tanto assim. Temos uma lista do seguro e, é claro, tivemos que fazer um inventário de suas propriedades para o imposto de renda — disse Landford. — Havia itens na lista do seguro que não se encontravam na casa, mas havia coisas na casa que não constavam da lista do seguro. O fato é que é difícil determinar.

— E os registros de vendas?

— Temos uma grande pilha, mas está uma bagunça — disse Landford. — Suponho que poderíamos voltar atrás e comparar as compras, e o que ela tinha quando morreu, com as vendas. Talvez, desse modo, a gente consiga identificar alguma coisa — disse Landford.

— Vocês poderiam fazer isso? — perguntou Lucas.

— Poderíamos pedir à nossa contadora para dar uma olhada, ela é melhor nisso — disse Landford. — Talvez em duas semanas. A papelada está uma bagunça.

Os Booth fizeram um pedido, e o fizeram a Lucas, ignorando Frazier, como se este fosse um toco inconveniente:

— Alguém precisa investigar Amity Anderson cuidadosamente. Tenho certeza de que ela está envolvida — advertiu Margaret Booth.

Landford tremeu.

— Não há dúvida sobre isso. Embora o departamento do nosso xerife pareça duvidar.

Às costas deles, Frazier revirou os olhos:

— Conte-me por que acha que ela está envolvida — Lucas perguntou a Margaret.

— É óbvio — continuou. — Se repassar todas as possibilidades, vai concluir, no final, que o assassino, seja quem for, *estava no interior da casa com Claire*. Claire jamais deixaria alguém entrar, não quando estivesse sozinha, a não ser que conhecesse bem a pessoa.

Landford completou:

— A polícia checou todos os amigos dela e amigos dos amigos, e todos foram inocentados. Não houve sinal de arrombamento, e Claire sempre mantinha as portas trancadas. Logo, Amity Anderson deu uma chave para alguém. Ela tem um baita histórico sexual. Claire costumava me contar. Creio que Amity deu a chave da casa para um de seus namorados, disse-lhe onde Claire guardava o dinheiro... Ela gostava de sempre ter dinheiro à mão... e foi para Chicago, como álibi. Para mim, é perfeitamente claro o que aconteceu.

— Exatamente — disse Margaret.

— Quanto em dinheiro? — perguntou Lucas.

— Uns duzentos, talvez 300 ou 400, dependendo — disse Landford. — Se tivesse acabado de voltar de algum lugar, ou estivesse prestes a partir, teria mais em mãos. Isso não parece muito para você ou para mim... — hesitou, olhando para os policiais, como se sentisse que os tivesse insultado. Então prosseguiu: —... mas para uma pessoa como Amity Anderson provavelmente parecia uma fortuna.

— Onde está Amity Anderson agora? — perguntou Lucas.

Frazier pigarreou.

— Seu endereço está na pasta que eu lhe dei. Mas sabe a fábrica da Ford, a que fica perto do rio, em St. Paul?

— Sei.

— Mora talvez a... seis, sete quarteirões... subindo o rio, percorrendo aquela colina. Sabe a que me refiro?

— Fica cerca de dez minutos de caminhada da minha casa — disse Lucas. — Andando devagar.

— Qual a distância da casa de Bucher? — perguntou Landford.

— Cinco minutos, de carro.

— Puta merda — exclamou Frazier.

CONVERSARAM POR MAIS dez minutos e passaram cerca do mesmo tempo dando uma olhada na casa com os Booth, mas o crime tinha ocorrido havia muito tempo e Lucas nada pôde descobrir caminhando por ali. Despediu-se dos Booth, deu-lhes um cartão, e, quando se foram, esperou até Frazier trancar a casa.

— Por que Amity Anderson não está envolvida?

— Não digo que seja impossível — disse Frazier. — Mas Amity Anderson é uma garotinha quieta que se formou em belas-artes e não conseguiu emprego. Acabou como secretária de Donaldson, embora, na verdade, fosse mais como uma empregada. Fazia um pouco de tudo, e não recebia tanto. Um dos motivos pelos quais achamos que não foi seu namorado é porque não há provas de que ela tivesse um namorado.

— Nunca?

— Não enquanto morou aqui. A Sra. Donaldson tinha uma criada que morava aqui, e ela nos disse que Amity não ia a lugar nenhum — disse Frazier. — Não tinha dinheiro para isso e, aparentemente, nenhum motivo. Em todo caso, não tinha vida social... Nem mesmo recebia telefonemas pessoais. Vá falar com ela. Você verá. Vai sair de lá com o pau congelado.

NO CAMINHO DE volta às Cidades Gêmeas, Lucas recebeu um telefonema de Ruffe Ignace.

— Tive uma informação de que você está investigando Burt Kline por atentado ao pudor — resmungou Ignace. — Pode me dizer quando vai prendê-lo?

— Cara, não sei do que você está falando — disse Lucas, sorrindo para o telefone.

— Ora, sem essa. Falei com seis pessoas e todas me disseram que você está envolvido nisso até o pescoço — lembrou Ignace. — Vai testemunhar no Grande Júri de Dakota County?

— O caso vai ao Grande Júri? — Lucas abriu a janela do carro e colocou o telefone perto do quebra-vento. — Ruffe, a ligação está picotando. Mal consigo ouvir você.

— Vou aceitar isso como um "nada a declarar" — disse Ignace.

Davenport retrucou:

— Nada a declarar, seu inútil pauzinho mandado de jornal. — Mas confirmou que vendeu todas as suas ações da empresa de polimento para barcos de Kline. — Você trepou naquela noite? — perguntou Lucas.

— Trepei. Agora nega que está investigando Kline? — Lucas ficou de boca fechada e, após dez segundos de silêncio, Ignace disse: — Tudo bem, você não nega.

— Não nego nem confirmo — replicou Lucas. — Pode citar essa minha declaração.

— Ótimo. Porque isso confirma. Essa menina... — pausa, roçar de papel — ... Jesse Barth... é mesmo gostosa?

— Ora, não fode.

— Obrigado — disse Ruffe. — Deve ser Jesse com dois esses.

— Escute, Ruffe, não sei onde você conseguiu isso, mas juro por Deus que nunca mais conseguirá outra informação minha se me ligar ao vazamento dessa informação — resmungou Lucas. — Atribua a Dakota County.

— Não vou atribuir a ninguém — disse Ignace. — Será como carne moída... A gente não sabe qual é a procedência, mas vai parar no prato do leitor.

— Não é bom o bastante, pois as pessoas vão tirar conclusões — argumentou Lucas. — Se concluírem que fui a fonte de vazamento, vou me prejudicar, e você não terá mais informação minha ou de qualquer um na BCA. Deixe as pessoas pensarem que foi Dakota County. Cochiche no ouvido delas. Não precisa dizer explicitamente.

— Esta tarde, irei atrás da mãe — continuou Ignace. — Deixa eu ver, é... Kathy? Ela é gostosa?

— Ruffe, você está forçando muito a barra. Vou desligar, Ruffe.

A DESPEITO DE sua saída pela tangente, Lucas ficou contente. Flowers executara o serviço, e Ignace imprensaria Kline contra a parede. Além do mais, Ignace não revelaria a fonte e, se o jogo fosse jogado direito, todos deduziriam que a fonte fora Dakota County.

Ligou para Rose Marie Roux. Não gostava de lhe mentir, mas às vezes o fazia, no mínimo para protegê-la; a necessidade faz a razão.

— Acabei de falar com Ruffe Ignace. Ele sabe a respeito de Kline. Tem o nome de Jesse Barth, e vai falar com Kathy Barth. Não confirmei nem neguei e não fui sua fonte. Mas a fonte é boa e a informação surgiu um dia após fornecermos as instruções a Dakota County. Precisamos vazar que é Dakota County quem fala com Ignace.

— Podemos fazer isso — disse ela, também contente. — Vai funcionar.

— Fale com o governador. Talvez ele possa fazer uma piada em off com alguns dos repórteres que cobrem o Capitólio sobre os vazamentos de Dakota County — observou Lucas. — Talvez mandar Mitford fazer também alguma coisa. Um dito espirituoso. O governador adora ditos espirituosos. E metáforas.

— Um dito espirituoso — comentou ela. — Um dito espirituoso seria bom.

LUCAS LIGOU PARA John Smith. Este estava na mansão Bucher e ficaria por lá ainda mais um pouco.

— Vou passar aí — disse Lucas.

OS WIDDLER ESTAVAM lá terminando o inventário.

— Há uma porção de coisa boa por aqui — disse Leslie a Lucas. Ele usava uma gravata-borboleta cor-de-rosa que parecia um lepidóptero exótico. — Uns 2 milhões, numa avaliação conservadora. Eu quero mesmo estar aqui, quando fizerem o leilão.

— Não falta nada?

Ele deu de ombros e sua mulher aproveitou a pergunta:

— Não pareceu haver qualquer lacuna óbvia na decoração, ao se colocar as coisas de volta nos lugares... Eles arrasaram o local, mas não levaram as coisas para muito longe.

— Vocês conhecem uma mulher chamada Claire Donaldson, de Eau Claire?

Os Widdler entreolharam-se, então Jane disse:

— Ah, meu Deus. Você acha?

— Há uma possibilidade, mas estou tendo problemas em imaginar um motivo. Também não parece haver nada desaparecido da casa de Donaldson — disse Lucas.

— Nós participamos de algumas vendas da Sra. Donaldson — disse Leslie Widdler. — Ela tinha coisas magníficas, embora eu deva dizer que seu gosto não era extraordinário como todos julgavam. — Para sua mulher: — Lembra-se daquela horrenda cômoda neoclássica italiana?

Jane apontou o dedo para o peito de Lucas.

— Parecia que alguém tinha passado uma raspadeira de madeira nela. E, obviamente, tinha sido reformada. Foi vendida como se fosse acabamento original, mas duvido...

Os Widdler voltaram ao trabalho e Lucas e John Smith afastaram-se, para observá-los escrevinhar, e Lucas disse:

— John, vem merda grande por aí. Tentarei acompanhá-lo o máximo possível, mas essa outra coisa é política e pode desviar a atenção.

— Um grande segredo?

— Não é mais. O maldito *Star Tribune* já o farejou. Tentarei ficar com você...

Smith balançou as mãos, frustrado.

— Não tenho porra nenhuma, Lucas. Você acha que essa tal de Donaldson pode ter alguma ligação com o caso?

— É o que parece. É parecido com este aqui — disse Lucas. — Talvez a gente tenha que falar com o FBI, para ver se eles dão uma olhada.

— Detesto ter que fazer isso, enquanto nós tivermos uma chance.

— Eu também.

Smith olhou de cara feia para Leslie Widdler, que perscrutava o fundo de um regador de plantas de prata.

—Vai sobrar para todo mundo se a gente se ferrar — disse. — Mas eu quero pegar esses filhos da puta. Eu.

Ao SE APROXIMAR da porta para sair, Lucas perguntou a Leslie Widdler:

— Se descobrirmos que há coisas faltando, será fácil localizá-las? Isto é, no mercado de antiguidades?

— Se você tiver um bom fotógrafo profissional e uma boa documentação de quaisquer peculiaridades... Sabe como é, mossas, rachaduras ou consertos... então é *possível* — disse Widdler. — Não é provável, mas possível. Se não tiver isso, então estará sem sorte.

Jane prosseguiu daí:

— A cada ano, há, literalmente, centenas de milhares de antiguidades vendidas, a maioria em dinheiro e uma porção dessas vendas são para negociantes que as revendem várias vezes. Uma cadeira vendida aqui pode parar numa loja em Santa Monica ou Palm Beach, após ter passado por cinco negociantes diferentes. Elas podem desaparecer na casa de alguém e não reaparecer por outros 20 ou 30 anos.

E Leslie:

— Outra coisa, claro, é que, se uma pessoa gasta 50 mil dólares num guarda-roupas e depois descobre que é roubado, você acha que vai entregá-lo à polícia e perder o dinheiro? Para início de conversa, não foi assim que essas pessoas ficaram ricas... Portanto, eu não ficaria tão otimista assim.

— Sempre há uma esperança — disse Jane, parecendo querer formar uma ruga de perplexidade na testa. — Mas, para dizer-lhe a verdade, começo a pensar que não sumiu nada. Não conseguimos identificar nada.

— O quadro de Reckless — lembrou Lucas.

— Se é que havia algum. Todos os anos havia um grande número de venda de Reckless. Se não encontrarmos qualquer documento que sugira que Connie era proprietária de um, se tudo que tivermos é o testemunho dessa pessoa afro-americana... Bem, Lucas... Já era.

9

A MATÉRIA DE Ruffe Ignace não era grande, mas, mesmo com o título em uma coluna e 70 centímetros de texto cuidadosamente redigido, foi grande o bastante para causar todo o dano político que Kline temia.

Melhor de tudo, destacava uma foto feita de surpresa do promotor Jim Cole, de Dakota County, cujos olhos assustados faziam com que parecesse um guaxinim surpreendido à noite no meio de uma estrada. Kline agora era um assunto de Dakota County.

Ignace entrara em contato com Kathy Barth. Embora fosse identificada apenas como "uma fonte ligada à investigação", ela falou do ponto de vista de uma vítima, e Ignace foi habilidoso o bastante para deixar isso transparecer. *"... a vítima foi descrita como arrasada pela experiência, e especialistas disseram à família que, se as alegações forem verdadeiras, talvez ela precise de anos de terapia."*

NEIL MITFORD CONDUZIU Lucas e Rose Marie Roux ao gabinete do governador e fechou a porta.

— Estamos todos limpos, certo? Ninguém pode nos acusar do vazamento da notícia? — perguntou o governador. Ele sabia que Lucas tinha contatos com a mídia local; que Lucas, na verdade, tinha uma filha com a principal editorialista do Canal Três.

— Ruffe telefonou para mim ontem pedindo uma declaração e eu lhe disse que não podia fazê-lo — informou Lucas, tirando o dele da reta. — É óbvio que conseguiu uma porção de informações com a mãe da vítima.

— Kathy Barth continua tentando fazer um acordo com Burt? — perguntou Mitford a Lucas.

— Elas queriam grana. Esse foi o x da questão — explicou Lucas. — Mas agora ela está enrolada. Não pode fechar um acordo com o Grande Júri.

— E Burt é culpado — interveio o governador. — Isto é, ele fez isso, não? Não estamos simplesmente ferrando ele.

— Sim, fez — afirmou Lucas. — Acho que andou transando com a mãe também, mas, com certeza, transou com a garota.

— Que se danem as negociações deles. Eles podem depois abrir um processo cível — disse Rose Marie.

— E talvez mais dinheiro para o advogado — acrescentou Mitford. — Se o caso seguir um acordo de honorários contingenciais.

— Advogados também precisam comer — disse o governador com satisfação; e para Rose Marie e Lucas: — Vocês dois conduzirão os testemunhos da BCA diante do Grande Júri? Está tudo resolvido?

— Falei com Jim Cole, ele será chamado de acordo com um cronograma — esclareceu Rose Marie. — Há uma quantidade limitada de testemunhos disponíveis... Os Barth, o agente Flowers, Lucas, os técnicos do laboratório. Cole quer agir depressa. Se houver provas suficientes para o indiciamento, quer dar uma chance para Kline desistir da eleição para que outro republicano possa concorrer.

— Burt talvez não queira ceder... — sugeriu o governador.

— Não creio — disse Rose Marie, balançando a cabeça. — Cole não indicia a não ser que possa condenar. Quer definir claramente os papéis da mãe, da garota, das provas físicas e, então, tomar uma decisão. Com essa notícia do jornal, ele tem ainda mais motivos para pressionar. Se disser ao advogado de Burt que este vai perder e mostrar-lhe a prova, acredito que Burt desistirá.

O governador concordou com a cabeça.

— Muito bem. Lucas, fale com seu pessoal. Não queremos nenhum refluxo, não queremos ninguém apontando o dedo para nós, dizendo que há alguma jogada política por trás disso. Queremos isso de modo franco, totalmente profissional. Deploramos esse tipo de coisa tanto quanto qualquer um. É uma tragédia para todos os envolvidos, inclusive Burt Kline.

— E especialmente a menina. Temos que protegê-la dos predadores — lembrou Mitford. — Quaisquer contatos com a imprensa, nós sempre batemos nessa tecla.

— Claro, completamente — disse o governador. — As crianças sempre vêm em primeiro lugar. Principalmente quando os predadores são republicanos.

Ninguém perguntou sobre o caso Bucher, que começara a sair das primeiras páginas.

QUANDO TERMINARAM, LUCAS percorreu o corredor com Rose Marie, em direção ao estacionamento.

— Por que os republicanos sempre se ferram por trepar com alguém? E, os democratas, sempre por roubar?

— Os republicanos têm dinheiro. A maioria não precisa de mais — aventou ela. — Mas tiveram uma formação contida, de repressão sexual, e, às vezes, simplesmente se soltam. Os democratas são mais soltos em relação ao sexo, mas, na metade do tempo, foram professores ou funcionários públicos, e estão desesperados por dinheiro. Veem todo esse dinheiro por perto, em volta do governo, dos lobistas e dos executivos de empresas, conseguem farejá-lo, conseguem prová-lo, veem os ricaços voando para Paris no fim de semana, e comendo em bons restaurantes, pagando suítes de 3 mil dólares. Eles simplesmente querem esticar o braço e pegar um pouco.

— Vejo nisso uma oportunidade para a minha antiga empresa — disse Lucas. Outrora, ele montara uma empresa de software que desenvolvia simulações em tempo real para centros de atendimento a ligações de emergência. — Poderíamos fazer um software de simulação que ensinasse aos republicanos como trepar e aos democratas como roubar.

— Nossa, não sei não — disse Rose Marie. — Podemos confiar aos republicanos esse tipo de informação?

De volta ao seu escritório, Carol disse-lhe que a estagiária, Sandy, passara metade da noite acordada, preparando um relatório sobre impressoras Hewlett-Packard e assassinatos no Alto Meio-Oeste. Ele também recebera uma ligação de um dos promotores assistentes de Jim Cole.

Lucas ligou para o promotor e eles combinaram que ele e Flowers testemunhariam diante do Grande Júri no dia seguinte. O assistente queria falar com Flowers antes de sua apresentação ao júri, mas disse que não seria necessário repassar com o próprio Lucas o seu testemunho.

— Você fará o esquema básico burocrático: confirmar a chegada das informações iniciais, a designação do agente Flowers para o caso, e a entrega que este fez das provas técnicas ao laboratório criminal. Precisaremos do costumeiro pedaço de papel que diz que a prova foi devidamente registrada. Isso é tudo.

— Excelente — disse Lucas. — Vou telefonar agora para o agente Flowers e mandar que ligue para você.

Lucas ligou para Flowers.

— Você terá de carregar o fardo, Virgil, portanto é melhor decorar cada pedaço de informação que colocou nos arquivos. Não ficarei surpreso se alguém do círculo de Kline andou conversando com alguém do círculo de Cole, se é que me entende.

— Depois da matéria do jornal, não vejo como Cole não possa ser indiciado.

— Também não vejo. Mas, dependendo do que possa ser dito por trás dos panos, precisamos estar preparados — disse Lucas. — Diga-lhes o que você tem, não se deixe cair numa armadilha, ao tentar desenvolver qualquer teoria.

— Deixa comigo — replicou Flowers. — Vou manter a cabeça *concentrada* nisso, chefe. Bem focada.

Lucas, irritado, disse:

— Isso significa que você vai pescar, certo?

— Vou falar com o pessoal do laboratório e cuidar para que a papelada esteja correta, que a gente tenha os resultados das amostras de sêmen e do pelo púbico, as fotos das bolas de Kline. Cópias para todos. E por aí vai, et cetera e tal. Vou engraxar minhas botas esta noite.

— Você não vai pescar, Virgil — protestou Lucas. — Essa porra é muito sensível.

— Como vai a mulherzinha? — perguntou Virgil.

— Porra, Virgil.

LUCAS CUIDOU DA parte da papelada que lhe cabia, revisou-a e então entregou-a a Carol, que tinha aptidão para procedimentos.

— Dê uma olhada, para ver se há algum furo. A mesma coisa do caso Carson. Volto em cinco minutos.

— Sandy passou o dia todo sentada em seu cubículo, esperando por você...

— Tá, só mais uns minutinhos.

Enquanto Carol checava a papelada, ele desceu até o laboratório e verificou o pacote com as provas, certificando-se que tudo estivesse ali. O que quer que acontecesse, Lucas não queria que Kline se safasse por causa de uma trapalhada burocrática. De volta ao escritório, sentou-se à sua mesa, recostou-se e tentou lembrar de algo que pudesse precisar. Mas o promotor dissera que Lucas, essencialmente, seria o encarregado da burocracia e testemunharia sobre a cronologia das provas e não sobre provas em si.

Carol entrou e disse:

— Não vejo nenhum furo. Quantas cópias você quer? E quer que eu chame Sandy?

— Me dê um minuto. Preciso ligar para John Smith.

SMITH SAÍA DE uma reunião sobre um episódio ocorrido poucas semanas antes, em que um homem fora apunhalado no Regions Hospital.

A vítima morrera logo no dia seguinte, de infecção, que poderia ser ou não resultado da agressão. O bêbado que usara uma chave de fenda como punhal podia ser acusado de uma agressão leve ou de assassinato, dependendo.

— Dependendo — informou Smith — do que dizem oito médicos diferentes, e todos estão tirando o seu da reta, para evitar um processo de erro médico.

— Boa sorte — disse Lucas. — Alguma novidade no caso Bucher?

— Obrigado por perguntar — respondeu Smith.

— Olhe, vou entrevistar essa tal de Amity Anderson. Já lhe falei sobre ela, era a secretária da mulher de Wisconsin.

— Sim, sim... Espero que surja alguma coisa daí.

AMITY ANDERSON TRABALHAVA na Old Northwest Foundation, em Minneapolis. Lucas a localizara por intermédio de um amigo na agência da Receita, em Minnesota, que deu uma olhada nas devoluções de imposto de renda dela. Sua voz no telefone era a de um soprano nasalado, com um toque de Manhattan.

— Eu tenho clientes a tarde toda. Posso falar com você após as 16 horas, se for realmente urgente — disse ela.

— Eu moro a menos de 1 quilômetro de você — disse Lucas. — Posso dar uma passada, depois que você chegar em casa? Se você não for sair.

— Eu vou sair, mas, se não for muito demorado, você pode passar às 17h15 — disse ela. — Terei de sair às 18 horas.

— A gente se vê às 17h15.

DESLIGOU E AVISTOU uma loura parada perto da mesa de Carol, olhando-o pelo canto de sua porta aberta. Reconheceu-a da turma do verão que participara de uma conferência. Sandy.

— Sandy — chamou. — Entre.

Era alta. Pior, achava-se alta *demais* e, portanto, curvava os ombros para parecer mais baixa. Tinha um nariz pequeno, delicadas maçãs do rosto, olhos azuis enevoados e usava óculos grandes demais para seu rosto. Vestia blusa branca, saia azul e sapatos pretos que não combinavam com a saia. Era, pensou Lucas, alguém que ainda nao atingira a sensatez. Talvez ainda tivesse uns 20 anos.

Entrou apressada e ficou parada até ele dizer:

— Sente-se, como você está?

— Numa boa. — Estava nervosa e puxava a bainha da saia. Usava meia-calça, ele deduziu, o que devia esquentar. — Procurei a informação que você queria. Me deixaram ficar até tarde ontem.

— Não era necessário você...

— Não, foi bem interessante — disse, um pouquinho de rubor surgindo em suas bochechas.

— O que, hã...

— Certo. — Colocou um maço de papéis no chão, a seus pés, e remexeu num segundo. — Sobre as impressoras Hewlett-Packard. A resposta é: provavelmente. Provavelmente todos viram uma impressora Hewlett-Packard, mas ninguém afirma com certeza. O negócio é o seguinte: todos os tipos de impressoras vêm sendo jogados fora. Ninguém está a fim de uma impressora velha, e há restrições de como livrar-se delas, portanto as pessoas as escondem em suas latas de lixo ou as jogam em alguma caçamba. Há dezenas, todas as semanas.

— Merda... — Pensou na palavra e notou que ela enrubesceu. — Desculpe.

— Tudo bem. O negócio é o seguinte: como muitas impressoras estão em sacos de lixo, só são vistas quando já estão no escoamento do lixo e acabam enterradas no aterro sanitário.

— Então estamos sem sorte.

— Sim. Acredito que sim. Não há como saber que impressora veio de onde. Mesmo se encontrássemos a impressora certa, ninguém saberia em que caminhão veio, nem onde foi recolhida.

— Tudo bem. Esqueça isso — disse Lucas. — Eu deveria ter adivinhado.

SANDY PEGOU O outro maço de papéis.

— Sobre os assassinatos não solucionados, procurei nos cinco estados que você pediu, e também em Nebraska, porque não há cidades grandes por lá. Encontrei um não solucionado que parece promissor. Uma mulher chamada Claire Donaldson foi assassinada em Chippewa Falls, Wisconsin. Contei a Carol, assim que descobri, mas ela disse que eu não precisaria pesquisar mais sobre esse, pois você já sabia a respeito.

Lucas confirmou com a cabeça.

— Certo. Bom trabalho. E esse foi o único?

— O único não solucionado — disse Sandy. — Mas descobri um assassinato solucionado que combina com tudo, exceto o sexo da vítima.

Lucas franziu a testa.

— Solucionado?

Ela fez que sim.

— Em Des Moines. Um homem idoso, rico, que vivia sozinho, a casa cheia de antiguidades. Seu nome era Jacob Toms. Era muito conhecido, participava de uma porção de conselhos. De um museu de arte, da Sinfônica de Des Moines, de uma companhia de seguros, de uma editora.

— Puxa, isso parece muito bom. Mas, se já foi resolvido...

— Consegui as matérias dos jornais com a LexisNexis.* Houve um julgamento, mas a defesa não foi muito boa. O assassino disse que não conseguia se lembrar de ter cometido o crime, mas não ficaria surpreso se o tivesse. Estava dopado por anfetaminas que tomava havia quatro dias, e disse que estava fora de si e não conseguia se lembrar de nada da maior parte do tempo em que esteve naquele estado. Não havia muitas provas contra ele... Morava nas redondezas, seus pais tinham boa situação financeira, mas ele se perdeu nas drogas. De qualquer modo, as pessoas o viram nas vizinhanças e na casa de Toms...

— Dentro?

---

* Companhia que fornece um serviço de busca em um banco de dados com conteúdo legal e de documentos públicos. (*N. do E.*)

— Não, fora, mas ele conhecia Toms, pois, quando era adolescente, aparava o gramado do velho. Toms tinha um jardim enorme e não gostava do modo como cuidavam da manutenção da grama, pois não eram cuidadosos o bastante, então contratava esse cara, quando ele era adolescente. O cara conhecia a casa.

— Teria que haver mais do que isso.

— Bem, o cara admitiu que poderia ter cometido. Tinha cortes no rosto, que poderiam ter sido feitos por Toms, ao se defender... — Ela inclinou-se à frente, os olhos se estreitando. — O mais interessante, porém, é que os trecos que foram roubados eram todos coisas que podiam ser vendidas na rua, inclusive algumas joias e aparelhos eletrônicos, mas nenhum deles jamais foi encontrado.

— Hum.

— Um investigador do gabinete da defensoria pública disse ao *Register* que o caso foi fabricado pela polícia porque estavam sob pressão para prender alguém, e eis que surgiu esse cara — disse Sandy.

— Pode ser que tenha sido ele — deduziu Lucas.

— E pode ser que não — disse Sandy.

Lucas recostou-se na cadeira e a encarou por um momento, até ela se encolher, e ele perceber que a deixava cada vez mais nervosa.

— Muito bom. Esse material é bom, Sandy. Certo. Você tem carteira de motorista?

— Claro. Meu carro é meio inconstante.

— Vou lhe conseguir um carro do estado. Pode dar um pulo hoje em Des Moines e xerocar todo o processo? Não creio que os policiais ficarão contentes por olharmos o material bruto, mas precisamos conseguir os autos do julgamento. Se for preciso, pode se instalar num hotel de Des Moines. Mandarei Carol lhe dar um cartão de crédito do estado.

— Eu posso fazer isso. — Arrastou-se um pouquinho para a frente da cadeira, os olhos radiantes. — Meu Deus, já pensou se esse homem foi para a cadeia por causa de algo que ele não fez?

— Acontece... e isso me soa muito bem — constatou Lucas. — Isso soa como Bucher e Donaldson e Coombs.

— Quem?

— Ah, uma senhora chamada Coombs, aqui das Cidades Gêmeas. De qualquer modo, vamos falar com Carol. Puxa vida, procurar casos *solucionados*. Isso foi *genial*. Foi uma ideia genial.

Mais tarde, quando Lucas deixou o escritório, Carol disse:

— Sandy se amarrou mesmo em você. Saltaria de um avião por sua causa.

— Isso vai passar — disse Lucas.

— Às vezes passa, e às vezes não passa — replicou Carol.

Amity Anderson provavelmente não saltaria de um avião por causa dele, Lucas concluiu após conhecê-la, mas, com certeza, seria capaz de empurrá-lo.

Viu-a destrancar a porta da frente da casa, carregando uma bolsa e o que parecia ser um saco de supermercado, enquanto subia a colina em sua direção. Olhou colina abaixo para ele, de relance, e desapareceu lá dentro.

Ela morava em uma casa jovial, estilo Cape Cod pós-guerra, com revestimento exterior de tábuas pintadas de amarelo, borda branca, e chaminé de tijolos no meio do telhado. O quintal era pequeno, mas intensamente cultivado, com canteiros de flores perenes do lado das cercas laterais da casa, e plantas reluzentes e anuais rodeavam os lados da estreita calçada de concreto que levava à porta da frente. Nos fundos, em um dos lados, havia uma garagem assimétrica para um carro.

Lucas bateu e, um momento depois, ela atendeu. Era uma mulher de tamanho médio, provavelmente 1,65m, pensou Lucas, e na metade da casa dos 30 anos. Amarrava o cabelo escuro em um coque puxado de professora severa, sem estilo; usava uma jaqueta marrom-escura sobre uma blusa bege, com uma saia de lã e sapatos marrons confortáveis. De pele olivácea, tinha olhos castanhos, grossas sobrancelhas e três pequenas rugas de expressão que seguiam verticalmente, em direção à testa, desde a ponta de seu curto nariz. Olhou-o através da porta de tela; seu rosto tinha um aspecto mal-humorado, mas um lábio inferior carnudo sugeria uma sensualidade dissimulada.

— Você tem alguma identificação?

Mostrou sua identidade. Ela o deixou entrar e disse:

— Preciso voltar ao banheiro. Volto num instante.

O interior da casa era tão jovial quanto o exterior, com tapetes, patchworks e tecidos pendendo das paredes com cores vivas, emboçadas e pintadas, para os imaculados assoalhos de madeira. Havia um saco no chão, ao lado de sua bolsa. Não era um saco de supermercado, mas um saco de academia, com três conjuntos de luvas de handebol amarradas pelo lado de fora, endurecidas com suor seco. Uma séria, suarenta jogadora de handebol...

Uma descarga de vaso sanitário soou a distância, no final do corredor, e, um momento depois, Anderson saiu, puxando para baixo a parte de trás da saia.

— Em que posso ajudá-lo, Sr. Davenport?

— Você trabalhava para Claire Donaldson quando ela foi assassinada — disse Lucas. — A coisa mais específica que preciso saber é: se alguma coisa foi levada da casa. Além do óbvio. Qualquer antiguidade de grande valor, joias, quadros, esse tipo de coisa.

Apontou-lhe um sofá, e empoleirou-se em uma poltrona superestofada, os joelhos meticulosamente comprimidos.

— Isso já faz muito tempo. Surgiu alguma coisa nova?

Lucas não tinha motivos para não lhe contar.

— Procuro ligações entre o assassinato de Donaldson com os de Constance Bucher e sua criada. Você deve ter lido a respeito ou visto na televisão...

A mão de Anderson foi até sua face.

— Claro. São muito parecidos, não? Em alguns aspectos. Acha que estão ligados?

— Não sei — admitiu Lucas. — Não estamos encontrando um motivo comum, a não ser o óbvio de roubo.

— Ah. Roubo. Bem, estou certa de que a polícia lhe disse que normalmente ela tinha dinheiro em casa — disse Anderson. — Mas não o suficiente para justificar a morte de alguém. Isto é, a não ser que fosse um drogado maluco ou coisa assim, e isso foi em Chippewa Falls.

— Estava pensando em antiguidades, quadros...

Ela balançou a cabeça.

— Nada assim foi levado. Eu era encarregada de manter um inventário. Forneci uma lista de tudo à polícia, à irmã e ao cunhado de Claire.

— Eu a vi — disse Lucas. — Quer dizer que não sabe de nada específico de valor que possa ter sumido.

— Não, não sei. Suponho que os Booth lhe disseram que eu provavelmente estive envolvida, que dei a chave a um dos meus namorados, que fui a Chicago para ter um álibi e o namorado entrou na casa e matou Claire.

— Eles... — Deu de ombros.

— Eu sei — disse ela, abanando a mão em repúdio.

— Quer dizer que classifica isso como um categórico "Não é verdade" — alegou Lucas com um sorriso.

Amity deu uma risada, um pouco mais do que um latido infeliz:

— Claro que não é verdade. Essas pessoas... Mas vou lhe dizer uma coisa, os Booth não têm tanto dinheiro quanto as pessoas pensam. Sei disso por conversar com Claire. Isto é, eles têm o suficiente para frequentar o country clube, pagar suas contas e ir a Palms Springs no inverno, mas eu sei que pagam aluguel em Palm Springs. Um condomínio. Andavam muito apertados de dinheiro e ficaram *muito* contentes em receber o de Claire... E receberam todo. Ela não tinha outros parentes vivos.

— Você parece descontente com isso — disse Lucas. — Esperava receber alguma coisa?

— Não. Claire e eu tínhamos um acordo comercial. Eu era secretária e ajudava com as antiguidades, que era o meu interesse principal.

Éramos amigas, mas não tínhamos uma ligação emocional de fato. Ela era a patroa e eu, a empregada. Não pagava muito, e eu estava sempre à procura de outro emprego.

Entreolharam-se por um momento, então Lucas falou:

— Suponho que você foi bastante investigada pelo pessoal do xerife. Não encontraram namorados, nenhuma chave desaparecida...

— Policial Davenport. Pode falar sem rodeios, eu sou gay.

— Ah. — Ele ainda não havia sacado. Estava ficando velho.

— Naquela ocasião, não tinha nenhuma amiga íntima. Chippewa não é um mar de rosas para lésbicas. E eu ainda nem tinha certeza se era gay.

— Certo. — Deu um tapinha nos joelhos, pronto para se levantar. — O nome Jacob Toms significa alguma coisa para você? Já ouviu falar? De Des Moines?

— Não, não creio. Nunca estive em Des Moines. Ele é outro...?

— Não sabemos — disse Lucas. — Que tal uma mulher chamada Marilyn Coombs. Daqui de St. Paul?

Seus olhos estreitaram-se.

— Meu Deus. Já ouvi esse nome. Recentemente.

— Foi morta alguns dias atrás — informou Lucas.

O queixo de Anderson caiu.

— Ah... quer dizer que são três? Ou quatro? Devo ter ouvido o nome de Coombs na televisão. Quatro pessoas?

— Talvez cinco, incluindo a criada da Sra. Bucher — disse Lucas.

— Isso é... loucura — exclamou Anderson. — Insano. Por quê?

— É isso que tentamos descobrir — disse Lucas. — Com relação aos Booth. Você acha que *eles* seriam capazes de matar a Sra. Donaldson? Ou de planejar isso?

— Margaret ficou genuinamente horrorizada. Não duvido disso — disse Anderson, os olhos erguidos para o teto, enquanto pensava a respeito. — Contente com o dinheiro, mas horrorizada com o que acontecera. Landford não ficou horrorizado. Apenas ficou contente por receber o dinheiro.

Então sorriu pela primeira vez e olhou para Lucas.

— Imaginar que Landford... não. Não o faria pessoalmente, pois poderia manchar sua roupa de sangue. E achar que talvez conhecesse alguém que pudesse fazê-lo por ele, sabe, um assassino... Isso é ainda mais ridículo. Você precisa conhecê-los. No fundo de seus corações, bem dentro de suas almas, os Booth são uns imbecis.

Retribuiu o sorriso e levantou-se. Ela estava certa sobre os imbecis.

— Uma última pergunta, que acaba de me ocorrer. Você conhecia Connie Bucher? De algum modo? Por meio dessas antiguidades ou seja lá o que for?

— Não. — Balançou a cabeça. — Uma das minhas funções na fundação é conseguir doadores em potencial, principalmente os que estão velhos e enfermos e têm baldes de dinheiro, mas Connie vivia rodeada por outras pessoas. Estava realmente cercada. Aposto como recebia vinte telefonemas por semana, de "amigos" que, de fato, ligavam por causa de dinheiro. De qualquer modo, nunca estive com ela. Nunca tive, em quaisquer circunstâncias, a chance de apoiar seu dinheiro, mas gostaria de ter visto suas antiguidades.

— Apoiar seu dinheiro — repetiu Lucas.

— Jargão do ofício — disse ela.

O CELULAR DE Lucas tocou.

Retirou-o do bolso, olhou o visor e virou-se para Anderson:

— Com licença. Preciso atender.

Afastou-se, indo em direção à porta da frente, girando o ombro na inconsciente postura de pretensa privacidade adotada pelos usuários de telefones celulares. Em seu ouvido, Flowers disse:

— Estou na casa de Jesse e Kathy Barth, com Susan Conoway... Você falou com ela, ela é de Dakota County?

— Não. Falei com outra pessoa. Lyle Pender?

— Tá, é outra pessoa. Pois bem, Susan foi designada para orientar Jesse e Kathy, mas Kathy soube que pode recorrer à Quinta Emenda, se achar que pode ter cometido um crime. Ou se for acusada de algum crime. Portanto, agora ela diz que não quer falar com Susan, e Susan tem um programão ao qual não quer faltar. A merda toda está prestes a ir pelo ralo. Seria útil um pouco de força por aqui.

— Droga. O que diz o advogado?

— Ele não está aqui. Kathy está nervosa... Não creio que seja pela ausência do advogado — disse Flowers. — Deve ser por causa de outra coisa.

— Tenho certeza de que Kline não... Minha nossa. Você acha que Burt Jr. pode ter falado com ela?

— Talvez. A ideia me ocorreu, o puto daquele gordo — resmungou Flowers. — Se foi ele, vou botar seu traseiro em cana. Falei para Kathy que o Grande Júri poderia lhe dar imunidade e que teria de testemunhar, ou ir para a cadeia. Ninguém havia lhe dito isso. Mas, se decidir recorrer à Quinta, vai bagunçar todo o cronograma e isso poderá criar algumas complicações. Se Cole deixar de sentir firmeza ou os colegas de legislatura de Kline se envolverem... Nós precisamos acabar logo com isso.

— Por que Conoway não fala com ela? — perguntou Lucas.

— Diz que não pode. Diz que Jesse e Kathy têm advogado e, sem outro advogado aqui, ela não se sentirá à vontade em inquirir uma testemunha relutante. Não foi exatamente isso o que disse, mas foi o que quis dizer.

— Escute, levarei pelo menos dez ou 15 minutos para chegar aí. Tenho que andar até em casa. Estou pelo menos seis ou sete minutos do meu carro — disse Lucas. — O que Jesse diz? Kathy é a única que está falando, você pode separá-las ou o quê?

— Ambas estão sentadas no sofá. É tudo uma questão de dinheiro, cara.

Lucas gemeu.

— Não sei por que os Kline estão fazendo isso. Seria o caso de se pensar que tentam subornar uma testemunha... Devem estar loucos. Como podem pensar que vão conseguir se safar?

Flowers disse:

— Burt é membro da porra do legislativo estadual, Lucas.

— Eu sei, mas sou sempre otimista.

— Certo — concordou Flowers. — Dez minutos?

Lucas olhou de relance para Anderson, que, naquele momento, inclinava o pulso para consultar o relógio.

— Preciso de um ou dois minutos, para encerrar aqui, depois caminharei até em casa, portanto... Me dê 15.

DESLIGOU E CAMINHOU de volta para a sala de estar, tirou um cartão do bolso e o entregou a Anderson.

— Preciso me apressar. Obrigado pelo seu tempo. Se pensar em *qualquer coisa*... Sobre Donaldson, sobre Bucher, sobre possíveis vínculos entre elas, eu gostaria de ouvir.

Ela apanhou o cartão e disse:

— Vou telefonar. Preciso fazer o que chamamos de cumprimento de político, para tentar arrancar dinheiro. Portanto, eu mesma preciso me apressar.

— Parece que tudo gira em torno de dinheiro — comentou Lucas.

— Cada vez mais e mais — disse Anderson. — Para lhe dizer a verdade, acho cada vez mais e mais repugnante.

Lucas correu para casa, acenou para um vizinho, enfiou a cabeça na cozinha, falou apressado para Weather: "Estou cuidando de uma coisa, e lhe conto quando voltar", e foi embora; Weather gritou "Quando?" Ele gritou de volta "Meia hora. Se demorar mais, eu ligo".

Havia algum tráfego, mas Jesse e Kathy Barth moravam a apenas 5 quilômetros de distância, e ele conhecia cada rua e cada beco. Costurando um pouco o trânsito e seguindo por algumas rotas ocupadas com latas de lixo, conseguiu chegar nos 15 minutos que prometera a Flowers.

FLOWERS ESTAVA ENCOSTADO em um vão de porta, papeando com uma mulher meio gorda, cujo cabelo louro tinha uma aparência de desbotado, e que carregava uma enorme bolsa de couro pendurada no ombro: Conoway. Lucas não a conhecia pessoalmente, mas, quando a viu, lembrou-se de uma palestra que ela tinha dado numa convenção sobre abuso infantil patrocinada pela BCA.

Um policial de uma cidade pequena, trabalhando com ajuda voluntária, alguns dos ajudantes do xerife que viviam na área e um terapeuta social freelance tinham prendido o proprietário de uma creche, seu filho e dois funcionários e os acusaram de crimes que iam de estupro a blasfêmia.

Conoway, designada como promotora, havia destroçado o caso. Provara que os funcionários da creche eram inocentes e mostrara que, se as crianças tinham sido vitimadas por alguém, o foram pelos policiais e pelo terapeuta, que estavam envolvidos no que se revelou ser um culto antipedofilia. Não era muito benquista pelo pessoal local, mas tinha seus admiradores, incluindo Lucas.

Lucas subiu a calçada, notou que o cachorro amarelo havia sumido, a estaca pendendo num ângulo no quintal. Ficou imaginando se o cachorro havia se soltado.

Conoway parecia cansada; parecia precisar lavar o cabelo. Viu Lucas aproximar-se, através da porta de tela, ergueu uma sobrancelha, disse algo a Flowers, este avançou, empurrou a porta para abri-la.

—Você conhece Susan Conoway.

Conoway sorriu, apertaram-se as mãos e Lucas disse:

— Ainda não fomos apresentados, mas admirei seu trabalho no caso Rake Town.

— Obrigada — disse ela. — A admiração não é geral.

Lucas olhou para Flowers.

—Vocês precisam de quê?

Flowers respondeu:

— Precisamos apenas que você... ou alguém... fale com as duas Barth de modo educado, e não jurídico, para que as convença a colaborar com a Srta. Conoway, que, esta noite, tem um excitante encontro com uma pessoa que provavelmente não deve merecer sua atenção.

Lucas disse:

— Hum.

Conoway comentou:

— Na verdade, ele *merece* a minha atenção. Se elas não vão falar, darei o fora daqui.

— Me dê um minuto — disse Lucas. — Preciso preparar o meu acesso de raiva.

KATHY E JESSE Barth estavam empoleiradas, lado a lado, em um sofá de veludo cotelê verde, Kathy com uma Miller Light e um cigarro e Jesse com uma Pepsi diet. Lucas entrou na sala, fechou a porta e disse:

— Kathy, se a Srta. Conoway for embora, e isso não se resolver até amanhã, você vai bagunçar sua vida. Em grandes proporções. Você vai parar na penitenciária feminina e a sua filha vai acabar no reformatório. Isso me deixa puto porque detesto ver isso acontecer com uma criança. Principalmente quando é a mãe quem foi a responsável.

Kathy Barth foi fria:

— Nós temos um advogado.

Lucas apontou o dedo e fez cara feia.

— Todos os babacas que estão na penitenciária de Stillwater tinham advogado. Cada um daqueles fodidos. — Ela abriu a boca para dizer alguma coisa, mas Lucas a impediu com um gesto de mão, intimidando-a. — Já falou com seu advogado sobre isso?

— O celular dele não atende. Mas que diferença algumas horas podem fazer?

— Eu vou lhe dizer que diferença farão... Isso significa que alguém ferrou vocês ou vai tentar ferrar — disse Lucas. — Você não pode vender seu testemunho, Kathy. Isso é um delito grave. É obrigatório o cumprimento de um período de reclusão.

Jesse mudou de posição em seu lugar, e Kathy olhou-a de relance, depois olhou de volta para Lucas.

— Burt nos deve. — Não choramingou, apenas falou.

— Então meta um processo nele — disse Lucas. — Kline infringiu uma lei estadual e tem que pagar por isso. Pagar ao Estado. Se você interferir com a justiça do estado, estará cometendo um crime. Os juízes não prevaricam com quem interfere com testemunhas, ou com testemunhas que vendem seu testemunho. Aplicam a sentença máxima e não concedem liberdade por bom comportamento. Não se sacaneia o tribunal, Kathy, e é isso que está fazendo.

— Mamãe, eu não quero ir para a cadeia — disse Jesse.

— Ele está nos intimidando, meu bem — disse Kathy, olhando para Lucas com ceticismo, mas insegura.

Lucas virou-se para Jesse e sacudiu a cabeça.

— Se sua mãe seguir esse caminho, você terá de se virar sozinha. Não consigo nem mesmo explicar o quanto isso é estúpido e perigoso. Vocês não ganharão dinheiro *e* irão para a cadeia. Se o advogado de vocês estivesse aqui, lhes diria isso. Mas, se Conoway for embora... Ela tem um encontro esta noite... Amanhã ela impedirá o seu testemunho, depois desligará o celular, e aí vocês estarão realmente fodidas. Você tem um minuto para decidir. Depois disso, ela vai embora.

— Ela não pode fazer isso... — disse Kathy.

— Papo furado — disse Lucas. — Ela já está fazendo hora extra, trabalhando além do seu horário. Ela tem direito de ter uma vida. Este não é o grande caso de sua carreira, nem mesmo o maior desta semana. Ela não precisa aceitar uma merda dessas quando alguém está tentando vender o traseiro de sua filha a um pedófilo. Ela vai se mandar.

— Não estou tentando vender ninguém... — disse Kathy.

— Vou falar com ela — deixou escapar Jesse. Para sua mãe: — Eu vou falar com ela, mamãe. Não me importa se a gente não receber dinheiro de Burt. Não vou para a cadeia.

— Garota esperta — disse Lucas.

De volta ao corredor, Lucas disse a Conoway:

— Dê-lhes um minuto.

— O que estão fazendo — perguntou Flowers —, estancando o sangue?

— Jesse está dizendo umas poucas e boas para Kathy, só isso — disse Lucas. — Creio que estão bem.

Um momento depois, Jesse enfiou a cabeça no corredor e olhou para Conoway. Kathy estava um passo atrás dela.

— Nós vamos conversar com você — disse Jesse.

Conoway suspirou e disse:

— Eu já devia estar longe daqui. Tudo bem, vamos lá, garotas... — E, para Lucas: — Obrigado. Você deve ter dado um ataque e tanto.

10

Amity Anderson estava chateada: com a vida, com a arte, com gente rica, com Lucas Davenport. Tão chateada que teve de dominar um pequeno acesso de fúria e frustração ao passar pelo guerreiro viking. O guerreiro tinha 2 metros, era feito de gesso, carregava um machado com a cabeça do tamanho de uma tampa de bueiro e usava uma peruca loura. Vestia uma pele amarela, possivelmente de um puma, se é que peles de pumas são feitas de raiom, e seus quadris cuidadosamente cobertos mostravam a saliência do humor escandinavo.

Anderson não estava se divertindo. A recepção continuava. Se ela comesse mais uma bolachinha com queijo de cabra, morreria de congestão cardíaca. Se bebesse mais uma taça de vinho tinto Arctic Cicle, suas papilas gustativas cometeriam suicídio.

Movimentou-se lentamente pela exposição, segurando a taça de vinho semivazia, sorrindo e assentindo para os patronos, ao mesmo tempo que evitava contato visual, e tentando, o máximo possível, evitar olhar as próprias obras de arte. Minimalismo escandinavo. Isso tinha, como todo minimalismo, pensou ela, vindo para o museu direto de um ferro-velho, com a mínima interferência do artista.

Uma ofensa a uma pessoa de bom gosto. Se alguém tivesse apontado um revólver para sua cabeça e dito que teria de levar uma peça, ela teria escolhido o guerreiro viking, pois ele *não* fazia parte da exposição.

Anderson usava sua roupa profissional versão noite: uma blusa levinha de veludo preto, caindo sobre calça de veludo preto, que escondia sapatos pretos confortáveis. O salão Oslo fora construído com pedras bege e assoalhos de pedra polida. A pedra era bonita, mas arrasava com suas pernas, se você tivesse de ficar muito tempo de pé nela. Graças a Deus não exigiam que as funcionárias da fundação usassem salto alto. Salto alto teria sido o golpe final.

O GUERREIRO VIKING guardava a entrada. A exposição de arte propriamente dita, em grande parte esculturas e poucas telas, estendia-se pelas longas paredes. A parede final era ocupada por um modelo de 5 metros de um barco viking, que parecia ter sido feito de restos de madeira por adolescentes idiotas e sem talento. A melhor coisa do navio era que a popa ocultava uma porta. Esta levava ao pátio, e, a cada mais ou menos 15 minutos, Anderson podia escapulir e se distrair.

As obras de arte eram uma droga. As pessoas que as olhavam também eram uma droga. Eram ricas, mas não o bastante. Milionários, com certeza, mas 1 milhão não era mais tanto dinheiro assim. Um milhão de dólares bem investidos, levando-se em consideração a inflação e os impostos, gerariam uma renda equivalente a mais ou menos o valor máximo pago pelo seguro social.

Isso não era nada. Era peixe pequeno. Com isso, não dava para financiar uma BMW; com sorte, se conseguiria uma minivan Chrysler. Eram necessários 10 milhões; ou 20 milhões. E, se você fosse um desses caras, com puta certeza não iria dar um desses milhões a alguma lésbica chique em uma exposição de para-choques retorcidos, ou fosse lá o que fosse aquilo.

Anderson sabia de tudo isso, mas seus patrões queriam alguém na mostra. Alguém para sorrir e assentir e comer bolachinhas de aveia com queijo de cabra. Alguém que não fosse eles. Não era paga por aquelas horas. Aquele era um emprego que necessitava de horas extras voluntárias; a maior parte das pequenas fundações tinha regras de trabalho que fariam corar os proprietários de um estabelecimento escravizante de Saigon.

Consultou o relógio. Já tinha ficado 54 minutos. Nem chegava perto do suficiente. Vagou em direção ao barco viking, virou-se, checou a multidão e, quando achou que ninguém estava olhando, recuou e saiu pela porta.

O ar do anoitecer foi como um beijo, após o ar refrigerado da galeria. A noite estava a caminho. O pátio dava para um gramado enfeitado de bordos em direção às luzes do anoitecer do centro de Minneapolis, uma bela vista, luzes como diamantes em um desenho de jogo da velha. Tirou o maço de Winston da bolsa, acendeu um cigarro, soprou a fumaça, tentando mantê-la distante de seu cabelo, e pensou em Davenport, Claire Donaldson, Constance Bucher e Marylin Coombs.

Maldito dinheiro. Tudo se resumia a dinheiro. As pessoas erradas o tinham — herdeiros, revendedores de carros, pessoal de seguradoras, ternos corporativos que atravessavam a vida sem nenhum estímulo estético, que achavam que um pato num lago ao pôr do sol era *arte*.

Ou aquelas pessoas ali, que compravam livros de mesinha de centro sobre minimalismo, porque achavam que isso era *modernidade*. Tornava-os mini-Applers. Continuavam, porém, sendo o mesmo bando de novos-ricos cafonas, os homens com seu Rolex do tamanho de uma máquina de lavar roupa e as mulheres com seu "eterno" solitário pendendo entre os peitos, ainda sem sacar que "eterno" significava até surgir alguém 15 anos mais jovem e com peitos maiores.

Droga, estava farta daquilo.

A PORTA SE abriu e ela se encolheu. Uma mulher ruiva, mais ou menos da idade de Anderson, saiu e disse:

— Pensei ter visto você desaparecer. — Tirou da bolsa um maço de Salem. — Estava prestes a começar a gritar.

— Vi você conversando com os Redmond — comentou Anderson. — Adiantou alguma coisa?

— Não muito. Estou tentando com a esposa — disse a ruiva. Um fósforo acendeu-se, a mulher tragou e, exalando, disse: — Conseguirei 5 mil por ano, se tiver sorte.

— Eu pegaria — disse Anderson. — Poderíamos comprar uma TV nova para a sala dos empregados.

— Bem, eu *vou* pegar. É que é... — Abanou a mão, num gesto que simbolizava o pouco que era.

— Eu sei — disse Anderson. — Eu estava passando a cantada em Carrie Sue Thorson. Ela teve o DNA analisado. É noventa por cento nazista. Os outros dez por cento são de algum russo que deve ter entrado sorrateiramente pela porta dos fundos. E fiquei lá, falando, "É tão *fascinante* saber que nossos ancestrais recuam à *Era do Gelo Europeia*". Tipo, "Graças a Deus, eles não vieram da África mais ou menos nas últimas cem gerações".

— Conseguiu alguma coisa? — perguntou a ruiva.

— Nada, a não ser que conte uma passada de mão na minha bunda dada pelo marido — disse Anderson.

— Você podia transformar *isso* em alguma coisa.

— É, num estilo de vida — disse Anderson.

A ruiva riu, soprou fumaça e guinchou:

— Sai dessa, sai dessa.

ANDERSON ACABOU FICANDO por quase duas horas e não conseguiu levantar um só centavo — mas, de algum modo, marcou um ponto. Após uma hora e 45 minutos de recepção, recebeu uma ligação no celular de seu supervisor, que "queria apenas saber como iam as coisas".

— Comi queijo demais — disse Anderson, docemente. Ela sabia que sua dedicação estava sendo testada e passou no teste. — Mas a mostra vai bem, Carrie Sue está bem aqui, não é sua amiga?

— Não, não, não mesmo — apressou-se em dizer o supervisor. — Eu detestaria incomodá-la. Muito bem, Amity. A gente se fala amanhã.

Cinco minutos depois, ela deu o fora dali. Dirigia um Mazda, atravessou a cidade pelo sudoeste, em direção a Edina. Estava na hora de uma ação ousada. Sabia a verdade e aquele era o momento de usá-la.

* * *

E ELA NÃO queria muito.

Uns dois anos na França, ou talvez um ano na França e outro na Itália. Podia alugar a própria casa, guardar o dinheiro, voltar dois anos depois falando bem as duas línguas, poderia conversar sobre Florença, Veneza, Aix e Arles. Com um pouco de refinamento, com alguma formação, poderia avançar no mundo das fundações. Poderia conseguir um cargo executivo, tomaria um atalho pela escada, e não teria de ir a mais nenhuma recepção com vinho tinto Artic Circle.

Valia o risco. Claro, precisava estar preparada. Ao virar a esquina, ao fim do último quarteirão, enfiou a mão debaixo do assento, alcançou o canivete e o enfiou no bolso da calça de veludo.

A CASA DOS Widdler era antiga, de dois andares, com telhas de cedro e janelas de batente, instalada num terreno gramado com o córrego atrás. Consultou o relógio. Eram 22h15. Havia luz no quarto do andar superior e outra nos fundos da casa. Uma noite em que os Widdler recolheram-se cedo, pensou ela.

Estacionou na entrada para carros, foi até a porta da frente e tocou a campainha. Nada. Tocou novamente e, então, sentiu as inaudíveis vibrações de um homem pesado descendo um lance de escada. Leslie Widdler acendeu uma luz no corredor, depois a da varanda, deu uma olhada pela porta da frente vidrada, que tinha alarme. Widdler vestia um robe de seda com padrão em *pasley*. Por mais maluco e pirado que o casal pudesse ser, não havia nenhuma inibição em sua vida sexual, pensou Anderson.

Ele abriu a porta interna, destrancou, puxou a porta de tela e disse:

— Ora, ora. Olha só o que veio parar na nossa porta. Que bom ver você.

Anderson passou por ele e Widdler olhou para fora, como se talvez tivesse visto mais alguém esgueirando-se. Ninguém. Fechou a porta e trancou-a, virou-se para Anderson, empurrou-a contra a parede, deslizou a enorme mão por baixo de sua blusa, puxou o sutiã para baixo e apertou seu seio até a dor percorrer todo o peito dela.

— Como você tem passado? — perguntou, o rosto tão próximo que ela podia sentir o cheiro da pasta de dentes sabor canela.

A mão de Amity estava dentro do robe, apertando-o.

— Ah, Leslie. Cadê Jane?

— Lá em cima — respondeu ele.

— Vamos subir e foder com ela.

— Que boa ideia — disse Widdler.

E FOI O QUE FIZERAM, os três, na cama *king-size* dos Widdler, com velas perfumadas queimando por todos os lados.

Então, quando o suor secou, Anderson rolou para fora da cama, pegou a bolsa e tirou um cigarro.

— Por favor, não fume — pediu Jane.

— Vou para a varanda dos fundos, estou precisando de um — disse. Tateou atrás da calça e disse: — Cadê aquele isqueiro? — Pegou o isqueiro e o canivete. — Precisamos conversar.

Eles não se importaram em vestir os robes; o sexo ainda não havia terminado. Anderson desceu a escada na frente, na semiescuridão, Leslie serviu mais vinho para si e para Jane, apanhou uma taça limpa no armário e entregou-a a Anderson. Saíram para a varanda, e Jane e Anderson instalaram-se no balanço, o suave ar do verão circulando a sua volta, enquanto Leslie puxava uma cadeira para perto.

— Bem — sussurrou Jane. Deu um gole no vinho, então mergulhou o dedo e arrastou a ponta molhada por um dos mamilos de Anderson. — Você foi uma agradável surpresa.

— Eu quero uma parte — disse Anderson. — Do dinheiro de Connie Bucher. Não muito. O suficiente para me manter uns dois anos na Europa. Digamos... uns 150 mil. Vocês podem lançar como despesas de consultoria, 75 por ano...

— Amity... — disse Leslie, e havia uma fria ameaça no som suave de seu nome.

— Não comece, Leslie. Eu sei o quanto vocês são malvados e cruéis, e sabem que eu gosto disso, mas não quero lidar com isso esta noite.

Saquei o lance de Bucher, assim que aconteceu. Tinha o nome de vocês escrito em toda a parte. Mas eu não teria dito nada, não teria pedido um centavo, se vocês não tivessem *me* envolvido nisso.

Após um momento de silêncio, Jane disse:

— *O quê?*

— Recebi a visita de um policial chamado Lucas Davenport. Esta tarde. É detetive da polícia estadual...

— Nós sabemos quem é. Somos consultores da polícia para o caso Bucher — resmungou Leslie.

Anderson ficou espantada; então soltou uma gargalhada:

— Ah, meu Deus, não é possível.

Jane, porém, interrompeu o espanto:

— Como ele chegou até você?

— Ligou o assassinato de Bucher ao caso Donaldson. Anda fuçando o assassinato de Coombs. Ele *sabe.*

— Merda. — Anderson não pôde ver, mas sentiu Jane virar-se para o marido. — Ele é um perigo. Eu lhe disse que temos de fazer alguma coisa.

Leslie pôs-se de pé, foi para diante de Anderson, colocou a mão em sua cabeça e disse:

— Por que não quebramos apenas o pescocinho de Amity? Isso acabaria com pelo menos uma ameaça.

Anderson apertou o botão do canivete e a lâmina abriu-se com um *clac*. Pressionou contra ele a lateral da lâmina.

— Tire a mão da minha cabeça, Leslie, ou, juro por Deus, que corto seu pau.

Jane bufou, divertida, e disse:

— Um canivete. Sabe de uma coisa, você até que *devia* cortar uns 10 centímetros, só para tornar mais fácil a gente lidar com essa coisa.

— Cortarei 20 centímetros, se ele não tirar a mão da minha cabeça — vociferou Anderson. Ela podia sentir o calor emanando das coxas de Leslie.

— Vá se foder — disse Leslie, mas afastou-se e sentou novamente.

Anderson deixou a lâmina aberta.

— Um bom motivo para você não quebrar o meu pescoço: Davenport ficaria sabendo que os ladrões estão próximos. E, quando investigasse minha morte ou o meu desaparecimento, a polícia destrancaria a gaveta do meio de minha escrivaninha, onde encontraria uma carta.

— O velho truque da carta — disse Jane, ainda divertida, mas não tanto quanto ficara com o canivete.

— Estive pensando em uma coisa — disse Anderson. — Sobre Davenport. Ele trabalha no caso Bucher e agora está com Donaldson e Coombs, mas também trabalha num escândalo sexual. Saiu uma notícia nos jornais desta manhã. Um político estadual andou trepando com uma adolescente.

— Eu li — disse Leslie. — E daí?

— Daí que Davenport também está com esse caso e, aparentemente, ele é mais importante. Estava me entrevistando e teve que sair correndo para esse caso. De qualquer modo, eu o ouvi falar no celular e sei os nomes das pessoas envolvidas. O nome da garota.

— É mesmo? — perguntou Jane. — E isso é bom?

— Pode ser — disse Anderson. — Se quiserem despistar Davenport.

11

SANDY, A ESTAGIÁRIA, estava sentada junto à mesa de Carol quando Lucas entrou. Estava um pouco atrasado, pois tivera de levar Sam para um passeio matinal. Vestia sua roupa de Grande Júri: paletó azul-marinho com camisa branca, gravata Hermès com fundo vinho e vibrantes vírgulas azul-escuro, que a vendedora dissera que combinava com seus olhos; e reluzentes sapatos pretos de amarrar, com biqueira. As meias tinham relógios e suas cuecas, padrão em paisley.

Sandy, por outro lado, parecia ter sido arrastada do inferno pelos tornozelos — olhos abatidos, cabelo solto, óculos manchados. Usava uma blusa cor-de-rosa com calça xadrez, e os mesmos sapatos gastos que calçara no dia anterior. Alguém, pensou Lucas, deveria dar-lhe um guia.

Ela levantou, quando o viu, centelhas nos olhos.

— Ele é inocente.

Lucas pensou, "Merda". Não precisava de uma missionária, se era nisso que ela estava se transformando. Mas disse:

— Entre, conte-me — e, para Carol: — Tenho de estar no tribunal de Dakota County às 13 horas, e é uma viagem. Darei o fora daqui assim que puder e almoçarei por lá, com Virgil.

— Certo — disse Carol. — Rose Marie ligou, está com os dedos na barragem da mídia, mas disse que os vazamentos estão de enlouquecer e ela não tem mais dedos. O governador foi pescar e está incomunicável. Kline divulgou uma declaração em que diz que as acusações não têm fundamento e que ele não pode desviar sua atenção, pois precisa trabalhar em uma proposta de orçamento para uma sessão especial em julho.

— Aposto como os jornais pularam em cima *disso* como trutas famintas — concluiu Lucas. — Você vai para uma entrevista coletiva e tem a opção de dois assuntos. A: o presidente do Senado trabalha numa proposta de orçamento. B: o presidente do Senado transou com uma adolescente boazuda, e talvez com a mãe também, e vai enfrentar indiciamento pelo Grande Júri. O que você faria?

— Você acha que transou com as duas ao mesmo tempo? Isto é, simultaneamente? — perguntou Carol.

— Nem quero pensar por que você quer saber isso — disse Lucas. — Sandy, vamos conversar.

ELA SENTOU-SE DO outro lado da mesa com uma pasta com uns 10 centímetros de grossura.

— Muita gente fazia sexo aos 16 anos — arriscou ela. — Hoje, provavelmente a maioria faz.

— Não com o presidente do Senado de Minnesota — disse Lucas. Desabou em sua cadeira e recostou-se. — Quando você chegou?

— Voltei ontem à noite, por volta da meia-noite. E fiquei acordada, lendo, até as 5h... Dei sorte.

— Comece do início — pediu Lucas.

Ela assentiu:

— Fui lá e encontrei o tribunal de justiça de Polk County. Des Moines fica em Polk County. Pois bem, fui à sala do oficial de justiça, e lá estava um rapaz... outro estagiário. Disse-lhe o que procurava e ele me ajudou bastante. Conseguimos os autos originais do julgamento e o xerocamos, depois descobrimos que Duane Child... foi esse o homem condenado pelo assassinato de Toms... Descobrimos que Duane Child tinha *apelado*. Seu advogado apelara. Alegaram que a investigação fora péssima e que o juiz deixara que uma porção de informações erradas fossem transmitidas aos jurados.

— O que houve com a apelação? — perguntou Lucas.

— Eles perderam. Child está preso. Mas a votação da corte de apelações foi seis a três para um novo julgamento, e os três juízes que votaram a favor escreveram que não havia provas substanciais, nem reais nem circunstanciais, que sustentassem uma condenação.

— E...?

Ela ergueu o dedo.

— O mais importante, do nosso ponto de vista, que Bill me mostrou... Bill é o outro estagiário... é que, quando apelaram, conseguiram que todos os autos da investigação policial fossem admitidos como prova. E eu os consegui também.

— Excelente! — disse Lucas.

— Lendo-os, não consegui entender duas coisas: não consegui entender por que ele foi indiciado e não consegui entender por que foi condenado — disse Sandy. — Foi, tipo, como se todos os policiais testemunharem que foi ele, e pronto, isso era o suficiente. Mas não havia quase nenhuma prova.

— Nenhuma?

— Algumas. Circunstanciais.

— Circunstanciais servem... — disse Lucas.

— Certo. Às vezes. Mas se só existem elas...

— E as ligações entre o assassinato de Toms e os outros? — perguntou Lucas.

— Isso é outra coisa, Sr. Davenport... — começou.

— Me chame de Lucas.

— Isso é outra coisa, Lucas. São quase idênticos. É um padrão perfeito, exceto por duas coisas. O Sr. Toms era homem. Todas as outras vítimas eram mulheres. E ele foi estrangulado com uma corda de náilon, em vez de baleado ou surrado. Quando lia, ontem à noite, pensei, "Arrá".

— Arrá?

— Sim, os assassinos são espertos o bastante para variar o método do assassinato, portanto, ao tomarmos conhecimento dos assassinatos, apenas lendo nos jornais, vemos uma mulher espancada com porrete até a morte, outra baleada, uma mulher morta numa queda e um homem estrangulado — disse Sandy. — Não há um método consistente. Mas, se olharmos os assassinatos estruturalmente, veremos que, ao contrário, são idênticos. Para mim, parece que os assassinos variaram o método de propósito, para ocultar as ligações, mas não conseguiram ocultar o que pretendiam. Que era roubar.

— Muito legal — comentou Lucas.

— É. A propósito, uma das coisas que incrimina Duane Child é que ele dirigia uma velha van Volkswagen, amarela, ou marrom-clara — disse Sandy. — Na noite que Toms foi assassinado, um homem passeava na rua com seu cachorro, um setter irlandês. Pois bem, ele viu uma van branca nas redondezas, dando várias voltas no quarteirão. Esse homem tem uma loja de utensílios e disse que a van era uma Chevrolet, das grandes, uma Express, e que a reconheceu porque tem cinco iguais. Os policiais alegaram que ele apenas *pensou* que a van era branca, por causa da estranha luz das lâmpadas de mercúrio da rua que faz uma van amarela parecer mais clara. O homem, porém, continuou firme, afirmando que a van era uma Chevy. Uma van Chevy não se parece em nada com a Volkswagen que Child dirigia. Sei disso porque dei uma olhada nas duas no Google. Acho que a van *era* o veículo dos assassinos, pois precisavam de uma van para carregar os itens roubados.

— Há uma lista das coisas roubadas?

— Há, e é parecida com a lista que Carol me mostrou, das coisas levadas da casa de Bucher. Umas porcarias e joias. Coisas óbvias. E, no caso de Toms, uma coleção de moedas que nunca mais apareceu. Mas eu acho... e Carol disse que você acha que isso aconteceu na casa de Bucher... acho que eles também levaram outras coisas. Antiguidades e obras de arte, e seria necessária uma van para transportá-las.

— Você leu todos os documentos? — perguntou Lucas.

Ela balançou a cabeça.

— A maior parte.

— Termine, depois recomece. Pegue com Carol uns daqueles post-it e, cada vez que encontrar outro ponto na argumentação, marque para mim — disse Lucas. — Preciso fazer um pouco de política, mas volto no fim da tarde. Até lá você terá terminado?

— Talvez. Há um mar de coisas. Xerocamos quase mil páginas ontem, Bill e eu.

— Faça o máximo que puder. Vejo você por volta das 16 horas.

* * *

Antes de sair, ligou para Rose Marie e para Mitford, o assessor do governador. Mitford disse:

— Tive uma conversa particular com Cole. Ele não planeja qualquer investigação. Disse que tudo vai depender da apresentação da BCA. Talvez a adiem algumas semanas, se você precisar desenvolver mais alguns elementos, mas o pessoal dele está lhe dizendo que devem ir em frente e indiciar. Que já têm o bastante, desde que Jesse e Kathy deponham.

— Todo mundo quer se livrar disso; acabar logo, exceto talvez Kline — lembrou Lucas.

Virgil Flowers esperava no estacionamento do tribunal de justiça de Dakota County. Lucas fez a volta, apanhou-o e foram à cidade de Hastings, para almoçar. Assim como Lucas, Flowers vestia sua roupa de Grande Júri.

— Você está parecendo mais com um advogado do que eu — comparou Lucas.

— Isso é impossível.

— Não, não é. Meu terno é de extremo bom gosto. O seu parece com o de um advogado.

— Obrigado — disse Flowers. — Acabei de gastar trinta pratas, e você o está desprezando.

Foram a um café à margem do rio, sentaram-se sozinhos no pátio dos fundos com mesas cobertas por toalhas xadrez, que dava para o Mississippi; pediram hambúrgueres e cocas.

— Está tudo em ordem — disse Lucas, assim que a garçonete se foi.

— É. O pacote todo está trancado no tribunal. O júri começa a se reunir às 13 horas, Cole e Conoway farão a primeira apresentação, depois trarão Russel, da Proteção à Criança, para falar da informação inicial. Depois é você, para testemunhar que me designou para a investigação, e você também testemunhará sobre a cronologia das provas que surgiram posteriormente, e dirá que tudo está certo, burocraticamente. Então testemunharei sobre a investigação, em seguida virá o pessoal técnico e depois mãe e filha. Depois disso, irão jantar. Eles se reunirão novamente às 18h30. Conoway fará um sumário, e eles decidirão se precisam de mais alguma coisa ou votarão o indiciamento.

— Conoway acha que votarão?

— Ela diz que eles farão o que ela disser e, a não ser que aconteça algo estranho, votarão — disse Flowers.

— Beleza. Você fez um bom trabalho, Virgil.

— Foi legal trabalhar novamente nas Cidades Gêmeas, mas devo voltar para o sul. Você conhece Larry White, de Jackson County?

— Conheço. Está falando daquele corpo?

— Na ribanceira. É. Era a garota. O DNA confirmou, eles o receberam ontem — disse Flowers. — A coisa é que ela frequentava a escola com o filho de Larry e eram amigos. Não namoravam, mas o filho a conhecia muito bem desde o ensino fundamental, e Larry não quer fazer a investigação. Quer que a gente carregue o fardo, porque... Sabe como é, cidade pequena...

— Alguma chance de ter sido o garoto? — perguntou Lucas.

— Não — disse Flowers. — Todos na cidade dizem que é um bom garoto e, aliás, ele tem um álibi e, como disse, não namorava a garota. Não andava com a turma dela. Larry quer apenas evitar falatório. Ele tem uma eleição pela frente e ainda não pegaram o assassino... Se é que há um.

— Alguma ideia? Ela não foi parar sozinha na ribanceira.

A garçonete voltou com as cocas e disse com um sorriso:

— Eu nunca vi vocês por aqui. São advogados?

— Deus nos livre — disse Flowers. Depois que ela se foi, continuou: — Tem um sujeito chamado Floyd. É dois anos mais velho do que a garota, já deixou a escola há algum tempo. Faz trabalhos eventuais na alta estação, no elevador e no campo de golfe, vende um pouco de droga. Preciso dar um aperto nele. Creio que andou negociando com a garota e acho que devia transar com ela.

— Alguma droga na necropsia?

— Não. Já estava morta havia muito tempo. Quando a tiraram da ribanceira, conseguiram a maior parte de suas roupas e todos os ossos, exceto os de um pé e um pequeno osso da perna, os quais, provavelmente, devem ter sido espalhados por cães, coiotes ou seja o que for. Não há sinal de violência nos ossos. Nenhum buraco, nenhuma fratura, o hioide estava intacto. Creio que morreu de uma overdose.

— Consegue fazer o garoto abrir o bico?

— É minha intenção...

FICARAM SENTADOS, ALIVIADOS com a brisa, conversando sobre casos e peixes. Flowers tinha uma carreira paralela em desenvolvimento, como redator de matérias sobre vida ao ar livre, e era famoso por arrastar um barco pesqueiro por todo o estado enquanto trabalhava. Lucas perguntou:

— Você foi pescar ontem à noite?

— Por uma hora — admitiu Flowers. — Só molhei a linha, enquanto pensava sobre o Grande Júri.

— Você terá de decidir o que vai fazer — advertiu Lucas. — Não pense que pode continuar escrevendo enquanto trabalha como policial. Pelo menos não em tempo integral.

— Eu escreveria, se pudesse — disse Flowers. — O problema é que, ano passado, faturei 15 mil dólares escrevendo. Se trabalhasse nisso em tempo integral talvez pudesse faturar 30. Em outras palavras, morreria de fome.

— Mesmo assim...

— Eu sei. Penso nisso. Tudo que posso fazer é continuar pensando. Viu o meu texto na *Outdoor Life* do mês passado?

— Vi mesmo, sabia? — respondeu Lucas. — Nada mau, Virgil. Aliás, estava muito bom. Estava circulando pelo escritório e passou de um para outro.

* * *

A PRIMEIRA SESSÃO do Grande Júri foi tão rotineira como Flowers sugerira que seria. Lucas ficou sentado na sala de espera até 1h45, quando foi chamado. O Grande Júri estava disposto em volta de uma comprida mesa de mogno laminado, com dois promotores assistentes do município manipulando pastas de documentos. A promotora-chefe, Susan Conoway, chamou um oficial de justiça, que tomou o juramento de Lucas, e saiu em seguida. Ela conduziu seu depoimento desde a informação inicial, passando pela designação de Flowers e pelos procedimentos da BCA de manejo de provas. Após checar que as assinaturas nos depoimentos juramentados eram realmente dele, ela o dispensou.

No corredor, Flowers disse:

— Eu ligo para você para falar sobre o caso Jackson. — Lucas deu tchau, e foi embora.

DE VOLTA AO escritório, Sandy não estava.

— Mandei-a para casa — disse Carol, enquanto seguia Lucas até sua sala. A pasta estava simetricamente pousada diante da cadeira de Lucas, com uma dezena de adesivos plásticos azuis marcando as páginas. — Ela estava quase caindo da cadeira. Disse que você poderia ligar, que viria para cá... mas acho que seria melhor deixar isso para amanhã. Ela está mesmo exausta.

— Ela terminou de ler os autos? — Lucas tirou o paletó, pendurou-o no seu cabide e começou a enrolar as mangas da camisa.

— Sim. E marcou os pontos críticos. Disse que marcou os prós e os contras, a favor e contra serem os mesmos assassinos.

— Ela é muito boa — disse Lucas. — Espero que não extrapole e comece a fazer campanha pela liberdade desse tal de Child. Se a apelação dele for recusada, será melhor trabalharmos pelo outro lado. Encontrando os verdadeiros assassinos.

COMEÇOU A FOLHEAR os autos, olhando primeiro os itens marcados, recuando à prisão inicial, as entrevistas e, imediatamente, percebeu como Child estava encrencado. Ele não negara coisa alguma. Havia, aliás, concordado humildemente que poderia ter sido ele. Simplesmente não sabia — e se manteve preso a essa parte da história.

Havia outros pedacinhos de provas contra Child. Ele estivera nas vizinhanças na noite do crime; havia passado para ver se conseguia descolar alguma grana com o pai. Este lhe dera 30 dólares e Child gastara uma parte em um sanduíche num Subway, onde foi reconhecido por um ex-colega de escola.

Ele conhecia a casa de Toms. Dirigia uma van, e uma van havia dado voltas pelo quarteirão. Tinha cortes no rosto e em um dos braços, que teriam sido causados por uma queda, mas que podiam ter sido cortes defensivos de quando estrangulou Toms. Por outro lado, Toms não tinha pele sob as unhas — não houvera qualquer DNA estranho.

Child tinha o que a polícia chamava de histórico de violência, mas nunca fora preso por causa disso — pelo que Lucas via, ele tivera várias brigas com outro marginal perto do quarto onde vivia, e Child dissera que o outro vadio começara as brigas: "*Ele é maluco, eu não comecei nada.*"

Tinha sido, porém, a falta de qualquer negação que o comprometera.

Por ocasião da sentença, fez um pequeno discurso desculpando-se com a família da vítima, porém continuou sustentando que não se lembrava do crime.

O juiz, que devia estar concorrendo à reeleição, se é que se reelegiam juízes em Iowa, disse, na declaração de sentença, que rejeitava a alegação de perda de memória de Child, acreditava que ele se lembrava e, pela não admissão, o condenou como covarde. Child pegou prisão perpétua.

CAROL ENFIOU A cabeça e disse:

— Esqueci de lhe dizer, Weather acabou mais cedo e está indo para casa. Quer levar as crianças ao restaurante italiano.

— Vou ligar para ela...

* * *

No restaurante italiano às 18 horas, disse Weather; levaria as crianças e o encontraria lá. Lucas consultou o relógio. Dezesseis e vinte. Levaria dez minutos para chegar ao restaurante italiano, portanto tinha uma hora e meia para ler tudo. Haveria silêncio. As pessoas estavam deixando o prédio, Carol pegava a bolsa, checando a maquiagem.

Ouviu o telefone tocar e depois Carol gritou:

— Flowers para você na um. Flowers em pessoa.

Lucas atendeu.

— Sim?

— Temos outro problema.

— Merda. Qual é? — perguntou Lucas.

— Jesse não voltou da escola para casa — disse Flowers.

— *O quê?*

— Não voltou para casa. Deixou a escola na hora, Kathy checou com colegas de classe, e algumas amigas dizem que a viram na rua, mas ela não apareceu em casa. Kathy talvez estivesse com papo furado para cima da gente, mas me pareceu bastante estressada. Conoway não sabe se fica puta ou preocupada. O Grande Júri foi suspenso por algum tempo, mas, se não a encontrarmos, mais ou menos na próxima hora, vão mandar todos para casa. Estou indo para lá, mas vou demorar. Se você tiver um minuto, passe na casa delas e...

— Droga — resmungou Lucas. — Se elas estão de sacanagem com a gente, vou quebrar o pescoço daquela mulher.

— Espero que seja isso, mas Kathy... Não sei não, Lucas. Não me pareceu papo furado — disse Flowers. — Claro, pode ter sido algo que Jesse armou sozinha. Mas estava preparada, ela me pareceu disposta...

— Estou a caminho — disse Lucas. — Me ligue quando estiver perto.

12

KATHY BARTH ESTAVA parada diante de sua casa falando com um policial uniformizado de St. Paul e uma mulher usando um turbante verde. Lucas encostou no meio-fio e atravessou o pequeno gramado frontal. Todos se viraram para olhá-lo. Barth gritou:

— Você a encontrou? — gritou Barth. Lucas percebeu, pelo tom de sua voz, que ela não estava envolvida no que quer que tivesse acontecido com a filha; aonde quer que ela tivesse ido.

— Acabei de saber — disse Lucas. — Flowers estava no Grande Júri, e está vindo para cá. — Para o policial: — Vocês estão procurando?

O policial deu de ombros.

— Sim, estamos, mas ela está apenas umas duas horas atrasada. Não é costume procurar tão depressa assim por uma garota de 16 anos.

— Mande todo mundo procurar — disse Lucas. — Ela deveria estar depondo diante de um Grande Júri. Se houver algum problema, eu falo com o chefe. Precisamos de todos de que vocês possam dispor. — Para Barth: — Precisamos saber o que ela estava vestindo... os nomes de todas as suas amigas. Preciso falar imediatamente com suas melhores amigas.

A mulher de turbante nada disse, mas agora falou para Barth:

— Kelly McGuire.

— Eu liguei, mas ela ainda não chegou em casa — disse Barth. Seu rosto estava tenso com a ansiedade. Ela vira isso tudo antes, na TV, a garota desaparecida, a mãe histérica. — Ela está num estúdio de dança e o telefone está fora do gancho. Só estará em casa depois das 17h30.

— Você sabe que estúdio de dança é esse? — perguntou Lucas.

— Fica no Snelling, perto da universidade — respondeu Barth. — Logo ao sul da Grand.

— Eu conheço — disse Lucas ao policial. — Irei até lá. Vou lhe dar o número do meu celular... — O policial anotou o número num bloco. — Se precisar de mais autoridade, ligue para mim. Se for preciso, ligarei até para o governador. Fale com quem precisar falar e diga-lhes que isso pode ser sério. Vocês vão querer todo mundo procurando, pois, amanhã, esse vai ser o assunto da imprensa e, se não encontrarmos a garota, vai haver merda no ventilador.

— Está bem, está bem — disse o policial. E para Barth: — A senhora disse que a menina estava usando blusa amarela...

Lucas voltou rapidamente para seu carro, ligou a ignição e partiu. O estúdio de dança chamava-se Aphrodite, o nome em néon vermelho com riscas verdes em volta. As janelas eram cobertas por venezianas, mas, através das brechas entre estas e as colunas das janelas, podia-se ver o chão de carvalho e uma ocasional dançarina de collant.

Lucas estacionou perto de um hidrante e empurrou a porta externa do estúdio. Havia um escritório bem adiante, do lado direito, com uma porta nos fundos levando ao vestiário; cheirava como uma academia. Uma instrutora fazia uma meia dúzia de garotas se exercitarem numa barra, todas as meninas idênticas, vestidas de preto. Outra mulher, mais velha, estava sentada atrás de uma mesa no escritório e olhou para Lucas por cima dos óculos de leitura. Lucas aproximou-se e ela falou:

— Posso ajudá-lo?

Lucas estendeu sua identidade.

— Sou da BCA. Temos uma garota desaparecida e precisamos falar com uma de suas alunas. Kelly McGuire.

— Quem está desaparecida? — perguntou a mulher.

— Uma de suas colegas de classe. Kelly ainda está aqui?

— Está... Só um minuto. — Levantou-se, deu um passo e chamou: — Kelly? Podia vir aqui um momento?

McGuire era uma garota baixa, magra, cabelo escuro, que já parecia realmente com dançarinas profissionais que Lucas conhecera. Ela franziu a testa, ao se afastar da barra e atravessar o assoalho.

— Aconteceu alguma coisa?

Todas pararam para olhar.

— Ah, sou policial e preciso falar um segundo com você sobre uma de suas amigas. Dá para você ir lá fora comigo?

— Vou ter de botar os sapatos... Ah, tudo bem, posso ir descalça. — Tirou as sapatilhas e seguiu Lucas.

— O que aconteceu?

— Você viu Jesse Barth hoje? — perguntou Lucas.

— Vi. Quando acabou a aula. — Seus olhos estavam arregalados; ela também tinha visto tudo na TV. — A gente se falou, pois normalmente vamos juntas para casa, mas eu tinha ensaio da banda e, depois, aula de balé... Ela está ferida?

— Por enquanto, não conseguimos localizá-la — disse Lucas. — Ela ia...

— Ia testemunhar em um júri, hoje à noite — disse McGuire. — Estava muito nervosa por causa disso.

— Se ela resolveu amarelar, aonde teria ido? — perguntou Lucas. — Ela tem alguns amigos especiais? Um namorado?

McGuire pareceu constrangida.

— Nossa, não sei não...

— Olhe, Kelly: se ela não quer testemunhar, tudo bem. Mas... não conseguimos encontrá-la. É por isso que estamos preocupados — disse Lucas. — Alguém a viu na rua, indo para casa, mas ela não apareceu lá. Precisamos saber aonde deve ter ido. Se ela estiver bem, não haverá problema. Mas, se não estiver...

— Ah... — Ela olhou para Lucas por um momento, depois virou-se, olhou para um ônibus e então disse: — Tá legal. Se ela não se escondeu, deve estar na casa de Mike Sochich, ou foi para a de Katy Carlson... ou, então, pegou um ônibus para o Har Mar, e foi ao cinema. Às vezes, vai para esse shopping e fica sentada lá durante horas.

— Onde posso encontrar esse pessoal...?

* * *

McGuire era do tipo assertivo:

— Me dê dois minutos para eu me trocar. Eu lhe mostro. Será mais rápido.

Levou cinco minutos e saiu apressada com uma sacola de roupas. No carro, disse:

— Faça a volta, teremos de ir para o outro lado da 94, para Frogtown. Mike pode ser a melhor possibilidade... É melhor descer a 94 para Lexington, depois seguir Lexington acima. Eu lhe mostro onde virar...

Ele fez o retorno na Snelling, pegou uma sequência de sinais verdes, acelerou na ladeira de descida para a I-49, depois Lexington acima, esquerda e norte para Thomas, direita, desceu alguns quarteirões da rua até McGuire apontar para uma casa com telhas de madeira cinzentas atrás de uma cerca de arame trançado à altura da cintura. Lucas encostou e McGuire afundou no assento:

—Vou esperar aqui.

Lucas sorriu:

— Se ela estiver lá, vai saber que você a dedurou. É melhor enfrentar a barra.

Abriu a porta para sair e, um segundo depois, ouviu a porta do passageiro abrir-se. A garota seguiu-o através da faixa de estacionamento até o portão. Havia um local descoberto no pátio com uma estaca e uma corrente, e, na extremidade da corrente, o mesmo cachorro amarelo-branco que vira na casa das Barth.

— O cachorro de Jesse — disse Lucas.

— Não, é o cachorro de Mike — interveio McGuire. —Às vezes, Jesse o leva para casa. O cachorro gosta mais dela do que de Mike.

Novamente, aproximou-se cautelosamente. O cachorro latiu duas vezes e rosnou, mas sabia onde a corrente terminava. Ainda bem, pensou Lucas. Só lhe faltava, naquela tarde, um pretenso pit bull pendurado em sua bunda.

A casa de Mike tinha uma varanda baixa e instável, com tábuas de assoalho soltas apodrecendo. A porta de alumínio externa para proteção contra mau tempo estava um pouco inclinada e não fechava completamente. Lucas tocou a campainha e depois bateu na porta. Ouviu um baque surdo do lado de dentro e, um minuto depois, viu a cortina se mexer numa janela do lado esquerdo da varanda.

Sentiu a tensão subir um grau. Bateu na porta, agora irritado.

— Jesse. Porra, Jesse, atenda a porta. Jesse...

Houve um momento de silêncio, então Lucas pediu a McGuire:

— Se ela sair pela porta, grite para mim.

Deixou a varanda, deu a volta pelo cachorro e correu para os fundos da casa. Cinco segundos depois, Jesse Barth saiu sorrateiramente pela porta dos fundos, carregando uma mochila.

— Porra, Jesse — disse ele.

Assustada, ela virou de supetão, avistou-o no canto da casa. Desistiu:

— Ora, merda. Foi mal.

— Venha... preciso ligar para a sua mãe — disse Lucas. — Ela pirou, metade dos policiais de St. Paul estão à sua procura. As pessoas acham que você foi sequestrada.

— Eu só estava com medo — explicou Jesse, enquanto ele a conduzia através do capim à altura do joelho para dar a volta na casa. — E se eu cometer um erro? — Seu lábio tremia. — Não quero cometer um erro e ir para a cadeia.

— Conoway disse que ia colocá-la na cadeia? — perguntou Lucas. — Quem disse que você ia para a cadeia?

— Bem, você, por exemplo.

— Isso se você tentasse vender seu testemunho — disse Lucas. — Se você apenas for lá e falar a verdade, não haverá problema. Você é a *vítima* nesse caso.

— Mas, se eu cometer um erro...

— Há uma diferença entre mentir e cometer um erro — explicou Lucas. — Não colocarão você na cadeia por cometer um erro. Você terá de mentir de propósito, saber que está mentindo, e tem que ser uma mentira importante. Você conversou com Conoway sobre o que vai dizer. Apenas diga isso, e tudo bem.

Chegaram à frente da casa e encontraram McGuire na varanda, conversando com um garoto alto, de óculos, usando camiseta Seal e jeans: Mike.

— Jesse, eles estavam com medo de você ter sido sequestrada. Foi mal, estava tão preocupada, sabe, ver você o tempo todo no noticiário... — disse McGuire.

— Tudo bem — comentou Jesse. — Estou fodida mesmo.

Lucas ligou para Kathy Barth:

— Estou com ela. Estava escondida com um amigo. Vocês ainda têm tempo de ir a Dakota County.

— Preciso falar com Jesse — disse Barth.

— Ela está disposta a ir. Vocês estão mantendo uma porção de gente à espera — falou Lucas.

— Ah, meu Deus. — Um longo silêncio, como se ela recuperasse o fôlego. — Bem, tenho de mudar de roupa...

Lucas ligou para Flowers, que atravessava a ponte sobre o Mississippi para o sul de St. Paul. Estava a dez minutos de distância:

— Cara, pensei que a garota já era — disse Flowers. — Pensava um bando de merda sobre o Kline e que encontraria seu corpo debaixo de uma ponte.

— Pode apanhá-la? Seria o melhor. Estou aqui com o Porsche e tenho uma carona.

— Chego aí o mais depressa que puder. Se tudo der certo, chegaremos a tempo.

Informou a Flowers como encontrar a casa, então ligou para os tiras de St. Paul e cancelou o alerta:

— Tá, tá, pode deixar que vou me suicidar — disse a um policial que estava decidido a arrancar seu pau.

* * *

As TRÊS PESSOAS mais jovens estavam sentadas na varanda, à espera de Flowers, e Lucas fez uma massagem psicológica em Jesse, contando-lhe as várias mancadas havidas com Grandes Júris e explicando-lhe a diferença entre o Grande Júri, que era um júri de instrução, e o júri de um julgamento. Jesse soltou o cachorro, cujo nome, ficou-se sabendo, era Screw. Colocou-lhe uma correia e o animal rolou na terra, ofegou, lambeu as patas e ganiu quando Jesse coçou sua barriga.

— Você vai fazê-lo gozar — disse Mike.

— Não... — Jesse ficou constrangida.

Lucas se mexeu e o cachorro contraiu-se.

— Acho que ele não gosta de mim.

— Certa vez, ele mordeu um entregador de jornal — disse Mike. — Ele ia nos processar, mas minha mãe disse: "Pra ganhar o quê?", e aí o cara desistiu.

— Que bom — concordou Lucas.

Flowers chegou, rebocando um barco. Saltou do carro, aproximou-se, balançando a cabeça, e disse a Jesse:

— Eu devia dar-lhe umas palmadas.

— Ui. Em mim, em mim — disse McGuire.

NO CARRO, MCGUIRE disse que gostaria de ir para casa, pois sua aula já estaria terminando.

— Espero que os vizinhos me vejam chegando num Porsche. Vão pensar que estou tendo um caso.

— É melhor eu enfiar um saco na cabeça — disse Lucas.

— Não teria a menor graça. Quero que as pessoas vejam que é um cara velho, grande e durão.

LUCAS AINDA ESTAVA perturbado com o telefonema de Flowers, e, no fundo de sua mente, não podia acreditar que tivessem encontrado Jesse tão depressa. Deixou McGuire em casa, em Highland. Ela deu adeus, subiu a calçada e ele achou que era uma menina legal e bonita.

Consultou o relógio. Se ele se desse um tempo, dirigisse pela Ford Parkway com o braço para fora da janela, desfrutando o dia e a via arborizada, e talvez arrombasse as portas do Corvette que acabara de virar para a avenida à frente dele, talvez chegasse a tempo de jantar com a mulher e os filhos.

Terminara com Kline, Kathy e Jesse.

Agora cuidaria do filho da puta que matava idosos, e iria atropelá-lo como a um gambá na estrada.

O JANTAR COM as crianças foi legal; à noite, ele leu um romance de suspense de Chuck Logan. Tarde da noite, Flowers ligou:

— Conseguimos uma acusação formal. Vão providenciar a papelada amanhã, falar com o advogado de Kline, preparar a renúncia para o final da tarde de amanhã e então fazer o comunicado depois de amanhã. Cole está preparando tudo para que ele seja preso e fichado antes que a imprensa descubra, vai estabelecer a fiança e depois esconder-se. Então haverá o comunicado.

— Por mim, parece legal — disse Lucas. — Você voltou pro sul?

— Vou passar a noite aqui, volto amanhã assim que raiar o dia.

PELA MANHÃ, APÓS alguns telefonemas, Lucas marcou um encontro na casa de Bucher. Pediu a Gabriella Coombs que fosse para participar.

Os Widdler já tinham praticamente terminado as avaliações do que continha a casa, com resultados negativos.

— Em outras palavras — admitiu Smith —, não há nada desaparecido.

— Sumiram algumas coisas, John — contou Lucas. — A tela de Reckless, por exemplo. Um par de cadeiras.

— De acordo com um garoto, que admitiu ter passado algum tempo sem ir lá em cima, e que talvez Bucher tenha se livrado delas — disse Smith.

— A coisa toda não cheira bem. E temos agora outras coisas mais...

— Lucas, não estou dizendo que você está errado — afirmou Smith. — O que estou dizendo é que você tem um assassinato, de anos atrás, em Eau Claire, onde uma mulher foi baleada e nada foi levado, a não ser algum dinheiro. Um velho foi estrangulado, em Des Moines, e o caso foi esclarecido. Outra mulher provavelmente caiu, de acordo com o médico-legista, com todo respeito à Srta. Coombs aqui presente. Não temos nada com que trabalhar. Já faz bastante tempo que você trabalhou no esquema da cidade, mas vou lhe dizer uma coisa, tudo piorou. Estou com o rabo cheio de investigações em aberto e, até conseguirmos mais recursos para seguir em frente...

— Isso não é justo — disse Coombs. — Minha avó foi assassinada e sua casa foi assaltada.

— Não é isso que... — Smith balançou a cabeça.

Leslie Widdler entrou, carregando um saco de papel branco.

— Temos uma porção de pães doces da Frenchy's. Quem quer um? — ofereceu.

Lucas estendeu a mão e Leslie entregou-lhe o saco. Lucas tirou um pãozinho e passou o saco para Smith, que pegou um e o passou para Coombs, que pegou um, então, todos ficaram ali mastigando. Lucas falou:

— Obrigado, Les... John me disse que vocês não encontraram nenhuma maldita peça de mobília desaparecida. É verdade?

— Vimos as fotografias, uma de cada vez, e descobrimos duas peças que não se encontram realmente aqui — disse Widdler. — Nós as localizamos. Ambas foram doadas.

— E as tais cadeiras retilíneas que o garoto Lash falou?

Widdler deu de ombros.

— Não sabemos do que se trata. "Retilínea" não é uma descrição boa o bastante. Ele nem mesmo soube nos dizer a cor do estofado, ou se os assentos eram de couro ou de tecido. Tudo o que ele sempre viu foram as pernas.

— Bem... se ele está certo, quanto poderiam valer?

— Também não posso informar isso — disse Widdler. — Tudo depende do que eram e das condições. Uma cadeira retilínea imaculada, de certo tipo, pode valer mil dólares. A mesma cadeira, em más condições, talvez valha 50. Ou pode ser uma cópia, o que é bastante comum, e não valer nada. Portanto... não sei. O que eu sei é, há uma porção de móveis aqui que valem um bom dinheiro, e eles não os levaram. Alguns velhos, bem velhos, tapetes orientais, principalmente o do quarto da Sra. Bucher, que poderia obter 50 mil dólares no mercado aberto. Há outros tapetes enrolados no terceiro andar. Se essas pessoas fossem realmente sofisticadas, poderiam ter trazido um deles e o desenrolado no quarto da Sra. Bucher, apanhado o bom que estava lá, e quem iria saber? Não é mesmo?

Mastigaram um pouco mais e Smith perguntou:

— Resta um pãozinho. Quem quer? Eu já acabei...

— Eu — respondeu Widdler.

Smith passou-lhe o saco, ele apanhou o pão e deu uma mordida:

— A outra coisa é que sabemos com certeza que a Sra. Bucher, de vez em quando, fazia doações. Podem estar incluídas cadeiras retilíneas e uma tela de Reckless. Alguém falou com seus contadores sobre deduções de impostos nos últimos dois anos?

— Sim, falamos — respondeu Smith. — Não há cadeiras retilíneas nem o tal de Reckless.

— Bem... — disse Widdler. E enfiou no rosto o resto do pão, como se estivesse faminto.

— Não é justo — disse novamente Coombs, afastando-se de Widdler e do pão doce.

Lucas suspirou e disse:

— Vou lhe dizer o que fazer. Quero que você procure cada pedaço de papel que conseguir encontrar na casa de sua avó. *Qualquer coisa* que possa ligá-la a Bucher ou Donaldson ou Toms. Eu farei o mesmo aqui e pedirei à irmã de Donaldson que faça o mesmo.

— A polícia de St. Paul ainda não me deixará entrar na casa — disse Coombs. — Deixaram que limpasse a comida exposta, mas só isso.

— Ligarei para eles — falou Lucas. — Você poderá entrar amanhã.

— Certo — disse Coombs.

— Espero que você surja com alguma coisa, pois, do meu ponto de vista, isso está indo à deriva para a terra do nunca — resmungou Smith. — Precisamos de uma virada de sorte.

— É — disse Lucas. — Estou sabendo.

— Quanto tempo você pode dedicar a isso? — perguntou Smith.

— Não muito — esclareceu Lucas. — Terei algum tempo nas próximas duas semanas, mas, com essa eleição se aproximando, qualquer xerife com um caso problemático vai querer jogá-lo para cima de nós... para parecer que algo está sendo feito. Quanto mais nos aproximarmos da eleição, mais ocupados ficaremos.

— Não é justo — disse Coombs. — Quero que encontrem o assassino de minha avó.

— Vamos nos dedicar o máximo possível a isso — desculpou-se Lucas. — Manteremos o trabalho no caso, mas John e eu sabemos... somos tiras há muito tempo... que vai ser difícil.

— Com Bucher vai ser difícil — disse Smith. — Com sua avó e os outros... droga, nem mesmo sabemos se há ligação entre eles. Não mesmo. E os casos Donaldson e Toms estão mais frios do que gelo. — Terminou o pão doce e lambeu as pontas dos dedos. — Puxa, que coisa gostosa, Les.

— Os franceses não são de todo ruins — disse Widdler, usando a língua para extrair um pedaço de pão doce de seu aparelho dental transparente, muito na moda.

Lucas acompanhou Coombs até seu carro.

— Vocês não podem desistir — protestou ela.

Lucas sacudiu a cabeça:

— Não se trata de desistir ou não... É que, no momento, não temos nada que nos leve adiante. Continuaremos perseguindo todas as pequenas coisas e, talvez, algo apareça.

Ela virou-se para o carro, chegou mais perto e, com a mão aberta, bateu de leve duas vezes no peito dele.

— Talvez eu seja obsessivo-compulsiva; não creio que consiga continuar minha vida enquanto isso não for resolvido. Não consigo parar de pensar nisso. Preciso que algo seja feito. Passei todos esses anos perdendo meu tempo por aí, perdida. Agora, finalmente, estava com os pés no chão, tinha algumas ideias do que desejo fazer, estava conseguindo novas amizades... Era como se eu estivesse começando uma vida de verdade. Então... *isso*. Estou novamente pirando.

— Você tem bastante tempo, é jovem — disse Lucas. — Quando tinha sua idade, tudo parecia andar devagar. Mas esse caso terá uma solução. Continuarei trabalhando no caso da sua avó, St. Paul continuará trabalhando. Mais cedo ou mais tarde, pegaremos alguém.

— Você promete? — Tinha um sorriso realmente bonito, pensou Lucas, suave e tristemente sensual. Fazia você querer protegê-la, levá-la para um, lugar seguro... tipo uma cama.

— Prometo — respondeu ele.

Os policiais de St. Paul revisaram de perto todos os documentos na residência Bucher, e não tão de perto assim, pois a maioria era claramente irrelevante para os assassinatos.

Com Coombs recebendo a permissão de vasculhar a papelada de sua avó, Lucas instalou-se na casa-escritório de Bucher e passou a revistar os arquivos de documentos. Posteriormente, passou aos arquivos em computador, mas um policial de St. Paul disse-lhe que Bucher raramente usava o computador — aprendera a abrir o computador e usar o Word para escrever cartas, porém nada mais — e Peebles nunca o usara.

Lucas não fazia ideia do que procurava: alguma coisa, qualquer coisa, que emergisse da casa e criasse um vínculo com Donaldson, Toms ou Coombs. Já trabalhava nisso havia uma hora, quando lhe ocorreu que não vira qualquer documento envolvendo patchworks.

Havia um arquivo de "arte", um inventário para seguro, mas nada mencionava os patchworks que estavam pendurados na parede do segundo andar. E, pelo que sabia, havia patchworks relacionados a todos os três assassinatos. Pegou o telefone, ligou para seu escritório, e falou com Carol:

— Sandy ainda está livre?

— Se você quiser, ela ficará.

— Mande ela me ligar — disse Lucas.

Saiu para o corredor, onde os Widdler pareciam estar arrumando suas coisas.

— Tudo pronto?

— Até o leilão — despediu-se Jane Widdler. Esfregou as mãos. — Vamos nos dar bem nesse caso, graças a seus policiais.

— Agora conhecemos cada peça existente na casa — explicou Leslie Widdler. — Trabalharemos como substitutos para negociantes de fora do estado que não possam vir.

— E receberemos comissão — acrescentou Jane Widdler. — A família quer realizar o leilão rapidamente, logo após cada um deles escolher uma ou duas peças... Isso vai ser divertido.

— Hum — disse Lucas. — Minha mulher é interessada em antiguidades.

— Ela também trabalha para o Estado? — perguntou Leslie Widdler.

Lucas percebeu que Widdler queria saber sobre salário.

— Não. Ela é microcirurgiã e cirurgiã plástica do Hennepin General.

— Oh, pelo amor de Deus, Lucas, a gente vive atrás de pessoas assim. Dê-lhe o nosso cartão — disse Jane Widdler e tirou um cartão da bolsa e o entregou. — Conversaremos com ela em qualquer horário. Antiguidades podem ser ótimos investimentos.

— Obrigado. — Lucas enfiou o cartão no bolso da camisa. — Escutem, vocês viram algum documento sobre os patchworks do andar de cima? Recibos, descrições, qualquer coisa? Em todas essas casas... Não sei a respeito da de Toms...

Seu celular tocou:

— Com licença... — E afastou-se. Era Sandy. — Escute, Sandy, quero que você descubra os parentes de Toms, seus herdeiros, e pergunte-lhes se Toms tinha patchworks em casa. Principalmente patchworks de colecionador. Certo? Certo.

Desligou e voltou para os Widdler.

— Esses assassinatos que investigo parecem ser um patchwork... será uma piada?... De qualquer modo, parece sempre haver algo sobre patchwork comum a todos.

Leslie Widdler balançava a cabeça.

— Não vimos nada parecido. Recibos. E os patchworks lá de cima não são exatamente de colecionador... Isto é, são colecionáveis, mas não são antiguidades. Valem de 600 a mil dólares cada. Se encontrar um lugar chamado "Loja Amish", poderá conseguir um patchwork igualzinho àqueles. Motivos tradicionais, mas modernos, e cortados e costurados a máquina.

— Hum. Quer dizer que não são tão valiosos.

Leslie balançou a cabeça.

— Há uma jarra na cristaleira da sala de música que vale dez vezes todos esses patchworks juntos.

Lucas assentiu.

— Tudo bem. Escutem. Obrigado pela ajuda, pessoal. E obrigado pelos pães doces, Les. Eles melhoraram a minha manhã.

DO LADO DE fora da casa, Leslie Widdler disse:

— Temos de desviá-lo desse assunto.

— Meu Deus, acho que nos excedemos — interveio Jane. — Se ao menos pudéssemos voltar atrás.

— Não podemos voltar atrás — disse Leslie.

— Se olharem os patchworks de Armstrong, encontrarão recibos, descobrirão pessoas que se lembram de coisas... Não sei se conseguem fazer isso, mas talvez descubram que Coombs não recebeu todo o dinheiro que deveria. Assim que penetrarem nessa trilha... será difícil, mas poderão nos localizar através dela.

— Já faz muito tempo — comentou Leslie.

— Documentos perduram. E não apenas a papelada... Há aquele cesto de costura. Se Jackson White ainda tem o recibo, ou a lembrança, pode nos colocar na cadeia. — Jackson White vendeu-lhes o cesto de costura. — Eu deveria ter procurado o cesto de costura em vez daquela maldita caixa de música. Aquela caixa de música nos ferrou.

— E se formos à casa de Coombs, colocar a caixa de música em algum lugar que não seja óbvio e pegar o cesto? — perguntou Leslie.

— E quanto a Davenport?

— Há Jesse Barth — disse Leslie. — Amity talvez estivesse com a razão.

— Muito perigoso — murmurou Jane. — Muito perigoso.

— Precisamos conseguir a van, roubar outra placa.

— Isso não é problema. São 15 segundos, incluindo o roubo da placa — disse Jane. Ela já pensava a respeito.

— Davenport disse que tem uma semana ou duas para trabalhar nisso... se conseguirmos empurrá-lo adiante mais uma semana, ficaríamos bem — disse Leslie. — Ele é o perigoso. Smith quer sempre seguir em frente. É Davenport quem fica protelando...

— Ele poderia voltar atrás — advertiu Jane. — Farejou a ligação.

— É, mas quanto mais velhas as coisas ficam, mais anuviadas... Talvez Jackson White possa sofrer um incêndio — disse Leslie. — Se eles encontrarem a caixa de música, isso acabará as ligações com Coombs. Se Davenport tiver de procurar Jesse Barth, isso lhe tomará bastante tempo. Tudo de que precisamos é de um pouco de tempo.

— É muito perigoso ir atrás de Jesse Barth. Teríamos de fazer isso esta noite.

— E podemos fazer. Ela não é do tipo que dorme cedo. E passeia. Ontem, foi passear com o namorado, e talvez vá passear novamente.

— Nós deveríamos tê-la matado ontem — afirmou Jane.

— Não tive a chance de um tiro seguro... e isso não me pareceu tão necessário assim.

— Ah, meu Deus... — Jane coçou a testa inerte. — Não consigo nem pensar.

— Seria mais simples esperar Davenport do lado de fora de sua casa e lhe dar um tiro. Quem descobriria? — perguntou Leslie. — Deve haver dezenas ou centenas de pessoas que o odeiam. Criminosos. Se ele for baleado...

— Dois problemas. Primeiro, ele não é uma velha e não é uma criança, anda armado e é naturalmente desconfiado. Se errarmos, nos matará. Veja todas essas histórias sobre ele — disse Jane. — Segundo, só sabemos de dois casos nos quais está trabalhando. Um deles está quase encerrado. Se os tiras achassem que os assassinos de Bucher mataram um policial, principalmente um policial que vem trabalhando há tanto tempo como Davenport... revirariam tudo. Nunca deixariam isso de lado. Investigariam durante anos, se fosse preciso.

Dirigiram em silêncio por algum tempo. Então Jane disse:

— Jesse Barth.

— Só se tudo estiver perfeito — disse Leslie. — Só faremos isso se tudo estiver absolutamente certo. Só puxaremos o gatilho no último minuto, quando a tivermos realmente detido. Então, se fizermos isso, teremos uma hora de risco até conseguirmos colocá-la debaixo da terra. Não precisam saber que está morta. Pensarão que fugiu. Mas Davenport investigará o caso eternamente, na tentativa de encontrá-la.

— Somente se tudo estiver perfeito — repetiu Jane. — Somente se os astros estiverem na posição certa.

13

Lucas ainda folheava a papelada de Bucher quando Sandy voltou a chamar.

— Falei com Clayton Toms. Ele é neto de Jacob Toms... o homem assassinado. Ele disse que havia vários patchworks na casa, mas eram usados como colchas e não valiam muito. Ele ainda tem uma. Nenhuma era uma colcha Armstrong. Vai dar uma checada para ver se há algo que indique que Toms conhecia a Sra. Bucher, a Sra. Donaldson ou a Sra. Coombs.

— Obrigado — disse Lucas.

Talvez os patchworks não sejam a solução mágica.

Gabriella Coombs decidiu encerrar sua pesquisa sobre os patchworks da avó. Tinha um encontro, o quinto de uma série. Gostava mesmo do sujeito, e ele com certeza queria tirar suas roupas, e ela com certeza estava a fim de deixar.

Infelizmente, ele queria tirá-las pelo motivo errado. O sujeito era pintor. O dono do High Plains Drifter Bar & Grill, em Minneapolis, queria um quadro de uma mulher nua para pendurar no seu bar, e o pintor, cujo nome era Ron, achava que Gabriella seria o modelo perfeito, embora achasse que ela talvez quisesse "encher seus peitos" um pouquinho.

Ela nem mesmo ligaria para *isso*, desde que desse uma trepada de vez em quando. O problema era que ele trabalhava nas fotografias, e a

16ª Regra de Vida de Gabriella era: Nunca tire suas roupas perto de uma câmera.

Ron implorou: "Olhe, mesmo se eu botar sua foto na internet, quem vai reconhecer? Quem olha para rostos? O negócio é o seguinte: uma em cada dez mulheres dos Estados Unidos, e talvez do mundo, está nua na internet. Ninguém olharia para o seu rosto. Além do mais, não vou botar a foto na internet."

Nessa última parte, seus olhos vagaram e teve a péssima sensação de que estaria na internet cerca de uma hora após a foto ser tirada. E, três horas depois, a mulher de algum amigo telefonaria para contar-lhe que todo mundo estava encomendando cópias da Pussy-R-Us.

Portanto, a questão era: ele avançaria nela? Ou queria apenas seu corpo num arquivo de computador?

Coombs era do tipo que não esquentava, como sua mãe, e, embora escolhesse cuidadosamente as roupas que ficavam bem nela, não usava muita maquiagem. Isso era um artifício, pensava. Perfume, *usava*; odores eram primordiais, acreditava, e algo almiscarado talvez fornecesse algum ânimo ao pintor. Se não, bem, então perderia uma grande oportunidade, pensava.

Esfregou o perfume nas têmporas, entre os seios e, finalmente, na parte de cima das coxas. Enquanto o fazia, seus pensamentos vaguearam para Lucas Davenport. Sua atração pelo cara crescia, embora fosse um policial e, portanto, estivesse do Outro Lado, mas tinha um modo de falar com as mulheres que a fazia pensar que a fotografia não seria um problema. E podia sentir um pouco de moléculas de atração fluírem; ele gostava de sua aparência. Claro, ele era casado, e mais velho. Não que o casamento sempre fizesse diferença. E não era *tão* mais velho.

"Hummm", disse a si mesma.

JESSE BARTH USOU um isqueiro Bic para acender dois cigarros ao mesmo tempo, e passou um para Mike. A noite era suave, o ar frio úmido pairava confortavelmente sobre seus antebraços e ombros nus. Estavam sentados na varanda da frente, debaixo da lâmpada amarela anti-insetos, e Screw, o vira-lata, aproximou-se e farejou sua perna, em seguida estatelou-se na terra e ganiu atrás de uma coçada na barriga.

A dois quarteirões dali, Jane Widdler, atrás do volante, observou por um momento com o binóculo com estabilização de imagem, então falou:

— É ela.

— Já era tempo — disse Leslie. — Será que o garoto vai levá-la em casa?

— Se for, morre.

— É — confirmou Leslie. Mas estava ansioso. Tinha um cano, com uma fita nova enrolada no cabo, e queria usá-lo.

Lucas bebia na garrafa uma Coca Diet descafeinada, a bunda encostada no balcão da cozinha. Contou a Weather:

— Há uma boa possibilidade de que quem matou Coombs não tivesse nada a ver com o outros. Os outros encaixam-se num determinado perfil: eram ricos, podia-se roubar que ninguém ficaria sabendo. Todos foram cuidadosamente distribuídos no tempo e na geografia... Não houve superposição de jurisdições policiais, portanto não houve ninguém para compará-los, para ver semelhanças. Mesmo assim: Coombs conhecia pelo menos dois deles. E o modo como foi morta...

Weather estava sentada à mesa da cozinha, comendo uma cenoura crua. Apontou-a em sua direção:

— *Pode ser* que você esteja perdendo tempo com Coombs. Mas, no laboratório, quando estamos diante de um quebra-cabeça, e obtemos um interessante elemento atípico ao experimento... Coombs seria um elemento atípico... é quem geralmente decifra o quebra-cabeça. Há algo nele que lhe fornece um ângulo novo.

— Você acha que eu devia me concentrar mais em Coombs?

— Talvez. Como é o nome da neta? — perguntou Weather.

— Gabriella.

— Sim. Você disse que ela está lendo toda a papelada. Isso é bom, mas ela não tem o seu olho — argumentou Weather. — O que você deveria fazer é pedir que faça uma *compilação* de tudo. Tudo que conseguisse encontrar. Aí, você faria a *leitura*. Quanto mais ligações você conseguisse encontrar entre Coombs e as outras vítimas, mais chances haveria de topar com uma solução. Você precisa acumular dados.

UM TRECHO DA Hague Avenue a oeste da Lexington estava perfeito. Os Widdlers tinham dado a volta no quarteirão, antes de Jesse, observado a Hague e localizado esse trecho às escuras.

— Se ela permanecer nesta rua... — disse Jane.

Deram a volta, ficaram novamente atrás dela, sem nunca chegar mais perto do que dois quarteirões. Fazer a volta também lhes deu uma chance de procurar viaturas de policiais. Tinham visto uma, a cinco quarteirões de distância, partindo rapidamente, como se estivesse a caminho de algum lugar.

Isso era ótimo.

Podiam ver a movimentação de Jesse entre as luzes dos lampiões, caminhando lentamente. Leslie estava na traseira da van, olhando através do vidro por cima do banco do carona. Avistou o trecho escuro aproximar-se: — Mais depressa, mais depressa. Em dez segundos, ela estará perfeita.

— Meias — ordenou Jane.

Enfiaram nas cabeças meias de náilon escuras. Podiam enxergar bem, mas seus rostos ficariam obscurecidos para uma vítima inesperada. Melhor ainda, as meias escuras, vistas de qualquer distância, faziam os dois parecerem negros.

— Por que ela anda tão devagar? — perguntou Jane.

— Não sei... vive parando. Mas está chegando lá...

— É tão perigoso — disse Jane.

— Faça, porra — rosnou Leslie. — Ali está ela. Me leve até lá.

* * *

JESSE OUVIU O ruído da súbita aceleração de um carro. Naquela vizinhança, podia ser coisa ruim. Virou-se na direção do carro, seu rosto um pálido oval no trecho escuro. Uma van aproximava-se subitamente e, do mesmo modo súbito, parou com um solavanco. Agora ficou preocupada, e já estava pronta para virar-se e correr, quando a porta de deslizar abriu-se com um estrondo e um homenzarrão veio atrás dela, correndo, um braço enorme erguido sobre a cabeça. Jesse gritou...

LESLIE ESPERAVA ALCANÇÁ-LA antes que ela conseguisse gritar, dando-se conta, em alguma parte perspicaz de seu cérebro, de que eles tinham dado uma mancada, deveriam ter ido mais devagar para cima dela, mas isso agora já era, estava no passado. Ele alcançou a orla do gramado, correndo, antes mesmo de a van parar totalmente, o queixo quente por causa de sua respiração debaixo da meia de náilon, o braço erguido, e ouviu a garota gritar "Shoe", ou "Shoot", ou "Schmoo".

Ou seria "Screw"?

Estava quase lá, a garota tentando fugir, quase a tinha alcançado, quando percebeu que algo como uma bola de futebol voava em direção ao seu quadril. Tinha o cano pronto para golpear, e torceu a cabeça para atingir o que quer que fosse...

Então Screw o atingiu.

Leslie Widdler estatelou-se no chão como um pedaço de carne, com um sólido *tuump*, espancando o cachorro, os rosnados do cachorro atingindo a voracidade de um bramido de lobo. Leslie atingiu-o com o cano, o cachorro mordeu-o na bunda, na perna, no antebraço, nas costas; Leslie continuou espancando, finalmente chutou o cachorro e o cachorro se agarrou em seu tornozelo. Cambaleante, Leslie conseguiu colocar-se de pé, ouviu Jane gritar alguma coisa, atingiu duramente o cachorro com o cano, mas o cachorro continuou firme, mordendo, e Leslie o atingiu novamente, ainda rosnando, e, com as costas machucadas, o cachorro jogou-se adiante com as patas dianteiras, mordendo a outra perna de Leslie, e Leslie, agora ouvindo o chamado de Jane "Entre, entre, entre...", jogou-se na traseira da van.

O cachorro foi junto com ele, e a van acelerou para fazer um retorno. A porta de correr ainda estava aberta, quase fazendo Leslie e o cachorro rolarem para a rua, e Leslie atingiu novamente o cachorro na cabeça, e mais uma vez, e o cachorro, finalmente, o largou. Leslie, dominado pela raiva, jogou-se para a frente, agarrou-o pelo meio do corpo e atirou-o na rua.

Jane berrou:

— Feche a porta, feche a porta.

Leslie bateu a porta, eles viraram na outra esquina e, poucos segundos depois, aceleravam ladeira abaixo para a I-94.

— Estou ferido — gemeu. — Ferido de verdade.

LUCAS E LETTY assistiam a Slap Shot, quando Flowers ligou.

— Estou em Jackson. Kathy Barth acaba de me ligar para dizer que alguém tentou sequestrar Jesse na rua. Há cerca de vinte minutos.

— Você está de sacanagem. — Lucas já estava de pé.

— Jesse disse que alguém, em uma van branca, um cara realmente grande, saltou e tentou agarrá-la. Ela levava o cachorro do namorado para casa...

— Screw — disse Lucas.

— O quê?

— É o nome do cachorro — disse Lucas. — Screw.

— É. O tal cachorro amarelo. Pois bem, Screw foi atrás do cara, e o cara acabou na traseira da van, com Screw, e ela não os viu mais. Ela contou que a van fez o retorno e seguiu de volta para a Lexington e então virou na direção da interestadual, e não voltou a vê-los. Correu para casa e contou para Kathy. Kathy ligou para a emergência e eles ligaram para mim. Ela está histérica.

— Ligue para Kathy e diga que estou indo — disse Lucas. — Os tiras estão procurando a van?

— Acho que sim, mas a ligação provavelmente só foi feita dez minutos após Jesse ter sido atacada — informou Flowers. — Ela disse que o cara era grande, forte e mau, como um jogador de futebol americano. Quem conhecemos assim?

— Kline Júnior... Você pode cuidar disso? — perguntou Lucas.

— Eu poderia, mas estou muito longe — respondeu Flowers.

— Tudo bem, esqueça — disse Lucas. — Vou mandar Jenkins ou Shrake acharem Júnior para dar um jeito nele.

— Minha nossa, diga para eles não baterem no cara, a não ser que tenham certeza de que é culpado — exclamou Flowers. — Esses caras costumam exagerar.

— Informe a Barth que estou a caminho — disse Lucas.

O PINTOR VESTIA camiseta preta, calças pretas e um gorro preto na cabeça rapada, um toque dramático mas desnecessário, tendo em vista que lá fora devia estar fazendo 21 graus, pensou Coombs, ao observá-lo do outro lado da mesa do bar.

Havia tensão no ar, e esta envolvia quem seria o primeiro a olhar a conta. O fotógrafo dizia, "Câmera tinha canais de cores de oito bits, e eu me perguntava, oito bits? O que diabos significa isso? Como é que eu vou conseguir alguma profundidade de cor com canais de oito bits? Além do mais, eles comprimem toda a merda dos arquivos, o que significa que os pontos mais luminosos ficam todos estourados, e os pontos pretos cheios de ruídos..."

Coombs sabia que era uma causa perdida. Quase sem qualquer vontade pessoal, as pontas de seus dedos rastejaram pela mesa em direção à conta.

JANE ENFIOU A van na garagem e disse:

— Vamos dar uma olhada. Você consegue andar?

— Sim, consigo — disse Leslie. — Ah, Deus, me mordeu. A porra do cachorro. É por isso que a garota andava tão devagar. Ela ia com o cachorro numa maldita coleira, por que você não viu isso? Você estava com o binóculo.

— O cachorro estava perto demais do chão, ou coisa assim, mas juro por Deus que não tinha a menor ideia de que ele estava ali — retrucou Jane.

Entraram, Jane abrindo o caminho, para cima, até o banheiro principal. Leslie usava o macacão antiDNA, que mostrava manchas de sangue na parte de trás do antebraço direito, quadril direito e, abaixo, em ambas as pernas. Despiu o macacão e Jane espantou-se.

— Oh, meu Deus.

Provavelmente 15 buracos de dentes e quatro nacos de carne solta do tamanho de moedas de 25 centavos. Leslie olhou-se no espelho e viu que o sangramento havia parado, mas os ferimentos estavam úmidos de sangue.

— Nenhuma artéria — disse ele. — Não posso levar pontos, os policiais vão ligar para os hospitais procurando pessoas mordidas por cachorros.

— Então o que você acha? — perguntou Jane. Não queria tocar nele.

— Acho que devemos usar uma porção de chumaços de gaze e esparadrapo e Mycitracin, você tapa tudo e... Quando você teve aquela infecção da vesícula, sobraram algumas pílulas, as tais que a fizeram passar mal.

— Eu ainda as tenho — disse Jane. O antibiótico original causara urticária, fazendo-a mudar a medicação.

— Vou usá-las. — Olhou-se no espelho, e uma lágrima brotou de um dos olhos e escorreu pela face. — Não são apenas os buracos, ficarei com hematomas do tamanho de pires.

— Hora de ir a Paris — interveio Jane. — Ou Budapeste, ou qualquer outro lugar. À procura de antiguidades. Se, durante o próximo mês, alguém tirar a sua camisa...

— Mas ainda não acabamos — disse Leslie. — Precisamos devolver a caixa de música, precisamos pegar o cesto de costura.

— Leslie...

— Já me machuquei mais do que isso, jogando bola — disse Leslie. Outra lágrima brotou. — Apenas me faça um curativo.

* * *

Uma viatura policial de St. Paul estava parada no meio-fio diante da casa de Jesse e Kathy Barth. Todas as luzes da residência estavam acesas, e pessoas, que deviam ser vizinhos, estavam paradas do lado de fora da varanda, fumando. Lucas encostou atrás da viatura, saltou e caminhou até a varanda.

— Está muito movimentado lá dentro — informou um dos fumantes.

— Sou policial — disse Lucas. Bateu uma vez e entrou na casa. Dois tiras uniformizados estavam de pé na sala, conversando com as duas Barth, que estavam sentadas no sofá. Lucas não reconheceu nenhum dos dois e, quando estes viraram em sua direção, apresentou-se: — Lucas Davenport, da BCA. Trabalho com as duas junto ao Grande Júri.

Um dos policiais aquiesceu e Lucas perguntou a Jesse:

— Você está bem?

— Eles pegaram Screw — disse ela.

— Mas *você* está bem.

— Ela está se *cagando* de medo, se isso é estar bem — vociferou Kathy.

— Acabamos de receber um chamado de outra viatura — falou um dos policiais. — Há um cachorro morto à beira da via, logo depois da Lexington. É amarelado, parece... Screw.

— Está bem — disse Lucas. De volta a Jesse. — Você acha que consegue ir comigo, dar uma olhada no cachorro?

Ela bufou.

— Ligamos para o Controle de Animais e vão apanhá-lo — avisou o policial.

Lucas para Jesse:

— O que você acha?

— Eu poderia olhar. Ele salvou a minha vida.

— Conte-me exatamente o que aconteceu...

* * *

ELA CONTOU A história de uma maneira impressionante — com toques de cor, de pânico, mas sem muitos detalhes. Quando o cachorro atacou o homenzarrão, disse Jesse, ela já estava correndo, e era rápida.

— Não olhei para trás por todo um quarteirão, e então eu o vi pular para a van com Screw preso à perna ele. Então a van fez a volta e não vi mais nada. Viraram na Lexington em direção à interestadual. Então corri mais ainda até chegar em casa.

— Então havia pelo menos duas pessoas — disse Lucas.

— É. Porque uma dirigia e a outra tentou me atingir — disse ela.

— Com que ele tentou atingir você? — perguntou Lucas.

— Parecia uma bengala.

— Uma bengala?

— É, tipo uma bengala — disse ela.

— Podia ter sido um cano?

Pensou por um minuto, então respondeu:

— É. Podia ser um cano. Mais ou menos deste tamanho. — Afastou as mãos cerca de 1 metro.

Lucas virou-se por um momento, fechou os olhos, sentiu pessoas olhando para ele.

— Meu Deus!

— O que foi? — Kathy Barth observava-o atentamente. — Está tendo um troço?

— Não, é apenas... Esqueça. — Pensou: as pessoas da van estavam no caso errado. Para Jesse: — Meu bem, vamos dar uma olhada no cachorro, tá?

ENCONTRARAM O CACHORRO sob as luzes de um carro-patrulha de St. Paul. O policial estava do lado de fora, conversando com um transeunte, e parou quando Lucas encostou o carro. Esse policial ele conhecia.

— Oi, Jason.

— É seu o cachorro? — Jason sorria, sacudindo a cabeça.

— É meio que meu... — disse Jesse. Seu jeito era tão triste que o sorriso do policial sumiu. Ela chegou bem perto e olhou abaixo para o corpo de Screw. — É ele. Ele parece tão... morto.

O corpo era importante por dois importantes motivos: confirmava a história de Jesse; e outra coisa...

Lucas agachou-se bem perto: o corpo do cachorro estava retorcido e arranhado, mas também parecia quebrado. Melhor ainda: o focinho estava sujo de sangue.

Lucas pôs-se de pé e perguntou ao policial:

— Alguém disse que a Controle de Animais está vindo?

— Sim.

— Não sei exatamente como fazer isso, mas quero uma necropsia — disse Lucas. — Se puder ser feita, gostaria que fosse pelo médico-legista de Ramsey.

— Uma necropsia? — Jason olhou duvidoso para o cachorro morto.

— É. Quero saber como foi morto. Especificamente, se pode ter sido por um cano. Quero que o focinho, ali, a boca, seja checada, atrás de sangue humano. Se houver sangue humano, quero um exame de DNA.

— Quem ele mordeu? — perguntou o policial.

— Não sabemos. Mas isso é extremamente importante. Quando descobrir esse sujeito, vou pendurá-lo pelos...Vou pendurá-lo — disse Lucas.

— Pelos colhões — completou Jesse.

GABRIELLA SÓ NOTOU a vidraça quebrada na porta dos fundos quando a empurrou para abri-la e alcançou o interruptor de luz da cozinha. A porta dos fundos tinha nove pequenas vidraças, e a quebrada foi a de baixo, à esquerda, logo acima da maçaneta. Os pedaços de vidro continuavam no lugar, mantidos unidos por fita adesiva transparente mas ela pôde ver as brechas quando a luz se acendeu. Franziu a testa, deu um passo para o interior da cozinha e a outra mulher estava bem ali.

JANE WIDDLER ACABARA de descer a escada, carregando o cesto de costura. Virou-se e percorreu o corredor até a cozinha, silenciosamente, com tênis de corrida, com Leslie 2 metros atrás, quando ouviram a chave na fechadura da porta dos fundos, a porta se abrir, a luz se acender, uma mulher entrar na cozinha, e ali estavam eles.

A mulher gelou, deixou escapar um "Quê?" e então um brilho de reconhecimento iluminou seus olhos.

Jane a reconheceu do encontro na casa de Bucher. A mulher recuou e parecia prestes a gritar ou correr, ou gritar *e* correr, e Jane sabia que uma perseguição por uma vizinhança apinhada não daria certo, não com as pernas de Leslie feridas por cachorro, e com Leslie ainda muito distante, então largou o cesto e arremeteu em direção a Coombs, unhas avançando, boca aberta, reprimindo um grito agudo de guerra.

Coombs ergueu a mão, tentou recuar, Jane a atingiu no rosto e as duas mulheres quicaram no umbral da porta, caíram e rolaram pelo chão, Coombs atingindo o diafragma e as pernas de Jane. Leslie apareceu, tentando pegar Coombs por trás, e elas rolaram por cima da mesa da cozinha, indo e vindo, então Leslie se jogou em cima das duas e colocou o braço em volta de Coombs, arrancando-a de cima de Jane como um camundongo sendo arrancado de uma ratoeira.

Coombs tentou gritar, a boca aberta, os olhos esbugalhados enquanto Leslie a asfixiava, e ela olhava direto para os olhos de Jane quando sua espinha estalou, os olhos reviraram e o corpo amoleceu.

Jane empurrou o corpo para longe e Leslie disse, "Filha da puta", recuou até a porta, depois virou-se e fechou-a.

Jane estava de quatro e usou a mesa como apoio para se pôr de pé.

— Está morta?

— Está. — A voz de Leslie estava rouca. Andava furioso com o mundo desde o cachorro. Os braços, bunda e pernas ardiam como fogo, e seu coração martelava de surpresa por ele ter assassinado Coombs.

Coombs jazia no chão da cozinha como um trapo amarrotado sob a luz quase inexistente; uma sombra, uma forma numa fotografia em preto e branco.

— Não podemos deixá-la aí — disse Leslie. — Ela tem de desaparecer. É muita gente morta.

— Eles vão saber — disse Jane, quase em pânico. — Temos que dar o fora daqui.

— Temos de levá-la com a gente. Vamos voltar para casa, pegar a van, pois temos mesmo que nos livrar dela. E a levaremos para a fazenda, como íamos fazer com a garota — disse Leslie.

— E depois? E depois?

— Depois, amanhã, vamos ver John Smith, na casa de Bucher, lhe daremos alguns papéis e diremos que esquecemos algumas coisas — disse Leslie. — Deixaremos que ele nos veja, para pensar que não estou todo mordido. Posso disfarçar isso. Diremos que estamos pensando em uma viagem de pesquisa... e vamos embora.

— Ah, meu Deus, Leslie, estou apavorada. Acho... — Jane olhou para a sombra no chão. O que ela pensou foi, *Isso não vai dar certo*. Mas era melhor não dizer a Les. Não no estado de ânimo em que se encontrava. — Talvez. Talvez esse seja o melhor plano. Não sei, porém, se vamos nos safar. Ir embora não nos ajudará em nada, se resolverem nos procurar...

— Vamos conversar sobre isso depois. Pegue sua lanterna, veja se há sacos de lixo aqui. E temos de recolher a porra do cesto de costura... O que você fez, sua idiota de merda, *jogou* isso nela?

— Não seja vulgar. Agora não. Por favor.

ENGATINHARAM NO ESCURO, receosos de que a luz da lanterna refletisse em paredes ou janelas. Recolheram o cesto de costura, apressadamente, e encontraram sacos de lixo num armário de limpeza perto da geladeira. Enfiaram a metade inferior do corpo mole de Coombs em um saco de lixo, depois enfiaram outro pela parte de cima.

Leslie agachou-se e espalhou no chão um pouco de detergente Scrubbing Bubbles, depois limpou-o com toalhas de papel e as colocou dentro do saco com o corpo. Percorreu quase todo o chão da cozinha dessa maneira, recuando das partes úmidas até completar a maior parte.

— Vai ficar legal — murmurou. Em seguida: — Pegue o carro. Coloque no beco. Encontro você perto da cerca.

Ela não disse uma palavra, mas saiu pela porta dos fundos, carregando o cesto de costura de vime. E pensava, *Não vai dar certo, não vai dar certo*. Contornou a casa lentamente, no escuro, depois atravessou o gramado da frente e subiu a rua até o carro. Entrou, pensando, *Não vai dar certo.* Uma espécie de mantra sombrio, perturbador. Ela precisava se livrar daquilo, precisava pensar. Leslie ainda não percebera, mas iria perceber.

Precisava pensar.

O BECO ERA uma fileira de garagens desgastadas, com uma ou duas novas, e a superfície do calçamento esburacada. Ela seguiu cuidadosa e lentamente, desviou de um carro velho caindo aos pedaços, talvez o de Coombs, parou perto do portão dos fundos da casa e abriu a mala. Sentiu o peso quando o corpo foi colocado ali. Então Leslie estava no interior do carro e disse:

—Vamos.

Precisava pensar.

— Precisamos de suprimentos. Precisamos de macacões. Se vamos cavar... precisamos de botas que possamos deixar para trás. Enterradas. Precisamos de luvas. Precisamos de pá.

Leslie olhou pela janela, para as casas que passavam na Lexington Avenue, com o olhar fixo, taciturno: ficava sempre assim, após matar alguém.

—Temos que ir embora — disse, finalmente. — Para algum lugar... bem longe. Por alguns meses. Ainda assim... Esses malditos buracos em mim nos denunciarão. Não podemos nos atrever a uma situação em que alguém queira ver as minhas pernas. Nem mesmo suspeitam de nós... Se começarem a procurar negociantes de antiguidades, uma procura genérica, perguntar sobre mordidas de cachorro, e quiserem ver as minhas pernas... Estamos fodidos.

Talvez você esteja, pensou Jane.

— Não podemos sair às pressas. Não há sinais de que irão procurar você imediatamente, portanto diremos a Mary Belle e Kathy que faremos uma viagem de carro a negócios que talvez dure pelo menos umas três semanas. Então, depois, poderemos ampliar esse prazo. Falaremos com as meninas amanhã, daremos um tempo... e partiremos. No final da semana.

— Como coça essa porra — disse Leslie. — Dá vontade de tirar os curativos e me coçar.

— Leslie, poderia, por favor... moderar o palavreado? Por favor? Eu sei que isso é aborrecido, mas você sabe o quanto *eu* me aborreço...

LESLIE OLHOU PELA janela e pensou, *Estamos fodidos.* Aquilo estava fugindo do controle, e ele sabia. E, com as mordidas em suas pernas, era um alvo fácil. Poderiam fugir. Tinham uma boa soma de dinheiro escondida. Se carregasse a van com todas as coisas de grande valor, seguisse para L.A, e fosse muito, muito cuidadoso, poderia escapar com 1,5 milhão em dinheiro.

Levaria algum tempo; mas poderia comprar uma identidade falsa, deixar a barba crescer, perder algum peso. Mudar-se para o México ou para a Costa Rica.

Jane era um problema, pensou. Ela necessitava de um certo padrão de vida. Fugiria, claro, mas faria com que fossem apanhados. Falaria sobre arte, sobre antiguidades, se exibiria... e foderia os dois. Leslie, por outro lado, fora criado numa fazenda leiteira e já recolhera muita merda. Não faria isso novamente, mas se contentaria perfeitamente com uma pequena cantina de beira de praia, vendendo coquetéis com enfeites de guarda-chuvas, talvez, de vez em quando, matando um turista...

Suspirou e olhou para Jane. Ela tinha um pescoço tão fino, tão delicado...

EM CASA, JANE recolheu o equipamento e ambos colocaram macacões. Ela estava mantendo a calma.

— Devemos mudar a moça para a van?

Leslie balançou a cabeça.

— Não adianta. A polícia deve estar à procura de uma van, depois do que fizemos com a garota. É melhor deixar como está. Você segue com o carro, eu vou com a van e, se for parado... você segue em frente.

* * *

MAS NÃO HOUVE problema. Havia um milhão de vans. Os policiais nem sequer tentaram. Os dois seguiram para o sul através da zona rural e não viram qualquer tipo de viatura. Viram, porém, uma porção de vans brancas.

A FAZENDA ERA um terreno de 16 hectares irregulares perto do rio Cannon, com uma barraco caindo aos pedaços e um prédio metálico nos fundos. Quando a herdaram, tiveram a ideia de, algum dia, fazer uma limpeza, demolir o barraco, construir uma cabana e passar preguiçosamente os dias de verão acenando para os canoeiros que desciam o rio. Teriam uma horta, comeriam comida natural... E terra à margem d'água era sempre boa, certo?

Nada disso aconteceu. O barraco continuou a apodrecer, tudo em seu interior estava úmido e cheirava a rato; era pouco mais do que um lugar para usar o banheiro e tomar um banho, e até mesmo o banheiro tinha um cheiro estranho, tipo enxofre. Algo errado com o poço.

A fazenda, porém, ficava bem distante das estradas principais, depois de uma estrada de terra, assentada numa depressão. Invisível. O prédio de metal tinha um bom chão de concreto, um forte cadeado na única porta, e era totalmente seco.

O construtor que fizera o prédio tinha dito:

— Um esconderijo e tanto.

— Uma boa — dissera Leslie.

COLOCARAM A VAN no prédio, depois pegaram uma lanterna, Jane carregou a pá e Leslie pôs a garota num carrinho de mão e a levaram morro acima, para longe do rio; seguiram 50 metros com Leslie xingando os galhos e os buracos invisíveis no escuro, até que, finalmente, ele disse: "Foda-se essa porra", apanhou o corpo, ainda coberto por sacos de lixo: "Eu a carrego."

CAVAR O BURACO não foi um prazer: havia dezenas de raízes e pedras do tamanho de caveiras, e Leslie ficava cada vez mais, e mais, e mais irritado movimentando-se na escuridão. Uma hora após terem começado, revezando-se na pá, tinham um buraco de pouco mais de 1 metro de profundidade.

Quando Leslie estava no buraco, cavando, Jane apalpou seu bolso. Havia uma pistola no bolso, a arma que ficava na casa, uma .38 cano curto. Uma arma "limpa", comprada informalmente numa exposição de armas em Dakota do Norte. Poderia sacá-la, atirar em Leslie na cabeça. Colocá-lo no buraco, debaixo da garota. Chamar a polícia: "Cadê o meu marido...? O que aconteceu com Leslie?"

Mas haveria complicações nisso tudo. Não tinha pensado tempo suficiente no assunto. Era a oportunidade perfeita, mas não conseguia enxergar suficientemente a longo prazo...

Relaxou. Ainda não.

COLOCARAM O CORPO lá dentro e Leslie começou a devolver a terra com a pá.

— Vamos passar a noite aqui — disse ele. — Amanhã, podemos voltar e espalhar algumas folhas em volta. Arrastar aquele toco para cima... Não quero que nenhum caçador caia no buraco. Ou veja a terra remexida.

— Leslie... — Ela quis dizer, "Isso não vai dar certo", mas se conteve.

— O que foi?

— Não sei não. Detesto ficar aqui. Tem um cheiro esquisito.

— Tem que ter — grunhiu Leslie. Estava pisoteando a terra. — Nada tem dado certo, sabia? Nada.

* * *

A CAMA EM que dormiram estava quebrada; tendia a afundar no meio. Nenhum dos dois conseguiu dormir direito; e Leslie acordou no meio da noite, os olhos abrindo-se repentinamente.

Duas pessoas no mundo sabiam dos assassinatos. Uma delas era Amity Anderson, que queria grana. Haviam prometido dar-lhe uma parte, assim que conseguissem transportar a mobília que estava no prédio de metal.

A outra era Jane.

Uma lágrima escorreu pela sua face: a boa e velha Jane. Inconscientemente, coçou uma das mordidas de cachorro. Ele poderia atrair Anderson com a promessa de dinheiro — venha à nossa casa, já temos a grana. Matá-la e trazê-la para cá.

E Jane... Outra lágrima.

14

Jenkins dormia na cadeira quando Lucas chegou ao seu escritório, na manhã seguinte. Carol disse: "Estava dormindo, quando cheguei" e gesticulou com a cabeça em direção ao escritório. Lucas escancarou a porta e falou baixinho:

— Hora de trabalhar, olhos brilhantes.

Jenkins usava terno cinzento, camisa amarela e sapatos pretos com solas grossas, e, devido à sua predileção em chutar suspeitos, aqueles provavelmente tinham ponteiras de aço. Havia tirado a gravata e o revólver e os colocara debaixo da cadeira.

Não se mexeu quando Lucas falou, mas este pôde perceber que estava vivo porque sua cabeça estava caída para trás e roncava. Lucas ficou tentado a bater a porta, dar-lhe a sensação de um tiroteio, mas Jenkins talvez devolvesse o tiro antes que Lucas conseguisse segurá-lo. Portanto, dessa vez, disse mais alto:

— Ei! Jenkins! Acorde!

Os olhos de Jenkins abriram-se repentinamente, espreguiçou-se:

— Ai, minhas costas... Essa é mesmo uma cadeira escrota, sabia? — Ficou de pé e, lentamente, curvou-se, tocando a ponta dos dedos. Em seguida aprumou-se novamente, girou a cabeça e os quadris e estalou os lábios. — Minha boca está com gosto de lama.

— Há quanto tempo está aqui? — perguntou Lucas.

— Ahhh... Desde as 6 horas? Encontrei Kline, ontem à noite, depois saí com Shrake e tomei umas e outras.

— Até as 6?

— Não, não. Cinco e meia, talvez. A feira do produtor estava aberta, comi tomate. E uma daquelas coisas verdes compridas, que parecem um consolo...

— Pepino? — arriscou Lucas.

— É. Isso aí — disse Jenkins.

— E a garota?

— Ah, fosse quem fosse que estava na van, não era Kline — garantiu Jenkins. Bocejou, coçou a cabeça com ambas as mãos. — Ele estava fora, com seus colegas da escola de administração. Eles não são do tipo que mente para a polícia. Um bando de babacas sem imaginação. Concordaram que Kline estava com eles desde as, mais ou menos, 20h até meia-noite.

— De qualquer modo, teria sido fácil demais. — Jenkins bocejou novamente, e isso fez Lucas bocejar.

— A garota deu alguma descrição? — perguntou Jenkins.

— O cara tinha uma meia de náilon na cabeça — disse Lucas. — Ela ficou apavorada demais para procurar o número da etiqueta. Tudo que temos é o cachorro morto e uma van branca, e não sabemos onde está a van.

— Bem, o cachorro já é alguma coisa. Aposto como estão vibrando na sala do médico-legista — disse Jenkins. Bocejou e arrastou os pés em direção à porta. — Acho que vou dar uma corrida lá fora. Para acordar.

— Ligue para os médicos antes de começar — disse Lucas. Jenkins não era de correr. A coisa mais saudável que fazia era, às vezes, fumar menos de dois maços em um dia.

— É. — Tossiu e saiu. — Tchau.

— Coma outro tomate — gritou Lucas.

LUCAS NÃO CONSEGUIA decidir o que faria em seguida, portanto ligou para John Smith na polícia de St. Paul.

— Você vai à casa de Bucher?

— Sim, eventualmente, mas não sei o que vou fazer — disse Smith.

— Tem alguém lá?

— Barker, a sobrinha de nariz pequeno, um contador e um avaliador de propriedade. Fazem um inventário do conteúdo para o imposto de renda... De tudo, e não apenas do que os Widdler fizeram. As aulas acabaram e o garoto Lash ligou para saber se podia ir lá pegar seus jogos. Ele deverá estar lá em algum momento... Se você quiser ir, provavelmente algumas pessoas entrarão e sairão o dia todo. Se não houver ninguém, quando você chegar, há um cadeado com segredo na porta. O número é 2.468.

— Beleza. Vou dar um pulo lá, procurar um documento.

— Soube que haverá emoções em Dakota County, esta manhã, e que você esteve envolvido.

— Ah, sim, quase esqueci — disse Lucas. — Onde ouviu falar isso?

— Um repórter da *Pioneer Press* — comentou Smith. — Ele estava a caminho de Dakota County. Políticos não se dão bem em Stillwater.

— Eles não deveriam foder crianças — replicou Lucas.

Deixou o escritório e seguiu para a casa de Bucher. No caminho, atendeu, no celular, a uma ligação de Flowers. Queria saber detalhes sobre Jesse Barth.

— Sim, aconteceu, e não, não foi o filho de Kline. — Explicou tudo e então perguntou pelo corpo da garota na ribanceira. Flowers estava correndo atrás. — Mantenha-me informado — disse Lucas.

Em sua imaginação, Lucas podia ver o ataque da noite anterior. Um homenzarrão com um cano — ou talvez uma bengala — numa van branca, indo atrás de Jesse. Um homem com um cano, ou uma bengala, matou Bucher. Mas, pelo que sabia, não havia uma van.

Uma van fizera parte do caso Toms, mas Toms fora estrangulado.

A cabeça de Coombs batera numa bola de madeira, que a polícia de St. Paul ainda mantinha trancada no laboratório — e ela tinha uma mossa de cabelo e sangue, e até mesmo impressões digitais borradas, mas estas, provavelmente, eram de pessoas que desceram a escada. Mas então, Coombs, de qualquer modo, talvez nada tivesse a ver com o resto... exceto pelos malditos patchworks. E a caixa de música desaparecida. Não tivera mais notícias de Gabriella Coombs e fez uma anotação mental para lhe telefonar.

Havia uma boa possibilidade de que a van fosse uma coincidência. Lembrou que, anos atrás, durante uma longa série de ataques de franco-atiradores em Washington, D.C., todo mundo procurava uma van branca, e, após cada ataque, alguém lembrava-se de ter visto uma. Mas os atiradores não usavam uma van branca. Atiravam através de um buraco na mala de um sedã, se ele se lembrava direito. O fato é que há milhões de vans brancas por aí, e a metade dos encanadores, eletricistas, carpinteiros, firmas de conserto de telhados e de serviços de corte de grama usa vans brancas.

BARKER, O CONTADOR e o avaliador de propriedades tinham se instalado na sala de jantar principal. Lucas cumprimentou-os e Barker mostrou-lhe algumas louças restauradas, grosseiramente grudadas pela mulher de um dos policiais de St. Paul que tivera aulas de cerâmica.

— Apenas vasos — disse ela. — Nada de importante.

— Hum.

— Isso significa alguma coisa? — perguntou ele.

— Não sei — respondeu Lucas.

No escritório, começou a folhear documentos, mas sua atenção não estava naquilo. Não estava mesmo a fim de ler mais, porque ainda não encontrara nada, e já havia procurado em grande parte das coisas que pareciam mais promissoras. Weather dissera que precisava juntar mais informações; mas estava ficando sem dados para empilhar.

As cerâmicas. Nenhuma de alto valor fora quebrada, mas o armário estava cheio. Talvez não supervalorizadas, mas algo valendo entre 50 e 100 paus cada.

As cerâmicas no chão nada valiam se somente as baratas tinham sido quebradas. Se um especialista apaixonado por cerâmica tivesse assaltado a casa, seria isso que faria? Levar as mais valiosas, deixar em paz as mais ou menos valiosas — talvez levado por um impulso estético — e então quebrar apenas as mais baratas como disfarce? Ou estaria ele, como Kathy Barth sugerira na noite anterior, simplesmente tendo um troço?

OS WIDDLER CHEGARAM, Leslie bem-disposto em seu terno de linho azul riscado e, dessa vez, com uma gravata azul com estrelas brancas; Jane vestia tons de dourado.

— Trazemos as listas para a Sra. Baker — exclamou Jane, e entraram.

Cinco minutos depois, passaram pelo escritório, ao saírem. Lucas os observou seguir pela calçada da frente em direção ao Lexus. Ronnie Lash passou em uma bicicleta, enquanto eles seguiam pela rua, os dois entreolharam-se e então Lash virou para o acesso de carros em direção ao pórtico.

Lash entrou, enfiou a cabeça pela porta do escritório e disse:

— Oi, detetive Davenport.

— Olá, Ronnie.

Lash ficou parado na porta.

— Já sacou alguma coisa?

— Ainda não. E você? — perguntou Lucas.

— Lembra de quando concluímos que, quem fez isso, devia ter um carro?

— Sim?

— O detetive Smith disse que iam checar a câmera de segurança de Hill House para ver que carros se encontravam por lá. Já fizeram isso? — perguntou Lash.

— Já. Mas as câmeras operam através de um detector de movimento que cobre a área — explicou Lucas. — Não há nada na faixa de tempo que precisamos.

— Hum. Que tal o centro de reabilitação?

— São bêbados, na maioria. Já vasculhamos as histórias deles...

— Refiro-me à câmera — disse Lash. — Há uma câmera na varanda deles apontada para a rua.

Lucas coçou o queixo.

— É mesmo?

— É. Acabei de passar por lá — disse Lash.

— Vou ligar para John Smith. Pedir para dar uma olhada. Obrigado, Ronnie.

— De nada.

LUCAS LIGOU PARA Smith. Este disse que checaria imediatamente.

— Se houver alguma coisa, estou interessado em uma van — disse Lucas.

— Provavelmente não há nada — disse Smith. — Nada dura mais do que 48 horas, você sabe como são essas fitas. Mas vou ligar.

RONNIE VOLTOU, CARREGANDO uma sacola de compras cheia de videogames.

— Falei com a Sra. Barker e ela me mostrou aqueles vasos. As cerâmicas, as tais que foram coladas.

— Você as reconheceu? — perguntou Lucas.

— Sim. A última vez que as vi estavam no andar de cima. Numa mesa do andar de cima. Nunca estiveram naquele armário de vidro.

— Tem certeza?

— Tenho — disse Lash. — Estavam num canto, numa curva do corredor, sobre uma mesinha. Eu mesmo as espanava, quando ajudava a tia Sugar.

LUCAS ANDOU DE um lado a outro do escritório, impaciente consigo mesmo por não chegar a lugar nenhum. Observou Lash descer a calçada, montar na bicicleta e afastar-se balouçante, a sacola com os jogos pendurada em uma das barras do guidom. *Houve* um roubo. Ele estava se lixando para o que os Widdler diziam.

Seu celular tocou, olhou o visor: Smith.

— Sim?

— Estamos com sorte... eles mantêm as fitas arquivadas durante um mês, para o caso de precisarem ver quem estava com quem. Vou até lá dar uma olhada.

— Van — disse Lucas.

Fechou o aparelho, mas antes que pudesse recolocá-lo no bolso, ele tocou novamente: Carol, do escritório. Abriu-o.

— Alô?

— Você precisa fazer uma ligação. Uma tal de Sra. Coombs...

— Gabriella. Estava pensando em telefonar para ela.

— Essa é Lucy Coombs. A mãe. Ligou atrás de Gabriella. Lucy disse que a filha desapareceu, e teme que possa ter acontecido alguma coisa.

LUCY COOMBS ESTAVA na casa de sua mãe. Alta, magra e loura, como a filha, com o mesmo claro rosto oval, porém marcado por finas rugas; uma mulher bonita, agora talvez no fim da casa dos 50, pensou Lucas. Recebeu-o no gramado da frente, torcendo nas mãos uma argola com chaves.

— Eu telefonei porque Gabriella disse que estava trabalhando com você. Não consigo encontrá-la. Já procurei por toda parte, já liguei para o homem com quem estava saindo, e ele disse que, ontem à noite, a deixou em seu apartamento e que ela planejava vir até aqui, procurar uns papéis, portanto vim aqui e...

Fez uma pausa, para recuperar o fôlego e Lucas perguntou:

— Calma, calma. Já esteve lá dentro?

— Já, não há sinal de coisa alguma. Mas há uma vidraça quebrada na porta dos fundos, logo acima do trinco. E encontrei isto na varanda dos fundos. — Estendeu a argola. — São as chaves dela.

Lucas pensou, *Que merda*. Em voz alta:

— Vamos olhar em volta. Ela tem celular?

— Não, não acreditamos em celulares — disse Coombs. — Por causa da EMI, a interferência eletromagnética, sabe?

— Certo... Ela já fez isso antes? Sumir?

— Não recentemente. Isto é, ela fazia isso, quando era mais jovem, mas já sossegou — disse Coombs. — Mantinha contato diário, desde que minha mãe morreu. Isto é, eu encontrei as *chaves*. — A mãe, Lucy, não era tola; as chaves eram um problema, e havia medo em seus olhos.

Deram a volta na casa e através da porta dos fundos, Coombs mostrando a Lucas onde encontrara as chaves, distante dos degraus dos fundos, como se tivessem caído ou sido jogadas.

— Talvez as tenha deixado cair, no escuro, e não tenha conseguido achá-las — sugeriu Lucas. — Procurou o carro dela?

— Não, não pensei nisso. Será...? Às vezes, estacionava no beco, perto da cerca. — Atravessaram o quintal, até uma cerca privativa de tábuas trançadas com 2 metros de altura, que separava a casa de Coombs do beco. O portão estava escancarado e, assim que passou por ele, Lucas avistou o enferrujado Cavalier de Gabriella.

— Ah, meu Deus — murmurou Lucy Coombs. Passou apressada por Lucas e então foi quase na ponta dos pés até o carro, como se tivesse medo de olhar pelas janelas. Mas não havia nada no carro, exceto algumas garrafas vazias de chá de ervas no chão do banco de trás do carro. O carro não estava trancado; mas por que deveria estar, pensou Lucas. Não havia nada dentro, e quem o roubaria?

— Vamos voltar para a casa.

— O que acha que aconteceu?

— Não sei — respondeu Lucas. — Provavelmente saiu para ir a algum lugar. Talvez seja melhor eu falar com o namorado.

— Acho que deve — disse Lucy Coombs. — Sei que a coisa não ia muito bem. Creio que Gabriella estava para acabar com o relacionamento.

— Vamos dar uma checada na casa e depois irei falar com o sujeito — continuou Lucas. — Você tem algum parente, conhece alguma amiga dela ou outros namorados...?

* * *

Andaram pela casa. Não havia ninguém. Lucas olhou a janela quebrada. Ele nunca tinha visto realmente fazerem, mas lera a respeito em romances policiais... Ladrões fazem um pequeno buraco numa vidraça, geralmente pressionando a ponta de uma chave de fenda contra o vidro, para obter uma rachadura com uma única pressão. Então removem o vidro, abrem a porta com um arame, depois colocam a vidraça no lugar e a grudam com fita adesiva. Com sorte, os donos da casa não notam o buraco por algum tempo — às vezes por muito tempo — e isso serve para ocultar a data e a hora da invasão...

Isso sugeria certa experiência em arrombamentos. Ou, talvez, com romances policiais.

—Vou dar um telefonema, para chamar a polícia de St. Paul. Se me der o nome do namorado...

Estavam conversando na cozinha, perto do telefone, e a cor atraiu seu olhar: um lampejo vermelho. Pensou que poderia ser sangue, mas, instantaneamente, percebeu que não era. Sangue era encarnado ou preto. Aquilo era escarlate, no vão entre o fogão e a geladeira. Não vira aquilo quando ele e Gabriella Coombs tinham estado na cozinha, e foi olhar — fazia sua típica checagem de cena de crime, bisbilhotando ocasionalmente frestas e debaixo de mesas e cadeiras.

— Com licença — disse ele. Foi até o fogão e olhou para baixo.

— O que foi?

— Parece... Um momento. — Abriu um armário da cozinha, tirou uma vassoura e usou o cabo para cutucar a coisa vermelha.

Um carretel de linha.

O carretel saltou para fora do espaço no fogão, rolou tortuosamente formando um meio círculo e chocou-se com seu sapato. Ele usou uma toalha de papel para apanhá-lo por uma das extremidades e colocou-o sobre o fogão. Ambos olharam-no por um momento.

— Como isso foi parar ali? — perguntou Lucy.

— Não sei — disse Lucas. — Não estava ali antes. Havia um armário cheio de coisas de patchwork lá em cima. Talvez Gabriella tenha vindo apanhá-las?

Lucy franziu a testa.

— Ela não costura. Tentei fazer com que se interessasse por patchwork, mas ela se interessou mais pela vida social. Além do mais, se apanhou essas coisas, onde estão? Não estão no carro dela.

— Nem ela. Talvez tenha vindo com uma amiga que faz patchwork... — Lucas estava de conversa fiada, e sabia disso. Inventando contos de fadas.

— Isso é do cesto velho — disse Lucy. — É linha velha, está vendo? Nem sei se ainda fabricam. Aqui diz Arkansas. Agora, a maioria vem da China ou do Vietnã.

— Vamos dar uma olhada no cesto — pediu Lucas.

Subiram juntos a escada, até o grande armário de roupa branca, e Lucas usou a tolha de papel para abrir a porta.

— Puta merda.

Nada de cesto de vime.

Mas ali, debaixo de uma caprichada pilha de retalhos de fazenda, onde estivera o cesto, estava uma caixa preta laqueada com incrustações de madrepérola.

A caixa de música.

15

Lucas ligou para Jerry Wilson, o policial de St. Paul que ficara à frente da investigação da morte de Marilyn Coombs, falou-lhe sobre o desaparecimento de Gabriella Coombs, sobre as chaves e o carro, sobre a vidraça quebrada e colada com fita adesiva, sobre o carretel de linha e a caixa de música.

Wilson riu:

— Está parecendo um livro de Agatha Christie.

— Eu sei com que parece — disse Lucas. — Mas precisa investigar isso, Jerry... precisamos encontrar Gabriella. Vou falar com seu namorado, mas seria bom uns policiais agindo comigo, para falar com seus outros amigos.

— Certo. Tem os nomes? E vou lhe dizer uma coisa... A tal vidraça não estava quebrada anteontem.

— Vou lhe conseguir nomes e números de telefone — continuou Lucas. — Se você a encontrar, que Deus o abençoe, mas estou com um mau pressentimento. — Lucas falava de seu celular, olhou para trás, em direção à casa, onde Lucy Coombs trancava a porta da frente. — Tenho um pressentimento de que ela já era.

Lucy Coombs queria estar presente quando Lucas falasse com Ron Stack, seu namorado pintor. Lucas disse-lhe que fosse para casa e ficasse perto do telefone, e mentiu:

— Há oitenta por cento de chances de que esteja na casa de uma amiga ou tenha saído para tomar um café. Só precisamos checar para ver onde está, e qualquer coisa que você puder fazer para ajudar...

A caminho da casa de Stack, Lucas ligou para Carol.

— Você viu Shrake?

— Vi, mas não tenho certeza se ele me viu. Está tomando café, e precisa disso. Seus olhos estão da cor de um daiquiri de melancia.

— Que se dane. Diga-lhe para me encontrar no Parkside Lofts, em Lowertown. Dez minutos.

Quando Lucas voltou ao centro da cidade, Shrake estava sentado em um banco da praça, do outro lado da rua do prédio de Stack. Ficou de pé, trêmulo, quando Lucas encostou no meio-fio. Era um homem alto, metido num terno cinzento de corte inglês e camisa branca aberta no colarinho. Os olhos, como Carol disse, eram de um cor-de-rosa de lebre belga, e ele estava de ressaca.

— Espero que a gente mate alguma coisa — disse, quando Lucas saiu do carro. — Preciso mesmo matar alguma coisa.

— Eu sei. Falei com Jenkins esta manhã. Estamos atrás de um artista plástico. Sua namorada desapareceu ontem à noite. — Lucas contou-lhe a respeito enquanto atravessavam a rua.

O Parkside era um prédio de seis andares, outrora um depósito, convertido, sem fins lucrativos, em prédio de apartamentos tipo loft, com subsídios do município, e estava agora no seu quarto refinanciamento. Foram ao andar de cima em um elevador de carga que fora preservado ou por causa de seu chique estilo boêmio/hippie ou mesmo por falta de dinheiro. Fosse qual fosse o motivo, fedia, pensou Lucas, como o interior de um velho tênis de ginástica.

Ao saltarem do elevador, o celular de Lucas tocou. Identificou quem chamava. Era do gabinete do médico-legista.

— Preciso atender — disse ele.

— Sabe, eu gosto de cachorro. É um desafio — disse o médico.

— Achou alguma coisa útil? — perguntou Lucas.

— Muita gente pensa que o que fazemos é rotina, dissecções e exames de laboratório banais, do tipo corta-e-seca — disse o ML. — Não se trata nada disso, não é mesmo? É muito mais do que isso, é uma baita quantidade de trabalho...

— Escute, vamos almoçar um dia desses, e você me fala a respeito. O que aconteceu com o cachorro?

— É mentira essa história de almoço. Está apenas me conduzindo...

— E a porra do cachorro? — vociferou Lucas.

— Cano — disse o ML. — Fiz a de Bucher... E, cara, se não é o *mesmo* cano, é irmão ou primo. O crânio do cachorro foi esmagado do mesmo modo que o de Bucher e o de Peebles, e o raio do desferimento do golpe é idêntico. Não estou dizendo que é mais ou menos igual, estou dizendo que é *idêntico*. Temos muitas amostras de sangue, mas ainda não sei se é humano ou de cachorro.

— Me dê seu palpite — sugeriu Lucas.

— Meu palpite é que é humano. Para mim, aparentemente, o vira-lata andou mastigando alguém. Temos o suficiente para o DNA, se for humano.

— Isso é ótimo — garantiu Lucas. — E o cano...

— Você está quente — disse o ML. — Você está na pista de alguma coisa.

— Alguma sorte? — perguntou Shrake, quando Lucas desligou.

— Talvez, mas não para Gabriella.

RON STACK ESTAVA no 610. Lucas bateu na porta e, momentos depois, um homem moreno, de mau humor, ficando careca, observou-os por cima de uma corrente de porta. Usava no nariz um dilatador nasal, do tipo que jogadores de futebol americano usam para ajudá-los a respirar mais facilmente. Segurava uma xícara de café e usava mosca, um montinho de pelo debaixo de seu fino lábio inferior.

— O que é?

Lucas estendeu sua identidade.

— BCA. Estamos investigando o desaparecimento de Gabriella Coombs.

O queixo de Stack caiu.

— Desaparecimento? Ela desapareceu?

— Você foi a última pessoa que sabemos com certeza que a viu. Podemos entrar?

Stack virou-se e olhou para o seu loft, então novamente para Lucas.

— Não sei. Talvez eu devesse chamar o meu advogado.

— Pode fazer o que quiser, Sr. Stack, mas não iremos a lugar nenhum antes de você falar com a gente. Se quiser forçar a barra, posso conseguir um mandado em 20 minutos. Mas seria mais fácil sentarmos num sofá e conversar, do que deitá-lo no chão, algemado, ao mesmo tempo que botamos este lugar abaixo.

— Que porra é essa? Isso é uma ameaça? — Sua voz subiu uma oitava.

Por trás de Stack, a voz de uma mulher:

— Quem está aí, Ron?

Stack:

— A polícia.

— O que eles querem? — perguntou a mulher.

— Cale a boca. Estou tentando pensar. — Stack coçou o queixo, então perguntou: — Sou suspeito?

— Certamente — disse Lucas.

Shrake, o cara legal:

— Olhe, tudo o que estamos fazendo é tentar encontrar Gabriella. Não sabemos seu paradeiro. Ela está envolvida em outro caso e, agora...

— Tudo bem — disse Stack. — Vou fechar a porta para poder abrir a tranca.

Foi o que fez, deixando-os entrar.

O LOFT ERA um cubo amplo com janelas, do teto ao chão, em uma das paredes. As outras três paredes eram de blocos de concreto cobertos com telas a óleo, com 2 metros de largura, reproduzindo partes do corpo. O local cheirava a aguarrás, brócolis e tabaco.

Uma área de cozinha, indicada por fogão, geladeira e uma pia reunidos sobre um piso de placas de plástico, ficava à esquerda; e ainda mais à esquerda, uma área de estar era designada por um tapete oriental. Uma loura alta, que parecia com Gabriella Coombs, mas que não era ela, estava sentada num sofá vermelho, fumando.

Na outra extremidade do cubo, havia uma porta aberta e, através dela, Lucas pôde ver um cabide de toalha: o banheiro. Acima, havia uma plataforma com 5 metros sustentada por barras de ferro presas ao teto, com uma escada de acesso em espiral. O quarto de dormir.

No centro do cubo havia um cavalete sobre um frouxo tapete azul, de 5 metros; encostadas na parede à direita, havia três escrivaninhas caindo aos pedaços com computadores Macintosh novos em folha.

Shrake vagou por ali, seguindo Lucas, fungou algumas vezes, então empinou a cabeça para trás e captou as pinturas.

— Uau! O que *é* isso?

— Meu projeto — disse Stack, olhando em volta para todas as telas. Havia 30 delas, penduradas desde o teto, tomando toda uma parede lateral e a maior parte de outra frontal. Uma mostrava a palma de uma mão, outra as costas da mão. Uma mostrava uma coxa, outra um quadril, uma a parte de baixo do rosto de uma mulher. — Desembrulhei uma mulher. — Fez uma pausa, então arriscou: — Eu a desconstruí.

— É como um quebra-cabeça? — perguntou Shrake.

Stack concordou com a cabeça.

— Mas, conceitualmente, é muito mais do que isso. Esses são aspectos que você nunca verá numa mulher de verdade. Tirei fotos em alta resolução de seu corpo inteiro, para que se pudesse ver cada poro e cada pelo, e as reproduzi aqui num formato muito maior, para que se *possa* ver cada pelo e cada poro. Isso não seria possível apenas olhando-se para a pessoa. Chamei de *Exterior de uma Mulher*. Foi destaque na *American Icarus* do mês passado.

— Uau, é como estar lá — empolgou-se Shrake e apontou: — Gostei deste aqui: a gente fica bem dentro da bunda dela.

* * *

COMEÇAMOS MAL, PENSOU Lucas. Para Stack:

— Não conseguimos encontrar Gabriella. A mãe nos disse que vocês estiveram juntos ontem à noite, e que Gabriella terminou com você...

— Quem é Gabriella? — indagou a mulher.

— E aí, tudo bem? — perguntou Shrake. Piscou para ela e apontou para as telas. — É você?

— Não — respondeu com indiferença.

— Gabriella é uma modelo em potencial — disse Stack para ela. Então para Lucas: — Olhe, ela não terminou coisa nenhuma, porque não havia nada para terminar. Nós fomos a Baker's Square, comemos um sanduíche, e não conseguimos chegar a um acordo com relação ao meu novo projeto, aí eu disse "Tudo bem", e ela disse "Tudo bem", e foi só isso. Ela foi embora. — Deu de ombros e enfiou as mãos nos bolsos do jeans.

— Vocês foram juntos para lá? — perguntou Lucas.

— Não. A gente se encontrou lá.

— Onde você esteve ontem à noite?

— Aqui — disse Stack. Virou-se para a mulher. — Com ela.

— Estava — disse a mulher. Para Stack: — Essa Gabriella é apenas uma modelo?

— Apenas uma modelo — concordou Stack.

— Que tipo de carro você dirige? — perguntou Lucas.

— Uma caminhonete Mercedes-Benz Classe E.

— Que cor? — perguntou Lucas.

— Preta.

— Você deve estar faturando muito bem — falou Lucas. — Uma Mercedes.

— É ano 94. Comprei-a usada, com 150 mil quilômetros rodados.

— Onde está a van... a tal que usa para transportar os quadros? — perguntou Lucas.

Stack ficou confuso.

— Que van? Eu tenho um amigo que me empresta uma picape azul, quando transporto folhas grandes de madeira compensada, mas nunca usei uma van.

— Você conheceu Marilyn Coombs? — perguntou Lucas.

— Não. Gabriella me falou que ela foi assassinada e que vocês estavam investigando — disse Stack. — Aliás, acho que ela estava a fim de você.

— De Lucas? — perguntou Shrake, descrente.

— Se foi quem a levou para dar uma olhada na casa da avó... — disse Stack a Lucas — é você mesmo.

— O que você quer dizer com "estava"? — perguntou Shrake. — Você disse que ela "estava" a fim de Lucas. Você acha que está morta? Ou apenas deixou de estar a fim?

— Porra, são *vocês* que acham que ela está morta — respondeu Stack. — Pelo modo como falam.

— Ela disse aonde ia ontem à noite? — perguntou Lucas.

— Bem, disse sim — disse Stack. — Ela disse que precisava ir porque você... ou alguém... pediu-lhe para vasculhar a papelada da avó. À procura de pistas ou coisa assim. Foi... Foi lá, afinal, onde ela desapareceu?

Lucas olhou para Shrake, sentiu um aperto emocional de medo e o frio dedo da depressão:

— Mau. Mau. Puta merda, isso é ruim.

PRESSIONARAM O PINTOR por mais dez minutos, então Lucas deixou Shrake com Stack e a mulher, para obter detalhes de onde passaram a noite, anotar a identidade da mulher, procurar furos nas histórias deles.

A caminho do carro, Smith ligou:

— Temos uma van. Uma Chevy Express 2002, que parece ser marrom-clara, mas um dos gênios daqui disse que pode ser por causa da luz. Deve ser branca. Passou três vezes pelo centro de reabilitação, na sexta-feira à noite, a noite da tempestade. Não dá para ver os ocupantes, mas acreditamos que a placa seja do Wisconsin e achamos que sabemos duas das letras, mas não conseguimos distinguir as outras letras ou os números. Vamos mandar a imagem para os federais, para ver se conseguem fazer alguma mágica fotográfica. Enquanto isso, vamos separar as vans pelas letras que já temos.

— Já é alguma coisa — comentou Lucas. — Escute, alimente o computador com todos os nomes que você tem e que estão associados com Bucher. Eu lhe darei todos os nomes que puder extrair dos arquivos de Donaldson e Toms, e dos trecos de Coombs. Encontre essa van... Assim que soubermos quem procuramos...

— Me dê os nomes — disse Smith.

— E escute: faça-me um favor — disse Lucas. — Vá ver a garota do caso Kline, o nome é Jesse Barth. Mora na Grand, sua mãe é Kathy, estão no catálogo telefônico. Mande-a dar uma olhada na van. Veja se acha que pode ser a mesma.

— Se for... o que isso quer dizer? — perguntou Smith.

— Não sei. Estou pirando por causa disso, cara. Apenas mande-a dar uma olhada, sim?

— Está bem — disse Smith. — E vou lhe dizer mais uma coisa: vou pegar a porra desse tal de Ronnie Lash e transformar seu traseiro em um traseiro de policial.

LUCAS AGORA TINHA pressa com o desaparecimento de Gabriella.

Continuava pensando, *As colchas de patchwork, a van, o cano; as colchas de patchwork, a van, o cano; as colchas de patchwork, a van, o cano...*

Não conseguiria chegar à van. Havia muitas e ele não sabia por onde começar, a não ser que Smith ou os federais surgissem com alguma coisa. O cano não fazia qualquer diferença, a menos que ele achasse o próprio cano que tivesse causado as mortes; um assassino poderia comprar a quantidade de cano que quisesse numa loja de materiais de construção.

Só sobravam as colchas de patchwork. Gabriella dissera que sua mãe mexia com isso. Entrou no carro, colocou-o na direção da casa de Coombs, ligou para Lucy Coombs:

— Os amigos disseram alguma coisa?

— Ninguém a viu. Oh, meu Deus, *onde está o meu bebê?*

— Estou indo para aí — disse Lucas.

* * *

Lucy Coombs morava nas vizinhanças de Witch Hat, próximo do largo da University Avenue, em uma casa revestida de madeira verde-oliva, com um muro também de madeira separando o quintal da frente da calçada. O quintal não tinha grama, mas era coberto de vegetação, uma mistura de rosas amarelas e cor-de-rosa e compridas hastes de perenifólios ainda por florir. A casa tinha um amistoso aspecto úmido, musgoso, com um caminho de pedras que ia da varanda da frente, fazia a volta do lado da casa e sumia de vista.

A porta da frente estava aberta e Lucas bateu na porta de tela que pendia frouxamente. Podia ouvir pessoas falando e sentiu uma pontada de esperança: teria Gabriella aparecido? Então uma mulher corpulenta metida num roupa roxa e com longos brincos balouçantes chegou à porta:

— Sim?

Lucas identificou-se e a mulher empurrou a porta para abri-la e cochichou:

— Alguma novidade?

— Não.

— Lucy está apavorada.

Lucas assentiu.

— Preciso falar com ela a respeito de sua mãe...

Havia mais três mulheres desconhecidas na cozinha com Coombs. Lucy Coombs avistou-o e foi em frente, arrastando os pés, os ombros curvados, as mãos adiante, como se para socá-lo.

— Cadê ela?

— Não sei. — respondeu. — Estamos procurando, os policiais de St. Paul estão investigando, estamos apertando todos os botões que conhecemos.

Ela quis gritar com ele, e chorar; estava incapacitada pelo medo:

— Nós temos de encontrá-la. Não aguento isso, você *tem* de encontrá-la.

Lucas disse:

— Por favor, por favor, fale-me sobre sua mãe.

— Ela também foi assassinada, não foi? — perguntou Coombs. — Eles a mataram e voltaram para levar o meu bebê...

— Você faz alguma ideia de quem são *eles*?

— Não sei... as pessoas que a mataram.

Lucas disse intencionalmente para Coombs:

— Essa coisa está me deixando maluco. Temos três mulheres mortas e uma desaparecida. Duas estavam envolvidas com antiguidades, mas sua mãe não... Mas ela tinha uma antiguidade que foi levada, e depois, talvez, devolvida por alguém que também pode ter levado um cesto para patchwork.

— E Gabriella — pronunciou Coombs.

Lucas aquiesceu.

— Talvez.

— São os patchworks de Armstrong — disse uma das mulheres. — As maldições.

Lucas olhou-a: Era mais velha, magra, a pele seca e o nariz fino como um lápis.

— As maldições... as tais cerzidas nas colchas? Gabriella me contou...

A mulher olhou para as outras e disse:

— São as maldições agindo. Não são apenas três mulheres mortas, mas o filho que cometeu suicídio, o pai que morreu num asilo de loucos.

Outra das mulheres arrepiou-se:

— Você está me dando medo.

— Bucher e Donaldson tinham algo a ver com os patchworks de Armstrong? — indagou Lucas, impaciente. Ele não acreditava em feitiçaria.

Coombs disse:

— Tinham. Elas compraram uma colcha da minha mãe, depois que minha mãe os encontrou.

Lucas disse:

— Havia o quê, cinco colchas? Seis, não me lembro direito...

— Seis — disse a mulher de nariz fino. — Uma foi para a Sra. Bucher, um para a Sra. Donaldson, as outras quatro foram vendidas em um leilão. Por uma boa grana. Acho que duas foram para museus e duas para colecionadores particulares. Não sei quem...

— Quem fez o leilão?

Coombs disse:

— Uma das grandes casas de leilões de Nova York. Hum, não sei como se pronuncia, Sotheby's?

— Há algum aqui em Minneapolis? — perguntou Lucas.

A mulher de brincos balouçantes respondeu:

— Na Walker Gallery. Doação da Sra. Bucher.

— Ótimo. Darei uma olhada, se tiver tempo — disse Lucas. — Vocês já ouviram falar no nome de Jacob Toms?

Todas as mulheres se entreolharam, balançando a cabeça.

— Quem é ele?

ESTAVA DE SAÍDA, na com a intenção de rastrear as colchas de Armstrong, quando lhe ocorreu uma ideia, virou-se e perguntou a Coombs:

— A caixa de música. Você não acha que Gabriella a pegou, não? Que ela apenas a usou para conseguir uma investigação?

Coombs sacudiu a cabeça.

— Não. Eu encontrei mamãe, liguei para a polícia, e depois para Gabriella. A polícia já estava lá, quando ela chegou. Estava triste e mencionou a caixa de música, fomos olhar e não estava lá.

— Certo. Então alguém devolveu a caixa de música e levou o cesto de costura — disse Lucas. — Por que fizeram isso? Por que levaram o cesto de costura? Ele fazia parte desse negócio das colchas de Armstrong?

— Não, ela apenas comprava esse tipo de coisa, quando ia à caça de antiguidades... Não sei onde o conseguiu.

— Lembro-me que contou sobre um grupo de patchwork — disse a mulher grandalhona com a roupa roxa. — Queria ver se conseguia vendê-lo para um museu, ou para alguém que fizesse restaurações, pois a linha era antiga e autêntica. Nada especial, mas sabe como é... valia alguns dólares e era algo interessante.

Coombs disse:

— Talvez haja uma... pista... oculta nas colchas. Mas isso não vai salvar Gabriella, vai? E se a levaram? Uma pista como essa poderia demorar uma eternidade para surgir... — Lágrimas começaram a rolar pelo seu rosto.

Lucas mentiu novamente:

— Ainda acho que são mais de cinquenta por cento as chances de ela ter ido a algum outro lugar. Pode ter perdido as chaves no escuro e chamado alguém para ir buscá-la. Provavelmente dormiu em outro lugar...

Consultou o relógio: já estava desaparecida havia 16 ou 18 horas. Tempo demais.

— Preciso correr — disse ele. — Nós a encontraremos.

EM SEU ESCRITÓRIO, procurou a Sotheby's em Nova York, ligou, foi encaminhado por pessoas que falavam em tom baixo e com sotaques não nova-iorquinos, e, finalmente, acabou com um vice-presidente chamado Archie Carton.

— Claro. Os leilões são públicos, portanto não há segredo sobre quem comprou o quê... na maioria das vezes. Deixe-me procurar isso para você...

— E nas outras vezes? — perguntou Lucas.

— Bem, às vezes, não sabemos — disse Carton. — Um negociante pode dar os lances, e ele é o comprador registrado, mas pode estar fazendo a compra para outra pessoa. E, às vezes, as pessoas dão lances por telefone, para manter em sigilo sua identidade, e nós respeitamos esse sigilo... Mas, num assunto policial, é claro, obedecemos a intimações.

— Então se uma dessas coisas foi uma negociação secreta...

— Isso não é problema. Eu as tenho aqui no monitor, e todas as quatro vendas foram públicas — disse Carton. — Uma foi para o Museu de Arte Moderna, aqui de Nova York, outra para Museu Nacional de Arte de Mulheres, em Washington, D.C., uma terceira foi para o Amon Carter, em Fort Worth, Texas, e a quarta foi para o Modern em San Francisco.

— Diz o quanto?

— Sim. Deixe-me ver isso... — Lucas podia ouvir as teclas do computador sendo pressionadas, e então Carton falou: — O total foi de 470 mil dólares. Se quiser, posso lhe mandar o arquivo. Posso enviá-lo em cinco minutos.

— Genial — disse Lucas. — Se a minha mulher quiser comprar outra antiguidade, cuidarei para que compre com vocês.

— Aguardaremos ansiosos — respondeu Carton.

AQUILO FORA FÁCIL. Lucas recostou-se e olhou o número anotado em seu bloco: 470 mil dólares. Pensou no valor por um instante, então pegou o telefone e ligou de volta para Carton.

— Lamento importuná-lo novamente, mas andei folheando livros de antiguidades e não vi nenhum patchwork vendido por um valor tão alto — disse Lucas. — Havia algo realmente especial neles?

— Posso colocá-lo em contato com alguém que responderá...

Dois minutos depois, uma mulher com sotaque do Texas atendeu:

— Sim, o preço foi alto, mas eram cínicos. Toda a história deles elevou o preço, e as próprias maldições tinham uma qualidade quase poética. Além do mais, os patchworks são brilhantes. Já viu algum?

— Não. Ainda não.

— Pois devia — disse ela.

— Você pagaria, digamos, 125 mil por um deles?

A mulher deu uma gargalhada.

— Não. Não exatamente. O que aconteceu foi que a dona dos patchworks, uma Sra. Coombs, colocou-os à venda e nós fizemos bastante publicidade. Mas dois dos seis patchworks originais já tinham sido adquiridos por museus...

— Dois?

— Sim. Um foi doado ao Art Institute de Chicago, e o outro à Walker Gallery de Minneapolis — disse ela.

— Eu sabia sobre o da Walker.

— A Walker e a Chicago. Os preços originais de venda determinaram um *nível* de valor. Então, quando apareceram os outros quatro, os museus que estavam interessados contataram sua base de doadores, forneceram a história dos patchworks de Armstrong, e pediram apoio para essa aquisição específica. Todos esses museus têm milhares de patrocinadores. Tudo que precisaram fazer foi encontrar 130 mulheres interessadas em doar mil dólares cada. Lembre-se: as colchas de patchwork celebram a luta de uma mulher pela sua liberdade, pela sua segurança, pela sua própria vida, através da única maneira que ela sabia. E quantas abastadas veteranas das guerras feministas nós temos que fazem doações a museus? Muitas, muitas.

— Ah. — Isso fazia sentido, pensou.

— Pois bem. Levantar fundos não foi problema — continuou a mulher. — Houve dezenas de lances para cada um deles, na maioria de museus regionais, e tivemos os quatro vencedores.

— Obrigado.

QUEM FOI QUE disse? A mulher com os brincos balouçantes? A mulher de nariz fino? Uma delas dissera, *"Uma boa grana"*. Lucas virou-se e ergueu os olhos em direção à parede acima de sua estante, para um mapa de St. Paul. Gabriella Coombs lhe dissera que sua avó "tivera sorte" com os patchworks, e, com o dinheiro deles e o que recebera pela sua antiga residência, conseguiu comprar a casa nas cercanias do Como.

Mas casas no quarteirão de Coombs não custavam 470 mil dólares, certamente não quando ela fez a compra, e nem mesmo atualmente, após a grande elevação de preços. Atualmente, podiam custar 250 mil; provavelmente não mais do que dois terços disso, quando Coombs comprou. Talvez 160 mil ou 175 mil. E Gabriella disse que ela completara com dinheiro da venda da casa velha...

Havia dinheiro sumido. Onde estava ele?

* * *

Pela primeira vez, Lucas teve a sensação de seguir em frente. A maioria dos assassinatos não envolvia muita grana. A maioria envolvia muita birita e um revólver à mão. Mas se você tinha um assassinato e muita grana desaparecida... Os dois tinham de estar relacionados.

Bucher, Donaldson e Coombs, ligados por patchworks e métodos.

Quanto à tentativa de sequestro de Jesse Barth, por alguém em uma van, pode ter sido uma improvável coincidência, pensou então. E uma estranha coincidência, mas elas aconteciam — e, como pensara antes, havia muitas, muitas vans rodando, principalmente vans brancas.

Os dois casos eram separados: Coombs/Bucher de um lado, Barth/Kline do outro.

Toda a papelada de Marilyn Coombs estava em sua casa. Estava com as chaves de Gabriella em um saco em seu carro, e poderia usá-las para entrar. O tempo todo na casa de Bucher, à procura de documentos, fora perdido. Estivera à procura dos papéis errados. Precisava dos de Coombs.

Estava seguindo para o norte, no Porsche, quando John Smith ligou.

— Mostramos a fita para Jesse Barthy. Ela jura que é a mesma van.

— *O quê?*

— É o que afirma. A van na gravação exibe o que parece um amassado na porta da frente do lado do passageiro, e jura por Deus que se lembra desse amassado.

Lucas não respondeu e, após um momento, Smith perguntou:

— Pois é. O que isso significa? Lucas?

16

A CASA DE Marilyn Coombs não era tão organizada quanto a de Bucher. Havia papéis por todos os lugares, alguns em um velho arquivo de madeira, outros enfiados em gavetas na cozinha, na sala e no quarto de dormir. Lucas encontrou uma pasta de plástico cheia de canhotos de talões de cheques retrocedendo aos anos 1970, mas formulários de imposto de renda recuando apenas a quatro anos.

Finalmente, ligou para seu contato na representação da receita federal no estado, e pediu que ela checasse as declarações de Coombs, para ver se ela tinha recebido uma boa grana.

A resposta veio em cinco minutos — computadores tornam algumas coisas mais fáceis.

— Ela teve um grande aumento de renda em um ano, com 186 mil dólares, em comparação, vejamos, com o total de 33 mil dólares no ano anterior, e com 35.900 dólares um ano depois. Nós questionamos a discrepância, e recebemos a carta de um contador informando que a renda anterior viera do lucro da venda de patchworks antigos comprados dois anos antes. Não tenho a carta, mas apenas a anotação. Isso ajuda?

— Ligarei depois e lhe direi — respondeu Lucas.

Passou uma hora vasculhando a pilha de canhotos de cheques, parando repetidamente para encarar cegamente a parede da sala de visitas, pensando na van. Que porra foi essa? De onde veio a van?

Os canhotos não estavam em uma ordem específica — parecia que ela jogava o último em uma gaveta e, quando ficava cheia, despejava os antigos numa caixa de plástico e começava uma pilha nova na gaveta.

Finalmente, encontrou um que registrava a entrada de 155 mil dólares. A tinta dos números era grossa, como se eles tivessem sido escritos com alguma emoção. Percorreu os canhotos relativos a seis meses antes e seis meses depois do vultoso encontrou apenas dois números excepcionalmente grandes: um cheque de 167.500 dólares para a Central States Title Company. Ela comprara a casa.

Poucos meses depois, ela anotou um recebimento de 27.500 dólares; então, uma semana depois, um cheque pagável ao U.S. Bank de 17.320 dólares. Os 27.500 dólares foram pela venda da casa velha, pensou Lucas. Ela pegara um empréstimo de curto prazo para cobrir o custo de sua nova casa, e o cheque para o U.S. Bank era o pagamento.

ESTIVERA SENTADO NUM tapete, enquanto selecionava os canhotos, e agora balançava-se apoiado nos calcanhares. Não entrara dinheiro o bastante. Tinham sido 470 mil dólares para agarrar e ela só mostrava a entrada de 155 mil dólares como uma soma grande. Fechou um dos olhos e dividiu 470 mil por 155 mil... e imaginou que a resposta estaria bem perto de três.

Pegou um pedaço de papel e fez a conta: 470 mil divididos por três dava 156.666 mil dólares. Se Marilyn Coombs recebera um cheque com essa quantia e usara 1.666 como dinheiro trocado para se divertir... Então devia ter depositado 155 mil dólares.

Onde estava o resto? E que porra, afinal, significava aquela van?

LIGOU PARA ARCHIE Carton, na Sotheby's, e lhe disseram que ele já tinha ido embora e que as salas da administração estavam fechadas, e não, eles não forneciam o número do celular de Carton. Lucas pressionou e disseram que *não sabiam* o número do celular, o que parecia uma mentira, mas Lucas estava em uma região que as pessoas viam apenas como um lugar de passagem, ao fim de uma longa linha telefônica, e a mulher com quem ele falava era paga para frustrar quem telefonasse.

— Obrigado por sua ajuda — vociferou e desligou. Carton teria de esperar o outro dia: ele era obviamente o sujeito que poderia socorrê-lo. Enquanto isso...

ALICE SCHIRMER ERA a curadora de arte folclórica da Walker. Alta e muito magra, cabelos negros bem curtos e elegantes óculos executivos de aro preto. Vestia um terno marrom de verão, e usava um lenço de pescoço dourado como uma espécie de gravata:

— Pedi a duas pessoas para a trazerem; nós a mantemos no depósito.

— Obrigado.

— Disse que havia uma mulher desaparecida...? — indagou Schirmer. Girou o dedo para um sujeito com dois dias de uma barba por fazer e corte de cabelo de 400 dólares.

— Sim. Uma das herdeiras, de certa forma, da fortuna Armstrong — admitiu Lucas. — Neta da mulher que os descobriu. Essa mulher também pode ter sido assassinada.

— A Sra. Coombs?

— É.

— Meu Deus — disse Schirmer, tocando os lábios com três dedos ossudos. — Eles realmente têm uma maldição. Como a tumba de Tutankamon.

— Talvez vocês conseguissem passá-lo para outro museu — sugeriu Lucas. — Conseguir em troca um quadro ou uma estátua.

— Não creio... que conseguíssemos o suficiente — disse Schirmer, relutantemente. Apontou: — Por aqui.

Passaram por um quadro que parecia uma salada de verão.

— Por que não conseguiriam o suficiente?

— Receio que o valor dos Armstrong tenha atingido o máximo algum tempo atrás. Como no ano em que o adquirimos.

— É mesmo?

— Primeiro, o mercado de ações teve problemas e a arte em geral esfriou um pouco, e, então, como sabe, começamos a receber mais e mais o apoio das primeiras feministas — explicou. — O ciclo muda de direção, a arte folclórica das mulheres começa a perder valor. E lá vamos nós.

PASSARAM POR UMA placa que dizia GALERIA FECHADA, INSTALAÇÃO EM DESENVOLVIMENTO, entraram numa sala vazia com paredes brancas. A colcha estava estendida entre suportes de madeira com acabamento natural; era uma miscelânea de cores: retângulos pretos, marrons, vermelhos, azuis e amarelos que pareciam formar e se transformar em triângulos tridimensionais que corriam diagonalmente por toda a estrutura.

— Gansos canadenses — disse Schirmer. — Quase é possível vê-los bater as asas, não é?

— É mesmo — concordou Lucas. Olhou a colcha por um momento. Ele nada sabia de arte, mas sabia do que gostava, e gostou da colcha.

— Isso foi doado pela Sra. Bucher?

— Foi.

— Onde estão as maldições? — perguntou Lucas.

— Ali. — O paletó de Schirmer tinha um bolso interno, como os de homem, e ela retirou uma lapiseira e uma minilanterna. Aproximaram-se da colcha e ela indicou os pontos de costura com a ponta da lapiseira. — Isto é um *M*. Está vendo? Lê-se nessa direção, pelas bordas dos retalhos, "Maldito o homem que dorme debaixo desta colcha..."

Lucas seguiu a maldição em volta dos retalhos, as letras como pegadas de beija-flores sobre folhas de outono caídas.

— Nossa — disse, após um momento. — Ela estava mesmo furiosa, não?

— Estava — concordou Schirmer. — Temos documentos sobre sua vida que indicam exatamente *por que* estava zangada. Tinha todo o direito de estar. Seu marido era um maníaco.

— Hum. — Um fio de linha escarlate atraiu a atenção de Lucas. Aproximou-se, o nariz a 15 centímetros da colcha. — Hum.

Tinha de ser papo furado. Então pensou, *não, não é* — pelo que lhe dizia respeito, a linha era exatamente da mesma cor do carretel que ele encontrara atrás do fogão da casa de Marilyn Coombs. Mas aquela linha tinha vindo do Arkansas.

Ele disse, "Hum", uma terceira vez, e Schirmer perguntou:

— O que foi?

Lucas deu um passo para trás.

— Como se autentica algo como isso?

— A posse é uma grande parte do processo. Sabemos onde a Sra. Coombs as comprou e confirmamos isso com o leiloeiro — explicou ela. — Algumas amigas da Sra. Armstrong confirmaram que ela ocupava todo o seu tempo com patchwork, e que fazia esse tipo de colcha em particular. Assinava-as com uma marca própria. — Apontou para o canto inferior esquerdo da colcha. — Vê essa coisa que parece uma videira? Na verdade são as letras SA, de Sharon Armstrong. Conhecemos várias outras colchas de sua autoria, sem as maldições, mas com os mesmos SA. Costumava fazê-las enquanto trabalhava nos barcos de minérios... Sabe sobre os barcos de minérios?

— Sim, Gabriella... a mulher desaparecida... mencionou que Armstrong trabalhava nos barcos.

— É. Aparentemente, tinha muito tempo livre e não muita coisa para fazer, e portanto fazia mais patchworks. Mas isso foi após Frank ir para o asilo, e então ela não precisava mais de maldições.

— Hum. — Lucas apontou o dedo na direção da colcha. — Vocês são capazes de dizer, sabe, pela estrutura, que elas são verdadeiras? Ou pelo estilo, ou pelo pano, ou por alguma coisa?

— Seríamos, se houvesse alguma dúvida.

Lucas olhou-a.

— O que eu precisaria fazer para conseguir um pedacinho minúsculo daquela linha vermelha bem ali?

* * *

SÓ UM DECRETO do Congresso poderia permitir, ou, pelo menos uma ordem judicial da corte distrital de Hennepin County.

Schirmer conduziu-o até o elevador que dava para a garagem subterrânea.

— Se fosse por mim, eu lhe daria o pedacinho. Mas Joe acha que há um princípio envolvido.

— É, eu sei. O princípio é: "Não ajudem os policiais."

Falou agradavelmente e ela sorriu:

— Tenho certeza de que não será nenhum problema conseguir um pedaço de papel.

— Se eu não estivesse procurando Gabriella Coombs...

— Você acha que um pedacinho de linha faria diferença? — perguntou.

— Talvez... droga, talvez não — admitiu Lucas. — Mas eu gostaria de um pedacinho. Vou falar com um juiz, e enviarei o papel.

— Traga pessoalmente — sugeriu. — Terei prazer em lhe mostrar tudo. Nunca o tinha visto antes por aqui...

— Quando usava uniforme, com os policiais de Minneapolis, eu vinha até a colher-com-cereja... — Lucas referia-se à escultura da colher de Claes Oldenburg, no jardim, do outro lado da rua. Sorriu reflexivamente, e então: — Deixa pra lá.

— Você *não* — disse ela, segurando sua manga. O que ela quis dizer foi, *Você não fodeu na colher.*

Ele deu de ombros, querendo dizer que, algumas vezes, expulsou gente de cima da colher. Antes que pudesse continuar, ela inclinou-se para perto e disse:

— Eu também não. — Deu uma risadinha de um modo que nada tinha de curadoria. — Se eu fosse apanhada e demitida, ainda teria valido a pena.

— Nossa, o pessoal de arte é todo maluco — sorriu Lucas.

Despediu-se, desceu para o carro, saiu pela rampa. Uma van branca passava pela saída; foi atrás dela, viu a placa de Minnesota — estado errado — e depois um letreiro na lateral que dizia "Brinquedos DeWalt".

Estou pirando, pensou.

* * *

SEM NINGUÉM ATRÁS, parou em um cruzamento, apanhou a caderneta e encontrou o número de Landford e Margaret Booth, o cunhado e a irmã de Donaldson. Ligou e Margaret atendeu:

— Preciso saber de detalhes de como sua irmã adquiriu uma das colchas de Armstrong, a que doou ao Museu de Arte de Milwaukee.

— Você acha que há algo errado? — indagou.

— É possível.

— Aposto como Amity Anderson está envolvida — disse ela.

— Não, não — respondeu Lucas. — Essa coisa está se tomando uma direção estranha. Mas, se puder verificar as declarações de imposto de renda de sua irmã e me informar de que modo adquiriu a colcha, e quando a doou, eu ficaria grato.

— Eu faria isso esta noite, mas vamos sair, portanto posso ligar de volta pela manhã?

— Seria ótimo — disse Lucas.

CONSULTOU O RELÓGIO. Dezessete horas. Ligou para Lucy Coombs e, pelo modo como o telefone foi atendido após um toque parcial, soube que Gabriella não fora encontrada.

— Alguma notícia? — perguntou.

— Nada. Não sabemos para quem mais telefonar — soluçou Lucy Coombs. — Onde ela está ela? Ah, meu Deus, onde ela está?

SMITH NÃO SABIA dizer. O que afirmou foi que os policiais de St. Paul estavam indo de porta em porta do bairro de Marilyn Coombs atrás de alguma coisa ou alguém que lhes pudesse dar uma pista·

— E com relação à van? Nenhuma ideia ainda?

— Nadinha, John. Juro por Deus, isso está me enlouquecendo.

* * *

PENSOU EM IR até a casa de Bucher e procurar o arquivo de suas declarações de imposto. Mas sabia do valor e da data da doação, e não conseguia imaginar o que mais poderia encontrar lá. Com sensação de culpa, foi para casa. Jantou em casa, pensando onde Gabriella Coombs poderia estar: ela ou seu corpo.

APÓS O JANTAR, Weather disse:

— Você está mesmo atrapalhado.

— Eu sei — disse Lucas. Estava na sala íntima, encarando a TV, que estava desligada. — Gabriella Coombs está por aí. E estou sentado aqui sem fazer nada.

— A tal linha — perguntou Weather. Lucas contara sobre o carretel de linha encontrado na casa de Marilyn Coombs e a linha da colcha. — Se é a mesma linha, está sugerindo que há algo errado com as colchas?

— Sim, mas elas estão por aí, em museus, e a mulher que se beneficiou com a venda está morta — disse Lucas. — Parece que parte do dinheiro desapareceu. Ela não recebeu muito dinheiro. Talvez. Isso já faz tanto tempo. Talvez o cara da Sotheby's possa falar-me a respeito disso amanhã, mas Gabriella está por aí... E a van?

— Você vai enlouquecer, sentado aí — disse Weather. — Por que não vai à casa de Bucher ver se há algo sobre a colcha que ela doou para a Walker? Mais cedo ou mais tarde, vai ter que procurar. Por que não agora? Você estaria fazendo alguma coisa...

— Porque parece a coisa errada a se fazer. Sinto que devia estar dirigindo por becos, atrás de Gabriella.

— Não vai encontrá-la dirigindo para lá e para cá por becos, Lucas.

Ele se levantou.

— Vou comer um pouco de queijo com bolachas.

— Por que não leva com você?

E FOI O QUE FEZ, uma tigela de queijo fatiado e bolachas de água e sal sobre o banco do carona do Porsche, mastigando enquanto dirigia até a casa de Bucher. A mansão estava toda iluminada. Lá dentro, encontrou os herdeiros de Bucher, seis pessoas, quatro homens e duas mulheres, repartindo os bens.

Carol Ann Barker, a mulher do narizinho, foi cumprimentá-lo.

— O pessoal de St. Paul disse que podíamos escolher preliminarmente as propriedades — explicou. — As pessoas se preparam para voltar para casa e quisemos aproveitar este momento com as peças maiores.

Lucas entendeu:

— Tudo bem... estarei no escritório, olhando a papelada. Você viu canhotos de cheques em algum lugar? Anotações de alguns anos atrás? Ou declarações de imposto de renda...? Qualquer coisa com a venda e a doação da colcha de Armstrong?

— A colcha de Armstrong?

Ela não sabia o que era, e, quando Lucas explicou, apertou os lábios:

— Ela tinha um programa anual de doações. Há alguns registros no escritório, nós procuramos para ver se encontrávamos alguma coisa sobre o quadro de Reckless. Não achamos nada, mas há documentos relativos a doações. Os canhotos de cheques estão no terceiro andar, num aposento cheio de armários de madeira... não sei de que anos.

Barker mostrou-lhe o arquivo no escritório: tinha 2,5 centímetros de grossura, e, enquanto ela voltava para a escolha de móveis, ele o folheou, à procura da doação da colcha. Nada ali. Procurou novamente. Ainda nada.

Ele tinha a data da doação da colcha, e encontrou doações de itens menores em datas anteriores e posteriores. Coçou a cabeça. Vasculhou os arquivos, à procura de mais objetos de arte ou doações. Finalmente, desistiu e subiu as escadas para o terceiro andar.

A sala de arquivos era pequena, estreita e cheirava a reboco esmigalhado; poeira e pequenos pedaços de reboco cobriam as partes de cima de oito armários. O aposento era iluminado por uma fileira de lâmpadas descobertas no teto. Lucas começou a abrir as gavetas e, nos armários do final, os últimos em que olhou, encontrou uma porção de canhotos de cheques caprichosamente organizados, arquivados por data. Nada havia de interessante por volta da data da doação da colcha; mas, ao ver meses anteriores ao da data da doação, acabou por encontrar um cheque de 5 mil dólares para Marilyn Coombs.

Pela colcha? Ou por algo mais que Coombs encontrara? Olhou em seu bloco de anotações a data do leilão da colcha em Nova York. O cheque para Coombs fora emitido sete meses antes. Talvez não tivesse qualquer relação; mas por que não tinha havido nenhum outro cheque para Coombs? Aliás, o único outro cheque de grande valor que vira fora para uma concessionária de automóveis.

Continuava encurralado. Encurralado numa salinha, com poeira infiltrando-se pescoço abaixo. Deveria estar nas ruas procurando Gabriella.

Os herdeiros estavam terminando, quando Lucas desceu. Barker perguntou:

— Encontrou alguma coisa?

— Não. Escute, você já ouviu falar em uma mulher chamada Marilyn Coombs?

Barker balançou a cabeça.

— Não... Deveria?

— Era uma conhecida de sua tia, a pessoa que originalmente descobriu as colchas de patchwork de Armstrong. Ela foi morta poucos dias atrás... Se você encontrar algo com o nome "Coombs", poderia me ligar?

— Claro. Imediatamente. Você acha que há algum perigo para nós? — Os outros herdeiros deixaram de observar a mobília e se viraram na direção de Lucas.

— Não creio — respondeu. — Estamos com um problema complicado e confuso, já tivemos alguns assassinatos e talvez um sequestro. Simplesmente não sei.

Seguiu-se então uma confusão de perguntas, ele relatou as mortes conhecidas. Um homem indagou, aflito:

— Você acha que é aleatório, ou há um propósito por trás das mortes? Fora dinheiro?

— Também não sei lhe dizer isso — disse Lucas. — Uma parte pode ser coincidência, mas começo a pensar que não é. Se as mortes estão de algum modo relacionadas, acredito que teriam a ver com algum conhecimento que denunciaria os criminosos. Além do fator dinheiro, do aspecto roubo.

O homem expirou:

— Então estou bem. Não sei nada de nada.

DESANIMADO, LUCAS VOLTOU para o carro, fez uma lista mental das coisas que teria de fazer pela manhã, dos telefonemas a dar. Não queria ligar para Lucy Coombs porque não estava a fim de falar com ela novamente. Em vez disso, ligou para John Smith, que estava em casa, vendo televisão.

— Nada — disse Smith. — Receberei uma ligação, assim que alguém descobrir algo. Encontre um cadarço. Até agora, não encontramos nada.

Indo em direção à sua casa, um carro dos bombeiros, a sirene a toda, passou por uma transversal. Ouviu mais sirenes ao sul, não muito longe, a meio caminho de casa, e, com as janelas do carro abertas, pôde sentir o odor característico de uma casa pegando fogo. Nunca imaginara exatamente do que se tratava — material de isolamento, ou emboço, ou madeira velha, ou alguma combinação disso — mas, em sua carreira, já se deparara com isso uma dezena de vezes, e nunca lhe tinha cheirado bem.

Ao chegar em casa, encontrou Weather na cozinha, sentada ao balcão, com um bloco de notas:

— Você tem tempo para ir comprar algumas coisas?

— Sim, acho — respondeu, desejando fazer outra coisa.

— Estou fazendo uma lista...

Esperava a lista, quando seu celular tocou. Olhou a identificação de quem ligava. Era Flowers.

— Sim?

— Recebi agora um telefonema de Kathy Barth — disse Flowers. — Alguém acabou de jogar uma bomba incendiária em sua casa.

17

O FOGO JÁ tinha sido apagado, quando Lucas voltou. Tinha dirigido direto, a caminho de casa, mas, a um quarteirão ao norte, não vira fumaça contra o céu noturno, pois as chamas haviam ficado confinadas na parte dos fundos da casa.

Kathy e Jesse Barth estavam paradas no pátio da frente conversando com bombeiros, quando Lucas atravessou a linha de contenção. Jesse Barth viu-o se aproximar e o apontou para sua mãe, que vociferou para a filha, e então olhou na direção de Lucas.

— Minha casa foi destruída pelo fogo por causa de vocês, seus babacas — berrou.

Lucas pensou que ela ia agredi-lo e ergueu as mãos com as palmas viradas para a frente.

— Espere, espere, espere... Acabei de saber. Conte-me o que aconteceu.

— Alguém jogou uma bomba incendiária pela minha janela, tudo está queimado, arrasado e cheio de água...

Subitamente, ajoelhou-se na grama suja e molhada, chorando. Jesse aproximou-se para ficar a seu lado e colocou a mão sobre o ombro da mãe.

— Virgil disse que não aconteceria nada, Virgil disse que você cuidaria da gente.

Lucas balançou a cabeça:

— Não sabemos o que está acontecendo aqui. Não conseguimos encontrar ninguém que teria tentado pegá-la na rua, que matou Screw...

— São os putos dos Kline, seu babaca de merda — gritou para Lucas, Kathy Barth, tentando se colocar de pé. Um bombeiro segurou-a por baixo do braço e ajudou-a a se levantar.

— Puxa vida, eu sinto muito por tudo isso... — desculpou-se Lucas.

— Todas as minhas fotografias, todas as coisas de Jesse quando criança, todos os seus trabalhos escolares, meu vestido de casamento... — Deu um passo em direção à casa e o bombeiro barrou-a:

— Epa. Ainda não.

Lucas perguntou:

— A situação é muito ruim?

— A cozinha está uma bagunça. A Sra. Barth usou um extintor lá, algo muito corajoso, e que diminuiu um pouco o fogo, e também chegamos aqui muito depressa — contou o bombeiro. — O dano causado pelo fogo, em si, está concentrado na cozinha, mas há outros causados pela fumaça e pela espuma. Parte da estrutura inferior dos fundos da casa pode estar com problemas.

Lucas perguntou a Kathy Barth:

— Você tem seguro?

— Tenho. É parte da hipoteca.

— Então vai poder consertar isso. Melhor ainda — disse Lucas. — Terá uma cozinha nova. Se tiver sido apenas a fumaça, você poderá recuperar uma porção de suas coisas e, assim que os bombeiros deixarem, você entra e tira logo as suas fotografias de lá.

— Por que vocês não conseguem deter esses caras? Eles são malucos — Kathy dirigiu-se a ele. E a Jesse: — A gente nunca devia ter se envolvido com eles. Não devíamos ter procurado a polícia. Agora a nossa casa... Ah, meu Deus, a nossa casa...

— Digam-me o que aconteceu — pediu Lucas.

— Estávamos vendo televisão, e houve um estrondo na cozinha... — começou Jesse.

Kathy interrompeu:

— Um minuto antes, eu tinha estado na cozinha, para apanhar uns Cheez-Its. Eu poderia ter sido atingida pela explosão e ter me queimado.

Jesse continuou:

— ... e ouvimos a tal janela se quebrar, o vidro, e bum, foi fogo por toda a cozinha e comecei a gritar...

— Eu corri e peguei o extintor no armário... — disse Kathy.

Jesse:

— Liguei para a emergência e pedi para chamar os bombeiros...

— Esguichei o extintor, mas havia fogo por toda a parte, sentia o cheiro de gasolina, o fogo não apagava, a cozinha toda estava em chamas e tivemos de sair correndo — disse Kathy. Ela olhava aflita para a casa.

Jesse:

— Os bombeiros levaram uma eternidade para chegar...

— Seis minutos desde o recebimento do chamado — informou o bombeiro. — Mais sete, e o fogo estava apagado.

Lucas encontrou o bombeiro encarregado no quintal. Conversava com outro, apontando para o telhado, e parou quando Lucas se aproximou e mostrou sua identidade:

— As duas são parte de uma investigação que fazemos no BCA.

— Os Kline... Elas nos contaram — disse o bombeiro.

— É. Dizem que foi uma bomba, que entrou pela janela. O que você acha? — perguntou Lucas.

— O nosso especialista em incêndio criminoso vai checar isso, quando chegar aqui, mas pode ter sido isso mesmo. Houve um grande clarão por toda a cozinha, de uma só vez. De perto, ainda se sente o cheiro do propelente. Gasolina e óleo.

— Coquetel molotov?

— Algo do gênero — esclareceu o bombeiro. — Talvez em um garrafão de quatro litros de cidra.

— Bem pesado para se jogar — disse Lucas.

O bombeiro assentiu:

— Você já esteve no exército?

— Não.

— Pois bem, no exército, existe um exercício no treinamento básico, no qual se joga uma granada falsa, de uma distância de 7 a 10 metros, através de uma janela. A maioria não consegue, mesmo tendo três chances. É um tal de granada quicando por tudo que é lado — disse o bombeiro. — A maioria não seria melhor com uma garrafa. Eu diria que alguém chegou até a janela e deu uma "enterrada" com o garrafão, como se estivesse jogando basquete. — Hesitou e então acrescentou: — Se foi um estranho que fez isso.

— A alternativa seria...?

O bombeiro deu de ombros.

— O proprietário quer um terreno vazio. Esta é uma bela propriedade, e valeria ainda mais se a casa não estivesse aqui. A casa não é lá essas coisas. Você recebe o seguro, vende o terreno... e se muda para Minnetonka.

Lucas olhou de volta para a casa. Pôde avistar Kathy Barth no quintal da frente, os braços cruzados bem apertados em volta do corpo.

— Hum-hum. — Sacudiu a cabeça. — Ela estava preocupada se suas fotos tinham sido queimadas, com os trecos da escola de Jesse, seu vestido de casamento...

— Bem, isso é importante — concordou o bombeiro. — Não se vê pessoas queimando esse tipo de coisa, a não ser que seja por vingança. Elas não costumam queimar assim suas próprias coisas.

O segundo bombeiro intrometeu-se:

— A área acima da pia está bastante danificada. Havia louça, e ainda não acabamos por lá, mas aposto que o tal garrafão aterrissou na pia, e uma quantidade grande de gasolina acabou saindo pelo ralo, em vez de se espalhar por toda a parte. Isso ajudou a confinar o fogo; o pessoal de incêndios criminosos verificará isso melhor.

— E quem é responsável por essa parte?

Lucas anotou o nome do chefe dos investigadores de incêndios criminosos e agradeceu aos dois pelo seu tempo. De volta ao pátio da frente, perguntou a Kathy:

— Você tem cartão de crédito?

— Por quê?

— Vão ter que passar esta noite em um motel — disse Lucas. — Talvez até algumas noites.

Ela fez que sim.

— Tenho. Tudo bem.

— Pegue algum dinheiro, tem cartão de saque?

Ela confirmou novamente com a cabeça.

— Nós estamos bem. Só estamos... estamos...

— Só estamos muito apavoradas — completou Jesse.

LUCAS TELEFONOU PARA o Radisson, no centro de St. Paul e reservou-lhes um quarto. Avisou para não contar a ninguém onde ficariam. Um bombeiro disse que as acompanharia pelo interior da casa, para que pegassem o que pudessem. Um vizinho ofereceu espaço em sua garagem, onde poderiam guardar temporariamente o que conseguissem tirar da casa.

Um bombeiro sugeriu algumas firmas de limpeza que poderiam cuidar da parte da casa que não fora danificada.

— Se vocês não estivessem em casa, demoraria mais uns cinco minutos até alguém informar sobre o incêndio, e, se você não tivesse usado o extintor para retardar o fogo, estaria agora olhando para um buraco no chão. Após uma limpeza, vocês poderão voltar a morar na casa dentro de uma semana — disse ele. — Isso acontece o tempo todo.

LUCAS LIGOU PARA Jenkins e Shrake. Eles estavam no White Bear Yacht Club, tomando uns drinques, após uma partida de golfe, como parte do que eles diziam ser uma investigação sobre jogatina em campos de golfe.

— Tirem os traseiros do country clube, e corram atrás dos Kline. Pressionem esses sacanas. Meu instinto me diz que eles não estão envolvidos, mas quero que vocês provem isso — disse Lucas a Jenkins.

— Não se prova uma negativa — replicou Jenkins.

— Não antes disso — disse Lucas. — Mas vocês vão fazer isso, ou vamos formar uma rede de prostituição gay e seus traseiros vão ficar na reta.

— Teremos de usar meia de náilon? — perguntou Jenkins. Ele não se intimidava facilmente.

A voz de Lucas ficou mais grave:

— Não estou de sacanagem, cara. Tivemos uma tentativa de sequestro, um cachorro morto e, agora, uma bomba incendiária.

— Vamos pressionar, pode deixar — prometeu Jenkins. — Estamos no caso.

— Flowers está vindo. Ele manterá contato.

APÓS DESLIGAR, LUCAS deu uma volta pelas redondezas, checando as casas vizinhas, atravessou o beco dos fundos, e assim por adiante, subindo e descendo ambas as ruas que davam para o beco. Quatro casas acima da de Barth e do outro lado do beco, encontrou um idoso chamado Stevens.

— Eu estava colocando um pouco da comida dos Vigilantes do Peso no micro-ondas e vi um carro passar pelo beco — disse Stevens.

Ele era alto e muito magro, ficando calvo, com uma crosta de ferida no alto da cabeça, como se tivesse trombado em alguma coisa. Os dois estavam na cozinha e o homem apontou a mão trêmula para a janela acima da pia, a mesma distribuição espacial da casa de Jesse e Kathy Barth.

— Então, talvez dez minutos depois, quando tinha acabado de comer e levava os restos para o lixo, e vi mais luzes no beco. Não vi o carro, mas acho que era o mesmo. Ambos tinham farol azul.

— Azul?

— Não azul-azul, mas azulado. Como os dos carros alemães. Sabe como é, quando a gente olha o retrovisor, na interestadual, e vê uma porção de luzes amarelas e, de repente, misturadas, surgem algumas que parecem azuis.

— Sei. Eu mesmo tenho luz azul — afirmou Lucas.

— Isso aí — confirmou Stevens. — Pois bem, tinha acabado de me sentar novamente, e ouvi as sirenes.

— Isso foi logo depois de ter visto o farol azul.

— Levantei para levar o prato para o lixo durante o intervalo. Vi as luzes, voltei e me sentei novamente. Ouvi as sirenes antes que viesse outro comercial.

— Não viu que tipo de carro era? A que hora você o viu realmente?

— Não. Estava escurecendo — respondeu Stevens. — Mas era um carro de cor escura, preto, azul-escuro, verde-escuro, e acho que era um sedã. Não era uma caminhonete.

— Não era uma van.

— Não, não. Não era uma van. Um carro comum, nada peculiar. Talvez maior do que a maioria. Não muito maior, só um pouco maior. Não era uma caminhonete. Era um carro.

— Você vê muitos carros no beco? — perguntou Lucas.

— Entre 17 e 18 horas, sempre há algum, pois as garagens dão para o beco. Mas não com luzes azuis. Nenhum com luzes azuis. Talvez tenha sido por isso que prestei atenção.

Isso fora tudo o que tinha visto: não ouvira a bomba, a gritaria, não ouvira nada até surgirem as sirenes. Assistia ao *Animal Planet*.

— Você mora aqui sozinho? — perguntou Lucas, ao sair.

— Moro. É um saco.

Lucas continuou caminhando, encontrou uma mulher que achava ter visto um carro com faróis azuis, mas não sabia exatamente a hora. Vira-o sair do beco pelo menos algum tempo antes das sirenes, e nada acrescentou ao que Stevens disse, apenas confirmou o que ele já sabia.

VOLTOU AOS BOMBEIROS na casa de Barth. O investigador de incêndio criminoso chegara e informou que teria algumas ideias preliminares pela manhã.

— Mas posso lhe adiantar que havia gasolina. — Farejou. — Provavelmente da BP. Eu diria, 92 octanas. — Lucas franziu a testa e o sujeito riu. — Estou curtindo com a sua cara. A gente se fala pela manhã.

LUCAS CHEGOU EM casa à meia-noite e encontrou Weather na cama, lendo um livro sobre jardins de chalés.

— Acho que a gente mora num chalé.

— É bom saber — grunhiu.

— Portanto, acho que ano que vem deveríamos contratar uma dupla de jardineiros, e montar um jardim de chalé. Talvez com uma cerca branca de ripas.

— Uma cerca branca de ripas seria legal — comentou amuado.

Ela colocou o livro de lado.

— Me conte tudo.

CONTOU-LHE TUDO, INDO e voltando do banheiro, agitando os braços, vestindo o pijama. Havia trazido uma garrafa de Coca Diet, sem cafeína, com uma dose de rum. Sentou-se na beira da cama, bebendo-a até acabar, e, finalmente, disse:

— O problema derradeiro é que não há relação entre os dois casos. Mas temos um sério psicopata matando gente por causa de colchas, e outro sério psicopata tentando ferrar as duas Barth, e os dois parecem dirigir a mesma van e, droga... não consigo encontrar a porra de uma única coisa em comum entre os dois casos. Não há nada. As duas Barth... são um caso de bobagem política. O de Bucher é de latrocínio feito por gente que matou pelo menos mais uma ou duas pessoas, e, de certo modo, envolve colchas de patchwork. Eles têm de estar relacionados, porra.

Acalmou-se, pouco depois, e Weather apagou as luzes. Normalmente, Lucas permanecia acordado no escuro por algum tempo, meditando, enquanto Weather apagava após três profundas respiradas.

Nessa noite, deu meia dúzias de respiradas profundas, então ergueu a cabeça e, sonolenta, falou:

— Eu consigo imaginar o que os dois casos têm em comum.

— O quê?

— Você. — Rolou para o lado e adormeceu.

WEATHER FORNECEU-LHE ALGO sobre o que meditar, e foi o que ele fez, durante meia hora, sem chegar a nada até desgarrar para o sono. Às 3h14, seus olhos abriram-se de repente — soube que eram exatamente 3h14 porque, assim que acordou, estendeu a mão, tocou o despertador, e surgiram os números verdes iluminados.

O estado de vigília não fora criado por uma ideia, por um conceito, por uma solução — ao contrário, viera diretamente da pressão da bexiga, cortesia de uma tardia garrafa de Coca Diet. Navegou pelo escuro até o banheiro, fechou a porta, acendeu a luz, urinou, deu a descarga, apagou a luz, abriu a porta, e estava a meio caminho do quarto escuro, quando outra luz se acendeu, dessa vez dentro de sua cabeça:

— A filha da puta da Amity Anderson — exclamou em voz alta.

TORNOU A DEITAR-SE, sem dormir, pensando em Amity Anderson. Ela trabalhara para Donaldson, morava a poucos quilômetros de Bucher e ainda mais perto de Barth. Era especialista em antiguidades, e devia estar trabalhando para Donaldson na época em que surgiram as colchas de Armstrong.

O mais importante, porém, era que ela o ouvira falar sobre a investigação de Kline, e tinha quase certeza de que ele mencionara os nomes de Jesse e Kathy Barth. Ao mesmo tempo, Ignace havia publicado a primeira matéria sobre Kline, citando o nome de Lucas. Amity Anderson devia ter juntado as coisas.

Por essa ocasião, ele já havia relacionado o assassinato de Donaldson ao de Bucher, e lhe dissera isso. Se a tinha assustado, se o propósito dela fora afastá-lo de Bucher e Donaldson, empurrá-lo de volta para o caso de Kline... então quase conseguira.

Revirou-se por mais ou menos 45 minutos antes de cair novamente no sono. Quando acordou, às 8 horas, não tinha tanta certeza sobre Anderson quanto quando fora dormir. Havia outras possibilidades, outras pessoas que sabiam que ele trabalhava nos dois casos.

Mas Anderson... teria ela, ou já tivera, uma van?

18

Weather estava no quintal, brincando com Sam, que usava uma escavadora de brinquedo como martelo, socando um graveto na terra.

— Ele tem uma excelente coordenação mão-olho — falou Weather, admirando a técnica do filho. Usava luvas de jardinagem e tinha na mão o que parecia uma planta morta.

— Legal — disse Lucas. — A propósito, você é um gênio. A dica de ontem à noite pode resultar em alguma coisa

Sam gritou:

— Vap! Vap!

Lucas pediu ao filho:

— Vá buscar a bola de futebol americano.

Sam olhou em volta, avistou a bola Neri, largou a escavadora e partiu para a bola.

— Que dica? — perguntou Weather.

— A que sou o denominador comum nos dois casos.

Ela pareceu intrigada:

— Eu disse isso?

— Disse. Pouco antes de adormecer.

— Não me lembro.

Sam veio correndo com a bola, parou a 1 metro de Lucas e jogou-a na cabeça do pai, que a pegou no ar:

— Vamos lá, lançamento longo, abaixa, faz finta e corre para fora.

Sam correu uns 3 metros, fez a finta e virou. Percebeu o erro e continuou correndo para formar um círculo, parou, e Lucas jogou a bola, atingindo o garoto no rosto e derrubando-o. Sam franziu a testa por um momento, sem saber se ria ou chorava, então decidiu rir, levantou e foi atrás da bola.

— Faculdade de medicina — disse Lucas. — Com uma bolsa de estudos para jogar futebol americano.

— Nada disso. Poderá jogar futebol, se ele se interessar por esportes — contrapôs Weather.

— Futebol? Isso não é esporte, é passatempo — revoltou-se. — Tipo esculpir com canivete ou jogar damas.

— Conversaremos sobre isso em algum outro ano.

EM SEU ESCRITÓRIO, Lucas começou uma lista:

- Ligar para Carton na Sotheby's.
- Ligar para os Booth sobre a doação da colcha para o Museu de Arte de Milwaukee.
- Obter ordem judicial para um pedaço de linha vermelha da colcha da Galeria Walker.
- Ligar para Jenkins e Shrake e descobrir onde está Flowers.
- Descobrir quando exatamente Amity Anderson trabalhou para Donaldson, e como teria conhecido Bucher, Coombs — por meio das colchas, provavelmente — e Toms, o morto de Des Moines.
- Começar uma biografia de Amity Anderson.

— Carol!

Carol enfiou a cabeça pela porta.

— Oi!

— A tal de Sandy ainda está por aqui?

— Está.

— Mande o traseiro dela para cá.

TANTO O CELULAR de Shrake quanto o de Flowers estavam desligados. Jenkins atendeu o dele e disse:

— Porra, Lucas, Kline vai conseguir uma ordem judicial para manter a gente longe dele.

— O que aconteceu? Onde você está?

— Estou em Brainerd. Kline Jr. subiu ontem para a cabana da família — disse Jenkins. — Ele e os amigos passaram a noite bebendo pelos bares da cidade.

— E o velho? — perguntou Lucas.

— Shrake ficou de olho nele ontem à noite. Diz que passou o tempo todo em casa e conversou com o vizinho, tarde da noite, sobre o jogo do Twins, quando levaram o lixo para a rua, logo depois que o jogo acabou. Shrake checou, e o incêndio foi aproximadamente nesse horário.

— Então os dois têm álibi.

— É. E não estão presunçosos em relação a isso. Não estão na base do "Foda-se, se vira". Estão putos da vida porque continuamos em cima deles. Júnior, a propósito, vai concorrer à cadeira do coroa no Senado, e diz que vão liquidar a acusação de atentado ao pudor colocando Jesse para testemunhar e fazendo com que os jurados vejam o quanto era inocente.

— Isso poderia funcionar — admitiu Lucas. — Você sabe onde Flowers está?

— Falei com ele ontem à noite. Estava indo ver as Barth. Deve ter chegado muito tarde, talvez ainda esteja dormindo em algum lugar.

— Certo. Era do que eu precisava. Vá para casa, Jenkins.

— Mais uma coisa.

— Sim?

— Não sei se isso significa algo para você. Provavelmente não — disse Jenkins.

— *O quê?*

— Eu estava conversando com Júnior Kline. Ele e os amigos estavam todos vestidos com jaquetas Carhartt, botas, cinturões de couro com metal e bonés CAT, e todos tinham facas Leatherman no cinturão, xingavam e tudo o mais, e, de algum modo... tive a sensação de que deviam estar do outro lado da cerca. Um bando de viadões.

— É mesmo?

— É. E sabe de uma coisa? Não acredito que esteja enganado — observou Jenkins. — Não sei como isso poderia refletir-se nos ataques contra Jesse e Kathy... Quero dizer, eu realmente não sei.

— Nem eu — disse Lucas.

Pediu a Carol que conseguisse uma ordem judicial para cortar um pedaço de linha da colcha.

Sandy entrou apressada.

— Você chamou?

— Há uma mulher chamada Amity Anderson. Tenho o endereço, telefone e posso conseguir o número de seguro social, idade e tudo o mais. Preciso da biografia mais completa que você possa me fornecer. E bem depressa. Ela não pode saber disso — disse Lucas.

Sandy deu de ombros.

— Tudo bem. Consigo tirar a maior parte da internet. Seria legal conseguir suas declarações de renda.

— Da receita federal não consigo, mas da estadual...

Os Booth forneceram-lhe a data da doação para o museu de Milwaukee.

— A mulher que cuidou da doação para o museu foi Tricia Bundt. B-U-N-D-T. Ela ainda trabalha lá e irá esta manhã. Seu nome chamou a atenção de Claire — disse Landford Booth.

— É parente dos Bundt dos Bolos Bundt? — perguntou Lucas.

Booth deu uma risadinha, a primeira vez que Lucas via nele algo semelhante a humor.

— Perguntei-lhe isso. Não é não.

* * *

ARCHIE CARTON FORNECEU-LHE informação sobre as colchas.

—Tinham dois proprietários. Um deles era a Sra. Marilyn Coombs, que recebeu um cheque de 160 mil dólares e 59 centavos, e o outro a Cannos Associates, que recebeu 320 mil dólares.

— Quem é Cannon Associates?

— Isso eu não sei — afirmou Carton. —Tudo que fizemos foi lhes entregar o cheque. As negociações das colchas foram feitas, em grande parte, pelo nosso pessoal especialista em arte folclórica na época, James Wilson e a Sra. Coombs. A empresa, Cannon, eu não conheço... Deixe-me ver o que consigo descobrir pelo cheque.

— Posso falar com Wilson? — perguntou Lucas.

— Só se você for realmente um bom anglicano — respondeu Carton.

— O quê?

— Receio que James tenha ido para seu descanso final — explicou Carton. — Ele, porém, era um anglicano fervoroso, portanto acredito que poderá encontrá-lo na parte anglicana do céu. Ou do inferno, dependendo do que eu não sei sobre James.

— Isso não é bom — constatou Lucas.

— Desconfio que James concordaria... Estou olhando para o cheque, tenho uma imagem dele diante de mim, e vejo que foi depositado em uma conta da Wells Fargo em nome da Cannon Associates. Quer o número da conta?

— Claro...

— CAROL!

Ela enfiou a cabeça.

— Sim?

— Preciso alugar Ted Marsalis por uns tempos. Podia ligar para a Receita e me colocar em contato? Preciso que ele rastreie um cheque antigo.

— Estamos quentes?

— Talvez. Isto é, quente a gente sempre está, mas, no momento, talvez estejamos *quentes*.

ENTROU EM CONTATO com Tricia Bundt pelo telefone, explicou que investigava um assassinato que poderia, de algum modo, envolver as colchas de patchwork de Armstrong.

— Tentamos descobrir o que aconteceu na época em que foram descartadas... na época em que foram doadas. Sei que você recebeu a doação de Claire Donaldson, mas poderia me dizer se havia mais alguém do lado de Donaldson envolvido na transação? Ou foi a Sra. Donaldson quem cuidou de tudo?

— Não foi não — disse Bundt. Ela soava como se tivesse um dente da frente quebrado, pois todos os seus "S" sibilantes assobiavam bastante. — Aliás, eu só falei com ela duas vezes. Uma, quando cuidávamos da avaliação das colchas, e a outra na pequena recepção que fizemos com a nossa comissão de aquisição, quando as colchas chegaram.

— Então quem cuidou de tudo do lado de Donaldson?

— Sua assistente — respondeu Bundt, — Deixe-me ver, o nome era algo como... Anita Anderson? Não, não é bem esse...

— Amity Anderson. — Ele sentiu uma certa emoção ao pronunciar esse nome.

— Isso mesmo — disse Bundt. — Ela cuidou de todos os detalhes burocráticos.

— Você poderia me dizer como fizeram a avaliação das colchas? — perguntou Lucas.

— É sempre uma coisa difícil — garantiu Bundt. — Confiamos em avaliadores experientes, gente que administra galerias de patchwork, compras anteriores de colchas semelhantes, e assim por diante — assobiou.

— Então deixe-me perguntar-lhe isto — disse Lucas. — Os museus realmente consideram o que diz uma avaliação? Isto é, vocês a recebem de graça, certo?

— Ah, nós ligamos *sim* — disse Bundt. — Se nós simplesmente inflacionássemos o preço de tudo, para que os ricos conseguissem redução de impostos, o Congresso não demoraria a mudar as regras e ficaríamos sem nada.

— Hum.

— Sério — afirmou. Mas pronunciou "sério" do modo como um nova-iorquino diz "sério", o que significa "não tão sério".

— A colcha ainda mantém seu valor original? — perguntou Lucas.

— É difícil de dizer. Não há mais nenhuma e sua criadora está morta. Isso sempre ajuda a manter o valor. São colchas de patchwork excepcionais, mesmo sem o aspecto das maldições.

Lucas agradeceu pela ajuda e, pouco antes de desligar, ela acrescentou:

— Você não me perguntou se sou parente dos Bundt dos Bolos Bundt.

— Isso nem me ocorreu.

— Sério?

ASSIM QUE DESLIGOU, seu telefone tocou novamente, e Carol disse:

— Estou colocando Ted Marsalis na linha.

Marsalis atendeu um minuto depois e Lucas pediu:

— Preciso que você dê uma checada com suas fontes na Wells Fargo. Quero saber o que aconteceu com uma conta que havia lá e quem está por trás...

LUCAS RECOSTOU-SE EM sua cadeira e fechou os olhos. Começava a enxergar algo: uma fraude das grandes. Duas senhoras ricas, ambas experientes compradoras de antiguidades, compram colchas baratinhas de uma conhecida costureira de patchwork, e então as doam a museus.

Por conta disso, conseguem grandes abatimentos de impostos, poupando entre 50 mil a 60 mil dólares de imposto de renda. Isso significaria alguma coisa para pessoas ricas como elas? Claro que sim. É desse modo que ricos permanecem ricos. Cuide de seus centavos e os dólares cuidarão de si mesmos.

As doações estabeleceram o valor das colchas e criaram uma agitação na comunidade artística. As colchas restantes foram então enviadas para a Sotheby's, onde foram vendidas, por preços igualmente altos, a quatro museus. Por que os museus necessariamente fariam lances, ele não sabia. Podia estar na moda, podia ser algo que ele não enxergava.

Em todo caso, Marilyn Coombs conseguiu dinheiro suficiente para comprar uma casa e ainda embolsou uma grana. Dois terços do dinheiro desapareceram na Cannon Associates, que, apostava, só poderia ter sido feito por Amity Anderson.

Como isso levava aos assassinatos, ainda não sabia. Anderson tinha de ter um cúmplice. Talvez o cúmplice fosse até o principal motivador de todo o esquema...

Ligou novamente para Jenkins:

— O que você acha de uma vigilância 24 horas?

— Filho da puta... Não faça isso comigo.

MAIS RABISCOS NUM bloco, olhando por uma janela. Finalmente, ligou para o Amon Carter Museum, em Fort Worth, falou com o chefe do departamento de artes folclóricas e foi informado de que a curadora que supervisionara a aquisição da colcha de patchwork tinha se mudado; ela agora estava no High Museum, em Atlanta.

Lucas anotou o número e ligou. Billie Walker tinha uma das vozes mais suaves, tipo uísque Southern Comfort, que havia nas bandas ocidentais do Velho Sul, onde a palavra *bug* tinha três vogais entre o *b* e o *g* e todas ela rimavam com *glue*.

— Eu me lembro disso claramente. Não, normalmente não a teríamos comprado, mas uma outra fundação forneceu a maior parte do dinheiro. Foi uma compra na base do três por um. Em outras palavras, se entrássemos com 30 mil dólares, eles conseguiriam 90 mil.

— Isso é muito comum?

— Ah, sim. É desse modo que conseguimos a metade de nossas coisas — explicou Billie. — Basta conseguir alguém disposto a contribuir, depois consegue-se uma fundação disposta a entrar com a doação correspondente. Há muitas, muitas fundações interessadas em arte.

— Você se lembra do nome dessa em particular? — perguntou Lucas.

— Claro. Na minha profissão, não se pode esquecer uma fonte de fundos. Foi a Fundação Thune, de Chicago. — Lucas perguntou como se soletrava. — T-h-u-n-e.

— Você teve de forçar a barra para conseguir a doação? Ou eles a procuraram?

— Isso é uma coisa estranha. Eles se ofereceram. Eu nunca tinha ouvido falar neles antes. Não tive nenhum trabalho.

Lucas anotou *Thune* em seu bloco da escrivaninha.

— Você ouviu falar numa mulher chamada Amity Anderson.

— Não... não que me lembre. Quem é ela?

JÁ OUVIRA O *nome* Thune, pensou. Não sabia onde, mas o tinha ouvido, e recentemente. Na casa de Bucher, por um de seus parentes? Não conseguia determinar, e, finalmente, ligou para o auxílio à lista de Chicago, conseguiu o número da Fundação Thune e, cinco minutos depois, falava com o diretor-assistente.

Explicou, brevemente, o que pretendia e então perguntou:

— Os nomes Donaldson, Bucher ou Toms significam alguma coisa para você?

— Bem, Donaldson, é claro. O Sr. Thune era proprietário de uma grande cervejaria em Wisconsin. Ele não tinha filhos, mas uma de suas filhas se casou com George Donaldson... Isso foi há muito tempo... E eles tornaram-se os patronos desta fundação.

— É mesmo?

— É.

— Claire Donaldson? — perguntou Lucas. — Então ela era a última Donaldson?

— Sim, era. Trágico, o que aconteceu. Ela participou durante vários anos de nosso conselho. Foi presidente, aliás, durante muitos anos, embora tivesse abdicado dessa função antes de morrer.

— Ela tinha algo a ver com doações? Tipo, para museus?

— Ela fazia parte da nossa comissão de doações, é claro...

LUCAS TERIA SE afastado do telefone e dito "Arrá!", se não achasse que iria parecer um idiota.

Uma nova peça: até mesmo os preços pagos pelas colchas no leilão foram uma fraude. Apostava como as outras compras também tinham um embasamento semelhante. Mandaria Sandy fuçar, mas isso lhe apontou a direção.

Um esquema bem complicado, pensou, provavelmente montado por Anderson e seu cúmplice.

Criar os patchworks. Criar um pretenso valor para eles, doando-os a museus, com avaliações que, apostava, eram tão fajutas quanto as vendas posteriores.

Vender os patchworks na Sotheby's para museus que achavam que estavam fazendo um grande negócio, já que a maior parte do dinheiro vinha de fundações filantrópicas. Por que as fundações liberariam dinheiro dessa maneira? Por causa da pressão de seus fundadores...

Os fundadores eram proibidos de obter pessoalmente dinheiro das fundações. Isso era rigorosamente proibido. Mas, desse modo, eles conseguiam, e, acima de tudo, obtinham isenção de impostos.

DESENHOU DIAGRAMAS COM setas apontando para quadrados: Anderson descola uma parte; as fundadoras, Bucher e Donaldson, conseguem descontos no imposto de renda. Na venda da Sotheby's, o dinheiro é distribuído para Coombs e Cannon Associates — Amity Anderson. Anderson devolve uma parte — um terço? — a Donaldson e Bucher...

Que grande negócio. Completamente invisível.

Então, talvez Donaldson não tivesse suportado, ou alguém forçou demais a barra, e Donaldson teve de morrer. Depois Bucher. Isso seria... estranho.

E quanto a Toms? Onde se encaixava?

TED MARSALIS RETORNOU a ligação.

— A conta da Wells Fargo foi aberta por uma mulher chamada Barbra Cannon. Barbra sem o *a* do meio, como em Barbra Streisand. Havia uma anotação na conta que dizia que os proprietários esperavam fazer vários saques rapidamente, pois montavam uma loja de antiguidades, em Palm Springs, e planejavam usar o dinheiro para formar o estoque original. Eu lhe disse que isso tudo foi em Las Vegas?

— Las Vegas?

— Em Nevada.

— Eu sei onde fica. Mas o que aconteceu?

— Eles sacaram o dinheiro, até os últimos 700 dólares, de um caixa eletrônico, e a Wells Fargo nunca mais ouviu falar nesse pessoal — informou Marsalis. — Restaram 6 dólares na conta. Isso foi consumido, ao longo dos anos, pelas despesas de manutenção de conta, portanto agora não há absolutamente nada. Os extratos bancários enviados ao endereço foram devolvidos. Não há ninguém lá.

— Merda.

— O que mais quer saber? — perguntou Marsalis.

— O que o imposto de renda tem a dizer sobre isso? — quis saber Lucas.

— Não creio que tenham dito alguma coisa. Quer que eu fale com eles?

— Sim. Faça isso. Tanto dinheiro assim não pode ter virado fumaça — concluiu Lucas.

— Claro que pode — afirmou Marsalis. — Você é policial. Já ouviu falar em traficantes de drogas? É assim que fazem o dinheiro sumir.

* * *

Traficantes de drogas? Nem mesmo queria pensar nisso. Tinha de se concentrar em Amity Anderson. Jenkins e Shrake ficariam de olho, para ver com quem ela se relacionava. Precisava do máximo que pudesse conseguir, pois tudo estava tão obscuro... Tinha certeza de que estava no caminho certo, mas, e se fosse revelado que a linha vermelha era algo feito apenas em Wisconsin? Então toda a estrutura desabaria sobre sua cabeça.

Ligou para Sandy:

— Alguma coisa sobre Anderson?

— Uma porção de anotações dispersas, mas ainda não as organizei num relatório.

— Não quero a por... porcaria de um Power Point... onde ela trabalhou? Deu uma olhada no imposto de renda?

— Ela trabalhou como professora-assistente no Carleton College, em Northfield, depois trabalhou numa loja da Dayton's, em St. Paul. Em seguida, trabalhou para Claire Donaldson, o que já sabemos, e então foi direto para a Fundação Old Northwest, onde permanece. Também descobri que tem uma pequena ficha criminal.

— Do que se trata? — Algo envolvendo violência, torceu ele.

— Foi apanhada furtando na Dayton's. Foi por isso que saiu de lá, eu acho. A detenção foi exatamente na mesma época em que ela saiu.

— Hum.

— Também tenho várias coisas sobre impostos, mas devo dizer que não creio que haja algo que lhe interessaria — disse Sandy. — Declarou uma isenção de taxação sobre hipoteca. Seis anos atrás, comprou uma casa por 170 mil dólares, e tinha uma hipoteca de 150, portanto declarou o mínimo... tipo 17 mil dólares.

— Algum extrato bancário?

— Não que eu tenha conseguido, mas ano passado ganhou apenas, tipo, 40 dólares em sua poupança. E não há registros de juros ou ganhos de capital em outros tipos de investimentos.

— Carro? — perguntou Lucas.

— Pesquisei o nome dela no Departamento de Trânsito. Tem um Mazda com 6 anos. Uma multa por excesso de velocidade de três anos atrás.

— Ela já possuiu uma van?

— Não há registro disso.

Havia mais do mesmo mas, em tudo e por tudo, a biografia de Amity Anderson parecia pintar o quadro de uma mulher que não estava endividada, mas a duras penas.

— Isso — disse Lucas a Sandy — não parece a biografia de uma mulher que topou com um quarto de milhão de dólares isentos de impostos alguns anos atrás.

— Não mesmo — admitiu Sandy. — Continuarei procurando, mas se pegou esse dinheiro, ele está muito bem escondido. Você já pensou na possibilidade de ela ter comprado somente antiguidades? Que sua casa é seu banco?

— Já estive na casa dela. Não é cheia de antiguidades.

— Bem, talvez haja um montão de dinheiro mofando no porão. Mas eu, se fosse ela, teria gasto pelo menos uma parte na compra de um carro novo.

— É. Droga. Isso não está seguindo o rumo que eu esperava — resmungou Lucas.

MANDOU SANDY DESCER ao inferno — na verdade, voltar ao velho computador Dell e um banquinho — para continuar a pesquisa, e ligou para Jenkins.

— Você falou com Shrake?

— Falei. Pensamos em começar a vigiá-la esta noite. Não sabemos como ela é, mas tentaremos apanhá-la do lado de fora daquela fundação... Será dureza.

— Esta noite está ótimo. Não falei sério sobre as 24 horas... Coloquem-na para dormir, esperem uma meia hora, depois recomecem pela manhã — disse Lucas. — Basicamente, quero saber com quem ela se relaciona. Precisa ser um cara grandão: alguém capaz de agarrar e carregar Jesse Barth na rua.

FLOWERS SURGIU OCIOSAMENTE na porta, parecendo muito bem descansado:

— Passei a maior parte da noite com Jesse e Kathy Barth. Elas estão mortas de medo.

— Ora, jogaram uma bomba incendiária pela janela da cozinha. É o que dizem.

— Ah, jogaram — disse Flowers. Foi até a cadeira das visitas, sentou-se e apoiou um pé na beira da escrivaninha de Lucas. — Falei com o sujeito dos incêndios criminosos... Não havia vidro na pia, mas havia uma coisa queimada que ele acha que é o resto de uma embalagem acartonada de dois litros de leite. Provavelmente tinha um trapo enfiado no bico. Ele disse que seria o mesmo que lançar uma bola com gasolina pela janela; melhor do que uma garrafa.

— É?

— É. — Apoiou o outro pé em cima do primeiro. — Disse que garrafas de vinho funcionam bem se são jogadas em tanques, mas, se forem jogadas em um chão de cozinha, na metade das vezes, apenas quicam e não se quebram.

— É mesmo? — perguntou Lucas.

— É. Então, o que estamos fazendo?

— Eu tenho uma ideia...

— Nós precisamos de uma ideia — disse Flowers. — Tipo, urgentemente.

Lucas explicou sobre Amity Anderson. Flowers ouviu e disse:

— Então ligue para aquela dona da Walker e descubra se ela lidou com Amity Anderson no negócio feito com Bucher.

Lucas assentiu:

— É o que eu ia fazer.

* * *

ALICE SCHIRMER ESTAVA ligeiramente irritada.

— Bem, recebemos a ordem judicial, a pessoa do seu laboratório esteve aqui e massacramos a colcha. Espero que esteja contente.

Lucas teve a sensação de que era apenas birra. Não tinha tempo para isso e vociferou:

— Há várias pessoas mortas e uma desaparecida e talvez morta. Por alguns centímetros de linha ou o que quer que fosse...

— Sinto muito, vamos recomeçar — disse rapidamente. — Olá, eu sou Alice.

Lucas inspirou fundo.

— Quando houve a transação da colcha com Bucher, você, por acaso, conheceu uma mulher chamada Amity Anderson?

— Amity? Conheço Amity, mas ela não esteve envolvida com o legado Bucher.

— De onde a conhece? Amity?

— Ela trabalha para uma fundação que fornece verbas para as artes.

— Apenas isso? Não a conhece socialmente, nem sabe com quem se relaciona, ou conhece alguma ligação que poderia levá-la até Bucher?

— Não, nunca estive com ela socialmente — respondeu Schirmer. — Sei que, durante algum tempo, esteve ligada a um homem chamado Don Harvey, mas Don se mudou para Chicago, para dirigir a New Gallery. Isso foi há uns dois anos.

— Namorado?

— Sim. Estiveram juntos por algum tempo, mas não sei o que ela tem feito ultimamente — disse Schirmer.

— Hã, um momento. — Lucas afastou o telefone do ouvido e franziu a testa.

— O que foi? — perguntou Flowers.

Lucas voltou ao telefone.

— Eu soube... de uma fonte... que Amity Anderson é gay.

— Amity? Nãããão, pode ser que, sabe como é, ela goste de um pouco de ambos — esclareceu Schirmer. — Ela com certeza teve um relacionamento com Don e, conhecendo-o como o conheço, não poderia haver nada de platônico no romance. Com o bom e velho Don era quanto mais, melhor.

— Hum. Como Don é fisicamente? Parece um jogador de futebol americano?

Ela riu.

— Não. Ele é um cara baixinho, linguarudo e, supostamente, portador de um gigantesco... Você sabe. Duvido que levante algo mais pesado do que um copo de uísque.

— Você disse que ele dirige uma galeria — disse Lucas. — De antiguidades? Ou ele entende de antiguidades?

— Don é um sujeito do tipo pinturas e gravuras. Mas foi um consultor de antiguidades para Amity — admitiu Schirmer. — Espero que, algum dia, de algum modo, ela entre para o negócio. Se conseguir capital.

— Está bem. Ouça, mantenha esta conversa em segredo — disse Lucas.

— Claro.

— E o tal pedaço de linha...

— Da colcha massacrada? — Agora ela estava brincando.

— A própria. Já está vindo para cá? — perguntou Lucas.

— Está. Seu homem já se foi há mais de uma hora.

Lucas contou a Flowers.

— Amity Anderson mentiu para mim, de um modo que a maioria das pessoas não o faria. Perguntei-lhe sobre namorados e me disse que era gay. Na ocasião, acreditei... Mas descobri que ela não é.

— Isso faz diferença? — perguntou Flowers.

— Faz, se você precisa de alguém grande o bastante para carregar uma mesa de 50 mil dólares — disse Lucas. — Alguém a quem você possa atribuir o assassinato.

O perito criminal assegurou:

— Temos que fazer alguns testes, mas dei uma olhada no microscópio: é idêntica. Repito, idêntica. Eu ficaria 97 por cento surpreso se ela não tiver saído do mesmo carretel. Vamos fazer alguns exames na tintura, e assim por adiante, só para termos certeza.

— A curadora afirmou que você massacrou a colcha.

— Claro. Tiramos um pouco mais de 1 centímetro de um pedaço de linha solta do avesso de um canto. Você não encontraria novamente o mesmo lugar, sem um holofote e um cão de caça.

LUCAS DESLIGOU. FLOWERS perguntou novamente:

— O que foi?

— Houve uma fraude das grandes, talvez movimentando mais de meio milhão de dólares, envolvendo todas essas pessoas. Você acha que isso seria o suficiente para se matar?

— Você pode atravessar o rio, durante o inverno, e morrer por causa de um sanduíche de presunto — assegurou Flowers. — Mas você me disse que era um roubo e não uma fraude.

— Eis o que acho neste momento — disse Lucas. — Acho que todos passaram a se conhecer por meio dessa fraude. Que pode ter parecido um pequeno jogo. Ou talvez as pessoas ricas nem mesmo soubessem que as colchas de patchwork eram falsas. Mas isso abriu a porta para os sujeitos, que olharam em volta e tiveram outra ideia... Conhecer um pouco mais as pessoas, saber o que possuíam, quanto isso valia e, então, matá-las para conseguir essas coisas.

— Meio grosseiro para pessoas que lidam com arte.

— Grosseiro, não — considerou Lucas. — Muito seletivo. Você tinha de saber exatamente o que estava fazendo. Pega alguns trecos de valor, mas precisam ser coisas obscuras. Talvez as guardadas no sótão, e esquecidas por lá. Um antigo quadro que valia 500 dólares, quando comprado, há 50 anos, mas que agora vale meio milhão. Eles procuraram pessoas isoladas pelo tempo: velhos, viúvos e viúvas, com heranças recuando 100 ou 150 anos. Então algumas peças desaparecem, uma louça aqui, uma mesa ali, um quadro do sótão, mas quem vai saber? Algum sobrinho distante? Quem vai saber?

Flowers levantou-se, enfiou as mãos nos bolsos, andou pela sala e foi olhar o mapa de Minnesota de 1,5 metro de altura.

— É o tipo de coisa que pode deixar uma pessoa puta da vida. Se você é civilizado, coisa e tal.

— É. Não dá para alguém enlouquecer mais do que isso, exceto por dinheiro... Dá até para a gente entender essa coisa, de um modo meio insano. Mas agora eles estão matando pessoas que simplesmente se meteram no caminho. — Olhou, para além de Flowers, para o mapa na parede. — Onde está Gabriella Coombs, porra? Cadê você, meu bem?

19

Lucas estava sentado na sala de estar, com um bloco de desenho e uma caneta, tentando imaginar como chegar a Amity Anderson, quando seu celular tocou. Retirou-o do bolso para ver quem ligava: Shrake. Consultou o relógio: 12h10. Shrake assumira a vigilância de Amity Anderson e estava prestes a ir para casa. Abriu o telefone com um piparote:

— Sim?

— Tá legal, você nos botou, Jenkins e eu, para vigiar o circuito gay, não foi? A gente encheu seu saco, então você mandou Jenkins vigiar o garotão Kline, e agora...

— Do que você está falando?

— Amity Anderson saiu para um encontro, deu uma porção de beijinhos no rosto, jantou, passou três horas na casa da namorada, e voltamos agora. Assim que ela for dormir, vou voltar para a casa da tal namorada para ver se *eu* consigo namorar — disse Shrake.

— Ela *é* gay?

— Isso, ou então está namorando o sujeito mais bonito que já vi — disse Shrake. — Um belo traseiro e cabelos ruivos que descem até lá!

— Puta merda. Anderson devia ter um namorado.

— Não posso ajudá-lo nisso, Lucas. A pessoa com quem ela saiu esta noite com toda a certeza não é homem. O que quer que eu faça?

— Vá para casa.

— Não quer um pernoite?

— Não. Estamos à procura de amigos — disse Lucas. — Espere uma meia hora após as luzes se apagarem... Droga, espere uma hora... depois vá para casa. Jenkins prosseguirá pela manhã.

PELA MANHÃ, APÓS Weather e Letty terem saído e a empregada ter ido cuidar de Sam, Lucas saiu para a garagem, contornou a frente do Porsche até uma porta na parede lateral. A porta abria-se para um lance de escada que subia para o que os construtores chamavam de "aposento de bonificação" — um semiacabado loft/depósito acima da garagem.

Lucas supervisionara de cima a baixo a construção da casa, levara os construtores à loucura com perguntas e recomendações indesejadas, emitira seis dúzias de ordens de transformações do projeto original, mas, no final, dera tudo certo. Quando os operários foram embora, satisfeitos, ele acrescentara algo por conta própria.

Olhou por cima do ombro para a entrada da casa, então ajoelhou-se no patamar inferior, tateou por baixo da borda do primeiro degrau e sentiu a beirada metálica. Cutucou-a por um momento com a unha e esta se abriu, como a lâmina de um canivete.

Puxou a lâmina, com força, e a face do degrau abriu-se. Uma gaveta. Ele seria capaz de apostar que nem mesmo uma equipe da polícia científica seria capaz de descobri-la. Dentro, mantinha suas coisas especiais de policial: duas pistolas frias com carregadores; um silenciador feito em casa que não se encaixava em nenhum de seus revólveres, que queria jogar fora, mas nunca o fazia; um antiquado porrete de chumbo e couro; um arrombador de porta hidráulico que apanhara num local onde houvera um roubo; 5 mil dólares, em notas de 20, com invólucro de banco; um frasco de plástico amarelo-âmbar com anfetaminas; uma caixa com luvas cirúrgicas surrupiada da sala de Weather; e um arrombador de fechaduras a pilha.

O arrombador era mais ou menos do tamanho e formato de uma escova elétrica. Tirou-o da gaveta, juntamente com um par de luvas de látex, deslizou a gaveta de volta, empurrou a lâmina-puxador para seu lugar e levou o arrombador e as luvas para a caminhonete.

De volta à casa, pegou a câmera digital de Weather, uma Cannon G7 de bolso, apanhou o paletó e avisou à empregada que estava de saída. Beijou Sam.

No telefone para Jenkins:

— Ainda está de olho nela?

— ESTOU. ACABA de entrar no elevador. E agora, eu faço o quê, fico mofando aqui?

— Ah... sim — disse Lucas. — Vá para um Starbucks.

— Escute, se quiser dar o fora, há uma escada nos fundos que sai do outro lado do prédio — resmungou Jenkins. — Ou pode entrar no mezanino, ao sair do elevador, ou fazer todo o caminho de descida e sair pela porta da frente. Há muita coisa que não consigo ver e, se eu adivinhar e estiver errado, ficarei parado aqui com o pau na mão.

— Ela não deve fazer a menor ideia de que a estamos vigiando, portanto não deverá agir de maneira furtiva — disse Lucas.

— Estou apenas supondo — alertou Jenkins. — Ou temos três ou quatro caras aqui, ou ela poderá nos passar para trás.

— Eu sei o que quer dizer. Apenas... sente-se. Ligue para mim se ela se movimentar.

DE CAMINHONETE, A casa estava a dois minutos de distância. Lucas estacionou debaixo de um pé de bordo, a meio quarteirão de lá, observou a rua por um momento, então enfiou o arrombador em um bolso, a câmera e as luvas no outro, e caminhou até a porta. Esta não era coberta, mas tinha altos cedros ornamentais de cada lado. Um prédio com um consultório dentário ficava do outro lado da rua, sem muita chance de alguém olhá-lo de lá.

Tocou a campainha, apertando-a por um longo momento, ouvindo o zunido abafado. Nenhuma reação, nenhum movimento, nenhum som de passos. Tocou novamente, então puxou e abriu a porta contra tempestades, como se estivesse falando com alguém no interior da casa. Empurrou a gazua na fechadura Yale, vagabunda, dos anos 1950.

O arrombador trepidou por um instante, então a fechadura girou em sua mão. Estava dentro.

— Olá? — chamou. — Olá? Amity? Amity?

Nada. Um pouco da luz do sol espalhava-se pelo tapete e pela parte de trás do sofá através da janela da frente; minúsculas partículas de poeira pairavam na luz do vão da porta até a cozinha.

— Amity?

Entrou, fechou a porta, vestiu as luvas de látex, deu uma rápida olhada atrás de algum sistema de segurança. Teve um choque ao encontrar um teclado no interior do armário ao lado da porta da frente. Então notou que o visor de cristal líquido, estilo anos 1980, estava apagado.

Teclou alguns botões com números: nada.

Poderia se arriscar, pensou. Se os policiais aparecessem, talvez se livrasse levando-os na conversa. Mas mesmo assim precisava agir rápido. Apressou-se pela casa, procurando algo que pudesse ser considerado antiguidade. Encontrou uma caixa de música — seria ela uma colecionadora de caixas de música? Isso seria interessante. Tirou uma foto. Em cima, no quarto, fotografou um velho quadro, uma cadeira de balanço, um desenho e uma cômoda que parecia elegante demais para aquele quarto.

No banheiro: banheira grande, maconha e velas de cera perfumada, frascos de Alprazolam e Ambien no armário de remédios. Estresse? Debaixo da pia, um estojo num saco de veludo. Ele vira estojos desse tipo anos atrás, mas o que... Abriu-o: sim, claro. Um diafragma. Então ela jogava nos dois times. Ou havia jogado.

Seu celular tocou e vibrou ao mesmo tempo, em seu bolso, quase lhe provocando um ataque cardíaco.

Carol:

— A Sra. Coombs ligou. Quer falar com você. Ela está muito transtornada.

— Ligo para ela depois — disse Lucas.

— Ela está muito transtornada.

Também não havia porcaria nenhuma que ele pudesse fazer a respeito. Vociferou:

— Depois. Tá legal?

* * *

Revistou rapidamente o armário do quarto, a cômoda, debaixo da cama. Olhou no porão, chamou "Alô?", e nada obteve a não ser um eco abafado. Subiu a escada para um aposento no térreo usado como escritório. Já estava muito tempo ali dentro — cinco, seis minutos — e a pressão aumentava.

O escritório tinha uma mesa adornada usada como escrivaninha; tudo que era caro parecia mogno para Lucas, e a mesa parecia mogno, com primorosos pés entalhados. Tirou uma foto. A escrivaninha tinha uma gaveta central, repleta de lixo: clipes de papel, envelopes, canhotos de ingressos, uma coleção de velhas canetas esferográficas, lápis, elásticos. Ele notara, a partir dos armários do andar de cima, que, enquanto as partes visíveis da casa eram mantidas arrumadas, as que ficavam fora de vista eram bagunçadas.

O escritório tinha dois arquivos, ambos de madeira. Nenhum parecia caro. Abriu uma gaveta: papéis, contas pagas. Não havia tempo para checá-los. Outra gaveta: impostos, mas recuando apenas quatro anos. Puxou-os, rapidamente, olhando na parte inferior os números nos formulários da Receita Federal; todos dos anos 1950. Mais duas gavetas cheias de garantias, anotações de revisões de carros — olhou as revisões, que se referiam a três carros diferentes, todos pequenos, nenhuma van — papelada de trabalho e registros médicos.

Não há tempo, não há tempo, pensou.

Checou a série de fotografias pessoais na parede atrás da escrivaninha. Uma delas mostrava uma Amity muito mais jovem, com beca de formatura, ao lado de várias outras pessoas, todas de beca, inclusive um sujeito grande o bastante para carregar uma mesa de 50 mil dólares. De alguma forma, o sujeito parecia familiar, mas Lucas não conseguia reconhecê-lo. Desligou o flash da câmera para que a luz não refletisse no vidro do porta-retratos e tirou uma foto da imagem.

Estou há tempo demais aqui dentro.

Droga. Se dispusesse de meia hora para dedicar àquelas gavetas... Mas, por outro lado, tinha a sensação de que ela era cuidadosa.

Deu uma olhada em volta e saiu, trancando a porta.

De volta à caminhonete, ligou para Jenkins.

— Já tomei litros de café. Se meu coração se ferrar, a culpa é sua — disse Jenkins. — Eu não a vi, mas dez minutos atrás liguei para o escritório, e ela estava em reunião. Disse que ligava depois.

— Não quero que ela fique curiosa — disse Lucas.

— Tomarei cuidado.

Dez minutos até uma loja Target. Tirou o cartão de memória da câmera e, em um quiosque da Kodak, imprimiu cópias da mobília de Amity Anderson. Nas fotos, não parecia lá grande coisa; mas o que ele sabia?

Ele, porém, sabia de alguém que era capaz de dizer. Procurou o número do celular de John Smith e ligou:

— Preciso falar com os Widdler a respeito de uma mobília. Quero saber se vale alguma coisa.

— É para o caso? Ou é pessoal?

— Talvez mais ou menos relacionado com o caso, mas não tenho certeza. Creio que já acabaram na casa de Bucher, certo?

— Sim. Eles já foram para Edina. Precisa vê-los de imediato?

— Estou perto da pista do aeroporto, posso estar lá em 10 minutos.

— Vou dar o endereço...

Os Widdler tinham uma excelente loja de dois andares, na parte velha de Edina, de tijolos marrons com uma enorme vitrine na frente. Uma cortina transparente protegia do sol a jardineira no peitoril, e, atrás da janela, uma pequena pintura a óleo em uma esmerada moldura de madeira pousava sobre uma escrivaninha parecida com a de Amity Anderson, só que menor e mais bonita. A escrivaninha, feita do que Lucas adivinhava ser mogno, estava sobre um tapete oriental de 2 metros por 1,5. Toda a composição parecia um quadro de natureza-morta.

Lucas empurrou a porta da frente e um sininho tocou. O interior era atulhado com artefatos. Ele não conseguia pensar em outra palavra para os trecos: garrafas, louças, estátuas de bronze de mulheres nuas com gansos, abajures, cadeiras, mesas, escrivaninhas e bustos. As paredes eram cobertas de telas, tapetes, colchas de patchwork e mapas emoldurados.

Pensou, *colchas*. Hum.

Uma escada levava ao segundo andar, e, olhando para o vão acima, pôde ver ainda mais trecos atrás do corrimão do segundo andar. Um retrato de mulher de olhar severo, impressionante, embora, na realidade, nada mais fosse do que uma composição em cinza e preto, pendia no primeiro patamar da escada. Tinha o rosto comprido e feições acentuadas, mas ombros largos e, por causa da fotografia que vira naquela manhã, tinha a sensação de que já a vira antes.

Observava-a, quando uma voz de mulher perguntou:

— Posso ajudá-lo?

Sobressaltou-se e virou. Uma mulher maternal, cabelos grisalhos e na casa dos 60, vindo da sala dos fundos, tinha se esgueirado por trás dele, e parecia contente consigo mesma por ter feito isso; ou pelo menos divertida por tê-lo assustado.

— Puxa vida, Leslie está? Ou Jane?

— Não, estão em Minnetonka, fazendo uma avaliação. Só voltarão depois do almoço, e, amanhã, estarão... Há algo que eu possa fazer para ajudá-lo?

— Ah, apenas umas perguntas sobre mobília... — Olhou novamente para o quadro. — Aquela mulher me parece familiar, mas não consigo localizá-la.

— É a mãe de Leslie — disse a vendedora. — Pintada por um artista local bastante talentoso, James Malone. Embora eu ache que neste meio-tempo, ele tenha se mudado para Nova York.

* * *

UM PEQUENO CLIQUE no fundo da mente de Lucas.

Claro que era a mãe de Leslie. Podia ver o rosto dele no rosto da mulher, embora ela fosse muita mais magra do que o Leslie que Lucas conhecera, que continuava engordando.

Mas ele não fora sempre gordo, Lucas sabia. Sabia disso porque Leslie não estava gordo na foto do escritório de Amity Anderson. Amity Anderson e os Widdler: e Leslie era grande o suficiente para carregar para fora de uma casa uma mesa de 50 mil dólares.

Aliás, Leslie era um cavalo. Não se percebia por causa das gravatas-borboletas, das roupas espalhafatosas e do falso sotaque de antiquário pomposo que usava, mas Leslie era um puta roceiro de Minnesota, e, provavelmente, cresceu carregando novilhas de um lado para outro do estábulo, ou seja lá o que se faz com novilhas.

A mulher disse:

— Então, hã...

— Volto amanhã — agradeceu Lucas. — Se tiver tempo. Não é nada importante, eu ia passando e...

— Eles já deverão estar às 9h, pois amanhã é a minha folga — disse a mulher.

— Falarei com eles então. — A caminho da porta, Lucas parou, como se tivesse se lembrado de alguma coisa. — Sabe se levaram a van?

A mulher pareceu intrigada.

— Eles não têm uma van.

— Ah. — Lucas pôs um ar intrigado em *seu* rosto. — Talvez tenha me enganado, mas eu os vi, certa vez, num leilão, e dirigiam uma van. Uma van branca. Acho.

— É alugada. Eles alugam quando precisam, é mais barato do que ter uma — esclareceu a mulher. — É isso que eu faço, quando trabalho em leilões.

Lucas assentiu.

— Sim. Obrigado pela ajuda.

LÁ FORA, NO estacionamento, ficou sentado por um momento na caminhonete, então ligou para John Smith.

— Se por acaso encontrar com os dois, não diga aos Widdler que fui à loja — pediu.

Após um momento de silêncio, Smith disse:

— Você está de sacanagem comigo.

— Não deve ser nada, mas preciso investigá-los. Como foi que eles se envolveram com a assessoria no caso Bucher?

— Eu os chamei — disse Smith. — Andei fazendo umas perguntas e eles foram recomendados. Convidei-os e eles aceitaram.

— Mas você não os chamou porque alguém os sugeriu especificamente? — perguntou Lucas. — Alguém na casa de Bucher?

— Não. Liguei para um cara do museu de Minneapolis que conhece antiguidades e ele me deu dois nomes. Procurei-os nas Páginas Amarelas e escolhi os Widdler porque ficavam mais perto.

— Certo — concordou Lucas. — Mas, se falar com eles, não fale sobre mim.

A SEGUIR, LIGOU para Carol, no escritório:

— Consiga alguém... não Sandy... e mande percorrer as locadoras de carros da cidade para ver se há registro de Leslie ou Jane Widdler... W-I-D-D-L-E-R... terem alugado uma van branca. Ou qualquer van.

"Sandy está pesquisando sobre uma mulher chamada Amity Anderson. Quero que ela continue fazendo isso, mas, por hoje, deixe de lado. No momento, preciso saber tudo sobre Leslie e Jane Widdler. São casados e têm um antiquário em Edina. Creio que cursaram a faculdade de Carleton. Quando chegar aí, quero uma porção de coisas já resolvidas.

— Quando você vai chegar?

— Daqui a meia hora — disse Lucas.

— Não é muito tempo.

— Sandy precisa se apressar. Estou realmente com uma puta pressa. E cheque logo esse negócio do aluguel. Já estou indo — falou Lucas.

Enfim Carol disse:

— Lucy Coombs ligou novamente.

20

— Era um sujeito grande, moreno, olhos azuis. Perguntou sobre uma van branca.

— Uma van? Há anos que não temos van — disse Jane Widdler. — Não estou conseguindo visualizar. Você disse: um sujeito grande?

A assistente de vendas fez que sim:

— Parecia... meio francês. Ombros largos, cabelo preto com alguns fios brancos. De boa aparência, mas durão. Tinha uma cicatriz que começava na linha do cabelo e descia até o olho. Não era uma cicatriz feia, apenas uma linha branca.

— Não era tão grande quanto Leslie — sugeriu Jane Widdler.

— Não... tão alto, e nem... — A assistente de vendas dos Widdler procurou uma palavra adequada.

— Nem tão gordo — disse Jane Widdler.

— Ele parecia estar em muito boa forma — disse a assistente, afastando-se do assunto do peso de Leslie. — Não parecia gente de antiquário.

— Acho que já sei quem é — concluiu Jane Widdler. Sorriu, só um pouquinho, por causa do Botox. — É melhor você não mencionar isso para Leslie. Creio que esse homem é... um velho amigo meu. Não está rolando nada, mas não quero que Leslie fique chateado.

A assistente de vendas concordou com a cabeça.

— Está bem. Deixarei isso por sua conta. — Ela *definitivamente* não gostava da ideia de chatear Leslie.

— Assim será melhor — garantiu Jane Widdler.

* * *

Jane pensou por muito tempo no assunto, até uma dor de cabeça começar a se esgueirar desde o pescoço até o topo. Finalmente, tirou seu BlackBerry da bolsa, procurou um número e apertou a tecla.

— Olá, Jane — disse Amity Anderson.

— Temos que nos unir. Agora. Sem Leslie — disse Jane.

— Por quê?

— Porque sim.

— Eu quero apenas dar o fora — disse Amity.

— É tudo o que eu quero — admitiu Jane Widdler. — Mas as coisas podem se tornar... difíceis.

Encontraram-se em um café, no mezanino. Widdler chegou pelo nível da rua, antes de subir para o mezanino, passando bem na frente de Jenkins, que estava sentado atrás de uma janela, no Starbucks, mas ele nunca a vira antes. Anderson desceu do segundo andar para o mezanino, sem passar pela rua, deixando Jenkins sentado no Starbucks, com, metaforicamente, o pau na mão.

A loja do mezanino, uma Caribou, tinha uma área com mesas e cadeiras. Widdler e Anderson pediram café *light-roast* e cookies de chocolate e framboesa e instalaram-se em uma mesa de canto.

— Esse agente estadual que falou com você, Davenport. Ele foi à loja e perguntou sobre uma van branca. Ele sabe — disse Widdler.

— Sabe o quê? — Amity Anderson deu uma mordida no seu biscoito.

— Você sabe — respondeu Widdler, com irritação. Elas nunca falaram a respeito, mas Anderson *sabia*.

— A única coisa que eu sei é que cursamos a mesma faculdade e você recomendou que a Sra. Donaldson comprasse uma rara colcha Armstrong, que depois foi doada ao Milwaukee, e isso é tudo que eu sei — disse Anderson. Enfiou na boca o resto do biscoito e fez um movimento de espanar com as mãos.

— Eu realmente não queria ser desagradável em relação a isso, mas não tenho escolha. Portanto vou lhe dizer que, se me levarem para a prisão, você irá comigo. Farei um acordo para denunciar o resto da turma, em troca de redução de pena. Refiro-me a você e Marilyn Coombs.

O rosto de Anderson cerrou-se como um punho:

— Sua vaca. Eu *não*...

—Você sabia. Certamente sabia sobre as colchas, e, se sabia sobre as colchas, então qualquer júri acreditará que sabia a respeito do resto — garantiu Widdler. —Você *trabalhava* para Donaldson, pelo amor de Deus. Mora a cinco minutos de Bucher. Agora, se Davenport sabe, e ele sabe, vai acabar conseguindo formar um caso bastante incriminador. Nós lidamos com todas essas pessoas... Donaldson, Bucher, Toms. Há registros, em algum lugar. Cheques antigos.

— Cadê o meu dinheiro? Você ia me dar o meu dinheiro — sibilou Anderson. — Eu vou para a Itália.

— Eu lhe darei o dinheiro e você poderá ir para a Itália — falou Jane. — Mas temos de nos livrar disso.

— Se está se referindo a fazermos algo com Davenport...

Widdler balançou a cabeça.

— Não, não. É tarde demais para isso. Talvez, se tivesse sido logo no início... — Afastou a vista de Anderson, os olhos estreitando-se, repassando a oportunidade perdida. Então, de volta a Anderson: — O negócio é o seguinte: policiais são burocratas. Meu padrasto era tira e sei como eles agem. Davenport já disse para alguém o que pensa. Se fizermos algo com ele, haverá mais oito policiais nos investigando. Eles não desistem nunca.

— Então quem... — Anderson tinha o copo descartável nos lábios e olhava nos olhos de Widdler, quando a resposta lhe ocorreu. — Leslie?

Widdler confirmou:

— Nunca assinei nada. Ele endossava todos os cheques, redigia os orçamentos. Fazia o trabalho de campo enquanto eu tomava conta da loja. Eles podem formar um caso muito melhor contra ele do que contra mim.

— E você está pensando em quê?

Widdler olhou em volta. Uma dúzia de outros clientes sentava-se nas cadeiras ou estava em pé no balcão, mas nenhum se encontrava perto o bastante para ouvi-las acima do murmúrio de conversas e do ruído de pratos e talheres da loja. Mesmo assim, inclinou-se para mais perto de Anderson.

— Estou pensando que Leslie poderia se desesperar. Poderia falar comigo a respeito, insinuar que fez algumas coisas que não deveria ter feito. Eu poderia ter a sensação de que estava preocupado com alguma coisa.

— Suicídio?

— Tenho uns revólveres pequenos... um em casa, e outros no carro, para defesa pessoal. Leslie me mostrou como funcionam — disse Widdler.

— E...?

— Preciso de uma carona. Não quero que simplesmente *atire* em si mesmo, quero que faça isso... em um palco, por assim dizer. Quero pessoas olhando em diferentes direções.

— E você precisa de uma carona? — Anderson estava atordoada. Conversavam sobre um assassinato, e a assassina precisava de uma *carona*.

— Não consigo imaginar outro modo de fazer isso... levá-lo até onde preciso e voltar para casa. Preciso me movimentar rapidamente, para estabelecer um álibi... Preciso estar em casa, caso alguém telefone. Não posso pegar um táxi, é tudo... é tudo muito difícil de executar, se você não ajudar.

— Tudo que preciso fazer é dar-lhe uma carona?

— Isso é tudo — disse Widdler. — É muito conveniente. A apenas poucos minutos da sua casa.

CONVERSARAM POR MAIS cinco minutos, em voz baixa, e, finalmente, Anderson disse:

— Eu não aguentaria ficar presa. Não aguentaria.

— Nem eu — continuou Widdler. Anderson olhava-a, e seus lábios tremiam tanto quanto era possível. Ela estendeu o braço e pousou a mão sobre a de Anderson. — Pode fazer isso? Apenas isso?

— Apenas a carona — falou Anderson.

— Isso é tudo... e depois... o dinheiro. Leslie mantém todo o material polêmico em um celeiro usado como depósito, em nossa casa de campo.

— Não sabia que vocês tinham uma casa de campo — disse Anderson.

— É apenas um barraco e um celeiro. Eu lhe darei a chave. Poderá pegar o que quiser. Se conseguir levá-las para a Costa Oeste... somente as miudezas devem valer meio milhão de dólares. Se for cuidadosa, poderá faturar o bastante para ficar dez anos na Europa. Pode pegar o que quiser.

— O que eu quiser? — perguntou com sobrancelhas erguidas.

— O que você quiser — confirmou Widdler. — Mais cedo ou mais tarde, a polícia vai mesmo encontrar. Não importa o que aconteça, não vou ganhar nenhum centavo com aquilo. Se você conseguir chegar lá primeiro, pegue o que quiser.

Anderson pensou um pouco: a oferta de Jane parecia incomumente generosa. Mas, por outro lado, estava em uma séria enrascada.

— Quer dizer que não terei de fazer mais nada: só lhe darei uma carona.

— Só isso — disse Jane.

— Quando?

— Imediatamente. Já comecei a falar com Leslie sobre isso, para deixá-lo preocupado. De qualquer modo, a tendência dele... — Deu de ombros.

— É enlouquecer — completou Anderson. — Seu marido é uma merda de um lunático.

Widdler concordou com a cabeça.

— Quando então? — pressionou Anderson.

— Esta noite. Quero fazer isso hoje à noite.

* * *

Widdler deu-lhe uma chave do que ela disse ser o celeiro.

— Esta tarde, enviarei um mapa pelo correio... Leslie tem um no carro. — Quando se despediram, Widdler voltou pela escada rolante e passou pelo Starbucks, mas Jenkins não a viu.

Jenkins tinha ido embora. Lucas o transferira.

Lucas encontrou Sandy curvada diante do velho computador, roendo as unhas. Ela ergueu a vista, o cabelo solto, e disse:

— Tivemos alguma sorte. Os Widdler escreveram um artigo sobre antiguidades para o *Midwest Home*, e eles têm um site com currículo. Ambos se formaram pela Carleton, um ano antes de Amity Anderson. Eles tinham de se conhecer... Jane Widdler se formou em história da arte, Amity Anderson em belas artes, Leslie Widdler tinha uma bolsa em artes plásticas. Ele fazia cerâmica.

Lucas arrastou uma cadeira para perto e perguntou:

— No site há alguma coisa sobre clientes?

— Não, na verdade, é apenas um anúncio... é um desses contatos pré-formatados onde se deixam mensagens. A última mudança que houve foi há um mês.

— Veículos motorizados?

— Nunca possuíram uma van — disse Sandy. — Nem mesmo quando faziam faculdade. Mas dei uma olhada nos registros de impostos e ambos tiveram empréstimos escolares. E o artigo da *Home* diz que ambos tiveram bolsas de estudos em artes, mas o site e o artigo da revista me deram a impressão de que tudo o que ele fez foi jogar futebol americano.

— O que tem de estranho nisso? — perguntou Lucas. Ele foi para a Universidade de Minnesota com um bolsa para jogar hóquei.

— Bem, Carleton não tem bolsa de estudos para atletismo, sabe, e eles pegam esse cara enorme para jogar futebol americano e lhe dão uma bolsa de belas artes...

— Talvez fosse um ótimo artista plástico — disse Lucas, um tanto obstinado. — Atletas têm uma ampla gama de interesses.

Olhou para ele:

— Você foi atleta, não foi?

— O que era mesmo que você estava dizendo? — perguntou Lucas.

— Você ganhou um Camaro?

— O que era mesmo que você estava dizendo? — repetiu Lucas.

Imperturbável — a autoconfiança de Sandy, pensou Lucas, parecia crescer a grande velocidade —, ela voltou ao computador, bateu em algumas teclas e fez surgir uma página de anotações.

— Bem, sobre as bolsas de estudo. Aparentemente, não recebiam muito dinheiro da família. Casaram-se no ano em que se formaram, mudaram-se para as Cidades Gêmeas, abriram uma loja de antiguidades. E, dez anos depois, tendo começado do nada, só podiam ser milionários. Possuem o prédio da loja, uma casa em Minnehaha Creek, dirigem carros que valem 80 mil dólares...

— Isso é interessante, mas pode ser que eles sejam mesmo talentosos.

— E talvez Leslie tenha tido lições sobre liderança ao participar de jogos de futebol americano — brincou Sandy.

Lucas recostou-se.

— Por que as mulheres me sacaneiam?

— Basicamente, porque você está aqui.

SANDY FIZERA MAIS uma coisa.

— Fiz um gráfico da renda deles. — Dedilhou mais algumas teclas e o gráfico surgiu. A linha da renda começava na horizontal, depois erguia-se num ângulo de 45 graus, então passava a ser um pouco horizontal ao longo dos anos, mas continuava subindo. — Aqui estão as colchas de patchwork. — Indicou uma área horizontal, pouco antes de uma elevação. — O aumento da renda viria um ano depois... Levaram algum tempo para escoar o dinheiro para as vendas. — Apontou outras duas elevações: — Toms e Donaldson.

— Valha-me, Deus — disse Lucas. — Você pode voltar a Des Moines? Agora?

★ ★ ★

Jenkins estava sentado na cadeira de visitante de Carol, quando Lucas voltou ao seu escritório, andando depressa.

— Entre — convidou Lucas.

— O que está havendo? — Seguiu Lucas à sala interna. Lucas examinava uma cópia do gráfico de Sandy.

— Creio que finalmente colocamos as mãos em alguma coisa boa — explicou Lucas. — Quero que você vá a Eau Claire... Eu o mandaria de avião se fosse mais rápido, mas creio que será mais rápido ir de carro. Você vai conversar com umas pessoas chamadas Booth e procurar duplicatas de alguns cheques e certos registros de compras de antiguidades.

Jenkins disse:

— Cara, você pirou... mas precisa se mancar, se essa tal de Gabriella Coombs não se mandou com o namorado ou coisa assim, a esta altura já era — disse Jenkins.

Lucas concordou com a cabeça.

— Eu sei. Tudo que eu quero agora é apanhar os filhos da puta. Você vai ficar de olho em umas pessoas chamadas Widdler...

Lucas deu-lhe as instruções; Sandy o interrompeu, no meio da conversa, e disse:

— Estou a caminho. Ligo para você à noite.

— Ótimo. Tente voltar ainda esta noite ou amanhã de manhã cedo. Faremos uma reunião a respeito disso tudo, para juntar todas essas pessoas. Amanhã de manhã, espero.

Ela fez que sim e desapareceu.

Ele terminou de instruir Jenkins, que perguntou:

— Então vai cuidar de Bucher?

— Vou, e tenho alguns assuntos políticos para resolver com a polícia de St. Paul e preciso visitar Lucy Coombs. Estarei a noite toda no meu telefone... Pelo menos até uma da madrugada. Ligue para mim.

— Vou nessa.

21

A DELEGACIA DE St. Paul fica em um prédio de tijolos marrons que parecia uma cervejaria remodelada, e fora erguido exatamente onde uma cervejaria deveria estar: perto de várias autoestradas, na parte posterior da cidade.

Lucas estacionou nas vagas para policiais, colocou um distintivo no painel e encontrou John Smith em uma baia do escritório. Outro detetive, a três cubículos de distância, brincava com um cubo mágico tão gasto que deveria ser original. Um terceiro falava tão seriamente ao telefone que só podia ser com sua esposa, e parecia encrencado. Qualquer coisa assim ou ela acabara de descobrir que estava grávida.

Lucas chamou:

—Vamos para um lugar tranquilo.

Smith levantou-se.

— Os Widdler?

O segundo detetive disse, sem erguer a vista do cubo mágico:

—Tudo bem, falem perto de mim. Como se eu não fosse ninguém.

—Você *é* ninguém — disse Smith. E para Lucas: — Por aqui.

Lucas o seguiu pelo corredor até a sala do tenente. Smith enfiou a cabeça lá dentro e disse:

— Eu pensei tê-lo ouvido sair. Vamos entrar.

— VAMOS A todo vapor adiante dos Widdler — disse Lucas. — Por enquanto, não é nada certo. No mínimo, falarei com Leslie Widdler e lhe pedirei que enrole as pernas das calças. Para ver se tem as mordidas de Screw.

— Quando?

— Amanhã, na metade do dia. Tenho gente indo agora a Eau Claire e Des Moines. Já liguei Marilyn Coombs e Donaldson a Amity Anderson, que é uma amiga de longa data dos Widdler. Creio que se envolveram em uma fraude fiscal, venderam aquelas colchas falsas, e foi aí que acho que a coisa começou. Sabemos que um dos assassinos era um homem muito grande, eles conheciam bastante sobre antiguidades, e tiveram meios de vendê-las. Em outras palavras, os Widdler.

— Você não os ligou diretamente a ninguém? Isto é, os Widdler a Donaldson, Bucher ou Toms?

— Ainda não — disse Lucas.

— E a van? — perguntou Smith.

— Nada de van.

— Droga. Tem de haver uma van — disse Smith.

— Falei com uma mulher, na loja dos Widdler. Eles alugavam vans — disse Lucas. — Está sendo verificado.

— A van da gravação na Summit é velha demais para ser de aluguel... A menos que tenham ido a um Alugue-um-calhambeque.

— Não sei — disse Lucas. — A van, na coisa toda, é como se fosse um parafuso solto.

— Sem uma van, sem uma ligação direta... Não creio que você tenha o suficiente para obter um mandado de busca contra Leslie.

Lucas sorriu.

— Eu estava pensando em *você* para tentar conseguir um mandado. Você, provavelmente, deve ter mais influência com os juízes locais.

— Tenho alguma influência, mas preciso de *alguma coisa* — disse Smith.

— Talvez tenhamos amanhã de manhã. E, se não tivermos, posso pedir a Leslie para enrolar a perna das calças. Se ele mandar eu me foder, saberemos a verdade.

* * *

LUCAS PEGOU A chave da casa de Bucher, saiu, sentou-se em seu carro, olhou para o celular, suspirou e teclou. Lucy Coombs atendeu logo:

— O que foi?

— Aqui é Lucas Davenport...

QUANDO CHEGOU À casa de Coombs, ela estava sentada na cozinha com uma vizinha, os olhos encovados e pretos, e, assim que viu Lucas, começou a chorar novamente.

— Você acha que ela está morta.

Lucas confirmou com a cabeça:

— A não ser que esteja com um amigo. Mas ela estava tão resolvida a chegar ao fundo disso, seu namoro tinha terminado, e resolver a questão era o que ela mais queria. Não creio que ela simplesmente tenha desistido. Acho que nós devemos nos preparar para... o pior.

— Como assim, "nós"? — soluçou Coombs. — Este é a porra do seu *trabalho*. Ela não é sua filha.

— Sra. Coombs... Puxa vida, foi Gabriella quem me envolveu nisso — replicou Lucas. — Ela, provavelmente, foi a pessoa-chave que vai levar à prisão desses assassinos... E eles mataram mais gente do que imagina.

— Minha mãe e minha filha — choramingou Coombs, a voz esgotando-se e tornando-se um guincho.

— Mais do que isso... talvez tenham matado três idosos, atacado uma adolescente, e ainda podem haver vítimas de que nem suspeitamos — revelou Lucas.

— Você sabe quem são?

— Começamos a ter algumas ideias.

— E se eles a tiverem sequestrado? E se apenas a estiverem mantendo para... para... — Não conseguiu pensar em um motivo para a possibilidade de a manterem presa. Lucas tampouco.

— Essa é sempre uma possibilidade. Torcemos para isso. Esperamos fazer algum tipo de progresso amanhã... e peço que mantenha segredo. Talvez a gente descubra algo muito em breve. De um modo ou de outro.

— Merda — disse Coombs. Olhou em volta da cozinha, então apanhou um prato de cerâmica, com um entalhe artesanal de dois peixes cruzados, que estava pendurado na parede, e jogou-o contra uma parede lateral, onde se espatifou.

— Sra. Coombs...

— *Onde está ela... Onde está o meu bebê?*

LÁ FORA, NA rua, ele expirou, olhou para trás, para a casa de Coombs e sacudiu a cabeça. No lugar dela, pensou, ele não estaria berrando ou chorando — e talvez isso fosse ruim. Talvez ele devesse se comportar daquele modo, mas sabia que não conseguiria. Podia ver Weather afligindo-se como Coombs; podia ver a maioria das pessoas normais comportando-se daquele modo.

Em vez disso, Lucas sentiria uma fúria assassina, um iceberg de ódio. Mataria qualquer pessoa que machucasse Weather, Sam ou Letty. Seria frio, planejaria tudo cuidadosamente, mas a fúria jamais cessaria e, mais cedo ou mais tarde, ele os encontraria e os mataria.

A CASA DE Bucher estava escura como um túmulo. Lucas entrou, apertou o interruptor perto da porta e seguiu para o escritório. Dessa vez, passou duas horas olhando praticamente cada pedaço de papel que existia lá. Nada. Foi para o depósito do terceiro andar, onde estavam os arquivos. Um quarto pequeno, estreito, gelado; apenas uma lâmpada, pendendo nua do teto, e nenhum lugar para sentar-se. Poeirento...

Foi até o corredor, encontrou uma cadeira e carregou-a pelo assoalho rangente. Ao pousar a cadeira no chão, pensou ter ouvido passadas, lá embaixo, em algum lugar distante, até silenciar. O pelo eriçou-se na nuca. Foi até o vão da porta e chamou:

— Alô? Alô?

Nada, além do vento movimentando-se através dos aparelhos de ar-condicionado. Uma luz pareceu tremeluzir na escada, e ele esperou, porém nada mais se mexeu. O pelo de sua nuca continuava eriçado, quando retornou à papelada.

Que quantidade espantosa de lixo as pessoas guardam: antigos trabalhos escolares, recortes de jornais, receitas, certificados de garantia e manuais de instruções, cadernetas, blocos de rascunho, cartões de Natal, Páscoa e aniversário, postais de todas as partes, velhas cartas, programas de teatro, mapas, contratos de reformas, avisos de cobranças de impostos. Um mundo disso.

Uma corrente de ar frio tocou sua nuca e ele estremeceu; foi como se alguém tivesse passado pelo corredor. Foi até a porta e olhou para o corredor silencioso.

Fantasmas. O pensamento escoou pela sua mente e ele não riu. Não acreditava, mas também não ria, e nunca se sentira atraído pela ideia de perambular por um cemitério à noite. Duas pessoas tinham sido mortas ali, seus assassinos continuavam soltos, sangue ainda coagulava nas antigas peças de madeira... O silêncio parecia crescer nas paredes do corredor; exceto pelo som suave que fluía do ar-condicionado.

Voltou à papelada, sentindo a pele se arrepiar. Não havia mais ninguém na casa, sabia disso, mas, mesmo assim...

O TELEFONE TOCOU, quase lhe provocando o segundo ataque cardíaco do dia.

Tirou-o do bolso, olhou-o: fora de área.

— Alô?

Houve uma pausa e então uma voz de homem vagamente metálica disse:

— Oi! Aqui é Tom Drake! Faremos alguns serviços de impermeabilização em sua vizinhança, na próxima semana. Como proprietário...

— Vá se foder — disse Lucas, fechando com força o telefone. Quase morto por uma gravação.

Encontrou uma pasta de arquivo, com 5 centímetros de espessura, cheia de recibos de compras de móveis. Começou a pesquisar, mas toda a mobília fora comprada por decoradores, nenhum deles os Widdler. Mesmo assim, ele estava na parte certa, a parte dos móveis.

O telefone causou uma terceira pontada em seu coração: tocou novamente, Lucas sobressaltou-se novamente, xingou, olhou a tela: fora de área. Abriu-o:

— Alô?

— Lucas? Ah, agente Davenport? Aqui é...

— Sandy. E aí? — Lucas pensou ter ouvido algo no corredor e foi bisbilhotar. Nada, a não ser os espíritos. Voltou para o aposento.

— Consegui os seus Widdler. O sobrinho de Toms tinha uma pasta com as aquisições, e o Sr. Toms, o morto, comprou três quadros deles, há cerca de cinco anos. Gastou o total de 16 mil dólares. Também há um cheque de 5 mil dólares que diz apenas "avaliações", mas não diz o que foi avaliado.

A emoção fez tremer todo o seu corpo. Peguei!

— Beleza! Sandy! Isso é genial! É exatamente o que precisamos... Não teremos de imaginar que avaliações foram essas, só precisamos mostrar que houve contato. E os originais desses documentos, você consegue copiá-los?

— Consigo. Eles têm uma máquina de cópias bem aqui.

— Copie-os — recomendou. — Deixe os originais com o seu amigo aí, diga-lhe que policiais locais irão apanhá-los amanhã, ou talvez alguém da DIC.

— Quem?

— A Divisão de Investigações Criminais, de Iowa. Tenho um amigo lá, ele pode nos dizer como lidar com os documentos. Mas traga as cópias com você. Quando estará aqui?

— Esta noite. Posso partir dentro de 20 minutos. Quero, antes, comer um sanduíche ou alguma coisa assim.

— Faça o que quiser — disse Lucas. — Ligue para mim, quando estiver de volta.

Fechou o telefone com uma batida. Era exatamente isso...

* * *

UM HOMEM FALOU a cerca de 10 centímetros de seu ouvido.

— E aí?

Lucas despencou-se através do estreito aposento, quase caindo em cima da cadeira, apoiando-se no arquivo com uma das mãos, a outra baixando para o revólver, seu coração tentando sair do peito.

John Smith, parado na porta com o sorriso sumindo, olhou para o rosto de Lucas e perguntou:

— O que foi?

— Minha nossa, quase atiro em você — bradou Lucas.

— Desculpa... Ouvi você falando e subi. Achei que gostaria de uma ajuda.

— Sim. — Passou as mãos pelo cabelo, tremendo. O coração ainda pulava, querendo livrar-se das costelas. — É que aqui estava um puta silêncio.

Smith assentiu e olhou para ambos os lados do corredor:

— Já passei algumas noites aqui, sozinho. Dá para ouvir os fantasmas rastejando por aí.

— Ainda bem que não sou só eu. — Virou-se para os armários de arquivos. — Já acabei com dois e estou na metade do terceiro.

— Vou pegar a partir da última gaveta e subir — disse Smith. Foi ao corredor, pegou outra cadeira e abriu a gaveta de baixo. — Você esteve aqui o tempo todo?

Lucas olhou de relance seu relógio.

— Três horas. Deixei o escritório e vim para cá. Antes, fui falar com a Sra. Coombs. Ela está um caco. Ah, aliás... encontramos a ligação entre os Widdler e os Toms.

Smith, acabando de ajeitar-se na cadeira, ergueu a vista, uma luz sobre seu rosto, e disse:

— Você está brincando.

— Não.

Smith coçou debaixo de um braço.

— Pode não pegar bem... sabe, chamar os assassinos para avaliar o espólio. Se é que são os assassinos.

— Não vou me preocupar com isso. Em primeiro lugar, não tínhamos como saber. Em segundo... — Lucas fez uma pausa.

— Em segundo?

— Bem, em segundo lugar, não fui eu quem os chamou. — sorriu. — Foi *você*.

— Vá se foder — disse Smith. Enfiou a mão na última gaveta, tirou uma pasta e olhou a aba. — Aqui tem uma pasta que diz "Antiguidades".

— Deixa de papo — disse Lucas.

— Cara, não estou de sacanagem...

Lucas apanhou a pasta e olhou a aba: "Antiguidades".

Dentro, uma pilha de recibos. Não eram muitos, nem mesmo perto da quantidade que havia dos de móveis. Um deles, porém, uma cópia em carbono numa via cor-de-rosa, dizia no topo, "Antiguidades e Objetos de Arte Widdler".

Entregou-a a Smith, que a olhou, depois olhou para Lucas, olhou novamente a via cor-de-rosa e disse:

— Puta que pariu.

— JÁ OS LIGAMOS COM Toms e Bucher, sabemos que a boa amiga deles trabalhou para Donaldson e que montaram um sistema de fraude. É o suficiente para um mandado — disse Smith.

— No mínimo, conseguiremos que Leslie levante as pernas das calças — disse Lucas. — Se tiver marcas de mordidas, faremos um exame de DNA para a comparação com o sangue em Screw. Por aí, já o pegamos por tentativa de sequestro...

— E crueldade com animais.

— Não tenho muita certeza se Screw poderia ser qualificado como animal. Ele era mais uma fera.

— Não se pode jogar um cachorro pela janela de um carro. Talvez esse seja um meio de se livrar de uma velha, mas não de um cachorro — disse Smith. — Não aqui, na cidade de St. Paul.

Lucas estava a meio quarteirão de sua casa, quando Jenkins ligou de Wisconsin. Tateou atrás do telefone, pegou-o e atendeu:

— Sim?

— Nós os pegamos — disse Jenkins.

22

A HISTÓRIA TODA era tão complicada que Jane Widdler quase não conseguia entender. Anotou os pontos principais, sentada à escrivaninha, enquanto Leslie estava no andar de cima, no banheiro, cantando uma antiga música de Jimmy Buffet, indistintamente audível através das paredes.

Jane escreveu:

- Sem saída
- Prisão
- Desgraça
- Advogados
- Prisão para sempre

Então traçou uma linha e, debaixo dela, escreveu:

- Prisão
- Desgraça
- Advogados
- Tempo na prisão?

Em seguida, traçou uma segunda linha e escreveu:

- Guardar o dinheiro

O último item captara sua atenção a maior parte da tarde, mas, no fundo de sua mente, ela tratava dos outros itens. Davenport, pensou, provavelmente não poderia ser detido. Era possível que não chegasse até eles, mas era improvável. Ela o vira em ação.

Mordeu o lábio inferior, olhou a lista, então suspirou e a enfiou no fragmentador de papéis.

Se pegasse os dois, Davenport conseguiria condená-los? Não se Leslie não tivesse sido mordido pelo cachorro. Mas, por causa das mordidas do cachorro, Leslie estava encrencado. Se, antes disso, ela não tomasse providências, estaria frita com ele.

Por ter observado seu padrasto agir como policial e ouvi-lo contar casos reais, ela concluiu que o modo mais provável de se salvar era fornecer outro suspeito à polícia. Construir uma dúvida razoável em torno do caso. Uma dúvida o mais razoável possível.

Quanto ao dinheiro...

Eles tinham um cofre em St. Paul, onde guardavam mais de 160 mil dólares em notas de 100, 50 e 20. O dinheiro viera das antiguidades roubadas, das quatro velhas e do velho mortos, cada qual numa área diferente. Os Widdler haviam operado lentamente com o dinheiro, fazendo-o passar pela loja, atualizando o estoque, numa lavagem invisível que até mesmo a máfia teria apreciado.

Enquanto Leslie olhava uma coleção de porcelana, em Minnetonka, Jane, após falar com Anderson, fora sozinha ao banco, apanhara o dinheiro e o colocara em sacos de embalagem Ziploc. Onde colocá-lo? Finalmente, levou-o para casa e o enterrou num canteiro de flores, tomando o cuidado de colocar de volta por cima a matéria vegetal em decomposição.

AMITY ANDERSON, JANE sabia, estava prestes a desmoronar. Um grande temor: que Anderson desmoronasse antes e procurasse os policiais, na esperança de fazer um acordo. Anderson conhecia-se muito bem para saber que não suportaria a prisão. Era frágil demais para isso. Tinha o espírito livre demais. Tudo que ela queria era ir para a Itália; olhar Cellini e Caravaggio. Amity acreditava que, se ao menos conseguisse chegar lá, de algum modo os problemas seriam deixados para trás.

Pura ilusão. Jane Widdler não as tinha. As vítimas eram ricas demais, o dinheiro, volumoso demais, a publicidade, grande demais. Os policiais estariam em peso atrás deles assim que farejassem algo; e Davenport tinha faro.

Mesmo assim, se tivesse tempo, Jane conseguiria sair dessa.

LESLIE TELEFONOU, AVISANDO que estava a caminho de casa. Jane foi depressa à loja, abriu o cofre que havia nos fundos e tirou a coleção de moedas e uma pistola comum calibre .38.

A coleção de moedas viera do roubo na casa de Toms: cinquenta e oito moedas raras, de ouro, do século XIX, todas cuidadosamente guardadas em recipientes plásticos de classificação, todas de nível MS66 a MS69* tão maravilhosas, aliás, que eles pouco se preocuparam em negociá-las. Ainda tinham todas, com exceção de duas, mas, se necessário, Jane poderia levá-las ao México e negociá-las por lá.

As moedas foram para o fundo de uma fileira de lilases, em um dos lados da parte de trás da casa, a meio caminho do córrego. Enterrou-as a uns 10 centímetros de profundidade, cobriu-as com torrões de grama e limpou as mãos. Se ela não conseguisse recuperá-las... Que desperdício.

A pistola foi para a bolsa. Nunca aprendera a atirar, mas isso não importaria se o tiro fosse dado a uma distância de 1 centímetro.

IMAGINOU ONDE FICAVA a cadeia. Seria em Hennepin Country ou Ramsey? De algum modo, achava que deveria ser Ramsey, pois fora ali que ocorreram os assassinatos. E Ramsey, pensou, talvez fosse preferível, com uma classe melhor de criminosos. Certamente, teriam celas separadas, pois a pessoa é considerada inocente até que se prove o contrário. E, se Leslie tivesse morrido, a casa seria dela e poderia ser usada como penhora para o pagamento da fiança...

* Moedas não circuladas ou de cunhagem plena. (*N. do T.*)

Foi para dentro de casa. Leslie estava empoleirado no sofá da sala de estar, vestido com calça esporte amarela e uma camisa listrada, folgada, de uma grife de San Francisco. As listras azul-claras sobre fundo champanhe da camisa que combinavam muito bem com a calça e as sandálias de crocodilo Zelli, de 695 dólares.

— Oi. Ouvi você entrar... Aonde tinha ido?

— Pensei ter visto um coelho lá nos fundos. Dei a volta para olhar. Mas tinha sumido.

— É? Eu gostaria de um pé de coelho para colocar no carro.

— Precisamos conversar — comentou Jane. — Aconteceu algo terrível hoje.

QUANDO CONTOU-LHE SOBRE a visita de Davenport à loja, sobre sua pergunta pela van branca, Leslie tocou o dedo gordo no nariz gordo, e disse:

— Ele tem que ser eliminado.

— Não há tempo — protestou Jane, vertendo aflição na voz. — Se ele andou perguntando esta tarde pela van, estará vasculhando os arquivos amanhã. Assim que entrar no sistema...

Leslie enfiou a mão no bolso. Retirou uma embalagem de balas de menta e abocanhou duas.

— Escute — falou, produzindo um estalido com as balas nos dentes inferiores —, faremos isso esta noite. Só temos que pensar em como vamos fazer isso.

— Já andei investigando — ofereceu-se Jane. — Ele mora na Mississipi River Boulevard, em St.Paul. Passei de carro por lá; uma bela casa para um tira. Deve ganhar um por fora.

— Talvez *essa* seja uma possibilidade — sugeriu Leslie. — Se ele for corrupto...

— Não. É tarde demais, tarde demais... O negócio é o seguinte: você já viu a arma que ele carrega? E ele deve ser cauteloso, eu teria medo de me aproximar.

— Qual é o seu plano, então? — Na maioria das vezes, Leslie deixava que os planos ficassem por conta de Jane.

— Se você acha que devemos fazer isso, sugiro o rifle. Sabe Deus o quanto ele é potente. Você atira do banco traseiro, eu dirijo. Vamos emboscá-lo do lado de fora da casa. Se não surgir uma oportunidade, voltaremos amanhã de manhã.

— Se o virmos numa janela... uma vidraça não será problema para um Mag .300 — assegurou Leslie.

— Tanto faz.

— Se vamos fazer isso, precisamos tomar algumas providências — disse Leslie alegremente. A ideia de matar alguém sempre o entusiasmava. — Vou tomar um banho, limpar o rifle. Iremos no meu carro, sentarei atrás. Precisaremos de tampões de ouvido, tenho alguns. Qual é o esquema?

— Não podemos estacionar na River Boulevard, o estacionamento é proibido. Mas há um lugar na rua lateral, debaixo de um grande pé de olmo. Dá vista lateral para a garagem e para a porta da frente da casa. Se ele for a algum lugar...

— Pena que seja verão — constatou Leslie. — Vamos ter de atirar à luz do dia.

— Não podemos ir cedo demais. Tem que estar escuro o bastante para as pessoas não conseguirem enxergar os nossos rostos.

— Não antes das 21h15, então. Tenho jogado golfe às 21 horas, mas, às vezes, por volta de 21h15 e 21h30, já não dá mais para enxergar a bola.

— Vamos chegar lá às 21h30 e torcer pelo melhor — disse Jane. — Será que haveria um meio de atraí-lo para fora?

— Tipo o quê?

— Deixe-me pensar a respeito.

LESLIE SUBIU PARA tomar um banho, e ela pensou no assunto: como atrair Davenport para fora, com garantia suficiente para que Leslie topasse a ideia. Então sentou-se e fez sua lista, olhou-a, enfiou-a no fragmentador e pensou mais um pouco a respeito.

Leslie cantarolava "Cheeseburger in Paradise", quando Jane entrou no escritório e ligou o computador. Digitou dois textos, o primeiro um fragmento, o outro mais longo, tirado de modelos da internet. Quando terminou, colocou-os na pasta Documentos, desligou, empurrou a cadeira de volta para o lugar, subiu a escada e gritou pela porta do banheiro:

— Preciso sair; volto em vinte minutos.

A água parou de correr.

— Aonde você vai?

— Ao Wal-Mart — disse através da porta. — Precisamos de bolas de beisebol.

QUANDO VOLTOU PARA casa, Leslie estava na sala, enfiando o rifle, já carregado, em um estojo verde-oliva. Vestia camisa polo preta e calça da mesma cor.

— Puxa, detesto jogar coisas fora. Teremos que fazer isso, mas é uma bela peça de artilharia.

— Teremos mesmo — disse Jane. Tinha na mão um saco plástico de onde tirou duas caixas com bolas de beisebol.

— Bolas de beisebol?

— Você acha, por ser um atleta grandalhão, que é capaz de acertar uma bola de beisebol numa casa a 30 metros de distância?

— Acertar uma casa? — Leslie estava intrigado.

— Suponha que você é um tira bambambã, sentado em sua casa, e ouve uma batida bem forte na porta da frente, ou do lado da casa, às 21h30 — disse Jane. — Você manda sua mulher lá fora para dar uma olhada?

Leslie sorriu.

— Consigo acertar uma casa. E você anda cada vez mais esperta.

— Nós dois somos espertos. Vamos ver se conseguimos, apenas, ficar à frente de Davenport.

— Eu gostaria que a gente tivesse feito isso primeiro, em vez daquela coisa idiota com o cachorro — disse Leslie. — Precisava ver os buracos nas minhas pernas.

— Talvez mais tarde. — Jane consultou seu relógio. — Preciso me trocar, pois teremos de sair logo. Ah, meu Deus, Leslie, será este o fim? — Isso, ela pensou, era o que Jane Austen teria perguntado.

QUANDO SAÍRAM, ELA se virou para olhar a casa. Voltaria naquela noite, pensou, mas, se a polícia a prendesse, talvez não visse a casa por algum tempo. Uma lágrima escorreu por uma face, depois pela outra. Enxugou-as e Leslie grunhiu:

— Caralho! Não dê para trás.

— Você sabe o quanto detesto essa palavra — disse. Limpou novamente o rosto. — Estou tão apavorada. Não devíamos ter matado Bucher. Não devíamos tê-la matado em casa.

— Vamos ficar bem. — Estendeu a mão e acariciou a coxa da esposa. — Só temos de matar para nos livrar disso.

— Eu sei. Isso me dá tanto medo...

CHEGARAM À CASA de Davenport às 21h15 e dirigiram pela vizinhança. Ainda havia muita luz. Foram até uma loja de *bagels* ao largo de Ford Parkway e compraram alguns *bagels* com cream cheese para Leslie. 21h15. Havia mais pessoas por perto do que esperavam, aproveitando o resto da luz do dia para andar de bicicleta pela ciclovia da River Boulevard e passear com seus cachorros. Os quintais, porém, eram grandes e eles poderiam muito bem estacionar na parte mais escura da rua e ainda enxergar a casa de Davenport, uma depois da casa da esquina.

Havia luzes por toda a casa de Davenport. A família estava no interior.

— Eu talvez até conseguisse matá-lo daqui com a bola de beisebol — disse Leslie, quando encostaram no lugar que Jane escolhera. Ao deixarem a loja de *bagels*, ele tinha ido para o assento traseiro. Agora tirou o rifle do estojo e, sentando-se com as costas para o lado do motorista, apontou a arma, através do vidro levantado da janela traseira, para a varanda de Davenport.

— Nenhum problema - disse, olhando pelo visor da mira. Jane colocou os protetores de ouvido amarelos. Leslie mexeu no rifle por um momento, então voltou bruscamente a colocá-lo sobre o ombro. — Nenhum problema. Cinquenta metros, se esses forem lotes de terreno de 30 metros, menos, se forem, de 27... — Sua voz era abafada, mas ainda audível.

— Meu Deus, estou com tanto medo, Les — comentou, tirando o revólver da bolsa. Checou as ruas: ninguém à vista. — Não sei se consigo fazer isso.

— Caralho. Não dê para trás.

Jane ergueu o revólver até a têmpora dele e puxou o gatilho. Houve a ligeira cuspida de uma chama, não tão brilhante quanto a luz de um flash, e um tremendo *estrondo*.

Ela sentiu o coice, largou o revólver, as mãos nos ouvidos, os olhos arregalados. Olhou pela janela traseira. O tiro soara como o fim do mundo, mas o mundo, a 30 metros de distância, parecia prosseguir. Um carro passou e, dez segundos depois, um homem numa bicicleta com um labrador atrelado correndo a seu lado.

Leslie estava deitado no banco traseiro e, à luz mortiça, parecia apavorantemente morto.

— Maldito revólver — murmurou Jane em meio ao fedor de pólvora e sangue. Ajoelhou-se no assento e esticou-se até a traseira para pegar o revólver do chão. Limpou-o com uma toalha de papel, então o enfiou numa das flácidas mãos de Leslie, apertou-o, cuidando para que pelo menos imprimisse uma digital.

Leslie mantinha o celular plugado no acendedor do carro. Pegou-o, ligou para Amity Anderson. Quando ela atendeu, Jane disse:

—Você pode vir agora?

— Neste momento? — A aflição tornava pesada a voz de Anderson.

— Seria bom.

—Você...?

— Isto é um rádio — disse Widdler. — Não fale, apenas venha.

* * *

Checou para ver se alguém a olhava, então saiu do carro. Fechou a porta e a trancou com o segundo controle remoto. Foi um belo trabalho, pensou. Trancado por dentro, com as chaves ainda no bolso de Leslie. Essas chaves, o segundo conjunto, voltariam para o chaveiro da entrada da casa, para serem encontradas pelos investigadores.

Afastou-se no meio da escuridão. Tinha certeza de que não pensara em tudo, mas estava confiante de que pensara no que era suficiente. Tudo o que queria era um simples "Inocente". Seria pedir muito?

Amity encontrou-a na esquina.

Jane não estava tão transtornada assim: Leslie estava em sua rota final. Sua morte era mais uma questão de *quando* do que de *se*. E, embora estivesse suficientemente calma, tinha de parecer transtornada. Tinha de parecer histérica, perturbada e pirada. Ao se aproximar da esquina, penteou o cabelo para a frente e o desgrenhou; seu cabelo nunca ficava desgrenhado. Estapeou-se no rosto algumas vezes. Resmungou para si mesma, mordeu o lábio até surgirem lágrimas em seus olhos. Estapeou-se novamente.

Amity encontrou-a recém-estapeada e os olhos rasos de lágrimas, na esquina, adequadamente desalinhada para uma assassina novata.

Jane entrou no carro:

— Graças a Deus — murmurou.

— Você fez!

— Temos que ir para a sua casa — apressou-a. — Por um minuto. Estou tão apavorada. Vou molhar a calça. Só queria... Meu Deus, não consigo segurar.

— Segure, segure, vamos chegar em dois minutos — disse Amity. Desceu a Cretin, entrou à esquerda na Ford, subiu a rua, passou pelos shoppings, subiu o morro e chegou ao acesso para carros.

* * *

No banheiro, Jane baixou as calças, escutou, então levantou-se e abriu o armário de remédios. Havia dois frascos de remédios de venda sob prescrição médica. Pegou o detrás. Sentou-se, urinou, bamboleou até a pia, com as calças abaixadas até os tornozelos, olhou para o ralo, então virou-se, cuidadosa e silenciosamente, espreitando através da porta aberta do box. Cabelo perto do ralo. Pegou um pedaço de papel higiênico, recolheu um pouco de cabelo e colocou-o no bolso.

Agora estava quase ofegante. A qualquer momento, os policiais deveriam estar a caminho: um transeunte, por acaso, olha para o interior do carro, vê um sapato... E ela ainda tinha muito o que fazer. Recostou-se no assento, deu a descarga, levantou-se, puxou as calças para cima. Muito o que fazer.

Amity estava trêmula.

— Quando você acha, ah, o que...

— Vamos embora — disse Jane. — Agora, temos de nos apressar.

No carro, seguindo para oeste pela ponte, Jane disse:

— Enviei-lhe o mapa por e-mail. Deve apanhá-lo amanhã. Não espere muito tempo para partir. Leslie herdou a propriedade, e descobrirão isso rapidinho. Cuide para não ser seguida. Davenport conversou com você, e, se ele sabe de mais alguma coisa, se está investigando as colchas... Então você deve estar sendo seguida.

Amity olhou pelo retrovisor.

— Como você sabe que não estamos sendo seguidas neste momento?

Jane forçou um sorriso.

— Não podemos.

— Por que não?

— Porque, se estivermos sendo seguidas, estamos perdidas.

* * *

AMITY OLHOU-A, o rosto empalidecido.

— É isso? Não podemos estar porque não podemos estar?

— Na verdade, seria mais provável que estivessem seguindo Leslie e a mim — explicou Jane. — Se estivéssemos, provavelmente teriam me agarrado, há pouco, perto da casa de Davenport, você não acha?

Amity concordou com a cabeça. Aquilo fazia sentido.

— Talvez seja melhor eu deixá-la a um quarteirão da sua casa. Por via das dúvidas.

— Pode fazer isso — disse Jane. — Só para tudo ficar perfeitamente claro, você agora é cúmplice do que quer que tenha acontecido com Leslie. Para mim, terá sido suicídio, e você deverá pensar isso também. Porque, se você ao menos insinuar que eu sei algo sobre isso, bem, então você também esteve envolvida.

— Tudo que eu quero é ir para a Itália.

AMITY DEIXOU-A NA esquina do quarteirão, e Jane caminhou para casa, na noite suave, ouvindo os insetos, os sapos, o farfalhar das cercas vivas: gatos em suas missões noturnas, um gambá aqui, uma raposa ali, tudo invisível.

Ninguém à espera. Pensou *Nada de Les, nunca mais*. Adotou um ar sorridente, reflexo de sua própria coragem, sua própria habilidade em agir sob pressão. Era como ser uma espiã, quase isso...

TINHA MAIS UMA missão naquela noite. Tirou o carro da garagem, pegou as ruas estreitas para a I-194, observando pelo espelho, tomou a 494 para a I-35, e seguiu para o sul. A casa de campo não ficava tão distante, pegando-se o desvio em Northfield para Count 1, e a leste com alguns solavancos para o sul, pelo vale do rio Cannon.

O terreno da fazenda abrangia dezesseis hectares de decrépitos pés de bordo e sabugueiro ao longo da margem oeste ou norte do Cannon, dependendo do ponto de vista da pessoa, com uma pista de terra servindo como acesso. Os faróis do carro atravessavam os milharais de cada lado da pista, as rodas descendo por caminhos maltratados pelas chuvas e buracos, até atravessá-los e chegar à casa.

Quando a compraram, falaram em construir uma pequena cabana que não cheirasse a mofo — o barraco cheirava como se tivesse sido construído a partir de mofo — com uma varanda dando para o rio, e Leslie poderia pescar lampreias e Jane trabalharia com patchwork.

No final, montaram um celeiro metálico com bons cadeados, e deixaram o barraco se deteriorar. A cabana nunca foi construída porque, aliás, Leslie nunca se interessou muito por lampreias e Jane nunca levou à frente esse negócio de trabalhar com patchwork. Havia muito o que fazer nas Cidades Gêmeas, muita coisa para ver, muita coisa para comprar. Não conseguiram sequer internet na casa de campo. Era como um recanto rústico ou algo do gênero.

Era, porém, um ótimo lugar para esconder antiguidades roubadas.

Entrou no abrigo de carros, tateando atrás da chave sob a luz dos faróis. Lá dentro, acendeu as luzes internas e voltou para apagar as luzes do carro. Tirou do bolso o frasco de remédio cor âmbar e o jogou embaixo do assento da frente da van.

Da bolsa, tirou um rolo adesivo de retirar pelos, desenrolou-o, para obter uma área de fita adesiva nova e o passou em cima do assento do motorista. Eles sempre eram meticulosos com a van, usando redes de cabelo, luvas e macacões, para o caso de terem de se livrar dela sem deixar vestígios. Isso não seria problema, mas era sua vida que estava em jogo.

Passou o rolo, depois uma segunda vez, e uma terceira.

Então tirou do bolso o chumaço de fios de cabelo.

Olhou-o e pensou, *sabonete*. Mordeu o lábio, suspirou, pensou, *faça isso direito*, foi até o barraco e entrou. Eles mantinham a bomba hidráulica desligada, portanto ela teve de esperar que esta fizesse o ciclo e a escorva, e então bombear um pouco de água suja e fedorenta, e esperar até que ficasse mais clara. Quando isso aconteceu, enxaguou o chumaço de fios de cabelos — que nojo — e então o enxugou com pancadinhas em uma toalha de papel.

Quando estava seco, puxou alguns fios, espremeu-os no papel e levou-os de volta para a van. Dois aqui, torcidos sobre o encosto do assento, não muito óbvios, e outro aqui, na borda do encosto. Pegou o resto do cabelo e o arrastou com força pelo encosto do assento, na esperança de obter alguns fios quebrados e pontas duplas...

O melhor que conseguiu fazer, pensou. Isso era tudo o que tinha.

JANE WIDDLER ESTAVA em casa, na cama, às 2 da madrugada. Não havia chamadas em seu telefone, e a vizinhança estava às escuras, quando entrou na garagem. No andar de cima, acendeu algumas velas aromáticas e mergulhou na banheira, deixando que o calor levasse embora suas preocupações.

Não deu certo.

Passou a noite toda acordada, como um morcego amedrontado, esperando pela chegada do dia, pela polícia, pela desgraça, pela humilhação, pelos advogados.

LUCAS, POR SEU lado, dormiu profundamente até às 5h30, quando seu senso de policial o acordou. Seu sentido fora incitado por uma luz vermelha piscante sobre as cortinas da lateral da casa, que penetrava furtivamente por baixo das persianas.

Piscou os olhos, pensou, *os policiais*. O que, diabos, era aquilo? Então ouviu uma sirene, e depois outra.

Deslizou para fora da cama —Weather não tinha senso de policial, e dormiria profundamente até às 6 horas, a não ser que Sam chorasse —, foi até a janela e ergueu um dos lados da persiana. Duas viaturas policiais, um pouco mais adiante da rua, uma terceira chegando, todas reunindo-se em volta de um sedã escuro.

Que diabos? Parecia e cheirava como uma cena de crime.

Vestiu o jeans e a camisa polo, enfiou os pés sem meias em sandálias e seguiu para a porta da frente. Ao atravessar o gramado, os tornozelos úmidos pelo orvalho, um dos policiais de St. Paul o reconheceu.

— De onde você está vindo? — perguntou o policial.

— Moro bem ali — disse Lucas. — O que aconteceu?

— Um cara levou um tiro. Mas ele estava aprontando alguma... Você mora ali?

Mas Lucas olhava pela janela traseira do que agora sabia ser um Lexus, um Lexus com um buraco de bala no teto acima da janela traseira, e para o rosto gordo e morto de Leslie Widdler.

— Essa não — disse ele. — Minha nossa...

— O que foi? Você o conhece? — perguntou o policial.

23

Rose Marie Roux atravessou tempestuosa a porta da frente, salto alto, meias de náilon, saia e casaco vermelho-vivo, blusa branca, cabelos soltos. Avistou Lucas e perguntou:

— Você está bem?

Lucas mastigava uma maçã. Engoliu:

— Estou ótimo. Meu caso foi pro espaço, mas me sinto maravilhosamente bem.

— Que história é essa sobre um cara com um rifle? Dizem que um cara com um rifle estava à sua espera.

— Deve ter mudado de ideia — disse Lucas. — Venha. Tudo ainda está nos lugares. Você viu os policiais quando chegou?

— Claro. Uma convenção. Me fale a respeito.

Um sujeito fazia sua corrida assim que amanheceu, contou-lhe Lucas. Era um maratonista, que saía de casa, ziguezagueava pelo lado de Minneapolis, do Mississippi, atravessava a Fort Brigde para St. Paul, ziguezagueando um pouco mais — tentava atingir exatamente 10 quilômetros — ao norte para a Lake Street Bridge e voltava pelo rio para Minneapolis.

Um dos seus zigues levou-o a virar a esquina da rua da casa de Lucas. Ao aproximar-se do Lexus, sob a luz da manhã cedo, notou um salpico na janela traseira que, curiosamente, parecia sangue de um filme de ação. Ao passar pelo carro, olhou de relance o banco traseiro e viu o rosto branco e a boca aberta de um gordo morto, com um rifle atravessado sobre a barriga.

— Fiquei apavorado quando olhei — admitiu Lucas. — Era a última coisa que eu esperava. Leslie Widdler.

— Antes ele do que você — disse Rose Marie. — Que tipo de rifle? E se ele tivesse atirado em você?

— Um Mag .300. Bom para veado, alce, caribu. Se tivesse atirado em mim com aquela coisa, meu traseiro teria que voltar de Ohio de trem.

— Que bom que consegue brincar com isso — falou Rose Marie.

— Não estou brincando. — Foram até um policial que vigiava a fita amarela que demarcava a cena de crime. Lucas apontou para Rose Marie e disse: — Rose Marie Roux. Departamento de Segurança Pública.

O policial levantou a fita e perguntou-lhe:

— Pode me arranjar um emprego?

Ela deu-lhe um tapinha na bochecha.

— Tenho certeza de que você é um rapaz legal demais para trabalhar para mim.

— Ei, não sou não — disse o policial para as costas dela. — Sou um idiota. Juro. — E para Lucas, quando este passou por baixo da fita. — Sério. Sou um babaca.

— Vou avisá-la — garantiu Lucas.

ROSE MARIE TRABALHOU, por um breve período, como policial de rua antes de se envolver com a administração, academia de polícia, política, poder. Seguindo cuidadosamente pela rota sugerida por um dos peritos criminais, ergueu a vista para a janela, olhou Widdler, recuou e disse:

— Isso resolve tudo.

— É.

— Ele matou Bucher? Com certeza? — perguntou.

— Ele e sua mulher, acho. Não sei o que significa *isto aqui*... Você foi informada sobre a tentativa de sequestro de Jesse Barth, e sobre a bomba incendiária.

Ela fez que sim.

— O vira-latas Screw.

— A coisa do Screw e a bomba podem ter sido um... esforço, uma tentativa, alguma coisa... para me distrair. Para fazer com que eu olhasse para outra coisa, enquanto o caso Bucher se perdia. Talvez tivesse funcionado também, exceto pela van branca, e depois Gabriella. — Lucas coçou a cabeça. — Puxa vida, que bagunça.

— Então ele decidiu por uma ação direta, atirando em você com um rifle de caça, mas acovardou-se e, em vez disso, atirou em si mesmo? — Parecia duvidar.

— É isso que eu tenho — respondeu Lucas. — Não me deixa contente.

— E a esposa?

— Assim que os investigadores terminarem o básico, vamos erguer as pernas da calça de Leslie — disse Lucas. — Para ver se tem as marcas de Screw. Se tiver, levaremos um papo nada agradável com Jane.

— E se não tiver?

— Bem, ainda teremos um papo nada agradável com Jane. Então todos chamarão seus advogados e voltamos à estaca zero para imaginar o que fazer a seguir.

— Quanto disso teria acontecido, se Burt Kline não tivesse transado com uma adolescente?

Lucas teve de pensar e, finalmente, suspirou:

— Talvez... houvesse uma ou duas pessoas vivas, mas não solucionaria o caso Bucher.

ESTAVAM ALI PARADOS, conversando, quando John Smith surgiu, com cara de sono, e disse:

— Sério mesmo? — Olhou dentro do carro: — Puta merda.

— Você quer ir comigo, falar com Jane? — perguntou Lucas.

— Quero — disse Smith. — Essa coisa toda está... — Gesticulou sem conseguir pensar numa frase para a situação.

— Uma zorra? — sugeriu Rose Marie.

* * *

Finalmente, quatro caras do Instituto Médico-Legal cuidadosamente ergueram, puxaram e retiraram o corpo de Leslie Widdler do Lexus e o colocaram sobre uma maca ao nível do chão.

— Este cara devia usar uma daquelas placas de veículo largo — resmungou um deles. Depois de ajeitarem o corpo deitado, um dos investigadores do IML perguntou a Lucas: — Qual perna?

— Ambas — respondeu.

Precisaram apenas da primeira. A perna esquerda de Widdler estava crivada de ferimentos que pareciam tiros de pequeno calibre, cercados por hematomas amarelados nas bordas, do tamanho de uma nota de dólar dobrada ao meio. Surgiram alguns oohs e aahs na multidão. Embora não precisassem, realmente, levantaram a outra perna da calça e encontraram mais mordidas.

— Para mim, é o bastante — afirmou Smith. — O DNA fará a confirmação, mas isso, meus amigos, é o que acontece quando se sacaneia um pit bull.

— Mestiço de pit bull — disse Lucas.

— Mestiço de pit bull com o quê? — perguntou Rose Marie.

— Ninguém sabe — disse. — Provavelmente um rat terrier.

A caminho da casa dos Widdler, Lucas e Smith conversaram sobre uma possível prisão. Acreditavam que Leslie fora mordido por um cachorro, mas não tinham provas de que as mordidas tinham sido feitas por Screw. Isso ainda aconteceria com o exame de DNA. Mas exames de DNA demoravam um pouco. Eles sabiam que havia uma segunda pessoa envolvida, um motorista. Sabiam que Jane Widdler, provavelmente, se beneficiara de pelo menos três dos assassinatos, com a pilhagem das mansões de Donaldson, Bucher e Toms, mas não tinham qualquer indício que provasse isso.

— Vamos pressioná-la — disse Smith. — Dizemos para ela os seus direitos e pressionamos, para ver se ela diz alguma coisa. Vamos fazer essa jogada.

— Vamos levá-la para olhar Leslie, estressá-la um pouco — disse Lucas. — Tenho um mandado de busca, tanto para a casa quanto para a loja, e mandarei meu pessoal para os locais... à procura de provas físicas, registros. Deixaremos que ela saiba disso, talvez a façamos ceder quando vir Leslie.

— E se não ceder?

— Faremos a investigação. Vamos pegá-la mais cedo ou mais tarde — afirmou Lucas. — Não há como Leslie ter feito todas essas coisas sozinho. Não há como.

A QUESTÃO DO Botox, pensou Lucas, é que, quando a pessoa usava muito, como Jane Widdler, tinha de fingir reações só para parecer humana — e era impossível distinguir reações falsas de verdade de falsas reações falsas.

Widdler estava na loja, falando ao telefone, as costas para a porta, quando Lucas e Smith entraram, o sininho retinindo acima. Estava sozinha, virou-se, viu-os, sentou-se, fez um falso ar de perplexidade, e disse ao telefone:

— Preciso desligar. Tenho visitas.

Desligou, levantou-se, tensa, agitada, agarrou o encosto da cadeira e disse:

— O que foi?

— Você parece que... Já sabe? — perguntou Lucas, inclinando a cabeça.

— Cadê o meu marido? — A pergunta não foi uma sondagem; surgiu como uma exigência.

Lucas olhou para Smith, que disse:

— Bem, Sra. Widdler, houve uma tragédia...

Uma série de pequenas contrações musculares percorreu seu rosto.

— Ah, meu Deus — exclamou. — Eu sabia. Onde está ele? O que aconteceu com ele?

— Sra. Widdler, ele aparentemente tirou a própria vida — disse Lucas.

— Ah, não! — bradou. Novamente, Lucas não soube dizer se era verdadeiro ou fingido. Parecia fingido... mas, por outro lado, ele não saberia. — Ele não faria isso, faria? — berrou. — Leslie não... Ele saltou? Ele saltou?

— Receio que ele tenha atirado em si mesmo — respondeu Smith.

— Ah, não. Não. Isso não é coisa de Leslie — disse Widdler. Ela meio que se virou, desabou na cadeira e adotou uma expressão de choro, e talvez tivesse produzido uma lágrima. — Leslie nunca... seu rosto não estava... ele estava ferido?

Lucas pensou, *se ela está fingindo, é muito boa.* Suas perguntas eram malucas de um modo muito convincente.

— Infelizmente terá que vir conosco para fazer uma identificação técnica do corpo, mas não há qualquer dúvida — continuou Smith. — Tanto Lucas quanto eu o conhecíamos, é claro... Aonde acha que ele foi ontem à noite? Ele esteve aqui? Saiu cedo?

Widdler olhou adiante, a voz hesitante, fragmentada.

— Ele... não veio para casa.

— Ele já tinha feito isso antes?

— Apenas... sim. Não creio... Bem, ele não teria feito isso novamente, nas mesmas circunstâncias... — Seu rosto estava virado para eles, os olhos arregalados, pedindo uma explicação. — Mas por quê? Por que ele se mataria? Ele tinha todos os motivos para viver...

Fez novamente o rosto choroso, e Lucas pensou, *Puxa!*

Smith disse:

— Há outros problemas relacionados com a morte dele, Sra. Widdler. Descobrimos que ele estava envolvido em algumas atividades ilegais, e achamos que você sabe a respeito delas. Temos de informar-lhe que tem o direito de permanecer calada, que tudo que disser pode e será usado contra você em um tribunal de justiça. Tem o direito a falar com um advogado...

— Ah, meu Deus! — Ela ficou horrorizada por causa das palavras solenes. — Não estão pensando que *eu* fiz alguma coisa.

ESTAVAM NA CAMINHONETE de Lucas, mas Smith dirigia. Lucas estava sentado no banco traseiro com Widdler e perguntou:

— Você conhecia bem Claire Donaldson?

— Donaldson? De Chippewa Falls?

— Sim.

Widdler fez um ar de desagrado.

— Bem, *conhecia*, mas nunca a encontrei pessoalmente. Nós, é claro, compramos algumas antiguidades da venda de seu espólio, pois foi um grande acontecimento nessa área. Por quê?

— Seu marido a matou — disse Lucas.

— Cale a sua boca — gritou ela. — Cale a sua boca. Leslie não machucaria ninguém...

— E a Sra. Bucher e um homem chamado Toms, em Des Moines. Conhecia a Sra. Bucher ou o Sr. Toms?

Ela cobrira a cabeça com os braços; não havia simplesmente coberto o rosto com as mãos, mas colocara os braços em volta de toda a cabeça, com o rosto afundado quase até o colo, e disse:

— Não estou ouvindo. Não estou ouvindo.

FUNGOU, SOLUÇOU, GEMEU, chorou um pouco mais e vasculhou a bolsa atrás do Kleenex amarrotado que, aparentemente, exige-se que toda mulher carregue, e esfregou as narinas ruborizadas contra ele. Lucas voltou a atacar.

— Conhece uma mulher chamada Amity Anderson?

O fungado cessou e Widdler desenroscou-se, os olhos vermelhos, a voz espessa com o muco e perguntou:

— O que ela tem a ver com isso?

— Você a conhece? — Eles estavam progredindo.

Ela olhou para baixo, para sua bolsa, tirou o Kleenex amarrotado, limpou novamente o nariz, olhou pela janela para as casas ao longo da Randolph Street, e respondeu:

— Eu a conheço.

— Há muito tempo? — Procurava uma mentira.

— Desde a faculdade — disse Widdler. — Ela... conheceu Leslie antes de mim.

— Conheceu? Tiveram um relacionamento? — perguntou Smith, os olhos no retrovisor.

Fungado:

— Sim.

Lucas perguntou:

— Havia... hã... alguma indicação de que o relacionamento continuava?

Ela encostou a cabeça na janela lateral, encarando as costas da cabeça de Smith; a luz matinal através do vidro foi cruel com seu rosto, fazendo-a parecer mais velha, mais pálida, mais penosa e alemã, como um pintura do século XV, por Hans Memling, ou uma fazendeira do século XX pintada por Grant Wood.

— Sim.

—Você se refere...?

— A quando ficou fora a noite toda... era onde ele estava — disse.

— Com Amity Anderson — disse Lucas.

— Sim. Ela tinha uma espécie de controle sobre ele. Uma espécie de controle emocional. Maldita seja. —Virou-se para Lucas, os dentes cerrados: — Por que você está me perguntando sobre ela? Como ela está envolvida nisso?

Lucas olhou-a de volta e viu um quebra-cabeça de tiques nervosos acentuados pelo Botox, laquê, joias caras e maquilagem desfeita.

— Não sei — disse ele.

QUANDO LESLIE WIDDLER estava no carro, parecia um tanto ou quanto morto. Poderia aparentar outras possibilidades, como estar bêbado ou drogado e ter acabado desabando desconfortavelmente sobre o assento traseiro do carro, mas isso era só até se ver o buraco em sua têmpora.

No IML, eles o tinham retirado do saco de cadáver e colocado sobre uma mesa de aço, pronto para uma rápida necropsia. Ali, sob as fortes luzes brancas, ele parecia totalmente morto, branco como cal. Seus sapatos caros de couro de jacaré que costumava usar para dirigir apontavam para um lado, a língua era visível pelo lado da boca, os olhos continuavam abertos. Parecia surpreso, de certa forma, para um morto.

Jane pestanejou e afastou-se.

— Sim — disse, continuou andando, saiu da sala de exames e desmoronou numa cadeira.

— Pedimos que espere aqui. O detetive Smith e eu precisamos discutir a situação — disse Lucas.

Afastaram-se apenas o suficiente no corredor para ficarem fora do alcance da voz.

— O que você acha?

— Não creio que temos o suficiente para efetuar uma prisão — disse Smith. — E os mandados de busca?

— Conseguimos tanto para a cena do crime quanto para a casa e a loja. Se quiser mandar alguns caras...

— Farei isso. — Olhou adiante do corredor para Jane Widdler. — Vamos soltá-la?

Lucas olhou-a, voltou a olhar para Smith e concordou com a cabeça.

— Concordo que não temos o suficiente. Ainda. Diremos a ela para nomear um advogado, que será avisado a mantê-la na cidade e não fazer movimentações de dinheiro, ou será presa. Sempre podemos encontrar alguma coisa... posse de propriedade roubada.

— Se descobrirmos alguma.

Lucas sorriu.

— Está bem. Suspeita de posse de propriedade roubada. Ou, que tal, conspiração para cometer assassinato? Sempre podemos nos desculpar depois.

— Diga isso ao advogado dela.

* * *

CAMINHARAM DE VOLTA pelo corredor, Widdler observando-os nervosamente, amassando seu Kleenex. Lucas disse:

— Sra. Widdler. Precisa nomear um advogado, alguém com quem possamos conversar. Acreditamos que possa estar envolvida em atividades ilegais envolvendo a morte de Leslie...

— Vão me prender? — Parecia apavorada; um apavorado forjado, mas quem poderia dizer ao certo?

— No momento, estamos revistando sua casa e sua loja — informou Lucas. — Não vamos prendê-la, por enquanto, mas isso pode mudar no decorrer das investigações de hoje. Precisa ter um representante legal. Pode chamar seu advogado ou conseguiremos um para você...

— Chamarei o meu...

Lucas olhava em seus olhos, quando disse que não seria presa; ela piscou uma vez, e algo foi removido de seu olhar, como uma pálpebra nictitante de um lagarto.

— Pode ligar daqui, terá toda a privacidade que quiser — garantiu Lucas —, ou pode esperar até voltar para casa.

— Não ligo para privacidade. Quero dar uns telefonemas, chamar um advogado. — Seu queixo tremeu e ela deu um olhar de desânimo. — Isso tudo é incompreensivelmente espantoso.

OFERECERAM-SE PARA LEVÁ-LA em casa, já que também estavam indo para lá. Dessa vez, ela sentou-se sozinha no banco traseiro, fazendo ligações pelo celular. Falou primeiro com seu advogado, anotou um número e ligou para este:

— Joe Wyzinsky, por favor. Jane Widdler: o Sr. Wyzinsky foi recomendado pelo meu advogado particular, Laymon Haycraft. Estou, no momento, com dois policiais. Eles ameaçam me prender. Acusações? Não sei exatamente. Obrigada.

Quando surgiu o nome de Wyzinsky, Lucas e Smith entreolharam-se e, simultaneamente, abriram um sorriso.

Widdler, no banco traseiro, disse:

— Sr. Wyzinsky? Jane Widdler, da Antiguidades e Objetos de Arte Widdler. Meu marido foi baleado esta manhã, aparentemente um suicídio. A polícia diz que ele estava envolvido em assassinato e roubo, e creio que devem estar falando sobre o caso Bucher. Suspeitam que eu esteja envolvida, mas não estou.

Escutou por um momento:

— Sim, sim, claro, tenho condições... Com dois policiais, estão me levando para casa. Dizem que minha casa e a minha loja estão sendo revistadas. Não, não estou presa, mas eles dizem que, dependendo das buscas, poderão me prender até o fim do dia.

Ela parecia, pensou Lucas, estar negociando o preço de uma mesa de chá antiga, que julgava estar muito cara. Estava indiferente demais.

— ... Sim. Lucas Davenport, que é agente do estado, e John Smith, da força policial de St. Paul. O quê? Sim. Um momento. — Passou o telefone para Lucas.— Ele quer falar com você.

Lucas pegou o telefone e disse:

— O que está havendo, bambambã?

Wyzinsky perguntou:

—Você leu os Direitos de Miranda para ela?

— Claro. John Smith leu, eu testemunhei. Então insistimos para que ela nomeasse um advogado, para que não houvesse problemas. Ainda bem que ela conseguiu um profissional. — Lucas agitou as sobrancelhas para Smith.

— Estão levando-a para casa? — perguntou Wyzinsky.

— Sim.

— Ela disse que poderão prendê-la. Por quê?

— Assassinato, sequestro, conspiração para assassinato, tentativa de assassinato, incêndio criminoso, roubo, posse e venda de bens roubados — enumerou Lucas.

— Crueldade com animais — acrescentou Smith.

— E crueldade com animais — disse Lucas. — Acreditamos que tomou parte na morte de um cachorro chamado Screw e, depois disso, o corpo do animal foi atirado nas ruas de St. Paul. Pode contar como crueldade com animais e jogar lixo em local público.

— Mais alguma coisa?

— Provavelmente algumas acusações federais — continuou Lucas. — Acreditamos que deve estar envolvida em assassinatos em Chippewa Falls e Des Moines, como também aqui em St. Paul, portanto haveria fuga de divisas, transporte de objetos roubados, porte ilegal de algumas armas etc.

— Hum. Parece que vocês não têm caso nenhum, toda essa conversa fiada e nenhuma prisão — disse Wyzinsky.

— Estamos ainda aparando as arestas — disse Lucas.

— É, eu tenho uma aresta para vocês bem aqui — disse Wyzinsky. — Como vai Weather?

— Está bem.

— Vocês vão ao Baile do Solstício de Verão?

— Se Weather me forçar — disse Lucas. — Eu fico bem de smoking.

— Eu também — disse Wyzinsky. — Poderíamos ficar lado a lado e ofuscar as mulheres.

— Eu topo — disse Lucas.

— Bem... deixe-me falar novamente com minha cliente — pediu Wyzinsky. — É Widdler? E, Lucas... não faça mais perguntas a ela, está bem?

WIDDLER APANHOU O telefone, escutou, e disse:

— Então encontro você lá. — Desligou e disse a Lucas: — Vocês pareceram bastante amigáveis.

— A gente se conhece há um tempão — concordou. — Ele é um bom advogado.

— Ele não deixará que a amizade seja um obstáculo à minha defesa?

— Ele seria capaz de acabar com a minha raça, se achasse que isso ajudaria o seu caso. Joe não acredita que as pessoas devam ir para a cadeia.

— Principalmente quando são inocentes. A propósito, ele me disse para não responder mais perguntas.

Quatro policiais revistavam a casa de Widdler. Lucas sugeriu que ela fizesse uma mala, sob a supervisão de um dos peritos criminais, e se mudasse para um motel.

— Enquanto não terminarmos aqui, não a deixaremos em paz. Não podemos correr o risco de que destrua alguma coisa, ou tente fazer isso.

— Posso usar o banheiro? — perguntou.

— Se eles já tiverem acabado de examinar lá. E, Sra. Widdler, não tente deixar a área. Estamos prestes a prendê-la. Se sair do perímetro da 494-694, provavelmente nós também sairemos.

Wyzinsky apareceu enquanto Widdler fazia as malas. Era baixo, troncudo, ficando calvo, a pele olivácea, olhos negros e mãos grandes, e as mulheres em geral gostavam muito dele. Estava conversando com um policial na entrada para carros quando Lucas o avistou. Este foi até a varanda, assobiou e acenou para que Wyzinsky entrasse. O advogado subiu os degraus, sorrindo, e esfregou as mãos.

— Isto vai ser bom. Onde está ela?

— Lá em cima, fazendo as malas — disse Lucas. Conduziu-o para o interior da casa. — Tente não destruir nenhuma prova.

— Serei cuidadoso.

Smith aproximou-se.

— Achamos que ficaria mais feliz se não estivesse presente enquanto destruímos a casa.

Wyzinsky assentiu.

— Já acabaram com algum dos aposentos? Algo mais privado?

— A sala de estar — apontou Lucas. — Duas enormes poltronas e uma TV com tela grande, e portas-janelas.

— Eu a trarei para cá — disse Wyzinsky. Para Smith: — Nossa, John, você deveria comer uma pizza, de vez em quando. Quanto está pesando, 60 quilos?

— Fico feliz em saber que você se importa — disse Smith.

— Claro que me importo, você está quase humano — disse o advogado. Olhou em volta, examinando a casa; examinava quanto ela valeria, e não sua arquitetura. Não fez qualquer esforço para ocultar sua alegria. — Puxa vida, isto vai ser bom. Um cachorro chamado Screw? Já pensou, "Olá, Fox News", "Olá, Court TV"? Quem é aquela garota loura na CNN que faz a cobertura dos tribunais? A tal que usa batom brilhante? Oláááá, louraça.

— Nem pensar — disse Smith, mas estava às gargalhadas e subiu para buscar Widdler.

Wyzinsky e Widdler conversavam na sala de estar, quando um policial saiu do escritório da casa:

—Vocês deviam vir dar uma olhada nisso — sugeriu.

— O que é?

— Parece um bilhete suicida. Ou dois. Ou três.

Finalmente, concluíram que eram três ou quatro bilhetes de suicidas, dependendo de como fossem contados. Um era simplesmente um bilhete para Jane, informando-lhe sobre a situação de suas contas de investimento no U.S. Bank, na Wells Fargo e no Vanguard, e observando que o segundo quarto dos pagamentos de impostos tinha sido feito. Se era ou não um bilhete suicida, dependia do contexto.

Os outros três eram mais nitidamente sobre suicídio: sobre depressão, sobre o aumento de problemas, sobre as injustiças do mundo, sobre a sensação de estar sendo caçado, sobre tentar achar uma solução que funcionasse. Um outro dizia para Jane: "Se eu não voltar para você, eu a amava de verdade."

* * *

WYZINSKY E WIDDLER conversaram por mais de uma hora, então ele saiu da sala de estar e disse:

— A Sra. Widdler tem algumas informações que deseja prestar voluntariamente. Diz que tem que fazer isso agora, ou talvez possam não ser úteis. Se, algum dia, algo a respeito disso chegar a um tribunal, quero que seja destacado que contou com a colaboração dela. Que ela ajudou na investigação. Quero deixar claro que ela não está permitindo um interrogatório geral, apenas fazendo uma declaração.

— Por mim, tudo bem. Vamos gravar, se não houver problema — informou Lucas.

— Não há problema, embora achemos que não haverá necessidade — afirmou Wyzinsky. — Não se trata de testemunho comprobatório definitivo, é simplesmente uma questão que quer colocar, uma sugestão.

— É melhor gravar — disse Lucas. — Só leva um minuto.

CONSEGUIRAM O GRAVADOR com um dos peritos criminais, e uma fita virgem, e o instalaram na sala de estar. Lucas ligou-o, verificou se funcionava, e começou, dizendo seu nome, a data, a hora e o local da gravação, os nomes das testemunhas e deu a dianteira a Widdler.

Jane Widdler disse:

— Sei que sou suspeita de ser cúmplice do meu marido em atividades ilegais. Nego tudo isso. Contudo, para ajudar a investigação, creio que a polícia deve vigiar Amity Anderson, que manteve um envolvimento amoroso com o meu marido desde quando cursávamos a faculdade e que eu achava que tivesse terminado. Contudo, fui informada hoje, pelo agente Davenport, que Amity Anderson está sendo investigada. Conheço Amity e acredito, agora, que está envolvida, e agora que Leslie... se foi... ela tentará fugir. É assim que reage a uma crise, sempre foi assim. Ela nem mesmo lutou comigo pelo amor de Leslie. Assim que sumir, será difícil encontrá-la, pois ela conhece muito bem a Europa, tanto a ocidental quanto a oriental. Se obteve dinheiro dessas supostas atividades ilegais, levará anos para ser encontrada. Isso é tudo que tenho a dizer.

— Você acha que ela estava envolvida? — perguntou Lucas.

Wyzinsky fez uma careta, inclinou a cabeça, pensou um pouco, então assentiu para Widdler.

— Não sei — disse Widdler. — Não consigo acreditar que meu marido estivesse envolvido em algo ilegal. Por que estaria? Tudo seguia maravilhosamente bem em nossos negócios. Nas Cidades Gêmeas, somos o principal destino para quem se interessa por antiguidades e objetos de arte. Mas não sei explicar como foi encontrado esta manhã, onde foi encontrado, e não posso explicar o rifle. O agente Davenport disse que ele deve ter um cúmplice e me acusou desse papel. Não sou nem nunca fui cúmplice. Sou comerciante. Mas Amity Anderson... Não sei se fez algo de errado, mas acho que precisa ser vigiada, ou fugirá.

— Já é o bastante — disse Wyzinsky.

Lucas olhou fixo para Jane Widdler por um momento, então estendeu a mão e desligou o gravador.

— Está bem. Não deixe as Cidades Gêmeas, Sra. Widdler.

— Vocês vão vigiar Amity?

— Estamos trabalhando em todos os aspectos do caso. Não quero comprometê-lo ao compartilhar informações com um suspeito — disse Lucas.

— Ele vai vigiá-la — resmungou Wyzinsky. — O agente Davenport não deixa passar nada.

WIDDLER SAIU COM Wyzinsky, e os peritos criminais continuaram desmontando a casa. Lucas ficou entediado, foi até a loja dos Widdler, conversou com o investigador encarregado, que disse:

— Mais porcaria do que se pode imaginar, mas nenhuma tem escrito "Bucher" no fundo. Não encontramos qualquer nome relevante nos arquivos...

— Continuem procurando — ordenou Lucas.

* * *

O IML, TENDO concluído a necropsia no final do dia, informou que poderia ser suicídio ou assassinato.

— Dada as circunstâncias, não podemos afirmar. O revólver foi apontado ligeiramente para cima e direto na têmpora, 5 centímetros acima do osso malar, e, a julgar pelas queimaduras e a pólvora contida dentro do ferimento, a ponta do cano provavelmente tocou na pele. Quase não houve dispersão de pólvora fora do ferimento, uma quantidade muito pequena marcou a pele, portanto o cano estava perto. Posso imaginar um assassinato ser cometido dessa maneira... mas seria raro, principalmente tendo em vista que a vítima não parece ter sido contida de qualquer maneira.

ENQUANTO O SOL se punha, Lucas permaneceu em seu escritório, ligando para os membros de sua equipe; telefonou para Rose Marie e pegou emprestado um investigador da polícia rodoviária, chamado Jerrold.

— Vamos aceitar a palavra de Widdler — disse a todos. — Vamos vigiar Anderson.

24

REUNIRAM-SE NA SALA de estar de Lucas: Del, Jenkins, Flowers, Jerrold, Smith e Lucas, Letty fazendo sala, os quatro agentes estaduais educadamente jogando conversa fora, Letty jogando de volta. Shrake já estava de olho em Anderson, localizando-a em St. Paul e seguindo-a de volta para casa.

Smith sentia-se inquieto com os policiais estaduais que ele não conhecia bem. Lucas distribuiu garrafas de cerveja Leinie's, exceto para Letty, que queria uma Leinie's, mas ganhou uma coca. Smith e Lucas, que conversavam sobre Amity Anderson, também pegaram cocas.

— Acho que seria perfeitamente normal eu tomar uma cerveja em casa — disse Letty.

— Se lhe der uma, terei de prender a mim mesmo — disse Lucas.

— E, provavelmente, espancar a si mesmo — disse Del, piscando para Lucas.

LUCAS RESUMIU PARA todos as informações sobre Amity Anderson. Jenkins, que fizera uma vigilância eventual, sugeriu os melhores locais para se instalar, "desde que o pessoal de St. Paul não pegue no nosso pé".

— Já falei com o comandante da guarda, e ele passará a informação para as patrulhas, portanto não haverá problemas — falou Smith.

Com seis pessoas, poderiam vigiá-la em turnos de quatro horas, quatro de serviço e oito de folga. Isso iria cansá-los, após um tempo, mas Lucas planejava colocar pressão sobre Amity, para ver se ela fugiria e o que levaria junto.

Lucas e Flowers pegariam o primeiro turno, das 20h à meia-noite. Shrake e Jenkins pegariam o da meia-noite às 4, Del e Jerrold, das 4 às 8, e então Lucas e Flowers estariam de volta.

À noite, após a reunião, Flowers se instalaria na rua e vigiaria, enquanto Lucas e Smith fariam uma visita a Anderson, para sacudir sua gaiola.

LUCAS E SMITH seguiram separadamente para a casa de Anderson, e Lucas estacionou sua picape no final de um beco que dava para os fundos da casa. Entrou então no Ford de Smith, contornaram a esquina e encostaram na entrada para carros da casa de Anderson. Smith sugeriu:

— Eu deveria fazer um dos turnos.

— Não precisa — disse Lucas. — O restante do pessoal tem trabalhado junto... Não tem problema.

— É, mas você sabe como é — disse Smith. Ele não queria, foi apenas uma oferta de cortesia.

— Eu sei... mas não tem problema.

SUBIRAM A CALÇADA, viram as cortinas se mexerem e uma forma atrás delas, então Lucas bateu na porta e, um segundo depois, Anderson abriu-a, olhando para Lucas por cima de uma corrente. Ela segurava um talo de aipo lambuzado de queijo cheddar.

— Lucas Davenport, já conversamos uma vez — apresentou-se o policial. — Este é o detetive John Smith, da polícia de St. Paul. Precisamos falar com você.

— Sobre o quê? — Não abriu a corrente.

Lucas adotou uma postura formal, colocando um tom um pouco babaca na voz:

— Um amigo seu, Leslie Widdler, foi encontrado morto em um carro, esta manhã, a poucos quarteirões daqui. Levou um tiro. Interrogamos a esposa, Jane, e ela contratou um advogado. Mas nossa investigação, juntamente com declarações feitas por Jane Widdler, sugerem que você poderia nos ajudar no caso. Por favor, abra a porta.

— Vocês têm um mandado?

— Não, mas podemos conseguir um em dois minutos — disse Lucas, falando com mais dureza, sua voz baixando para um grunhido. — Você pode conversar com a gente aqui, ou conseguiremos um mandado, voltaremos aqui e a levaremos para a delegacia. Você decide.

— Posso chamar um advogado? — perguntou Anderson.

— A qualquer momento que desejar — disse Lucas. — Se não conseguir um que venha esta noite, nós a levaremos para a polícia, a colocaremos em uma cela e poderemos esperar até que um advogado chegue lá, amanhã.

— Mas eu não fiz nada.

— É sobre isso que precisamos conversar — explicou Lucas.

NO FINAL DAS contas, ela os deixou entrar, então ligou para uma amiga advogada, que concordou em ir até lá. Enquanto esperavam, assistiram a *American Volcanoes* por 45 minutos, um programa de TV sobre como Yellowstone podia explodir a qualquer momento e transformar todos os Estados Unidos num inferno de cinza e lava; Anderson tomou duas taças de vinho tinto, e então a advogada chegou.

Acontece que Lucas a conhecia, Annabelle Ramford, uma mulher que fez uma porção de trabalho *pro bono* para os sem-teto, mas não muito que envolvesse o direito penal.

— Nós nos encontramos novamente — exclamou ela, com um leve sorriso, apertando sua mão.

— Espero que possa nos ajudar — disse Lucas. — A Srta. Anderson precisa de orientação.

Anderson admitiu conhecer os Widdler. Pareceu chocada, quando Lucas sugeriu que tivera relações sexuais com Leslie Widdler, mas admitiu que sim.

— Você me disse que era gay — lembrou Lucas.

— E sou. Quando tive o relacionamento com Leslie, eu ainda não sabia.

— Mas seu relacionamento com Leslie continuou, não?

Ela olhou para Ramford, que disse:

— Você não precisa dizer coisa alguma, se não quiser.

Todos olharam para Anderson:

— O que acontece se eu não disser?

— Eu chamarei a atenção para isso — advertiu Lucas. — Mas nós descobriremos por você, com sua cooperação, ou por outras pessoas.

— Você também não precisa aceitar ameaças — disse Ramford para Anderson.

— Isso não foi bem uma ameaça — afirmou Lucas, suavizando a voz. — É a situação real, Annabelle. Se não estivermos contentes, ao sair daqui, levaremos junto a Srta. Anderson. Você então poderá lhe recomendar um advogado criminal, e todos poderemos conversar amanhã na cadeia.

— Não, não, não — disse Anderson. — Olhe, meu relacionamento com Leslie... continuou... até certo ponto.

— Até certo ponto? — perguntou Smith. — O que isso quer dizer?

— Eu estava... — Ela mordeu o lábio e desviou os olhos: — Na verdade, estava mais interessada em Jane.

— Em Jane? Você teve relações sexuais com Jane? — perguntou Lucas.

— Bem... tive. Por que eu iria querer trepar com um cara grandalhão e gordão?

Lucas não tinha resposta para isso, porém tinha mais perguntas para Jane Widdler.

MUDOU O ASSUNTO para as colchas de patchwork, anotando as respostas de Anderson. Acreditava que as colchas eram genuínas. Foram localizadas por Marilyn Coombs, que as levou aos Widdler para confirmação e avaliação.

Os Widdler, por sua vez, as enviaram para testes de laboratório, e confirmaram, por meio de testes e de outras informações biográficas sobre Armstrong, que as colchas eram verdadeiras. Os Widdler então montaram um pacote de investimento no qual as colchas seriam vendidas para colecionadores particulares, os quais as doariam a museus, obtendo, ao mesmo tempo, isenção de impostos e fama de generosos.

— Temos motivos para acreditar que as colchas são falsas... Que as maldições eram, pelo menos. Que os compradores iniciais pagaram apenas uma fração do que declararam ter pago e obtiveram uma isenção ilegal de impostos, após as doações — disse Lucas.

— Não sei de nada disso — protestou Anderson. — Fui o contato entre os Widdler e a Sra. Donaldson. Chamei sua atenção para as colchas, mas ela mesma tomou decisão e fez a própria negociação. Nunca mexi em dinheiro.

— Você me disse que não conhecia a Sra. Bucher.

Ela deu de ombros.

— E não conhecia. Sabia quem era, mas não a conhecia.

— E você ainda... mantém essa posição? — perguntou Lucas.

— É verdade — disse ela.

— Você não foi à casa dela com Leslie Widdler e matou a Sra. Bucher e sua criada?

— Claro que não! Isso é loucura!

Lucas perguntou por Toms: nunca ouviu falar, disse ela. Ela nunca estivera em Des Moines em toda a sua vida, nem mesmo passara por lá.

— Você esteve com Leslie Widdler ontem à noite? — perguntou Smith.

— Não. Estive fora até umas 20 horas, depois vim para cá — disse.

— Não falou com ele, não saiu de carro com ele...

— Não. Não. Não falei com ele, nem o vi, nem nada.

PRESSIONARAM TODOS OS outros pontos, mas Anderson não cedeu. Ela não negociara antiguidades com Leslie nem com Jane Widdler. Não sabia o que acontecera com as colchas de Armstrong, após Donaldson, exceto pelas informações que circularam no mundo da arte, fofocas e disse me disse. Ela podia provar, pensou, que, na sexta-feira, a noite em que Bucher foi assassinada, ficara fora até tarde com três outras amigas, em um restaurante no centro de Minneapolis, onde não apenas bebeu um pouco demais, como se lembrava de que havia no salão superior do restaurante uma festa de aniversário, que ficou muito barulhenta, e tinha certeza de que as pessoas se lembrariam disso.

QUANDO TERMINARAM, ANDERSON falou:

— Agora tenho uma pergunta. Tive a sensação de que Jane Widdler andou contando coisas que não são verdadeiras. Isto é, se foram Jane e Leslie que andaram matando essas pessoas, não sei por que tentaria me envolver. Ela está tentando fazer isso?

— Talvez — disse Lucas.

— Você acha que eles seriam capazes de matar? — perguntou Smith.

Anderson baixou a cabeça, pensando, olhou de lado para Ramford e então disse:

— Sabem, Jane... Ela sempre me pareceu gananciosa. Não uma má pessoa de verdade, mas terrivelmente gananciosa. Ela quer tudo. Diamantes, relógios, carros, Hermès isso e Tiffany aquilo e Manolo Blahnik sei lá o quê. Seria capaz de matar por dinheiro... Teria de ser por dinheiro... mas... não sei.

Sua boca movimentou-se mais algumas vezes, sem palavras, todos permaneceram sentados, esperando que ela continuasse:

— Leslie, eu acho que Leslie seria capaz de matar. Pelo prazer. E por dinheiro. Na faculdade, tínhamos um pequeno time de futebol americano. O esporte em si não era tão importante. A gente comparecia, agitava pequenas flâmulas ou usava os distintivos e ninguém ligava se o time ganhava ou perdia. Muita gente fazia pouco dos jogadores de futebol americano... Mas Leslie gostava de machucar os outros. Falava em pisar com suas travas na mão das pessoas. Tipo, se um dos atacantes sobressaía demais, eles o derrubavam e então Leslie, "acidentalmente", pisava em sua mão e a quebrava. Alegava ter feito isso várias vezes. Corria um boato de que ele podia ser perigoso.

Smith disse, "Hum", e Lucas perguntou:

— Algo mais grave do que isso? Que tenha ouvido? Você sentiu alguma vibração ruim vinda de Leslie quando a Sra. Donaldson foi morta?

Ela balançou a cabeça, parecendo assustada.

— Não. Não mesmo. Mas agora que mencionou... Isto é, puxa, a loja deles surgiu realmente do nada. — Olhou para Lucas, Smith e Ramford. — Vocês entendem o que quero dizer? A maioria dos antiquários acaba enfrentando dificuldades, e os Widdler, de repente, estão ricos.

— É algo a se pensar — disse Smith, olhando para Lucas.

Havia mais, porém as respostas diminuíam. Lucas, finalmente, levantou-se, suspirou e disse a Ramford:

— Talvez você queira lhe dar um ou dois nomes, por via das dúvidas. — E ele e Smith se foram.

— Vamos dar uma volta, antes de nos separar. Tirar Ramford daqui — disse Lucas a Smith. — Não sei onde estacionou, e não quero que ela me descubra. — Chamou Flowers pelo rádio enquanto caminhavam para o carro.

— Estou olhando para você — disse Flowers.

— Uma advogada deverá sair de lá em minutos. Fique fora de vista e me chame, quando ela tiver ido embora.

Smith dirigiu até a Grand Avenue, onde ambos compraram casquinhas de sorvete com cobertura dupla, encostaram-se no capô do carro de Smith e ficaram olhando as alunas da faculdade passarem; louras, saias curtas e, espantosamente, poucas risadas, olhares taciturnos, como se tivessem sido mordidas na bunda por Sartre ou Derrida ou um desses outros franceses.

Lucas estava quase no nível da casquinha de seu *fudge* de pecã com chocolate, quando seu rádio apitou. Era Flowers:

— A advogada está entrando no carro.

— Estarei a postos dentro de cinco minutos.

Uma vigilância pode ser emocionante, mas raramente o é. Aquela noite foi uma das mais comuns, quatro longas horas de coisa alguma. Não deu nem para ler, sentado no escuro. Ele falou duas vezes com Flowers pelo rádio, papeou longamente por telefone com Weather, e, à meia-noite, Jenkins o rendeu.

— Tudo bem? — perguntou Lucas pelo rádio.

— Trouxe meu videogame e o iPod. Dois sacos de torresmo, meio quilo de costelas assadas e um litro de Coca Diet para rebater. Tudo pronto.

— Ainda bem que não vou estar no carro com você — disse Lucas. — Esses malditos torresmos.

— Ora, é só abrir a porta a cada meia hora, e tudo bem — disse Jenkins. — Não pode é acender um cigarro.

Weather ia operar novamente pela manhã, e estava dormindo, quando Lucas entrou no quarto, na ponta dos pés, logo depois da meia-noite. Tomou um Ambien para ser nocauteado, um Xanax para amaciar a queda, pensou num martíni, mas achou melhor não, ajustou o despertador e escorregou para a cama.

O despertador tocou exatamente sete horas e quarenta minutos depois. Weather já tinha saído; isso acontecia quando ele dava duro num caso e ficava acordado até tarde. Eles sentiam a falta um do outro, embora dormissem lado a lado...

Lavou-se rapidamente, consultando o relógio, pegou com a empregada uma embalagem de Ziploc com quatro pedaços de broa de milho, duas Cocas Diet na geladeira, o jornal na varanda, e foi em frente. Detestava chegar atrasado a uma tocaia; eram tão chatas que até mesmo um minuto de atraso seria considerado falta de educação.

Sendo assim, ele estacionou na rua lateral às 7h58, recebeu a incumbência de Jerrold, ligou para Del, que acabara de ser acionado por Flowers, que disse que uma luz tinha sido acesa dez minutos antes.

— Ela está acordada, mas é um tédio só — disse Del.

Os jornais traziam a notícia sobre Widdler, e o ligavam a Bucher, Donaldson e Toms. Rose Marie declarou que mais prisões eram iminentes, mas o *Star Tribune* escreveu "eminentes" e o pessoal do *Pioneer Press* colocou "imanentes".

Nunca se devia, pensou Lucas, confiar num revisor.

ANDERSON SAIU DA casa às 8h10, apanhou o jornal e voltou para dentro. Às 8h20, carregando uma bolsa e o jornal, caminhou até o ponto de ônibus, aparentemente cumprindo uma rotina diária, pois o ônibus chegou dois minutos depois.

Eles a seguiram pelo centro da cidade até seu trabalho e estacionaram os carros em áreas de estacionamento proibido, com identidades da polícia sobre os painéis. Lucas ficou vigiando a saída do mezanino enquanto Flowers ficou com a rua. Havia escadas nos fundos, mas Lucas não achava que o risco era suficiente para se preocupar...

Enquanto esperava, sem fazer nada, teve a sensação de que poderia estar errado sobre aquilo, e ficou preocupado, mas não muito: *sempre* tinha essa sensação nas vigilâncias. Poucos anos antes, um assassino escapara-lhe durante uma tocaia, e planejara usar a própria vigilância como álibi para outro assassinato...

Poucos minutos antes do meio-dia, Shrake apareceu para o turno seguinte, Lucas passou por ele e afastou-se para seguir de volta ao escritório. Tinha caminhado uns 15 metros, quando seu celular tocou: Shrake. "Ela está em movimento", disse, e desligou. Lucas olhou para trás. Shrake caminhava a passos lentos pelo mezanino, distante de Lucas, ao telefone. Falava com outra pessoa ao celular, provavelmente com Jenkins, e devia estar receoso de usar o rádio já que estava perto demais do alvo; ela praticamente tinha passado por ele.

Cerca de 20 metros adiante de Shrake, Lucas conseguiu avistar a estreita figura de Amity Anderson caminhando apressadamente pela multidão.

Iria almoçar? Seu rádio vibrou: Flowers.

— Você quer esperar aí até a gente sacar aonde ela vai?

— Sim.

Shrake encontrou-a numa cafeteria, onde ela comprou um café para viagem, em seguida desceu para a rua, onde Jenkins a seguiu.

— Pegando ônibus — relatou.

Eles a acompanharam o tempo todo de volta para casa. Fora do ônibus, ela parou para jogar o saco da cafeteria em uma lixeira da esquina, depois seguiu para casa, caminhando rapidamente, com muita pressa. Foi direto para a caixa de correspondência, de onde tirou algumas cartas, passou-as rapidamente, pegou uma e rasgou sua extremidade enquanto passava pela porta.

— O que vocês acham? — perguntou Flowers pelo rádio.

— Vamos lhe dar uma hora — disse Lucas.

— É o que eu acho — concordou Flowers.

Shrake e Jenkins concordaram.

Meia hora depois, Anderson saiu da casa, vestindo blusa de manga comprida, calça jeans e o que pareciam ser sapatos esporte ou botas de caminhada. Ela tinha uma garagem externa, com vaga para um carro e um portão manual que subia. Ergueu a porta, deu marcha a ré com todo o cuidado, voltou a baixar a porta, virou o carro na direção da colina e partiu.

— Estamos aí — disse Jenkins. — Vamos nessa.

25

Lucas falou no rádio:

— Isto pode significar alguma coisa, pessoal. Fiquem atrás dela e revezem-se na perseguição, mas não a percam.

Shrake:

— Vai ver ela está indo à mercearia.

Lucas:

— Ela virou no lugar errado. Há uma logo abaixo da colina.

Eles tinham quatro carros na perseguição, mas nenhuma folga. Enquanto ela permaneceu na cidade, eles foram bons — iam no seu encalço por alguns quarteirões, então, afastavam-se, enquanto o carro seguinte prosseguia na perseguição. Seguiram-na facilmente ao longo da Ford até a Sneling, onde ela virou à direita, descendo o acesso em direção à Seventh. A Sneling era uma ladeira íngreme; se ela parasse ali, todos ficariam enrolados logo acima. Flowers seguiu-a rua abaixo, enquanto Lucas, Jenkins e Shrake esperavam no topo da colina.

— Peguei-a — disse Flowers. — Ela tomou uma esquerda na Seventh, podem vir.

Desceram rapidamente a colina, através do cruzamento, Flowers vindo a toda com Lucas logo atrás. Eles a alcançaram em um sinal antes da I-35, e Lucas afastou-se dali, entrando no estacionamento de uma loja, receoso de que ela visse seu rosto, caso eles ficassem para-choque com para-choque.

— Jenkins?

— Já vi. Seguindo para o sul pela 35 E.

Lucas saiu do estacionamento, agora era o último da fila, e seguiu os demais descendo a pista para a I-35. Ligou o rádio, procurando um avião da polícia rodoviária disponível, mas disseram-lhe que, de um modo ou de outro, ninguém conseguiria decolar, provavelmente, em menos de uma hora.

— Vejam se resolvem isso, pelo amor de Deus. Essa mulher pode estar seguindo para Des Moines.

O problema da perseguição com quatro carros era que Anderson não era uma motorista veloz, e tinham de se conter, o que significava que, ou eles assomariam no seu espelho retrovisor, ou teriam de ficar bem para trás e talvez a perdessem por causa de um movimento rápido. Se ela parasse num shopping e vários outros entrassem, seria o maior azar.

— Jenkins, aproxime-se dela devagar — disse Lucas. — Saia na Yankee Doodle, mesmo se ela não sair.

— Certo.

Ela não saiu; Jenkins subiu a pista de saída, avançou o sinal, e pegou o retorno, indo para trás de Lucas.

Continuaram a brincadeira pela interestadual, a velocidade aumentando. Não pegou a saída para o Burnsville Mall, um shopping regional, que Lucas pensou ser uma possibilidade. Em vez disso, ela deixou a área metropolitana, seguindo para o sul, avançando na zona rural.

Lucas podia ver as possíveis pistas de saída surgirem no seu GPS, e as selecionou; cada um pegaria uma saída e depois voltariam. Ela não saiu, mas continuou firmemente na pista mais lenta, mantendo-se dentro do limite de velocidade.

Sul e mais ao sul, 50 quilômetros percorridos até ela ligar o sinal e, cuidadosamente, pegar a pista de saída em Rice County 1, dois carros atrás de Flowers. Este teria de adivinhar, e Lucas gritou no rádio:

— Ela vai para Carleton. Vire à esquerda. Vá para leste.

Flowers virou, o carro seguinte entrou à direita, e Anderson virou à esquerda atrás de Flowers. Carleton ficava mais a leste, em Northfield, mas eles já tinham passado da saída para Northfield. Ela devia estar familiarizada com a região rural, pensou Lucas, e aquela fora uma aposta melhor do que ir pelo campo aberto a oeste.

Agora eles a seguiam de perto, mas pela frente. Flowers avançava lentamente, conduzindo-a para a cidadezinha de Dundas; mas, pouco antes de alcançá-lo, ela virou para o sul, na Country 8, e Flowers berrou, "Vou dar a volta", no que Shrake respondeu, "Eu a peguei, eu a peguei".

Bem atrás agora. Não havia muitos carros circulando e todos, menos Lucas, tinham estado perto dela, o que poderia gerar suspeitas. Mantiveram-se ao sul, por estradas menores e mais estreitas, Shrake, se distanciando, Jenkins seguindo à frente até ela desaparecer num milharal.

— Opa. Cara, ela virou — disse exclamou Jenkins. — Ela... hã... saiu da estrada, aguentem aí atrás, pessoal, vou dar uma passada...

Fazia dias que não chovia, e, quando passou pelo ponto onde ela desaparecera, Jenkins avistou uma estrada de terra, com ervas crescendo no meio, e berrou:

— Parece que ela vai entrar numa plantação. Sei lá, cara... Talvez dê para segui-la pela poeira que está levantando.

— Isso não é uma estrada — disse Lucas, dando uma olhada no seu GPS. — Nem mesmo aparece aqui; acho que ela desceu para o rio.

— Talvez tenha ido fazer canoagem — disse Flowers. — É um rio grande, perfeito para isso.

Lucas disse no rádio:

— Puta merda.

— O que foi?

— É o rio Cannon, cara.

— E?

— O dinheiro que foi lavado em Las Vegas, o das colchas... foi para a Cannon Inc. ou Cannon Associates, ou coisa semelhante.

Shrake retornou:

— A nuvem de poeira cessou. Acho que saiu do carro; ou se perdeu. O que você quer fazer?

— Observar por um minuto — disse Lucas. — Flowers, você está de bota?

— Estou.

— A minha é de couro de jacaré — disse Shrake. — Não achava que a gente ia ter que se esgueirar por um milharal.

— A minha também — completou Jenkins.

— Vocês andaram assaltando algum caminhão de carga? — perguntou Flowers.

— Calados — ordenou Lucas. — Muito bem, Flowers e eu vamos andar até lá. Jenkins e Shrake, vão pelas extremidades opostas da estrada. Se ela sair, vocês poderão segui-la.

— Como esconderemos os carros? — perguntou Flowers.

— Sigam-me — disse Lucas. Ele foi para o sul, 100 metros, 150, achou uma entrada de acesso e penetrou uns 10 metros no milharal, lavrando-o. A plantação não escondia muito bem a caminhonete, mas não era possível identificá-la, a não ser que se dirigisse até ela. Flowers seguiu-o e saiu de sua viatura balançando a cabeça.

— O lavrador vai ficar puto da vida.

— Que nada. Ele vai conseguir da gente uns mil dólares por alqueire — disse Lucas. — Vamos embora.

— Tenho duas garrafas de água no carro — avisou Flowers.

— Vá buscá-las. E traga sua arma.

— A arma? Você acha...?

— Não. É que eu gostaria de ver você usar a porra da arma, para variar — disse Lucas. — Vamos, mexa-se.

DIA QUENTE. FLOWERS colocou seu coldre de ombro enquanto seguiam aos trancos pelas fileiras de pés de milho na altura dos ombros, prontos para se abaixarem, caso Anderson subitamente surgisse no carro.

— Parece que ela está perto da água — disse Flowers.

Eles conseguiam ver apenas as copas dos bordos e dos sabugueiros ao longo do rio, portanto ela estava mais abaixo, e poderiam chegar mais perto. Na trilha, viraram na direção do rio, agora um pouco ofegantes, calorentos; homens grandes de terno, cada qual carregando uma arma e uma garrafa de água, sem chapéu. A trilha devia ter uns 400 metros de extensão, pensou Lucas, um bom lote de terreno de 16 hectares; mas, como era próximo ao rio, talvez houvesse alguma diferença.

— Carrapichos — resmungou Flowers. Os pés chutavam algumas nuvens de pó.

CORRERAM OS 400 metros em cerca de quatro minutos, pensou Lucas, e, ao chegar ao final, ele decidiu que precisava voltar a correr; seu aparelho de remo não estava deixando-o em forma. Quando a plantação começou a rarear e o terreno a declinar, viraram à esquerda no milharal, diminuíram a velocidade e depois arrastaram-se inclinados para a frente. O cheiro do milharal era doce, quente e poeirento, e Lucas sabia que sairia dali com alguns cortes suados no pescoço provocados pelas folhas de milho.

NA BEIRA DO milharal, avistaram um declive para um rio barrento que era rodeado por plantas raquíticas e um trecho arborizado que cercava um barraco e um celeiro de aço bem mais recente. A porta de acesso frontal do celeiro estava aberta; o portão da garagem estava abaixado. O carro de Anderson estava parado no portão. O celeiro não tinha janelas, e Lucas disse:

—Vamos dar a volta por trás.

Partiram novamente, correndo, arrastando-se, observando o prédio. Seguiam pela lateral quando ouviram a porta da garagem se erguer. Voltaram ao milharal, agachados um ao lado do outro, observando.

Anderson saiu do celeiro. Tinha trocado a blusa de manga comprida por uma camiseta verde e carregava dois quadros.

— Nós a pegamos — cochichou para Flowers.

— O que fazemos agora?

— Bem, podemos vigiá-la, para ver o que vai fazer com isso, ou podemos ir em frente e prendê-la — disse Lucas.

— Você decide.

— Provavelmente, ela vai levar isso para fora do estado. Se livrar da mercadoria. Converter em dinheiro. Ela está se preparando para fugir. — Ficou sentado, pensativo, por mais trinta segundos, então disse: — Foda-se! Vamos prendê-la.

ANDERSON TINHA RETORNADO ao interior da garagem. Eles caminharam nessa direção e ouviram ruídos vindos de lá, então fizeram a volta até a porta aberta e entraram. O lugar estava cheio pela metade com móveis, arrumados mais ou menos em forma de U, seguindo pelas laterais e pela traseira do prédio. A parte central do U estava ocupada por uma velha van branca, que havia sido manobrada e apontava em direção à porta.

Lucas sentiu algo estalar, quando a viu, uma pequena pontada de prazer: Anderson estava de costas para os dois:

— Como vai, Amity?

Ela literalmente deu um pulo, virou-se, assimilou a presença deles, então deu três ou quatro passos apressados na direção de ambos, berrou "Não", e disparou para o outro lado da van.

Flowers gritou "Pegue-a" e deu a volta por trás da van, enquanto Lucas corria pela frente. Anderson estava a 5 metros de distância e vinha depressa, quando Lucas atravessou a frente da van e ela novamente gritou "Não". Ele notou nesse momento algo em sua mão, que foi arremessado, não dando a Lucas muito tempo para sair do caminho antes que o vaso do tamanho de uma granada o atingisse na testa e derrubasse-o como um saco de areia para gatos.

Caído, tentou agarrá-la, mas ela se desviou e saiu para a luz do dia, e então Flowers saltou sobre ela. Lucas lutou para se pôr de pé e, primeiro, viu-a correr para o carro, depois, quando Flowers se aproximou, ela deu uma guinada para dentro do barraco, a porta batendo às suas costas.

Lucas estava novamente em movimento, a testa pegando fogo — a mulher tinha no braço a força de um batedor de beisebol.

Flowers gritou "Porta dos fundos", enquanto arrombava a da frente com um chute, e Lucas correu pelo lado da casa a tempo de ver Anderson irromper para o deque sobre o rio. Ela o viu, olhou para trás mais uma vez, então correu em direção ao rio, os braços balançando loucamente. Lucas gritou "Não!".

Estava a cinco passos quando ela se jogou.

FLOWERS CORREU RIBANCEIRA abaixo, parou ao lado de Lucas e disse:

— Nossa. Ela vai ficar fedendo.

O rio era estreito, escuro, e, na frente do barraco, raso. Anderson tinha se jogado sobre 10 centímetros de água, 30 de lixo, e estava sentada, gemendo, coberta de lama.

— Você está de bota — disse Lucas para Flowers. — Vá lá e traga ela.

— Você tem os braços mais longos — argumentou Flowers.

— Você está a um passo de um aumento, e eu sou seu chefe.

— Droga, eu estava torcendo por um pouco de drama — disse Flowers.

Anderson tinha se virado e agora estava de quatro. Flowers enfiou um pé na sujeira, segurou uma de suas mãos e tirou-a daquela lama.

Lucas disse-lhe:

— Amity, você está presa. Tem o direito de permanecer em silêncio...

— ALGEMAS? — perguntou Flowers:

— Sim, óbvio, ela provavelmente matou seis pessoas. Ou, de qualquer forma, ajudou — disse Lucas.

— Não fiz isso — bradou Anderson. — Eu não...

Lucas a ignorou, deixou a ribanceira e foi até o celeiro de aço, ligou o rádio e chamou Jenkins e Shrake.

— Podem vir. Nós a pegamos e temos um prédio cheio de pilhagem.

Flowers revistou Anderson atrás de armas, tirou um canivete de seu bolso lateral, colocou-a no chão diante do carro e a algemou ao parachoque. Ela começou a chorar sem parar.

LUCAS COLOCOU o canivete em cima do carro, onde não o esqueceriam, e contornou o porta-malas. Dentro, havia três quadros envoltos em plásticos e um sofisticado relógio de porcelana. Coisas pequenas, mas de grande valor, pensou. Olhou nas costas das três telas, descobriu em uma delas uma velha etiqueta do Greener Gallery, Chicago, e nada mais.

Flowers tinha ido para o interior do celeiro, e Lucas foi atrás.

— Uma porrada de móveis — disse Flowers. — Uns dois até que poderiam ser úteis em meu apartamento.

— Uns dois provavelmente seriam suficientes para lhe comprar uma casa — disse Lucas. —Viu mais algum quadro? Ou cadeiras retilíneas?

— Há duas cadeiras retilíneas...

De fato: não havia outro modo de descrevê-las. Olhavam para as cadeiras, quando Shrake e Jenkins entraram, Flowers acenou para eles e Lucas avistou uma estante de madeira com mais telas envoltas em plástico. Puxou-as para fora, uma, duas, três, rasgando o plástico na parte de trás. A uma e a três nada tinham.

As costas da segunda exibiam uma única palavra, escrita a óleo com pincel de pintor, muito tempo atrás: *Reckless*.

26

Amity Anderson foi para a cadeia em St. Paul, presa sem direito à fiança sob suspeita de homicídio doloso pelas mortes de Constance Bucher e Sugar-Rayette Peebles. Flowers disse que ela chorou incontrolavelmente todo o caminho de volta e tentou jogar a culpa em Jane Widdler.

Todos consideraram isso e, na tarde da prisão de Anderson, dois policiais e um técnico foram à loja de Widdler com um mandado de busca e apreensão. Após ela consultar seu advogado, eles passaram algum tempo coletando amostras de células do interior de suas bochechas com cotonetes estéreis.

Amostras de DNA também foram recolhidas de Anderson e do corpo de Leslie Widdler e embaladas para envio ao laboratório. Ao mesmo tempo, cinco peritos criminais da BSA e da polícia de St. Paul começaram a trabalhar na van branca, no celeiro de aço e no barraco.

A propriedade do terreno, do barraco e do celeiro estava em nome do Fundo Lorna C. Widdler. Lorna era a mãe de Leslie, que morrera fazia 14 anos; Leslie era curador do fundo. Não havia menção a Jane. O terreno que cercava o barraco e o milharal pertencia a um fazendeiro local de Dundas, que disse ter visto Leslie — "Um sujeito grandão? Que se veste como bicha?" — apenas duas vezes em dez anos. Tinha uma mulher com ele, disse o fazendeiro, mas ele não sabia dizer ao certo se era Jane Widdler ou Amity Anderson. Pagaram 225 dólares ao fazendeiro pelos danos causados ao milharal.

Smith ligou para Lucas, na noite da prisão, e disse:

— Encontramos um frasco de pílulas debaixo do assento da frente da van. A receita tem o nome de Amity Anderson.

— Quem diria — disse Lucas.

— Pois é, e temos algum cabelo, castanho e comprido. Não se parece com o de Widdler. Pode ser de Anderson.

— Algo mais sobre Leslie?

— Bem, há alguma descoloração no encosto do assento do passageiro, talvez de sangue. Um dos técnicos acha isso, portanto temos que fazer um teste de DNA...

— Se não for do cachorro, é de Leslie.

— Então estamos bem.

O QUADRO DE Reckless e as cadeiras retilíneas foram confirmados pelo garoto, Lash; um quadro foi localizado em um antigo inventário mantido pela família de Toms, em Des Moines, e duas peças de mobília foram encontradas em recibos de compras nos arquivos de Donaldson.

A polícia de St. Paul, ao fazer uma checagem telefônica, localizou um telefonema dado pelo telefone de Leslie para a casa de Anderson, na noite em que Widdler se matara.

As colchas de patchwork foram confirmadas como verdadeiras pelos museus proprietários.

REPÓRTERES IAM E vinham, assim como os advogados. No dia seguinte à prisão, Lucas papeava com Del, quando Smith chegou. Andara passando algum tempo com Anderson e seu advogado, que fora nomeado pelo tribunal. Eles arrastaram cadeiras pelo escritório de Lucas e Carol trouxe café para Smith, que suspirou:

— Preciso lhe dizer uma coisa, Lucas. Creio que há uma possibilidade remota de que tenhamos pegado a mulher errada.

— Vá falando.

— O cabelo é de Anderson... ou talvez de alguém que simplesmente não conhecemos. Mas olhei seu cabelo bem de perto, e é o mesmo. Isto é, idêntico. Cor, textura, pontas duplas... Teremos de esperar pelo resultado do teste de DNA, mas é dela.

— O que ela diz? — perguntou Lucas.

— Que nunca esteve na van — disse Smith.

— Porra, vocês pegaram ela lá — disse Del. — O que mais vocês querem?

— Perguntamos sobre o telefonema de Leslie, na noite em que ele se matou. Sabe o que ela disse?

— Isso vai doer? — perguntou Lucas.

Smith fez que sim.

— Ela disse que foi Jane Widdler quem ligou para ela, e não Leslie. Disse que Jane contou que o carro tinha quebrado e, já que Anderson morava a apenas alguns quarteirões de onde estava, pediu para ir apanhá-la e lhe dar uma carona. Anderson disse que fez isso. Ela contou que Widdler lhe disse que precisava mijar, por isso pararam na casa de Anderson e Widdler foi ao banheiro. Foi quando Widdler apanhou o frasco de remédio e o cabelo, afirma Anderson.

— Ela está dizendo que Jane Widdler assassinou Leslie? — perguntou Lucas.

— Sim.

— Anderson não viu o corpo?

— Ela diz que nem viu o carro — respondeu Smith. — Conta que Widdler lhe disse que estava com medo de esperar numa área escura, e andou até a Cretin. Disse que apanhou Widdler na Cretin, levou-a até sua casa, para ela poder usar o banheiro, e depois levou-a para a casa dela.

— Quanto tempo durou o telefonema?

— Cerca de 23 segundos.

— Não me parece um telefonema entre um cara que vai cometer suicídio e sua amante — disse Lucas a Del.

— Não sei não — disse Del. — Nunca passei por isso.

* * *

— Ela só tem essa história, e admite que parece idiota, mas se apega a ela. E faz isso como... — Smith hesitou, então disse: — ... como se fosse inocente. Sabe aquele tipo de pessoa que não para de gritar e depois se descobre que não foi ela? É algo assim.

— Hum — disse Lucas.

— Outra coisa — disse Del. — Mesmo se encontrarmos provas do envolvimento de Widdler, como vamos condená-la? Um advogado de defesa acusaria Anderson e destruiria o caso.

— Então está dizendo que devemos condenar Anderson porque podemos fazer isso? — perguntou Lucas.

— Não — disse Del. — Embora isso seja tentador.

— Você deveria ir falar com ela... com Anderson — disse Smith a Lucas.

— Talvez eu vá — disse Lucas. — Teria problema se eu levasse comigo alguém que não fosse policial?

— Quem seria?

— Um barman — disse Lucas.

Amity Anderson nunca fora grande, e agora, quando o carcereiro a tirou da cela, parecia uma personagem de mangá. Perdera qualquer vivacidade que já tivera; seu cabelo pendia frouxo, as unhas tinham sido roídas até o toco.

— Isso tudo é extraoficial — explicou Lucas.

O advogado de Anderson concordou com a cabeça.

— Para sua informação: não será usado no tribunal, não importa o que seja dito.

Lucas apresentou Sloan, que colocara seu melhor terno marrom para a ocasião.

— O Sr. Sloan é um velho amigo e ex-oficial de polícia que sempre teve uma facilidade especial em... conversar com suspeitos — disse Lucas com todo o cuidado. — Pedi que me acompanhasse como consultor.

Todos concordaram e Anderson disse:

— Eu não sei de nada sobre os assassinatos. Conhecia Leslie e Jane, e quando a Sra. Donaldson foi morta, fiquei preocupada. Mas isso é tudo. Não tenho nenhuma prova, e não tive conhecimento de nada. Com relação à Sra. Bucher, isso nunca me passou pela cabeça... Apenas, quando li que Marilyn Coombs tinha sido assassinada é que voltei a pensar no assunto. Mas afastei a hipótese. Simplesmente afastei... Não *queria* pensar nisso.

Sloan fez com que ela retrocedesse toda a história, com uma voz suave e um sorriso delicado de professor, agindo mais como terapeuta do que como policial, ouvindo o relato: sobre como Anderson e os Widdler haviam se envolvido na faculdade e depois se separado. Como surgiu, anos depois, o telefonema surpreendente, sobre as colchas. Sobre sua mudança para as Cidades Gêmeas, os contatos ocasionais com os Widdler, inclusive uma esporádica relação sexual com Jane Widdler.

— Então você dirigiu até um celeiro repleto de antiguidades roubadas e passou a roubá-las uma segunda vez... com a chave que tinha no bolso — disse Lucas.

— Isso porque Jane armou para cima de mim — resmungou Anderson entre dentes, revelando o primeiro vestígio de solidez no interrogatório. — Não dava para acreditar... Não dava para acreditar no que ela tinha planejado. Sabia que eu era amiga de Don Harvey. Ele é um proeminente museólogo de Chicago, que costumava vir aqui. Ela disse que ele viria à cidade e, se autenticasse algumas pinturas do casal, eles me dariam 15 por cento do preço de venda, acima do preço de compra deles. Ela achava que eu exercia alguma influência sobre Don porque a gente namorou uma certa época e éramos amigos. Se ele aprovasse as pinturas... Isto é, se ele desse sua aprovação àquele quadro de Reckless, eu poderia ganhar 75 mil dólares em gratificação, apenas por aquela pintura.

Balançou novamente a cabeça, um sorriso de descrença tremulando em seu rosto:

— Ela me deu uma chave e disse que me enviaria um mapa pelo correio. Eu o retirei da minha caixa de correspondência, quando vocês estavam me vigiando.

Lucas confirmou com a cabeça. Eles a tinham visto chegar em casa, ir direto à caixa de correio e depois sair de carro.

— John Smith achou o mapa... — começou Anderson.

— Ele disse que, na verdade, era um velho mapa, xerocado, com suas impressões digitais nele.

— E o envelope... — disse Anderson.

— Apenas um envelope...

— Bem, vocês não podem fazer alguma coisa em laboratório que mostre que a chave estava dentro? Ou o mapa? Sempre vejo essas coisas na revista *Cosmo*, onde podemos fazer isso?

— Na *Cosmo* — disse Lucas.

Seus olhos reviraram:

— Meu Deus, ela me enrolou completamente...

CONVERSARAM COM ELA por mais meia hora, Sloan observando seu rosto, retrocedendo, provocando-a com perguntas aparentemente irrelevantes que poderiam revelar potenciais conflitos com o que ela dizia.

Quando acabou, gesticulou com a cabeça para Lucas e este disse:

— Foi divertido. Viremos outra vez.

— Você acredita em mim? — perguntou ela a Lucas.

— Eu acredito em provas — disse Lucas. — Não sei a respeito de Sloan.

Sloan disse:

— Preciso pensar — comentou Sloan.

Ao saírem, Anderson disse, com um sorriso abatido e triste:

— Sabem qual foi a última maldade que aquela vaca de Botox fez? Roubou o meu Alprazolam para colocar na van, justamente quando mais dependo dele. No momento, estou mesmo precisando de remédio contra estresse.

FORA, NO CORREDOR, Sloan olhou para Lucas, que estava encostado na parede de blocos de concreto, esfregando as têmporas, e disse:

— O que foi?

Lucas afastou-se da parede com um impulso e perguntou:

— O que você acha?

— Ela veio com papo furado para cima de nós, mas não inteiramente — disse Sloan. — Eu provavelmente a condenaria, se estivesse num júri, baseado nas provas, mas não acredito que tenha matado alguém.

— Certo.

— O que houve com você? — perguntou Sloan. — Parece que viu um fantasma.

Lucas ligou para o pessoal das provas em St. Paul, depois para o supervisor da equipe de peritos criminais que fora à casa de Anderson. Então foi até a mesa de Del e disse:

— Vamos dar uma volta no quarteirão.

Lá fora, um dia de verão, quente de novo, nuvens fofas e brancas por causa do tempo bom; canteiros com flores meio murchas por causa da falta de chuva. Del perguntou:

— O que houve? — perguntou Del.

— Lembra-se do que Smith disse? Sobre a chegada das provas?

— Lembro — confirmou Del com a cabeça.

— Uma das provas contundentes era um frasco de plástico cor de âmbar, daqueles de remédio vendido sob prescrição médica — disse Lucas. — Conhece o tipo, com a tampa branca, fechamento por pressão?

— Hum-hum. Conheço o frasco.

— Quando soube a respeito de Anderson, quando topei com ela pela primeira vez, não tinha nenhuma pista a seguir — continuou Lucas. — Resolvi fazer uma visita sem ser convidado à casa dela.

— Ah. — Eles já tinham feito isso antes, os dois, invasão de domicílio, dezenas de vezes. Assim era a vida na cidade grande.

— No banheiro, encontrei um frasco de Alprazolam e um frasco de Ambien — disse Lucas. — Eu os notei porque também os uso. Acontece o seguinte: não havia nenhum Alprazolam na casa de Anderson, quando a polícia de St. Paul vasculhou o local ontem à noite. E o frasco na van tinha apenas três semanas... foi receitado recentemente. A não ser que eles tenham usado a van em outra ocasião, da qual não sabemos, e isso parece improvável, pois tiveram problemas nas últimas duas vezes em que saíram... Como o Alprazolam foi parar na van?

— Isso é complicado — resmungou Del.

— Nem me fale.

— Ei. Não fique chateado por causa disso — disse Del. — Posso imaginar várias maneiras de o frasco ter ido parar lá... Ela pode ter ido lá para pegar outros quadros, ou para limpar a van e perdeu o frasco. Não fica nada bem você fazer um depoimento juramentado com base em uma invasão de domicílio.

Lucas forçou um sorriso.

— Eu não ia fazer isso. Mas...

— Precisamos pensar nisso — interrompeu-o Del.

TERMINARAM A CAMINHADA até o final do quarteirão, voltaram, e nada lhes ocorreu. Na porta, quando voltavam para o prédio da BCA, Del perguntou:

— Alguém já perguntou a Anderson sobre Gabriella?

— Não... Gabriella. Ela simplesmente sumiu.

MAS, NAQUELA NOITE, sentado na sala de estar, ouvindo a trilha sonora de *Uma vida iluminada*, Lucas começou a pensar em Gabriella e como ela poderia ter sumido. Supondo que tivesse sido assassinada por Leslie Widdler, onde a teria colocado? Por causa da campanha "Não capine regos", era possível que ele simplesmente a tivesse jogado porta fora da van, do mesmo modo como fizera com Screw, e ela agora estivesse sob meio metro de capim na margem de alguma estrada secundária. Por outro lado, ele tinha, não muito distante, um obscuro trecho de mato onde, de qualquer modo, teria de levar a van, supondo-se que ele a tivesse usado quando matara Gabriella. E, se havia um corpo nela...

Ligou para Del, depois para Flowers.

—Você pode voltar para cá?

— Eu não estou servindo para muita coisa aqui — disse Flowers. Ele voltara para o sul, ainda analisando o caso da garota encontrada na ribanceira. — Meu suspeito está para ingressar na Marinha para ver o mundo. O que significa que não estará por perto para conversarmos.

— Ótimo. Escute, encontre-se comigo e com Del, amanhã, no barraco dos Widdler. Vista roupas velhas.

ENCONTRARAM-SE ÀS 11 horas da manhã, do lado de fora do barraco dos Widdler, a estrada projetando miragens de calor, o milharal farfalhando no escasso vento seco e um sol de rachar. Descarregaram diante do barraco, que fora lacrado pelos peritos criminais. Flowers rebocava um barco, onde havia um cooler cheio de Coca Diet e garrafas de água mineral.

Del e Lucas estavam na caminhonete, e descarregaram três hastes de aço de 7 milímetros por 2 metros de comprimento: Lucas deixara as extremidades pontiagudas.

Ele apontou rio abaixo.

— Vamos começar por ali. O solo é mais denso. Procurem qualquer espaço grande o bastante para conter uma sepultura. Apenas cutuquem; não tem chovido, portanto, se a terra tiver sido revolvida, vocês perceberão.

Flowers usava um chapéu de palha estilo caubói e óculos de aviador. Olhou rio abaixo e disse:

— Deve estar no mato, acho eu. Provavelmente no declive em direção ao rio. Se ele pensou bem nisso, não ia querer colocá-la em um lugar que algum dia pudesse ser arado.

— Mas não perto demais do rio — disse Lucas. — Não iria querer que o local fosse inundado.

Eles sondavam, queixando-se uns com os outros sobre a estupidez daquilo, por uma hora, e estavam a 100 metros ao sul da casa, quando Flowers exclamou:

— Ei! — Ele estava bem debaixo da copa de um sabugueiro, a 10 metros do rio.

— Encontrou alguma coisa?

— Alguma coisa — disse Flowers. Aproximaram-se com suas hastes, sondando. A terra debaixo deles fora remexida há algum tempo. Agachando-se, puderam ver uma depressão com cerca de meio metro de largura e com um pouco mais de 1 metro de comprimento. Mais adiante, a terra estava diferente. Mas havia também um pé de faia, com o tronco do tamanho do tornozelo de um homem, logo após a depressão, com uma raiz visível atravessando-a.

— Não sei não. A árvore...

— Mas sinta isto... — Flowers passou sua haste para Lucas. — Sente como afunda facilmente, como fica cada vez mais fofo à medida que se cutuca... e não dá a sensação de que há um saco plástico ou coisa assim? Dá para *sentir*...

— Sinto algo — admitiu Lucas.

Passaram a haste para Del, que também disse que podia sentir. Lucas enxugou o lábio inferior com as costas da mão: estava suado e começando a ficar sujo.

— O que você acha? Chamamos os peritos criminais ou pegamos uma pá?

Todos olharam para o barraco e para os carros, então Del disse:

— Vocês se sentiriam mais idiotas se chamássemos toda uma equipe e ela não encontrasse nada ou se a gente mesmo cavasse um buraco e acabasse encontrando alguma coisa?

Lucas e Flowers entreolharam-se, deram de ombros simultaneamente, e Flowers:

— Eu pego a pá.

Enquanto este foi pegar a pá, Del sondou mais um pouco com a haste, marcou-a com a ponta de um canivete, puxou-a e olhou a marcação.

— Um metro — disse ele. — Ou muito perto disso.

Decidiram cavar um buraco estreito, direto para baixo, com a largura de uma pá e meio metro de profundidade. O solo era macio o tempo todo, sedimentos de fundo de rio; raízes de capim, uma raiz de árvore, um material arenoso e, no fundo do buraco, um vislumbre de verde.

— Saco de lixo — resmungou Flowers. Deitou-se, enfiou uma das mãos no buraco e passou a tirar terra. Após terem descoberto quase 1 metro quadrado de plástico, Del passou-lhe o canivete, e Flowers cortou o plástico. Não apareceu muita coisa; Flowers puxou o pedaço cortado e disse a Lucas: — Você está na luz, cara.

Lucas foi para o outro lado do buraco, ainda olhando para seu interior. Flowers foi ainda mais fundo, cutucando mais um pouco, então saiu e rolou, limpando as mãos.

— Consigo ver um jeans — disse.

O SUPERVISOR DO laboratório criminalístico deu-lhes uma bronca interminável, por conta da escavação do buraco, até Lucas, sem sorrir, mandar que ele se fodesse.

O sujeito tentava dar a última palavra, quando Flowers, a camisa ainda ensopada de suor e sujeira, acrescentou:

— Se vocês tivessem feito seu trabalho direito, não teria sido necessário a gente vir aqui e fazê-lo por você, seu bundão.

— Ora, vocês não falaram nada sobre a porra de uma sepultura.

— É tudo cena de crime — disse Flowers. Também não estava sorrindo. — Vocês deveriam tê-la encontrado.

LEVARAM DUAS HORAS para retirar o saco do buraco. Lucas não quis olhar. Ele, Flowers e Del se reuniram na traseira do barco de Flowers e beberam Cocas Diet. Flowers apanhou vara e linha, e disse que ia descer até o rio para pescar umas lampreias.

— Peguem uma pá, não deve ser difícil encontrar umas minhocas.

O sujeito do laboratório aproximou-se:

— Foi bola fora. Fosse quem fosse, tinha cabelo preto curto, vestia jeans Wrangler tamanho entre 44 e 46, cueca e tênis Adidas número 44.

Lucas ficou aturdido.

— Tamanho 44? Cueca?

E UM DOS peritos criminais disse, poucos minutos depois, que, quem quer que fosse, ainda carregava sua carteira. Dentro, havia uma carteira de motorista de Illinois, emitida seis anos antes, em nome de Theodore Lane.

— Que porra é essa? — perguntou Del.

O INVESTIGADOR DO laboratório criminalístico chamou uma equipe maior, com um radar de penetração no solo e um aparelho de detecção de gás. Duas dúzias de pessoas fuçaram por ali, falando sobre sepulturas secretas, mas sem achar nenhuma realmente.

Às 15 horas, depararam-se com a única outra sepultura que encontrariam. Estava a 50 metros da primeira, em uma área que Lucas, Del e Flowers haviam desprezado. A parte superior estava ocupada por uma tora de madeira flutuante, daí ter-lhes passado despercebida. A parte de baixo estava ocupada por Gabriella Coombs, torcida em um nó dentro de um saco verde de lixo, destroçada e decomposta por larvas, agora quase consumida...

EM CASA, NAQUELA noite, após um banho de 20 minutos, na tentativa de tirar do corpo o cheiro da morte, Lucas desceu para jantar e permaneceu amuado diante de todos. Coombs ia assombrá-lo por algum tempo.

A outra coisa que o perturbava um pouco era que ele sabia, por experiência, que a esqueceria dentro de mais ou menos um ano, que a deixaria de lado e raramente voltaria a pensar nela.

Tomara uma cerveja e estava assistindo a um jogo dos Cubs, quando Weather aproximou-se com o telefone: O médico-legista disse:

— Dei uma olhada e posso lhe dizer apenas uma coisa: vai ser difícil. Não há nada óbvio no corpo, nada sob as unhas. Vamos processar tudo que encontrarmos, mas não há muita coisa com que começarmos, e ela já estava enterrada havia dias...

— Droga — disse Lucas. — Tem de haver alguma coisa.

Havia; mas demorou muito tempo para ele se lembrar.

27

LUCY COOMBS ATENDEU a porta descalça e, quando viu Lucas parado ali, as mãos nos bolsos, perguntou através da porta de tela:

— Por que você não veio me dar a notícia?

Coombs fora identificar a filha no Instituto Médico-Legal. Lucas tinha evitado tudo isso: mandara Jerry Wilson, o policial de St. Paul que originariamente investigara o assassinato de Marilyn Coombs, notificar a Lucy que o corpo da filha havia sido encontrado.

Agora, parado na varanda da casa dela, ele admitiu:

— Eu não teria aguentado.

Olhou-o por alguns segundos, então empurrou a porta de tela para abri-la.

— É melhor você entrar.

ELA TINHA NA geladeira uma jarra de plástico com chá gelado, que levaram para os fundos e sentaram-se no pátio. Lucy contou-lhe como ela, um homem que suspeitava ser o pai de Gabriella e outro casal tinham viajado pelas Rochosas canadenses em um velho caminhão de cerveja Molson que fora adaptado, puxando fumo e ouvindo os últimos lançamentos de rock em fitas, indo a festivais de verão e morando em parques municipais... e, no caminho, transando com outros caras bonitões.

— Sem querer ofender, eu sempre tive uma queda para louros gostosões.

— Tudo bem.

— O verão da minha vida. Bons tempos, bom fumo, bons amigos e bem grávida — disse ela, sentando-se de lado num banco de piquenique de sequoia. — Meu Deus, como eu amava aquela criança. Mas não era uma boa mãe. Nós costumávamos brigar... Começamos a brigar quando ela tinha 12 anos e só paramos quando ela fez 22. Acho que nós duas precisávamos crescer.

Falou coisas sem nexo por algum tempo e então fez a pergunta que estava no ar, nos jornais, em toda a parte.

— Tem certeza de que foi Amity Anderson?

— Não — disse Lucas. — Aliás, não creio que tenha sido ela. Pode ter sido, mas há alguns problemas...

ELE VOLTARA A Eau Claire, contou-lhe, e falara com Frazier, o ajudante do xerife, e com todos os outros investigadores que conseguiu encontrar. Amity Anderson não tinha namorado, disseram. Simplesmente não tinha. Repassaram suas noites, procuraram em seus registros telefônicos e nos recibos de cartões de crédito, checaram sua correspondência. Ela não tinha namorado...

E tinha aquele álibi para a noite em que Donaldson morreu. O álibi era incontestável. Teria Leslie Widdler entrado na casa sozinho? Não teria contado com um cúmplice? Na noite em que Gabriella desapareceu, houve dois telefonemas da casa de Anderson, um cedo e outro bem tarde. As pessoas que receberam as ligações confirmaram que falaram com ela.

— Isso não significa que não possa ter sido ela, mas é insuficiente — disse Lucas.

— Você pensa na mulher de Widdler... eu li o nome no jornal...

— Jane.

— Você acha que está envolvida? — perguntou Coombs.

— Acho que sim — disse Lucas. — Anderson insiste que está... e, para alguns de nós, parece que diz a verdade.

— Então teria sido Jane Widdler quem matou Gabriella.

— Provavelmente teria ajudado seu marido — disse Lucas. — Sim. Eles agiram como uma dupla.

Coombs deu um gole na limonada, chupou um cubo de gelo por um momento.

— Você vai pegá-la?

— Não sei. Vejo uma possibilidade... mas precisaremos da sua ajuda.

— Minha ajuda?

— Sim. Por causa de sua mãe e das colchas de Armstrong, você está... numa espécie de posição privilegiada para nos ajudar — disse Lucas.

Encarou-o durante um minuto, chupando o cubo de gelo, então deixou que este escorregasse de volta para o copo e inclinou-se na direção de Lucas:

— Eu ajudarei, se puder. Mas sabe do que eu gostaria realmente? Pela mamãe e por Gabriella?

— O quê?

Sua voz saiu como se fosse um rugido.

— Gostaria de um prato frio de vingança. É disso que eu gostaria.

JANE WIDDLER ESTAVA sentada no chão em meio a um foco de luz, mexendo com livros, caixas e fita adesiva. Os policiais haviam fotografado tudo, usando escalas de proporção, e consultavam listas de antiguidades roubadas Widdler, porém, sabia que todo o seu estoque era de origem legítima, ela tinha recibo de tudo.

O suicídio de Leslie e o envolvimento com os assassinatos de Bucher, Donaldson e Toms haviam transitado pelos fóruns da internet sobre antiguidades, portanto todo mundo que era alguma coisa estava informado a respeito. Outros negociantes tinham entrado em contato com ela na tentativa de farejar alguma pechincha.

A princípio, ficara furiosa com os malditos abutres. Então se deu conta de que poderia se livrar de uma porção de coisas, pelo preço de custo ou apenas com um pequeno lucro, e juntar uma boa quantia. Passou a fazer isso — aceitava Visa, MasterCard ou American Express, despachando no dia seguinte...

Sua funcionária tinha ido embora. Deixara um bilhete dizendo que não conseguia lidar com a pressão e pedia que o último salário lhe fosse enviado pelo correio. Pode esperar, pensou Widdler, despejando flocos de isopor em volta do plástico bolha no interior de uma caixa que acondicionava um relógio de porcelana francês do século XIX, estilo Tiffany. Oitocentos dólares, quatrocentos a menos do que o preço de loja, mas dinheiro era dinheiro.

Houve uma batida na porta da frente, no vidro. A placa de FECHADO estava na porta, e ignorou o ruído. Outra batida, dessa vez mais forte. Seria a polícia? Ou o advogado?

Fez uma careta e pôs-se de pé, bateu as mãos para se livrar da poeira do isopor e foi até a porta. Lá fora, uma mulher com uma enorme e cerrada cabeleira loura, usando um disforme *muumuu*, um vestido em estilo havaiano e largo, em tons de verde, e sandálias, colocara as mãos em volta dos olhos e bisbilhotava através do vidro da porta.

Irritada, Widdler caminhou até a porta, sacudindo a cabeça, espetando o dedo na direção da placa de FECHADO. A mulher ergueu uma pasta de arquivo, então pressionou-a contra o vidro e espetou o próprio dedo na direção dela. Franzindo ainda mais a carranca, Widdler levou o nariz para perto do vidro e leu a etiqueta na pasta. Esta dizia, numa caligrafia floreada, "Colchas de Armstrong".

A mulher do outro lado gritou, alto o bastante para ser ouvida através da porta.

— Eu sou Lucy Coombs. Filha de Marilyn Coombs. Abra a porta.

Widdler pensou, "Merda", então pensou "Elegância". O que está acontecendo? Soltou o trinco, abriu só uma brecha da porta.

— Estamos fechados.

— Você é Jane Widdler?

Widdler pensou um segundo, então assentiu.

— Sou.

As palavras saíram aos trancos da boca da mulher, um discurso ensaiado:

— Foi pedida a custódia da casa da minha mãe pela Walker e agora o museu de Milwaukee fez o mesmo. Dizem que as colchas de Armstrong são falsas e querem seu dinheiro de volta, pois tudo não passou de uma grande fraude com impostos. Eu tenho o arquivo dela. Há uma carta e também um bilhete que diz que você e seu marido eram a Cannon Associates e que ficaram com a maior parte do dinheiro. A casa de minha mãe vale 200 mil dólares e eu seria a herdeira, mas agora não vou receber mais nada. Posso lhe vender o arquivo original, por 200 mil dólares, ou o entregarei à polícia. Os museus que peguem o dinheiro de volta com você, e não comigo.

A mulher parecia louca varrida, mas a parte sobre a Cannon e as colchas não eram loucuras.

— Espere-espere-espere — disse Widdler, abrindo a porta mais uns centímetros.

— Não vou falar com você aqui. Tenho medo de você e receio que a polícia esteja gravando seus telefonemas. Eles agora gravam tudo, tudo, a Agência de Segurança Nacional, a CIA, o FBI. Eu trouxe esta cópia do arquivo e da carta, e dentro há um número de telefone através do qual poderá me contactar amanhã às 11 horas. Ele fica num Wal-Mart e, se você não me ligar, não conseguirá me encontrar e irei à polícia.

A mulher enfiou o arquivo pela porta e Widdler o segurou, mais do que tudo para evitar que caísse no chão, e Widdler disse "Espere-espere-espere", mas a mulher saiu correndo pelo estacionamento, saltou para o carro mais cacarecado que já estacionara junto à loja, um Chevy ferrado que parecia ter sido pintado de amarelo com um pincel e tinha buracos de ferrugem no para-choque traseiro. A mulher deu a partida, houve um estrondo rouco, e partiu velozmente.

Jane olhou para a pasta.

— O que será?

Às 10 horas da manhã seguinte, Jane Widdler, pouco à vontade, entrou em seu Audi e dirigiu lentamente para longe de sua casa, observando tudo. Estava de olho nos outros carros, nos que dirigiam bem devagar, nos estacionados com homens dentro. Finalmente, seguiu para o Wal-Mart.

Na noite anterior, pelo número fornecido por Coombs, descobrira o Wal-Mart em um site de informações. Também descobrira o endereço de Coombs. Havia ficado parada algum tempo, pensando a respeito, então dirigiu lenta, cuidadosa e cautelosamente para observar o Wal-Mart, onde localizou um conjunto de três telefones públicos na parede do lado de dentro da entrada. Um deles exibia o número fornecido por Coombs. Anotou os números de todos os três, então dirigiu por outra rota tortuosa até a interestadual e depois através da cidade até a casa de Coombs.

Ela considerou a possibilidade de dar um tiro na mulher na porta de sua própria casa; mas e o arquivo? Teria tempo de encontrá-lo? Haveria mais pessoas na casa?

Eram muitas incertezas. Voltou para casa — a polícia tinha encerrado a busca — e tomou uma garrafa de vinho quase inteira.

Pela manhã, às 10 horas, ela partiu, uma sensação de clímax pousada sobre seus ombros.

Dirigiu por seis quarteirões, sempre vigiando a retaguarda, então penetrou na confusão de ruas estreitas para o norte, em ruas secundárias, em vielas longas e estreitas, em um beco sem saída, onde fez o retorno e se afastou, sempre olhando para trás. Em dez minutos, não vira absolutamente nada...

LUCAS ESTAVA EM seu carro, a três quarteirões de distância, Flowers protegendo a traseira, Jenkins e Shrake nos flancos. Acima — bem acima — Jerrod estava num helicóptero da polícia rodoviária, rastreando Widdler com binóculos. Del estava com Coombs.

Eles a seguiram por quase 1 quilômetro, fora da interestadual, distante do Wal-Mart, até uma loja Best Buy. Ela desapareceu lá dentro.

— O que vamos fazer? — chamou Flowers.

— Shrake? Jenkins? — chamou Lucas. — Um de vocês pode entrar?

— Deixa comigo.

* * *

MAS SHRAKE ESTAVA a um quarteirão de distância e quase foi cortado por um motorista que estava no celular, ao tentar fazer um retorno ilegal. O estacionamento estava lotado e ele não queria largar o carro na porta; ela poderia avistá-lo. Quando conseguiu estacionar, sair do carro e atravessar o estacionamento sem correr, chegou tarde demais. Ela caminhava diretamente para ele, em direção à saída. Ele continuou em frente, na direção da estante de filmes recém-lançados, e, quando ela sumiu, ele ligou:

— Ela saiu, ela saiu...

— Já localizei — disse Lucas, observando do outro lado da rua. — O que ela fez aí dentro?

— Não sei. Quer que eu pergunte?

Lucas pensou, então disse:

— Ora... que se foda. Junte-se a nós. Ela voltou para o carro.

— Está indo para o Wal-Mart — chamou Jerrod, cinco minutos depois. — Diga a Del para colocar Coombs na loja.

LUCAS E SEU grupo a seguiram até o estacionamento do Wal-Mart, passando pela entrada principal, para o Garden Shop.

— Ela está indo para os fundos, para o Garden Shop — Lucas avisou a Del.

— Estou indo para lá... Estou indo para lá — avisou Dell de volta. Em seguida, disse: — Já localizei. Lucy seguiu para os telefones.

WIDDLER OBSERVOU COOMBS do meio da loja. Observou-a por três ou quatro minutos, procurando alguém que poderia ser um policial. Coombs usava outro *muumuu*, dessa vez azul. Era uma mulher pesada, barriguda, larga na altura dos quadris, descendente de comedores de batata, uma hippie remanescente. Estava parada logo depois da entrada, olhando o conjunto de três telefones públicos amarelos.

Widdler, na Women's Clothing, observou por mais um minuto. Nada se mexia. Viu Coombs consultar seu relógio. Se Davenport estivesse por trás disso, pensou Widdler, ele poderia ter grampeado o telefone, mas não teria deixado Coombs, teria?

Tirou o celular da bolsa e teclou. Observou Coombs atender o telefone público. Coombs disse, "Alô", e Widdler respondeu, "Desligue e vá para o segundo telefone depois desse. Eu ligarei para ele em dois segundos".

Coombs desligou, foi para o segundo. Encarou o telefone — não chamou ninguém, não olhou para ninguém. Widdler teclou o número. Coombs atendeu e Widdler disse:

— Eu não tenho 200 mil dólares. Posso conseguir 80 mil agora e lhe pagar o resto depois, mas quero a carta original.

— Por que você me pagaria o resto depois? — perguntou Coombs. — Se eu não estivesse mais com a carta?

— Porque você poderia me causar uma porção de problemas se falasse com a polícia, mesmo sem ter a original — disse Widdler. — Você mesma estaria encrencada, por destruir prova, mas não sei o quanto você é maluca. Eu lhe pagarei, com certeza, mas não tenho o dinheiro no momento.

— Não sei não — disse Coombs.

Widdler:

— Você não tem tempo para pensar nisso. Diga sim ou não, ou eu desligo.

— Ah, meu Deus. Você me pagaria?

Coombs parecia exatamente uma hippie chapada, torcendo contra todas as expectativas para que algo de bom pudesse lhe acontecer.

— Sim. Claro. Até já comecei a juntar o dinheiro.

— Está bem — disse Coombs. — Mas vou procurar os tiras, se não me pagar o resto...

— *Apenas me diga o que você quer fazer.*

— Eu planejei uma coisa — disse Coombs. — Não confio em você e quero o dinheiro. Portanto, quero fazer isso num local semipúblico, onde eu possa gritar por ajuda, se você tentar me machucar, mas também onde possa ter alguma privacidade. Eu vou gritar, vou gritar mesmo.

— Onde?

— Hoje tem uma feira do produtor em St. Paul, no centro, do outro lado da Macy's...

— Não. É aberto demais — disse Widdler. — O banheiro das mulheres da Macy's, lá tem sempre gente por perto...

— Mas não poderíamos conversar, eu não poderia ver o dinheiro... — queixou-se Coombs.

— A garagem subterrânea da Macy's em St. Paul? — sugeriu Widdler.

— Lá é muito assustador... Sabe onde é o Mears Park? Onde ficam os estúdios de arte?

— Está bem, é perfeito — disse Widdler. — Uma hora?

— Eu vou gritar, se você fizer alguma coisa — avisou Coombs.

— Aí eu iria a julgamento e você não receberia um centavo — disse Widdler.

Outra longa pausa. Então:

— Certo.

— Leve os originais. Não farei outro acordo. Leve os originais ou irei embora — disse Jane Widdler.

COM JERROLD NO ar, e Flowers, Shrake e Jenkins no solo seguindo Widdler de volta à sua loja, Lucas e Del ajudaram Coombs a despir o *muumuu* e depois a se livrar do colete à prova de balas e do grampo.

— Puxa, como isso é quente — disse. Ao deixarem a loja, contou-lhes sobre a conversa telefônica. — Ela estava atrás de mim?

— Sim. E eu estava atrás dela — resmungou Del. — Estava tranquilo.

— Vocês acham que ela vai?

— Espero — disse Lucas.

— O que aconteceu com o telefone? — perguntou Del.

— Não sabemos, mas ela não usou o próprio celular e trocou os telefones públicos — disse Lucas. — Acho que ela comprou um celular na Best Buy.

— Ela não é boba — concluiu Del.

— Mas nós a passamos para trás — disse Lucas, sorrindo para os outros dois. — Lucy, você foi genial. Você poderia ser policial.

Ela balançou a cabeça.

— Não, eu não conseguiria. Policiais fingem ser legais com as pessoas, para depois as prenderem. Eu não conseguiria fazer isso.

O OBJETIVO, DISSE Lucas a Coombs, era conseguir gravar em fita Widdler admitindo a fraude das colchas de patchwork e que sabia do assassinato de Donaldson... qualquer coisa que pudesse integrá-la aos assassinatos. Assim que a colocassem no meio deles, as provas circunstanciais fariam o resto.

— Faça ela falar — disse Del. — Faça ela se soltar...

MEARS PARK ERA uma praça arborizada, cada lado do tamanho de um quarteirão. Os prédios de três dos lados eram depósitos reformados, combinações de apartamentos, estúdios, escritórios e venda a varejo, incluindo o estúdio de Ron Stack, o artista plástico com quem Gabriella tivera um relacionamento. O quarto lado era mais recente, escritórios, uma praça de alimentação e torres de apartamentos de tijolo e vidro.

— Assim que ela chegar ao parque, avisaremos para você dirigir dando a volta no quarteirão, para que ela veja o carro — falou Lucas a Coombs. — Shrake sairá do meio-fio, e isso deixará uma vaga livre para você estacionar.

Del apontou para um carro da polícia, sem identificação, que já se encontrava na vaga:

— Encoste, então caminhe pela calçada até aqui. Del estará do outro lado do parque, no meio das árvores, aproximando-se, assim que soubermos o que ela pretende fazer. Flowers e eu estaremos atrás das portas de Parkside Lofts. Ficaremos invisíveis, mas, enquanto você estiver na calçada, nós estaremos exatamente do outro lado da rua. Sente-se nesse banco... — apontou. — Haverá um sujeito no banco, comendo seu almoço.

— É muito óbvio — disse Coombs.

Lucas balançou a cabeça.

— Não é mesmo. Quando desconfiam, as pessoas procuram um mendigo empurrando um carrinho de compras ou uma mulher com um carrinho de bebê, mas um sujeito de terno comendo sanduíche de pasta de amendoim e falando ao celular... Não olhariam duas vezes para ele. Além do mais, assim que você chegar, ele irá embora. Isso deixará o banco todo para vocês. Converse com ela lá.

— E se ela não quiser? — perguntou Coombs.

— Vá com ela... mas, assim que sentir um pouco de desconforto com *qualquer coisa*, pare tudo — disse Lucas. — Qualquer coisa, e falo sério. Se você se sentir desconfortável é porque deve estar com a razão, alguma coisa deu errado. Dê o fora. Grite, corra, o que for. Afaste-se dela.

Coombs concordou com a cabeça e começou a lacrimejar.

— Seria uma pena se ela pegasse nós três.

— Nem pense nisso — disse Lucas.

Del disse a Lucas:

— Cara, isso está me dando nos nervos. Usar um civil...

Lucas olhou para Coombs.

— O que acha, Lucy? Podemos cancelar tudo e tentar pegá-la falando ao telefone.

Coombs balançou a cabeça e limpou os olhos com os nós dos dedos.

— Eu sou muito covarde... Se ela me olhar de cara feia, saio correndo.

JANE WIDDLER CHEGOU ao parque ao meio-dia, uma hora antes. Estacionou na garagem subterrânea do Galtier Plaza, pegou o elevador para o nível do mezanino, verificou todos os acessos e, então, aproximou-se do parque, seguida por três policiais femininas emprestadas de St. Paul. Finalmente, percorreu os quatro lados do parque e entrou e saiu de prédios de todos os quatro lados.

— Ela está vendo por onde pode fugir — disse Flowers. Eles estavam no segundo andar do Parkside Lofts, olhando por uma janela.

Lucas concordou com a cabeça.

— É. Nós sempre a vimos de salto alto. Hoje está usando tênis.

Após a verificação, Widdler atravessou a rua para o Galtier Plaza, foi ao Subway da praça de alimentação, pediu um sanduíche de frango assado e sentou-se perto de uma janela que dava para o parque.

Jenkins estava do lado oposto da praça de alimentação, com três pedaços de pizza e uma Coca Diet.

— Ela é fria — disse a Lucas, falando ao celular, sentado ao lado de Widdler, observando-a com a visão periférica.

Faltando dois minutos para as 13 horas, Lucas chamou Del e disse:

— Mande-a vir.

Shrake estivera escondido no saguão de um prédio residencial. Agora caminhou a passos lentos até a esquina, esperou um carro passar, atravessou a rua até seu carro, entrou e observou pelo espelho retrovisor até avistar Coombs virar a esquina. Deu a partida, virou a esquina e ficou fora de vista...

Coombs viu-o sair, seguiu para a vaga paralela e gastou três minutos para ajeitar o carro, acionou cuidadosamente o parquímetro, então começou a contornar o parque, observando.

Jenkins, no celular, disse:

— Ela está andando.

Lucas e Flowers tinham ido para perto das portas de vidro do prédio, do outro lado de onde ficava o banco. Coombs caminhava lentamente pela calçada, observando o parque. Ela ainda usava o *muumuu* azul e carregava uma sacola da Macy's, aparentando ser gorda e lenta.

Widdler saiu do Galtier para a luz do sol, colocando óculos escuros. Carregava uma enorme bolsa Coach, de couro preto, grande o bastante para conter 80 mil. Atravessou a rua, caminhando descontraidamente. Estava a 40 metros de Coombs, e aproximando-se.

— Lucy não a está vendo — avisou Flowers.

— Estamos bem, estamos bem — disse Lucas.

Um sujeito que comia seu almoço deixou o banco da praça, jogou o saco de papel pardo numa lixeira e atravessou a rua, falando ao celular, sem olhar para trás. Um policial da delegacia de costumes de St. Paul. Del chamou:

— Estou nessa.

— Estamos indo — disse Shrake. Ele e Jenkins desciam pelo lado leste do parque, onde poderiam interceptar Widdler, caso ela saísse correndo.

Do ponto de vista de Lucas, tudo parecia diminuir de velocidade.

Coombs caminhando lentamente para o banco, sentando-se em câmera lenta, aparentando cansaço, a sacola da Macy's baixando sobre o banco...

Widdler aproximava-se dela, por trás, 20, 10, 5 metros, sua mão entrando na bolsa e saindo.

LUCAS:

— Merda. Ela tem uma arma.

Ele e Flowers atravessaram a porta simultaneamente, Flowers gritando:

— Lucy, Lucy, cuidado, arma...

Widdler não os viu nem ouviu. Seu mundo reduzira-se ao alvo no banco, a hippie grande, gorda e cabeluda com a sacola da Macy's. Não havia ninguém por perto e como aproximava-se rapidamente, a mulher poderia nem mesmo vê-la...

Widdler tinha uma arma na mão, uma pequena pistola Derringer com gatilho e cano duplos que Leslie lhe dera para deixar no carro. Ele dissera: "Não é precisa a mais de meio metro, portanto tem que quase encostar no sujeito..." Ele se referia a um estuprador, mas não havia motivos para que fosse diferente com Coombs.

A arma saíra e, em algum lugar, em seu íntimo, ela percebera uma agitação no ambiente mas estava muito empenhada naquilo e Coombs já estava meio que de pé e virando-se para falar com ela. A pistola avançou e ela ouviu alguém gritar e então atirou no coração de

Coombs. A detonação foi terrível e sua mão recuou, havia um homem na rua e carros freando e ela nem pensou, apenas reagiu, virou-se e a pistola ainda apontava...

De repente uma pancada violenta no tornozelo, uma dor aguda percorreu seu corpo, caiu no chão e ouviu um tiro; engoliu um bocado de pó de concreto, seus óculos caíram, ela rolou e Lucas Davenport olhava-a de cima.

Lucas quase foi atropelado na corrida. O carro cantou pneu, ele foi jogado para a frente, viu o rosto de uma mulher berrando do outro lado do para-brisa, presenciou Coombs ser baleada, estava rolando, ouviu o tiro atrás de si, observou Flowers com um revólver e Widdler cair, então estava de pé, correndo e olhando abaixo para Widdler.

Coombs estava de quatro, encarando-o, e disse:

— Estou bem, estou bem.

E Lucas virou-se para Flowers, que imobilizava Widdler, o coração aos pulos. Flowers estava muito pálido, e Lucas perguntou:

— Por que você atirou no pé dela?

Então Widdler berrou, a dor inundando-a, atingida no tornozelo, com metade do pé destruído:

— Não, não, não...

— Chame uma ambulância — disse Lucas e virou-se para Coombs, que voltara a ficar de quatro.

— Tem certeza de que...?

Coombs estava bem ali com o Derringer de Widdler. Apontou a minúscula pistola para o olho de Widdler, a menos de 3 centímetros de distância, e pressionou ambos os gatilhos.

O segundo tiro foi tão barulhento quanto o primeiro, e a cabeça de Widdler foi jogada para trás como se esta tivesse levado um coice de um cavalo.

Lucas caiu sobre Coombs e, torcendo sua mão, tirou-lhe a arma. Mas, antes que ele fizesse isso, ela tivera tempo suficiente para olhar para o único olho inerte que restara no rosto de Widdler e dizer:

— Foda-se.

28

Os policiais de St. Paul fecharam o parque e a rua onde ocorreram os tiros, estendendo fitas e usando as viaturas para bloquear os acessos. As estações de TV locais instalaram câmeras nos prédios em volta e obtiveram algumas cenas brutais do cadáver de Widdler, o rosto para cima e amarrotado como uma bola de papel, os peritos criminais vestidos com camisa polo, parados em volta como escriturários da morte.

Coombs passou três dias na cadeia. Na confusão que se seguiu ao tiroteio, o promotor de Ramsay County, Jack Wentz, exibiu-se para as câmeras e anunciou que acusaria Coombs de assassinato, e que investigaria mais a fundo as lamentáveis acusações feitas pelos investigadores do estado, que provocaram uma morte desnecessária em seu território.

Lucas, nos bastidores, argumentou que o tiroteio fora parte de uma sequência de ações violentas — que a morte de Widdler foi uma infeliz mas compreensível reação de uma mulher que levara um tiro, e o fato de estar usando colete à prova de balas não diminuíra o impacto. Os tiros dados à queima-roupa, disse ele, combinados com o disparo em Widdler feito por Flowers, mais o fato de que Coombs tinha visto Lucas ser derrubado por um carro, as pessoas gritando para ela, e que Widdler se agitava no chão perto dela, confundiram tanto Coombs que esta apanhou o revólver largado no chão e o disparou sem entender a situação.

Wentz, respondendo em off, disse que Lucas tentava proteger a si mesmo e aos outros incompetentes que armaram a cilada.

No dia seguinte os colunistas dos jornais locais foram unânimes nas censuras ao promotor, e os comentaristas dos canais de televisão seguiram o mesmo caminho no noticiário do meio-dia, da tarde e da noite.

O jornalista do *Star Tribune* disse: "A mãe e a filha da Sra. Coombs foram assassinadas por essa bruxa, e ela mesma levou um tiro no peito — graças a Deus, usava um colete à prova de balas, caso contrário a família toda teria sido dizimada por uma serial killer. O fato de Wentz sequer pensar em fazer uma acusação formal sugere que ele precisa de um tempo num canto, sentado num banquinho, com um chapéu pontudo na cabeça, que sirva para concentrar suas ideias, se é que tem alguma..."

A associação dos policiais declarou que retiraria seu endosso a qualquer coisa relacionada a Wentz, e o governador disse em off que o promotor público era um bundão, o que foi prontamente publicado, é claro, e prontamente desmentido por Neil Mitford, mas o recado fora dado.

O promotor esclareceu que, na verdade, o que ele quis dizer foi que investigou o caso, e que a questão seria levada ao Grande Júri.

Coombs foi solta após três dias na cadeia, com sua casa como fiança. Ela não voltou — as eleições estavam chegando, e o Grande Júri, que fazia o que Wentz mandava, decidiu não indiciá-la.

Rose Marie Roux disse a Lucas:

—Você teve sorte. Em tudo. Se Coombs tivesse morrido, talvez você estivesse agora procurando emprego... E este é um ano de eleições.

— Eu sei. Nunca passou pela minha cabeça que Widdler fosse sacar uma arma e tentasse matá-la, em plena luz do dia, numa rua principal — disse Lucas. — E, sabe de uma coisa? Se tivesse sido de verdade, se não tivesse sido uma armação, ela teria se safado numa boa. Teria apenas de atravessar a rua, subir a escada para o mezanino, depois ao Galtier e descer à garagem subterrânea, e tudo estaria acabado.

Mitford, que se aproximara para escutar, disse, para Rose Marie:

— Nós o pagamos para ter sorte. Ter sorte é ainda melhor do que ser bom. Todo mundo está feliz. — E para Lucas: — Não perca essa sorte.

A OPINIÃO PÚBLICA piorava, e poderia ter piorado ainda mais, se Ruffe Ignace não tivesse publicado uma entrevista exclusiva com a adolescente vítima das atenções sexuais de Burt Kline.

Ignace fez um trabalho magistral, combinando texto ágil com saídas pela tangente, e todos acima dos 14 anos entenderam que Kline tinha verrugas em forma de ponto e vírgula onde muita gente não teria olhado, e que fora solicitado à graciosa adolescente (e ela concordara) que desfilasse com tanga de algodão branco e sutiã de meia-taça num hotel-cassino de Mille Lacs. Ignace não disse realmente que os pequeninos mamilos rosados ficaram à espreita, mas você sacou a intenção.

Coombs pulou para a página 7.

AMITY ANDERSON FOI acusada de receptação de objetos roubados, mas, na opinião de Wentz, isso não daria em nada.

— Não temos testemunhas — queixou-se. — Estão todas mortas.

O PROMOTOR PÚBLICO de Des Moines, que conseguira uma condenação no caso Toms, disse, "Ainda estou convencido de que o Sr. Childs esteve envolvido no assassinato", mas a maré estava mudando e o procurador público disse que o caso seria revisto. Sandy passou uma semana em Iowa, dirigindo uma equipe de advogados para vasculhar a papelada acumulada em Minnesota.

* * *

Os testamentários de Claire Donaldson, Jacob Toms e Constance Bucher processaram os espólios de Leslie e Jane Widdler para recuperar antiguidades roubadas, impetraram uma ação civil pela morte de seus parentes, e também por uma longa lista de outras transgressões que garantiriam que todos os bens dos Widdler fossem parar em suas mãos, bem como nas de uma bateria de advogados. A casa dos Widdler em Minnehaha Creek foi colocada à venda, sob a supervisão da Comarca de Hennepin County, como parte da consolidação dos ativos do casal.

Lucas perguntou novamente a Flowers:

— Por que diabos você atirou no pé dela?

Flowers balançou a cabeça.

— Eu mirei em seu centro de massa.

— Caramba, cara, você precisa passar algum tempo no stand de tiro — disse Lucas, perdendo a paciência.

— Eu não quero atirar em ninguém — falou Flowers. — Se você cuidar de tudo da maneira certa, não há necessidade disso.

— Você acredita em cuidar de tudo? — perguntou Lucas, enfurecendo-se. — Você tem merda na cabeça? Acredita em cuidar de tudo?

— Não foi a minha bunda que um carro atropelou — rebateu Flowers. — Eu cuidei disso.

Del, que estava presente, disse:

— Vamos parar com isso.

Lucas, naquela noite, disse a Weather:

— Esse Flowers é um babaca.

— É, mas tem que admitir que ele tem uma bela bunda — disse ela.

Após uma breve discussão profissional, os museus que possuíam as colchas de patchwork de Armstrong decidiram que o cesto de costura tinha sido provavelmente dela e, portanto, as colchas eram genuínas.

Coombs disse:

— Eles sabem que é errado.

— Shhh... — disse Lucas. Ele a visitava, secretamente, duas semanas após o tiroteio de Widdler; estavam sentados no pátio dos fundos, tomando limonada e rum com cerejas ao marasquino.

— Sabe, eu tive tempo para não atirar nela. Fiz de propósito.

Lucas:

— Mesmo se eu tivesse ouvido você dizer isso, eu perguntaria: "Você o faria novamente, se soubesse que passaria trinta anos na prisão?"

Coombs pensou, então disse:

— Não sei. Sentada lá, na cadeia, as... viabilidades começaram a ficar claras. Mas do jeito como as coisas saíram, não me arrependo de tê-las feito.

— Você deveria ir à catedral e acender algumas velas — falou Lucas. — Se não fossem as eleições se aproximando, Wentz talvez mandasse todo mundo se foder e você acabaria enfrentando uma barra pesada.

— Seria condenada?

— Ah... Talvez não — disse Lucas, dando um gole na limonada. — Com Flowers e eu testemunhando a seu favor, você se livraria, creio. Mas talvez você tivesse que trocar sua casa por um advogado.

Ela olhou em volta, era um lugar agradável, tranquilo, recendendo ao odor de velas e flores e ervas do tipo fumável, e disse:

— Esperava deixá-la para Gabriella, quando eu tivesse 90 e ela 70.

— Sinto muito — disse Lucas. E dizia isso do fundo de seu coração. — Sinto muito mesmo.

NO FINAL DO verão, um homem chamado Porfirio Quique Ramírez, um recente imigrante ilegal de Piedras Negras, aparava um novo limite na cerca viva de lilases do lado do quintal dos Widdler, como preparativo para a venda da casa. A ponta da pá tiniu em algo metálico alguns centímetros abaixo da superfície. Ele afastou a terra e descobriu uma caixa verde de guardar dinheiro.

Porfírio, que não era bobo, virou-se de costas para a casa, ao erguê-la da terra. Abriu a tampa, olhou seu interior por cinco segundos, fechou-a, enfiou a caixa debaixo da camisa, prendeu-a ali com os cotovelos e saiu andando apressadamente para o caminhão de seu patrão. Durante todo o caminho, pensava: "Que sejam verdadeiras."

E eram. Duas semanas depois, atravessou novamente o rio Grande e seguiu para o sul. Todo o dinheiro, com exceção de três moedas de ouro, estava escondido no teto da mala de seu carro novo, que era usado, mas tinha apenas 40 mil quilômetros rodados.

O guarda da fronteira mexicana acenou para que ele passasse, tocou no para-choque dianteiro do SL500 prateado — o carro com o qual os Widdler tinham sonhado — para dar sorte, e gritou, sorridente, para o jovem conterrâneo bigodudo atrás do volante:

— Isso aí, cara! Mercedes-Benz!

Nota do Autor

Há duas pessoas citadas neste livro que *não* são fictícias.

MENCIONADO DE PASSAGEM uma delas é Harrington, o chefe de polícia de St. Paul. Seu nome completo é John Harrington, e ele *é* o chefe. Anos atrás, quando eu era um policial de rua, ele costumava arrancar o meu couro em uma academia local de caratê. Certa vez, por essa ocasião, eu passava por uma loja de armas perto do *dojo*, e vi na vitrine uma espingarda com um cano mínimo e o cabo de uma pistola. Dei de cara com Harrington na porta do *dojo* — ele estava vestido com roupas de inverno — e comentei sobre a espingarda. Ele disse: "Vamos dar uma olhada." Fomos até a loja: dois caras grandões, barba por fazer, vestidos com jeans, parcas e gorros, e talvez um pouco ferrados. Entramos e John disse: "Meu amigo aqui viu uma espingarda..." O balconista apanhou-a e, do outro lado do balcão, disse sua memorável frase para o sargento Harrington: "Justamente o que vocês precisam para assaltar um 7-Eleven, hein?" Em todo caso, minha mulher e eu adoramos quando John foi nomeado chefe de polícia de St. Paul. Ele é o tipo de sujeito que qualquer um deseja em um emprego como esse.

KAREN PALMER, MENCIONADA no início do livro como dona do Minnesota Music Café, apoia há muito tempo a Associação de Polícia de St. Paul e recepciona os mais interessantes músicos que passam pela cidade; juntamente com vários policiais. O bar de Sloan, Shooters, é baseado no Minnesota Music Café.

NANCY NICHOLSON (QUE não teve nenhuma personagem com seu nome) ocupou uma grande parte de seu atarefado dia para me mostrar as mais espetaculares mansões particulares de St. Paul e me apresentou a coisas como *torchieres* e *butler's pantries*, coisas cuja existência eu nem sequer suspeitava, muito menos sabia como pronunciar. Obrigado, Nancy.

LUCAS USOU *THE Antiques Price Guide*, de Judith Miller, quando pesquisava antiguidades. É um guia verdadeiro, publicado pela Dorling Kindersley (DK), e usei-o para conhecer os valores mencionados no livro.

J.S.

Este livro foi composto na tipologia Bembo Std,
em corpo 12/15,6 e impresso em papel off-white 80g/m²
no Sistema Cameron da Divisão Gráfica
da Distribuidora Record.